미쓰다 신조 장편소설 현정수 옮김

# 노조키메

のぞきめ

북로드

"어째서죠? 왜 이 노트를 읽으면 안 된다는 겁니까?"

"……오니까."

"네?"

"**그것**이 엿보러 오니까……."

# 목차

서장

1

세상에 기담과 괴담을 좋아하는 이는 많다. 무서운, 불가사의하고 기분 나쁜, 오싹하고 섬뜩한, 온몸의 털이 곤두서는, 너무나도 기묘한 그런 이야기를 특별히 좋아하는 사람들 말이다. 그중에서는 너무 좋아한 나머지 직접 괴이담을 수집하기 시작한 인물도 있다. 유명한 사례로는 중국 청나라 전기에 기록된 포송령(蒲松齡)의 《요재지이(聊齋志異)》나, 일본 에도시대에 정리된 네기시 야스모리(根岸鎭衛)의 《미미부쿠로(耳囊)》 등이 있을 것이다.

포송령은 산동 지방의 문인으로, 소년기부터 수재로 이름났었지만 장성한 뒤에는 관직시험에 몇 번이나 낙방했으며, 그 좌절한 마음이 《요재지이》로 결실을 맺었다고 이야기되고 있다. 통행본으로 전 16권, 445편으로 이루어진 이 책에는 수많은 판본이 존재하고 있다.

네기시 야스모리는 고케닌카부(御家人株 ; 무사의 신분. 에도 시대에는 궁핍해진 무사가 신분을 파는 경우가 종종 있었으며 표면적으로는 구입자를 양자로 들이는 형태로 권리를 넘겼다_역주)를 사서 네기시 가의 양자가 되어 그 집안의 장자권을 상속함과 동시에 두각을 나타낸 막부의 신하로, 재정을 담당하는 칸조부교나 행정 사법을 담당하는 미나미마치부교 등을 역임했다. 사도 섬을 다스리는 사도부교 시절부터 세상을 뜨기 직전까지 써서 남긴 것이 전 10권에 1천 편에 이르는《미미부쿠로》다.

이 두 가지를 예로 든 것은, 포송령이 구전되던 기이한 설화나 고사를 모은 데 반해 네기시는 동료나 지인이 체험한, 혹은 들은 기묘한 이야기를 받아 적었다는 차이가 있기 때문이다. 양자를 비교해가며 읽은 경우, 전자보다는 후자에서 실제로 피부에 와 닿는 공포를 느끼게 되는 것은 아마도 이 때문일 것이다. 국가나 시대나 문화의 차이가 아니라, 담겨 있는 이야기가 지닌 일상성의 차이 때문이 아닐까 하고 생각한다.

어떠한 계기로 인해 갑자기 나에게 닥칠지도 모른다…….

그렇게 느끼게 만드는 불안이, 항간의 기담수집본이라고 불리는《미미부쿠로》에 붙어 다니고 있다. 이 책에 수록된 이야기가 그저 괴이담에서 그치는 것이 아니라 당시 서민의 실제 풍속까지 담은 내용이었다는 점도 이 불안을 부채질하고 있음이 틀림없다. 네기시가 거기까지 의도했는지 여부는 알 수 없지만, 참으로 멋들어진 연출로 느껴지는 것은 역시나 내가 괴담과 기담을 좋아하는 사람이기 때문일까.

물론 이러한 선인의 발치에는 미치지도 못하지만, 나도 편집자 생활을 하던 20여 년 전부터 기회가 날 때마다 괴이담 수집을 해왔다. 다만 작가가 된 이후로는 그런 이야기를 들을 기회가 확 줄어버려서 유감스럽게도 최근 수년간은 거의 수확이 없다. 근본적으로 내 작업은 문헌이 중심이라 원래부터 취재로 사람을 만나는 일이 적다. 만나는 일이 있더라도 처음부터 목적이 확실하므로 대부분은 주된 화제만 나누고 끝나버린다. 도저히 괴이담 같은 것을 들을 기회가 없는 실정이다.

하지만 편집자 시절에는 달랐다. 면담하는 사람들의 숫자가 압도적으로 많을 뿐 아니라, 그 분야도 다양한 영역에 걸쳐 있었다. 게다가 기획 단계부터 만나서 이야기를 하기 때문에 화제가 이쪽저쪽으로 튀는 것이 당연했다. 그런 와중에 이때다 싶은 타이밍을 잡아서 상대로부터 무서운 이야기나 기묘한 이야기를 알려달라고 하곤 했다. 즉 대화에 여유가 없으면 이런 부류의 이야기를 듣기 어렵다. 목적이 확실한 취재가—그것 자체가 괴이담 수집을 의도한 것이 아닌 한—수집에 적합하지 않다는 말은 그런 이유에서다.

다양한 분야의 많은 사람이 이야기해준 괴담과 기담을, 당시의 나는 부지런히 대학노트에 정리했다. 컴퓨터를 구입한 뒤로는 컴퓨터에 입력하는 일도 있었지만 기본적으로는 노트에 적고 있었다. 그렇다고 해도 언젠가 '실화 괴담집'으로 간행하겠다는 야심을 품고 있었던 것은 아니다. 그저 무서운 이야기를 듣고 적어두는 것을 좋아해서 취미삼아 하고 있었을 뿐이다.

다만 작가가 된 지금, 이 대학노트는 정말 요긴한 존재다. 이때에 모았던 괴담과 기담을 바탕으로 이따금씩 괴기단편을 쓴 적이 있기 때문이다. 물론 나중에 문제가 될 수도 있는 실명이나 지명은 가명이나 이니셜을 쓰거나, 말투를 소설 스타일로 바꾸거나 하는 등 나름대로의 배려는 한다. 하지만 이야기 자체는 바꾸지 않는다. 당시의 내가 들었던 내용을 독자에게 될 수 있는 한 그대로 전하려고 마음먹고 있다.

하지만 그래도 발표를 자제할 수밖에 없는 이야기가 몇 가지 존재한다. 관계자가 아직 살아 있거나 혹은 무대가 된 지역을 특정하기 쉽다는 점이 가장 큰 이유일까. 후자는 조금 변형하는 정도로는 아무 소용없을 정도로 그 괴이담이 그 지방의 특성에 뿌리내리고 있는 경우로, 왕왕 차별 등의 다른 문제로 이어질 위험을 내포하고 있기도 하다.

또한 그 이야기를 입 밖에 내거나 글자로 적거나 하면, 들은 사람과 읽은 사람도 괴이 현상에 노출되어버리기 때문이라는 이유도 있다. 그것이 가장 큰 이유가 아닌가 하고 생각할 사람이 있을지도 모르겠지만, 내 경우에는 다르다. 오히려 그런 이야기는 적극적으로 발표하고 있는 편인지도 모른다.

왜냐하면 괴담과 기담을 원하는 단계에서, 그 사람은 책임을 짊어지고 있기 때문이다. 그런 것을 희구하며 일부러 귀를 기울이거나 눈으로 보거나 함으로써, 그 사람은 스스로 괴이한 존재를 부르고 있다고 말할 수 있다. 그 괴이 현상에 대한 책임이 본인에게 있는 것이다. 따라서 나도 배려는 하지 않는다. 그런 행위야말로 그 사람에 대한 실례일 것이다.

다만 도저히 공개할 수 없는 이야기가 있다. 이유는 나 자신도 잘 모르겠다. 앞서 이야기한 이유도 포함되지만, 결코 그것만은 아니란 기분이 든다. 굳이 말하자면 시기상조라고 할까. '아직 발표할 때가 아니다, 이 이야기에는 뒤에 이어지는 것이 있다'라는 생각이 드는 것이다. 물론 근거는 전혀 없고, 애초에 괴담과 기담에 완결을 원하는 것은 뭘 모르는 행동이다. 오히려 이야기 도중에서 뚝 하고 끊어지는 쪽이 더 무섭기도 하다. 굳이 말하자면 나 자신도 그런 이야기를 좋아한다.

이 책의 단서는 아직 내가 간사이 지방에 머무르며 편집자 일을 하던 시절, 모 기획을 위해 몇 번이나 만나서 의논했던 ○○대학 부속 T초등학교 교사인 토쿠라 시게루(利倉成留)에게 들은 이야기다. 그 남자와는 나이도 엇비슷하고 독서 취향도 유사해서 마음이 맞은 덕분인지 금방 친해졌다. 일 이야기를 하는 사이사이에 잡담을 하는 일도 많았고, 따라서 괴담이 화제에 오를 때까지 그리 많은 시간은 걸리지 않았다.

토쿠라 시게루는 쇼와시대(일본의 연호 중 하나로 1926년부터 1989년까지를 말한다_역주)가 얼마 남지 않은―나중에 생각해보고 안 것이지만―학생 시절의 어느 해 여름, M지방의 임대 별장지에서 아르바이트를 하던 중에 무서운 체험을 했다고 한다. 아르바이트 동료들과 함께 정말 오싹한 사건에 휘말리고 말았던 것이다.

이때에 들었던 토쿠라의 체험담에 나는 〈엿보는 저택의 괴이〉라는 제목을 붙였다. 당시의 나는 괴이의 종류나 현상이나 정체,

그 무대나 특징 등을 한눈에 알 수 있도록, 기록하는 이야기마다 반드시 이런 식의 제목을 붙이고 있었다. 그중에는 흔해빠진 것도 있었고 이것 역시 그랬는지도 모르지만, 어느 정도는 그 경박한 느낌을 즐기고 있었다고 생각한다.

다만 당시 좋은 이야기를 들었다고 순수하게 기뻐하는 나에게, 토쿠라가 간사이 사투리가 섞인 정중한 어투로 의미심장한 말을 했던 것은 똑똑히 기억하고 있다.

"나중에 생각해보면, 그 별장지 자체가 이상했습니다."

"어째서죠?"

"근방에는 영험하다는 소문이 있는 듯하지만 그리 유명하지도 않은 폭포가 있는 것 말고는 정말 아무것도 없는 곳이었으니까요. 그러니까 어떻게 보느냐에 따라서는 확실히 대여 별장지로 적합했는지도 모르죠. 하지만 뭐라고 해야 좋을까요……. 첫인상부터 쇄락한 분위기가 떠도는 느낌이었습니다."

"조용하다기보다는 적막하다는 분위기인가요?"

"네, 그렇습니다. 조용했던 것은 틀림없습니다만, 어쩐지 서글픈 느낌의 조용함이어서 날이 저물면 무서울 정도였죠. 어째서 이런 곳에 대여 별장지 같은 걸 세웠을까 하고 함께 아르바이트하던 동료 모두가 고개를 갸웃거렸습니다."

"버블시대 초반이었겠군요."

"네. 그 소란스러운 시대에 앞날을 내다보지 못한 부동산 회사가 사회 분위기에 휩쓸려 만들었다면 그나마 이해가 갑니다. 하지만 그게 아니더라고요……."

"문제의 마을하고는 거리가 좀 있는 것 같았습니다만, 뭔가 관계가 있을까요?"

"그것도 포함해서, 저희들이 체험했던 괴이한 일에 대해서는 **그집**이나 그 마을의 옛날로 거슬러 올라가서 조사해보면 혹시 뭔가 알 수 있을지도 모르죠."

토쿠라는 그렇게 대답한 뒤, 바로 고개를 저으며 말을 이었다.

"하지만 그 괴이한 현상과 맞닥뜨렸을 때는 다들 그럴 계제가 아니었습니다. 간신히 차분함을 되찾았을 무렵에는 저 역시 졸업 논문 준비에 정신이 없어서 조사해볼 짬도 없어졌으니까요……. 아니, 사실은 그런 체험 따윈 얼른 잊어버리고 싶어서 아무것도 하지 않고 내팽개쳤던 거죠."

"무리도 아닙니다."

"그러니까 이렇게 제3자에게 그때 일을 이야기하는 것도 당신이 처음입니다."

나는 맞장구를 치거나 감사를 표했을 뿐, 특별히 아무런 말도 하지 않았다. 그러나 문제의 저택이나 촌락에 어떤 복잡한 내력이 있는 듯하다는 점은 일찌감치 강하게 느끼고 있었다. 그렇다고 해서 나 자신이 직접 그것을 조사할 생각은 털끝만치도 없었다. 당시나 지금이나 기담과 괴담에 대한 나의 자세는 같다.

'아, 무서웠다…….'

그렇게 말할 수 있으면 그것으로 만족한다. 그 이야기에 대한 해석 따윈 조금도 원하지 않는다. 하물며 '사실은 이런 인과응보가 있어서'라는 식의 설명 따윈 전혀 필요 없다. 괴이한 일은 어디까지나 영문을 알 수 없는 것으로서 그 상태 그대로 존재하는 것이 바람직하다.

그렇게 생각하고 있었으므로 토쿠라 시게루의 체험담도 대학 노트에 기록해두는 것만으로 만족했다. 거기에 자신이 조사한 사실—괴이의 배경이 되는 것이 틀림없는 과거의 사건—을 나중에 덧붙이려고도 생각하지 않았다. 따라서 노트에 다 기록하고 난 후 수집한 다른 괴이담과 마찬가지로 자연스럽게 잊어버리고 있었다.

이 이야기가 기억의 바닥에서 되살아난 것은 작가가 된 뒤의 일이다. 수집한 지 10여 년은 지났을 무렵에 〈이형(異形) 콜렉션〉 시리즈 《귀신의 집》의 집필 의뢰를 받았을 때였다. 예전에 이 테마에 딱 맞는 내용의 체험담을 듣고 적어두었던 것을 떠올린 나는, 낡은 대학노트를 꺼냈다. 그렇게 해서 발견한 것이 〈엿보는 저택의 괴이〉다. 다시 읽어봐도 《귀신의 집》이라는 테마에 딱 들어맞았다.

그럼에도 불구하고 어째서인지 나는 주저했다. 어느 정도의 각색은 필요하다고 해도, 이 이야기를 이용하면 집필이 상당히 편해진다. 오히려 의뢰받은 원고 매수로는 다 쓰기 부족할 정도로 꼼꼼히 취재되어 있는 것에 스스로도 놀랐을 정도다. 그야말로 안성맞춤의 소재라고 할 수 있었다. 그런데도 나는 망설였다.

'여기서는 아니다……'

어째서인지 그런 느낌이 들었다. 스스로도 이유는 알 수 없지만, 지금 여기서 발표할 이야기가 아니라는 감각에 사로잡혔던 것이다.

오해가 없도록 적어두는데, 〈이형 콜렉션〉 시리즈가 발표 매체로서 만족스럽지 못하다는 이야기는 결코 아니다. 내 보잘것없는 괴이담 수집의 성과를 보이는 데 이 정도로 어울리는 자리도 없을 것이다. 오히려 이보다 더 적합한 곳은 생각할 수 없을 정도다.

결국 나는 자신의 몇 안 되는 괴이 체험 중에서 테마에 맞는 〈내려다보는 집〉을 소개하기로 했다. 타인의 체험보다도 작가 본인의 이야기 쪽이 독자에게도 분명 흥미로울 것이라며 조금 억지로 자신을 납득시켰던 기억이 있다.

여기서 갑자기 이야기가 바뀌는데, 이 일이 있기 훨씬 전부터 나는 빙의물 신앙에 대해 조사하고 있었다. 지금으로부터 세면 8년 전이 될까.

그때 나는 이제까지 집필했던 《기관(忌館), 호러 작가가 사는 집》으로 시작하는 〈작가 3부작〉이나 그 관련작과는 별개의 새로운 소설을 모색하고 있었다. 그것은 호러와 미스터리의 융합을 노리는 작품이 되어야 했다. 졸작인 〈작가 3부작〉으로도 두 장르의 하이브리드가 이루어졌다는 평가를 들었지만 그 융합된 수준에 나 자신은 만족하지 못했다. 한쪽이 주가 되고 다른 한쪽이 종이 되는 것이 아니라 더욱 농후하게 양자가 뒤섞인, 그야말로 혼돈 상태인 작품을 쓰고 싶었다.

학창 시절에 구상했던 것이지만, 핵심이 되는 아이디어는 있었다. 이것이야말로 호러와 미스터리의 융합을 시도하는 데 어울리는 착상이라고 나는 직감하고 있었다. 그렇게 되면 다음에는 그 아이디어를 최대한 살릴 수 있는 테마를 발견할 필요가 있다. 거기서 선택한 것이 빙의물 신앙이었다. 이 테마와 아이디어의 결합이 그대로 호러와 미스터리의 혼합으로 이어진다고 나는 직감했던 것이다.

이렇게 해서 쓰기 시작한 것이 도조 겐야 시리즈의 첫 장편인 《염매처럼 신들리는 것》이다. 이 책에서 나는 빙의물 신앙에 지배된 가가구시 촌이라는 기묘한 촌락을, 문자 그대로 하나부터 열까지 완전히 창조해냈다. 그렇게 함으로써 비로소 호러와 미스터리의 융합이 가능하다고 생각했기 때문이다. 왜냐하면…… 아니, 이야기가 엇나가버렸다.

어쨌든 나는 그 무렵에 빙의물 신앙에 관한 취재에 전념하고 있었다고 할 수 있을 것이다. 그런 시기에, 어떤 문학상의 파티 자리에서 라이터인 나구모 케이키(南雲桂喜)를 소개받았다. 나구모는 호러와 미스터리 서평부터 심령 스폿의 탐방기사에 이르기까지 넓은 의미에서의 미스터리 소재라면 뭐든지 다루는 라이터로, 나도 이름은 들어서 알고 있었다. 그러나 일부의 서평을 제외하고는 그의 문장을 본 적이 거의 없었고 면식도 전혀 없었다. 그런 나에게 파티에서 나구모를 소개한 것이 미스터리 평론가인 센가이 아키유키(千街晶之)였다.

"분명히 말이 잘 통하실 겁니다."

정말로 센가이의 말대로였다는 점에는 놀랐지만, 생각해보면 나구모와 편집자 시절의 나는 어딘가 비슷한 구석이 있는 것 같기도 하다.

나는 편집자 시절에 자신의 괴기에 대한 취미를 살린 시리즈 기획을 세우거나 담당 잡지에 직접 기사를 쓰는 등, 샐러리맨치고는 상당히 제멋대로 행동하던 시기가 있었다. 작가로 데뷔하기 전의 그런 일들을 당시부터 센가이 아키유키는 꼼꼼하게 체크하고 있었던 듯하다. 정말 무서운 남자다. 그런 센가이가 나와 나구모가 말이 통할 것이라고 느꼈으니, 이 정도로 확실한 일도 없을 것이다.

나구모 케이키는 아주 호감이 가는 남자였다. 내 졸작만이 아니라 내가 편집자 시절에 기획했던 서적까지 다 꿰고 있어서 이야깃거리가 바닥나지 않았다. 파티의 자리만으로는 대화가 부족하다고 느낀 우리는 그 파티가 열린 모 호텔의 바로 이동해서 한잔 더 하기로 했다.

바에서는 반대로 내가 나구모의 일에 대해서 물었다. 순수하게 흥미를 느꼈기 때문이지만, 빙의물 신앙에 관한 이야기가 머릿속에 있었음은 부정할 수 없다. 이 사람이라면 뭔가 재미있는 문헌을 소장하고 있지 않을까, 귀중한 정보를 가지고 있을지도 모른다. 그런 기대가 있었던 것은 사실이다.

"빙의물입니까?"

나구모는 술을 차분히 음미하듯 마시면서 잠시 생각에 잠기는 몸짓을 보였다.

"게다가 말씀을 듣고 있자니 민속학에 깊이 뿌리내린 빙의물 신앙을 본격적으로 조사하고 계신 것 같군요."

"집필 예정인 소설에서는 아마도 빙의 체질의 가계를 다루게 될 것 같습니다. 그렇게 되면 피상적인 지식만으로는 도저히 쓸 수 없을 테니까요."

"……그렇지요."

맞장구를 치면서도 나구모는 뭔가를 생각하고 있는 것 같았다.

"아이자와 소이치를 알고 계십니까?"

그래서 갑자기 그런 질문을 받아도 나는 그리 놀라지 않았다.

"어느 대학에도 소속되지 않고 평생을 재야의 민속 연구자로 지내던 사람 아닙니까?"

"과연 알고 계시군요. 이제는 그 사람의 저작물은 입수하기 곤란하니 혹시 모르시는 것은 아닐까 하고 생각했습니다만……."

"하지만 실제로 아이자와 선생의 저작물을 읽은 것은 이번 조사를 시작하고 나서입니다. 그러니 그리 잘 안다고 하기는 어렵죠."

"겸손하신 말씀을. 그 사람의 책까지 살피게 되었다는 것 자체가 상당히 대단한 일입니다."

빈틈없이 나를 추어올리면서 나구모는 서서히 본론으로 들어갔다.

"아이자와는 민속학에서 다루는 괴이한 현상에 각별한 흥미를 가지고 있었습니다. 그중에서도 일본의 각 지방에 전해지는 그 지역 특유의 괴이 현상 수집에는 범상치 않은 의욕을 보였죠. 간사이 지방에 살고 있었기 때문에 어쩔 수 없이 서일본의 사례가 중심입니다만, 그 사람의 민속 채방(採訪)의 성과는 정말로 훌륭합니다. 아무리 작은 괴이라도 그 발생이나 성질을 듣고 적는 것뿐만 아니라, 별칭이나 전파 유무까지 철저히 조사합니다. 그런 자세가 아이자와 소이치에게는 항상 있었습니다."

"자기는 연구실에서 나오지 않고, 대부분 다른 사람의 현지 조사 자료만을 참조해서 원고를 쓰는 학자들도 많이 있으니까요."

"네. 그럼에도 불구하고 '이번에는 이런 방면의 조사가 필요할 것이다'라고 잘난 듯이 휘갈기기도 하죠. '네가 조사하라고!' 라고 딴죽을 걸고 싶어집니다."

"제 말이 그 말입니다."

두 사람 다 쓴웃음을 지었지만, 나구모는 금세 진지한 표정을 지으며 말했다.

"그런데 아이자와 소이치의 저작물 중에서 실은 단 한 번밖에 이름이 거론되지 않은 괴물이, 존재하고 있습니다."

"네?!"

"스쿠자 산지에 '노조키네'라고 불리는 괴물의 전승이 있습니다."

"어떤 한자를 씁니까?"

"기본적으로는 한자를 쓰지 않고 그냥 히라가나로 적습니다만, 한자로는 엿보다는 뜻의 사(覗)자에 나무 목(木)자, 아이 자(子)자로 표기합니다."

내가 머릿속에 '覗木子'라고 떠올리는 것을 기다리고 있었는지, 잠시 동안 공백을 둔 뒤에 나구모가 다시 입을 열었다.

"산의 나무 중에는 산신님이 깃들었다고 여겨지는 나무가 있잖습니까?"

"다른 나무들과 형태가 완전히 다른 나무 말씀이군요."

"그런 나무는 절대 베어서는 안 된다고 하죠. 스쿠자 산지에서도 마찬가지라 그것을 '노조키네(除木根)'라고 부르며 구별했다고 합니다."

나구모는 다시 한자의 설명을 한 뒤에 말했다.

"그래도 깜빡하고 베어버린 사람이나 고의로 벌채한 못된 사람이 있기 마련입니다. 그러면 그 녀석이 있는 곳에 앞서 말한 노조키네(覡木子)가 찾아온다는 거죠."

"'제거할 필요가 있는 나무뿌리'란 뜻의 노조키네를 베면, '엿보는 나무의 아이'란 뜻의 노조키네란 괴물이 나온다……. 그런 얘깁니까?"

"네. 다만 괴물이라고 해도 **그것**이 못된 사람에게 앙화를 내리는 것은 아닌 듯합니다. 그냥 나타날 뿐이고, 특별히 아무것도 하지 않습니다."

"무슨 말씀이죠?"

"베어서는 안 되는 나무인 '노조키네'를 벤 자는 이윽고 누군가의 시선을 받는 듯한 기분을 느낍니다. 하지만 주위를 둘러봐도 자신을 바라보는 사람은 아무도 없지요. 그래도 누군가에게 주시당하고 있다는 감각은 조금도 사라지지 않습니다. 그러다가 하루종일, 언제 어디서나 **그것**의 시선을 느끼게 됩니다. 그렇게 되면 대부분의 사람은 정신이 나가버린다……라는 모양입니다."

"심한 정신적 압박을 받게 되는 거군요."

노조키네(覡木子)의 특이한 성질에 감탄하고 있으려니 나구모가 말을 이었다.

"상대는 괴물이니까 익숙해질 수는 없겠죠. 생각해보면 유령이나 괴물 같은 존재는 그저 모습을 드러내는 것만으로도 효과가 있습니다. 그런 의미에서 노조키네의 이런 방식은 꽤 효과적인지도 모릅니다."

나구모는 그렇게 흥미로운 해석을 제시했다.

"그 저서에서 아이자와는 노조키네에 대해서 평소처럼 상세하게 기술하고 있습니다. 다른 지방의 괴이를 대할 때와 같은 자세로, 노조키네에도 몰두하고 있습니다. 불명확한 점이 있으면 확실히 알 수 없다고 적고 있지요."

"네."

"그런데도 노조키네를 거론한 장의 말미에 기묘한 문장 하나가 있었습니다."

"어떤 거죠?"

거기서 나구모는 마치 애태우려 하는 듯이 입을 다물었다. 그리고 술을 다시 음미하듯이 마신 뒤에 입을 열었다.

"안 보고도 말할 수 있습니다. '이 노조키네에서 파생되었다고 여겨지는 것에 **노조키메**가 있다'라는 문장입니다."

2

　　"노조키메……."

　나는 그 기묘한 발음이 왠지 모르게 언짢게 느껴졌다.

　　"그건 어떤 한자를 씁니까?"

　곧바로 그렇게 물어본 것은 한자를 아는 것만으로도 그 왠지
모를 언짢은 기분이 조금은 줄어들 것으로 생각되었기 때문이다.

　그러나 나구모 케이키는 고개를 저으며 대답했다.

　　"히라가나로 적혀 있어서 어떤 한자인지는 알 수 없습니다."

　　"그 한 문장으로 노조키네를 다룬 장은 끝난 겁니까?"

　　"네, 갑작스럽게. 아이자와 소이치라면 노조키메란 것은 무엇인
지 설명했어야 하는데 말이죠. 가령 제대로 조사할 수 없었다면
빠뜨리지 않고 조사할 수 없었다고 말해두었을 겁니다."

　　"그런데도 노조키메라는 명칭만을 제시하고 아이자와 선생은

마치 딱 잘라버리듯이 그 장을 끝내버렸다……."

"신경 쓰이십니까?"

"물론이죠. 하지만 그 한 문장밖에 나오지 않았군요."

"모든 저작물 중에서 정말로 그곳뿐입니다. 아마도 원고를 쓰고 있을 때에 자기도 모르게 써버렸던 거겠죠. 교정 작업 중에 고치지 않았던 것은, 하다못해 활자로 남겨두고 싶다는 심경이었는지도 모릅니다."

"그래서 나구모 씨는 노조키메에 대해 조사하셨고 그 결과 그것이 무엇인지 밝혀냈다, 그런 말씀이군요."

이렇게 화제로 삼은 것으로 봐서는 그러리라고 나는 확신했다.

"조사했습니다만, 잘 알 수 없었습니다."

하지만 예상과 달리 나구모는 그렇게 간단히 부정했다.

"스쿠자 산지에 접한 어느 촌락의 전승인 듯했지만, 이미 폐촌이 되어 있어서 말이죠. 그 주변 지역을 돌아보긴 했지만, 전혀 수확이 없었습니다. 하지만 아는 사람이 없는 것은 아닌 것 같았습니다. 일정 나이 이상의 노인들은 뭔가 알고 있는 눈치였으니까요."

"입을 다물고 이야기하지 않고 있다는 말씀입니까……."

"제가 정체를 알 수 없는 외지 사람이라는 이유도 있겠습니다만, 그런 점을 제외하더라도 어쩐지 입 밖에 내는 것도 꺼린다는 분위기가 느껴졌습니다."

"그렇게 되면 더더욱 노조키메에 대해서 알고 싶어지는군요."

자신이 조사하고 있는 빙의물 신앙에서는 조금 빗나가지만, 이것은 이것대로 매력적인 소재라고 나는 생각했다.

"직접 조사하실 생각입니까?"

"지금은 무리고, 언제라고 장담할 수도 없습니다만. 조만간 시간이 나면 소설의 소재로서 생각해봐도 좋지 않을까 하는 정도고……. 아, 그때는 나구모 씨에게 반드시 양해를 구하도록 하겠습니다."

"아뇨, 그런 것은 괜찮습니다만……."

거기서 그가 기분 나쁜 미소를 지어서 나는 뜨끔했다. 퍽 호감이 가는 그때까지의 인상 뒤로 느닷없이, 마치 다른 얼굴이 보인 듯해서 조금 놀랐다. 하지만 이 뒤에 그가 한 말에 그런 것은 완전히 날아가 버렸다.

"노조키메에 관해 아이자와 소이치가 기록한, 미발표 자료노트가 존재한다면 흥미가 있으십니까?"

무슨 이야기인지 묻는 나에게, 실물을 보는 것이 제일일 거라고 나구모는 말했다. 다만 신경 쓰인 것은 그가 그 노트를 나에게 팔려 하고 있는 듯하다는 점이었다. 그것도 상당한 금액을 생각하고 있는 눈치여서 금세 수상쩍은 낌새를 느꼈다.

그러나 몹시 흥미가 있었던 것은 사실이다. 거기서 일단 다음에 만나기로 약속하고, 우선 문제의 노트를 보여달라고 하게 되었다. 매매 운운하는 이야기는 그때부터 해도 괜찮다고 그가 말했기 때문이다.

왠지 모르게 불쾌한 기분을 품은 채로 나구모 케이키와 헤어져서 집에 돌아온 나는, 심야였지만 소후에 코스케(祖父江耕介)에게 전화를 걸었다. 그는 간사이 시절부터 알고 지낸 내 친우로, 나구모와 같은 라이터였다. 같다는 이야기가 나와서 말인데, 전문분야도 아주 흡사했다. 그런 코스케라면 나구모 케이키에 관한 정보를 가지고 있을지도 모른다.

그렇게 생각한 나는 바로 그에게 전화를 했던 것인데…….

"대단하신 작가 선생님께서 이렇게 직접 전화를 주시다니, 나도 출세한 모양인데?"

입을 열자마자 농담을 해서 조금이나마 기분이 풀렸다.

"아직 자고 있던 건 아니지?"

"응, 괜찮아. 무슨 일이야? 급한 용무인가?"

나구모 케이키와의 이야기를 대강 전하고서 그가 어떤 사람인지 아느냐고 코스케에게 물었다.

"으~음."

그러자 코스케는 난처하다는 듯한 신음소리를 낸 뒤에 말했다.

"그 녀석이 쓰는 원고는 어느 것을 봐도 훌륭하지. 예를 들어 중고생 취향의 허황된 도시전설 소재를 다룬 기사라도 필요한 문헌을 제대로 확보하는 것은 물론이고 소문의 현장에도 직접 찾아가서 분위기를 파악한 뒤에 관계자에게 인터뷰까지 하고 나서 원고를 쓰고 있어. 게다가 그곳에는 반드시 그 자신만의 관점이 있지. 그것이 때로는 아주 날카로운 해석이 되어 나타나니까, 역시 대단한 인물이라고 생각해."

"엄청난 칭찬인걸."

솔직히 조금 놀랐다. 그렇게까지 코스케가 높이 평가하고 있을 줄은 몰랐다. 다만 묘하게 속뜻이 있는 듯한 말투가 마음에 걸렸다. 그렇게 말하자, 코스케는 다시 신음한 뒤에 입을 열었다.

"일솜씨가 좋은 건 틀림없어. 근데 그 사람에겐 별로 좋지 않은 소문이 돌고 있어서 말이야."

"붙임성은 좋아 보이던데……."

"그렇다고 해도 너도 자료노트를 팔아넘기려는 태도에 대해서는 '어라, 좀 이상한데?'라고 생각했겠지?"

"……맞아. 호감이 가는 좋은 사람처럼 보이지만, 사실은 방심할 수 없는 녀석일지도 모른다는 생각이 문득 들었어."

"일부 편집자들 사이에서 나구모 케이키는 뭔가에 씌어 있다는 얘기로 유명해."

"문자 그대로 말이야?"

"그 녀석에게 진짜로 여우나 견신(犬神)이 씌어 있다는 얘기는 아니야. 그런 게 아니라 괴이한 것에 대한 집념이라고 할까……."

"기담과 괴담을 너무 좋아한 나머지……라는 얘긴가."

"그렇지. 때로는 상식적으로 생각할 수 없는 언동을 하는 모양이야. 그 덕분에 수준 높은 결과물을 내놓고 있는 것은 틀림없지만…… 무슨 일에나 정도라고 할까, 절도가 필요한 법이잖아?"

"그 사람은 그걸 이따금씩 넘어버린다는 건가?"

"그것 말고 금전적인 트러블도 있는 듯한데, 그 부분은 나도 잘 몰라."

"상당한 문제인물이로구만."

"고지식한 편집자들 중에는 아예 그 녀석하고 관계를 끊어버린 사람도 있을 정도야."

"전화해보길 잘했군. 고마워."

내가 감사인사를 하자, 코스케가 걱정스러운 듯 말했다.

"그 문제의 노트 출처 말인데, 꼼꼼히 확인해두는 편이 좋을 거야."

그런 뒤에 이제까지의 화제와는 관계없는 이야기를 잠시 나누다가, 다시 감사인사를 하고 나서 전화를 끊었다.

약속한 날 밤, 나는 지난번과 같은 호텔 바를 찾아갔다. 낮에는 서로 일이 있으므로 밤에 만날 수밖에 없다. 평소 같으면 저녁식사라도 같이 하겠지만, 저쪽도 이번 일에는 어울리지 않는다고 생각했는지 아주 자연스럽게 지난번에 갔던 호텔 바로 정했다.

나구모 케이키는 먼저 와서 마시고 있었다. 인사를 하고 주문을 마치자마자 요전에 하던 이야기를 이어 하려고 해서, 나는 즉각 제동을 걸었다.

"그 전에, 괜찮으시다면 문제의 노트를 입수한 경위에 대해서 듣고 싶습니다만."

"좋습니다."

얼버무릴 거라고 생각했는데, 나구모는 간단히 승낙했다.

"그 노조키메의 건으로 아이자와 소이치를 찾아갔던 것이 애초의 시작이었습니다."

"직접 **그것**에 대해서 아이자와 선생님께 물어보려고 했던 겁니까?"

"물론 그렇습니다."

당연하다는 듯이 대답하는 나구모의 행동력에 내가 놀라고 있는데,

"다만 처음에는 문전박대당했습니다."

마치 아이자와의 대응이 당연했다는 것처럼 그가 말을 이었다.

"어째서죠?"

"아마도 불쑥 찾아간 제가 거리낌 없이 방문 목적을 밝혔기 때문이겠죠."

"노조키메에 관해서 여쭙고 싶다고, 갑자기 용건을 꺼낸 겁니까?"

"네. 당시의 아이자와는 70대 초반으로, 아직 정정했습니다. 어디의 누군지도 모를 무례한 애송이를 쫓아내는 것 정도야 일도 아니었겠죠."

그것을 알고 있다면 좀 더 예의를 갖추어 방문하는 방법도 있었을 텐데. 나는 그의 말에 기가 막혔다. 그러나 이것이 나구모의 방식일 것이다.

"물론 저도 얌전히 물러서지는 않았습니다. 그날부터 몇 번이고 계속해서 아이자와 씨를 찾아갔습니다."

"하지만 늘 문전박대였던 건가요?"

나구모는 고개를 끄덕이면서도 희미하게 미소 짓는 얼굴로 이야기를 계속했다.

"그런 취급을 계속 받은 것은 사실입니다만, 저도 매번 그냥 쫓겨나기만 한 것은 아닙니다. 그때마다 저쪽이 흥미를 가질 만한 민속학적인 이야기를 하려고 노력하고 있었죠. 1년 정도 지났을 무

렵에는, 현관이기는 했지만 서서 잠시 이야기를 나눌 정도가 되었습니다.”

“……1년이나.”

“제가 끈기가 좀 있는 편입니다.”

“혹시…….”

나는 문득 떠오른 의문을 곧바로 말했다.

“첫 방문의 무례한 행동은 작전이었습니까?”

“현지 조사를 할 때 이외의 아이자와 소이치는 아주 붙임성 없는 인물이라는 이야기가 돌고 있었으니까요.”

그래서 나구모는 일부러 처음에 나쁜 인상을 주고, 그것을 불식해나갔던 것이다. 시간은 걸리겠지만, 그러는 편이 확실히 상대의 마음을 열 수 있다고 판단한 것이 틀림없다.

“그래도 집 안에 들어갈 수 있게 될 때까지 2년 가까이 걸렸습니다. 다만 저에게도 생활이 있으니 아이자와 소이치에게만 매달려 있을 수도 없는 노릇이죠. 저도 일을 해야 하니까요. 그것과 아이자와의 성격을 고려하면, 당신이 말씀하시는 ‘작전’의 효과는 의외로 빨리 나타났는지도 모릅니다.”

“그렇군요. 훌륭한 솜씨입니다.”

나구모에게 찬사를 보내면서도 나는 그다음이 신경 쓰여서 견딜 수 없었다.

“집 안에 들여보내주었다고 해도 노조키메에 대한 이야기는 터부가 아니었습니까?”

“그렇습니다. 적당한 때를 봐서 꺼내려고 했습니다만, 정말 말붙일 엄두도 안 나더군요. 하지만 그건 예상하고 있었고, 애초에 아이자와 가에 들어가려고 했던 것은 다른 목적이 있었기 때문입니다."

"설마……."

"그 사람이 작성한, 노조키메에 대한 자료를 찾아내는 것."

아무런 망설임도 없는 어조로 나구모는 선뜻 말했다.

"다만 집 안을 뒤질 수도 없어서 이 일에는 애를 먹었습니다. 하지만 말이죠, 저는 아이자와 부인의 사업에 적지 않은 도움을 받았습니다."

"부인의 사업?"

"아뇨, 사업이라고 하면 야단맞을까요. 아이자와 부인은 점술사입니다. 그것도 잘나가는 점술사인지 집에는 늘 손님이 끊이지 않았습니다. 손님 중에는 점술사보다는 기도사에게 가는 게 나을 것 같은 사람도 섞여 있더군요. 하지만 부인은 오는 사람은 막지 않는다는 자세로 누구든 만났습니다. 아이자와는 그런 손님들의 상담 내용에 대단한 흥미를 보였습니다. 빙의에 관련된 상담이 많았기 때문이겠죠. 그 때문에 저를 서재나 서고에 혼자 놔둔 채로 부인이 있는 곳에 가버리는 경우가 가끔씩 있었습니다."

"그 기회에 당신은……."

집 수색, 탐색, 물색. 아무리 말을 바꾸더라도 나구모가 저지른 행위는 도저히 용서받을 수 없는 도둑질이다. 그런데도 그는 웃는 얼굴로 아이자와 가의 속사정까지 이야기하기 시작했다.

"그 집에 다니게 되면서 부인의 수입이 아이자와 소이치의 일을 지탱하고 있음을 알게 되었습니다. 그 사람의 저작물이 뛰어나다는 것은 인정합니다만 그런 전문 분야의 원고료나 인세만으로 먹고 살 수 없다는 건 당신도 잘 아시겠지요. 게다가 그 사람은 상당한 세월을 민속 채방에 할애하고 있습니다. 다른 수입이 없다면 도저히 할 수 없는 일입니다."

"……확실히 그건 그렇지요."

맞장구를 치면서도 나는 기분이 언짢았다. 나구모는 분명히 도둑질할 마음을 먹고 있었다. 그럼에도 불구하고 본인에게는 죄의식이 조금도 없다. 이런 녀석과 이 이상 이야기하고 싶지 않다. 하지만 너무나도 그다음 이야기를 알고 싶어 하는 나 자신이 있었다. 어쩌면 나는 완전히 그의 술수에 빠져 있었는지도 모른다.

"대단하다고 생각했던 것은, 부인이 경제적인 면만 돌보고 있던 것은 아니라는 점입니다."

나구모가 이야기를 계속했다.

"부인은 아이자와의 생활까지 빈틈없이 챙기고 있었습니다. 잘 나가는 점술사라기에 솔직히 저는 편견을 가지고 있었습니다. 가사 따윈 일절 손대지 않는, 거만한 교주님 같은 여자일 거라고 단정하고 있었죠. 그런데 아이자와의 아내로서의 역할도 제대로 하고 있더군요. 요리도 잘해서, 제가 아이자와의 자료 정리 등을 거들면, 그후에 맥주와 함께 유채절임이나 산채무침 같은 것을 내놓더군요. 그렇지만 아이자와는 그때마다 '요즘 젊은 사람들 입에는 안 맞을 게요'라고 말하면서 접시를 치우고 대신 초밥이나 장어를 내주었습니다. 하지만 지금 생각하면 아이자와 본인이 먹고 싶어

했던 게 아니었을까요. 아내가 그렇게 꼼꼼히 이것저것 챙겨주는 경우는 요즘에 좀처럼 없는데 말이죠. 참 아깝더군요."

나는 아이자와 소이치를 비난하는 나구모의 정신 상태를 의심했다. 하지만 우선 끝까지 이야기 하게 놔두는 편이 좋다고 판단하고 일부러 입을 다물고 있었다.

"이야기가 좀 엇나갔군요. 어쨌든 그렇게 되어서 아이자와가 부인의 손님들 이야기를 듣고 있는 동안, 저는 그 사람의 서재나 서고를 조사했습니다. 하지만 그럴싸한 자료가 좀처럼 눈에 띄지 않더군요. 어떤 자료라도 내용을 알려면 어느 정도는 훑어볼 필요가 있으니 어쨌든 시간이 걸립니다. 그러던 중에 저의 업무도 바빠지기 시작해서 아이자와 가를 방문하는 횟수가 줄기 시작했죠. 1년에 몇 번밖에 안 되는 해도 있었습니다. 덕분에 문제의 노트를 손에 넣을 때까지, 정신이 들고 보니 첫 방문으로부터 10여 년이 지나 있었습니다."

정말로 정신이 아득해지는 이야기지만, 그렇게까지 계속되는 나구모의 집념은 실로 두려울 정도였다. 정말로 괴이한 것 자체에 씌었다고밖에 생각되지 않는다.

"어디에 있었습니까?"

"서고의 낡은 골판지 상자 안에 있더군요. 학창시절의 교과서나 노트가 들어 있는 상자라서 저도 그냥 지나쳐버리는 바람에……"

나구모가 정말 분하다는 얼굴을 했다.

"그 상자 안을 처음 조사했을 때, 조금만 더 정성을 들였더라면 아이자와 가에 드나들게 된 지 2년 정도 만에 그 노트를 손에 넣었을 텐데."

하지만 이내 그는 미소 지으며 말을 이었다.

"하지만 염원하던 자료를 손에 넣은 며칠 뒤에 빙의물 신앙을 조사하는 당신 같은 분과 알게 될 줄이야. 저는 그야말로 절묘한 타이밍에 그 노트를 발견한 것인지도 모릅니다."

"……으음."

나는 혼자 흥분하는 나구모에게 진저리를 내면서도, 문득 느낀 의문을 슬쩍 던져보았다.

"어째서 선생님은 그런 학창시절의 추억이 담긴 상자에 그 노트를 넣어두었던 걸까요?"

그러자 나구모로부터 놀라운 대답이 돌아왔다.

"노조키메와 아이자와가 조우했던 것이 그 사람의 학창시절이었기 때문입니다."

"뭐라고요……."

"문제의 자료노트에는 그 체험담이 적혀 있습니다."

이쪽의 반응을 즐기는 것처럼 나구모가 천천히 말했다.

"그런 귀중한 노트를, 당신이라면 양도해도 괜찮지 않을까…… 라고 생각한 겁니다."

"노, 노트에는……."

어떤 이야기가 적혀 있었는지 그 일부만이라도 들려달라고 하려던 나는, 황급히 자신을 나무랐다. 이래서는 나구모와 마찬가지가 아닌가.

"노트는 말없이 가지고 나온 겁니까? 이 일을 아이자와 선생님께서는 알고 계십니까?"

비난하는 듯한 나의 물음에 나구모는 정말 섭섭하다는 듯 반응했다.

"저는 10여 년에 걸쳐 아이자와 씨의 일을 거들어왔다고요."

"그건 당신에게 불순한 목적이 있었기 때문이겠죠."

"그렇다고 해도 상당히 오랫동안 아이자와를 거들어왔던 것은 분명한 사실입니다."

"아니, 그러니까……."

"낡은 골판지 박스에 들어 있던, 아마 본인도 잊어버렸을 노트입니다. 잠깐 빌려보는 것 정도야 문제없지 않겠습니까."

"빌릴 거라면 정식으로 아이자와 선생님의 양해를 얻어야 합니다. 가령 허락을 받았다고 해도 그걸 멋대로 팔아버려도 될 리가 없잖습니까."

"물론 파는 것은 복사본입니다. 노트는 시기를 봐서 원래 있던 장소에 돌려놓을 생각입니다."

조금 전에는 분명히 노트 자체를 넘기려는 듯한 말투였다. 그것을 급히 복사본으로 변경한 것은 내 비난을 조금이라도 피하기 위해서일까. 그렇지만 당연히 복사본이라도 절대 안 된다.

"나구모 씨, 아이자와 선생님에게 들키기 전에 그 노트는 돌려놓는 편이 좋을 겁니다."

너무 강한 어조로 말해서 나구모의 태도를 딱딱하게 만들까 봐 걱정이 되었지만, 그에게는 완전히 호박에 침주기였던 것 같다.

"들키지 않을 겁니다. 당신만 알리지 않는다면."

나의 배려를 오히려 원수로 갚듯이, 그런 위협하는 듯한 말을 내뱉었다.

"제 쪽에서 선생님께 알리지는 않을 겁니다. 다만 그 노트가 누군가에게 팔렸다는 소문을 듣게 되면, 그때는 얘기가 다릅니다."

"이런 재미있는 소재를 눈 멀쩡히 뜨고 놓치실 줄이야. 유감입니다만, 어쩔 수 없죠."

글라스에 담긴 술을 단숨에 비우고는, "그럼 이만." 하고 인사한 후 나구모 케이키는 여유로운 태도로 바에서 나갔다. 그 뒷모습을 보면서 좀 더 강하게 훈계해야 했다고 후회했지만 이미 늦어버렸다.

3

다음날부터 나는 노조키메에 대해 조사하기 시작했다. 장소가 스쿠자 산지 주변의 촌락이라는 것은 알고 있다. 아이자와 소이치가 학생 시절의 **그것**에 관련된 어떠한 체험을 했다는 것은, 그의 나이를 감안하면 쇼와 10년대 초반(1935년 전후_역주)이라고 추측할 수 있다. 이 두 가지 단서가 있으면 어떻게든 될 거라고 생각했지만, 아무래도 너무 쉽게 생각했던 것 같다.

사방으로 규모를 넓혀 조사해보았지만, 애초에 '노조키메'라는 명칭을 찾을 수 없었다. '노조키네(除木根)'라면 언급하는 자료가 있긴 했지만 그것조차 몹시 적었다. 아마도 스쿠자 산지에 한정된 괴물이기 때문일 것이다. 그리고 분명히 더욱 좁은 지역―혹은 해당 촌락에서만―에서 전승되어 왔던 것이리라.

미련은 남았지만 이 이상은 어떻게도 할 수 없었다. 이미 본래의 빙의물 신앙 조사에도 지장이 있었으므로, 결국 나는 포기하기로 했다.

나구모 케이키와 바에서 헤어지고 나서 2주 정도 지난 어느 날이었다. 갑자기 나구모로부터 우편물이 도착했다. 열어보니 아주 낡은 대학노트가 들어 있었다.

'설마……'

금세 쿵쾅거리기 시작한 심장의 고동을 의식하면서 봉투에서 노트를 꺼냈다. 천천히 조심스럽게 펼치고 그곳에 기록된 문장에 눈길을 떨어뜨린 순간, 나는 그것이 아이자와 소이치가 쓴 문제의 노트라는 것을 순식간에 깨달았다.

봉투 안에는 나구모의 편지 같은 건 없이 그 노트밖에 들어 있지 않았다. 혹시 몰라 노트를 팔락팔락 넘겨보았지만, 페이지 사이에 끼워져 있는 메모조차 보이지 않았다.

'무슨 꿍꿍이지?'

갑자기 노트만을 보내온 나구모의 진의를 알 수 없어서, 나는 고개를 갸웃거렸다. 일단 내 손에 노트가 있는 상태로 만들어놓고, 그다음에 천천히 터무니없는 액수의 돈을 요구할 생각일까? 내가 눈앞의 노트를 읽고 싶은 유혹에 지고 말 것이라고 예측하고 짜놓은 교활한 함정일까? 어쨌든 아주 수상쩍다는 점만은 틀림없다.

나는 곧바로 아이자와 소이치에게 편지를 썼다. 어디에서 나구모 케이키와 알게 되고 그에게 어떤 이야기를 들었는지를 상세하게 적은 편지와 함께 문제의 노트를 아이자와에게 보냈다. 정확히 말하자면 반납했다고 해야 할까. 인편으로 조사한 주소는 ○○현이었다.

일주일 정도 지나자 아이자와 소이치로부터 편지가 왔다. 노트를 돌려준 것에 대한 감사인사 외에는 나구모에 대해서도 언급되어 있지 않은 간결한 내용이었다. 솔직히 조금 낙담했다. 아주 감격하기를 바랐던 것은 아니어도, 노조키메에 대해서 뭔가 시사해주지 않을까 하고 남몰래 기대하고 있었던 것이다.

자신의 천박함을 반성하면서, 나는 이 일을 잊기로 했다. 참고로 나구모로부터는 그 뒤에 아무런 연락도 없었다.

그로부터 5년 정도 지난 어느 날, 낯선 이름의 변호사 사무소에서 보낸 우편물이 도착했다. 의아하게 생각하며 내용물을 확인하니, 고인인 아이자와 소이치의 유언에 따라서 대리인인 변호사 사무소에서 동봉한 봉투를 송부한다는 내용의 편지와 봉투가 들어 있었다.

'설마…….'

내 심장이 세차게 뛰었다. 나구모 케이키가 그 노트를 보내왔을 때의 기억이 머릿속에 생생히 되살아났다. 떨리는 손으로 봉투를 열고, 봉인된 편지로 보이는 종이와 함께 저도 모르게 그리움을 느낀 그 노트를 꺼냈다.

설레는 마음을 억누르며 우선 편지를 읽었다. 그것은 아이자와 소이치가 내 앞으로 보낸 것으로, 자신들이 죽었을 때에는 이 노트를 나에게 기증한다는 내용이어서 깜짝 놀랐다. 편지에는 내 작품인 도조 겐야 시리즈를 애독하고 있던 것, 대학노트에 적힌 내용을 소설의 소재로 사용해도 괜찮다는 것, 관계자는 전부 사망

했고 무대가 된 마을도 집도 지금은 사라졌으므로 프라이버시 침해의 우려는 없다는 것, 이대로 노트에 기록된 괴이가 묻혀버리는 것은 한 사람의 민속학자로서 몹시 안타깝다는 것……. 그런 내용이 아주 간결하게 적혀 있었다.

의심하는 것은 아니었지만 나는 그 변호사 사무소에 전화를 해보았다. 아이자와의 편지 내용을 간추려서 이야기하자, 변호사는 내가 그 노트의 정당한 소유자라고 이야기했다. 그리고 아이자와 부부에게는 자식도 친척도 없으므로 아무런 문제가 없다는 설명을 들었다. 다만 그 내용에 대해서 변호사 사무소는 전혀 관계가 없으며, 따라서 그것을 발표함으로써 생길지도 모르는 문제에 자신들은 일절 책임을 지지 않는다고 못을 박았다.

그다음에 나는 나구모 케이키에게 연락했다. 휴대전화 번호가 바뀌어 있었지만 아는 편집자를 통해서 조사한 새로운 번호로 걸었더니 금방 본인이 받았다. 인사도 하는 둥 마는 둥 하며 이번 용건을 전하자, 깜짝 놀라며 숨을 삼키는 기척이 나더니 잠시 말이 없어졌다.

"여보세요, 나구모 씨. 듣고 계십니까?"

그는 내 부름에 한동안 침묵으로 응하다가 가만히 말했다.

"……손 떼는 게 좋을 거요."

"네?"

"그 노트의 내용은, 절대 읽지 않는 게 좋을 거요."

처음에는 '내가 아이자와에게 직접 노트를 받았기 때문에 나구모가 기분이 상한 건가' 하고 생각했다. 그래서 그런 말을 하는 거라고 생각했다. 하지만 그런 것치고는 그의 어조가 미묘했다.

"어째서죠? 왜 이 노트를 읽으면 안 된다는 겁니까?"

"……오니까."

"네?"

"**그것**이 엿보러 오니까……."

말의 의미를 이해하기도 전에 팔뚝에 소름이 쫙 돋았다. 다음 순간, 나는 5년 전에 있었던 기묘한 사건의 진상을 알았다는 기분이 들었다.

나구모와 바에서 헤어지고 2주 정도 지났을 때, 갑자기 그가 이 노트를 보내왔던 적이 있었다. 그것은 노트를 읽은 그의 신변에 **뭔가**가 일어났기 때문이 아닐까. 그래서 두려워진 그가 문제의 노트를 처분하려고 나에게 보낸 것은 아닐까.

문득 떠오른 이 의문을, 나는 있는 그대로 나구모에게 물었다. 배려를 할 여유가 없기도 했지만, 나구모에게는 불필요하다고 느꼈던 점도 분명히 있다.

그러나 그 질문에 대해 나구모는 아무 대답도 하지 않았다.

"그 노트를 읽을 거라면, 어쨌든 각오해두시오."

그 말만 남기고 일방적으로 전화를 끊어버렸다.

갑자기 나는 불안해졌다. 단순한 위협일 뿐이라고 생각하려 했지만 도저히 불가능했다. 무엇보다 이쪽에게 겁을 줄 생각이라면 좀 더 길게 이야기했을 것이다. 상대는 그런 쪽의 전문가니까 효과적인 말이 얼마든지 있었을 것이다.

하지만 나구모는 많은 말을 하지 않았다. 오히려 관계되는 것을 두려워하듯이 얼른 전화를 끊어버렸다.

'어떡하지……'

문제의 대학노트를 앞에 두고 나는 망설였다. 이대로 읽지 않고 봉인할 것인가, 나구모의 경고를 무시하고 읽을 것인가. 나는 어느 쪽 길을 선택할 것인가.

하지만 아무리 고민해도 결정할 수 없었다. 어느 쪽으로도 마음을 정하지 못하는 내가 있었다.

다만 그런 갈등과 모순될지도 모르지만, 실은 마음속 깊은 곳에서 이미 자신이 결정을 내린 것을 알고 있었던 같은 기분이 든다. 왜냐하면 나란 인간이 괴이담을 좋아하는 괴짜이기 때문이다.

그렇다고 해도 자진해서 일부러 무서운 일을 당하고 싶다고는 생각하지 않는다. 심령 스폿이라고 불리는 장소에 장난삼아 갈 생각은 더더욱 없다. 그런 공포를 원하는 것이 결코 아니기 때문이다.

내가 좋아하는 것은 어디까지나 **괴담**과 **기담**이다. '담(談)'이라고 불리려면 이야기여야만 한다. 그것이 이야기라면, 설령 들은 사람에게 괴이한 일이 생긴다는 충고를 받더라도 나는 귀를 기울이고 싶어진다. 작가가 되고 나서 이 마음이 더욱 강해졌다는 느낌이 든다. 실제로 **그런 주의**를 받고 취재한 이야기로 괴기단편으로 발표한 작품도 여럿 된다. 다만 지금까지 심신에 영향을 줄 정도의 변고를 당하지 않아서 이런 말을 할 수 있는지도 모르지만…….

그래도 나는 사흘 정도 주저했다. 나구모 케이키의 그 반응이 도저히 머리에서 떨어지지 않았다. 그렇지만 시기는 다를지언정 스스로 그 대학노트를 펼치리라는 것 역시 나는 확신하고 있었다고 생각한다.

'처음에 의도했던 민속학적인 조사기록과는 거리가 먼 내용이 될 것 같지만, 이번 체험을 글로 써서 남겨두기로 한다.'

아이자와 소이치가 쓴 그 첫 문장이 눈에 들어오자마자, 나는 이미 완전히 빠져들어 있었다. 그대로 끝까지, 단숨에 독파해버렸다.

다만 읽어나가는 중에 어떤 우연을 깨달았을 때에는 정말로 깜짝 놀랐다.

'우연……'

물론 그렇다고밖에 생각할 수 없다. 아이자와 소이치가 학생 시절에 방문했던 마을이 토쿠라 시게루가 학생 시절에 들어갔던 폐촌의 50년 이상 전의 모습이었다는, 정말 믿을 수 없는 우연이라고. 아니, 결코 그것뿐만이 아니다. 아마도 두 사람이 조우한 괴이한 존재도 동일한 것이었다.

나는 수십 년의 시간에 걸친, 같은 마을의 다른 시대에 일어났지만 아마도 원흉은 동일한 두 개의 괴이담을 우연히 수집했다는 이야기가 된다.

'우연히……'

물론 그럴 것이다. 그러나 우연이라고 말하자면 아직 더 있었다. 이것은 나중에 깨달은 것인데, 나구모 케이키가 처음에 아이자와 소이치를 방문했던 시기가, 마침 내가 토쿠라 시게루로부터 〈엿보는 저택의 괴이〉를 취재했을 무렵이었던 것이다.

이 이야기들이 겹친다는 것을 깨달았을 때, 나는 단순한 우연이라고 생각하면서도 조금 기분이 나빠졌다. 그 이후의 경위와 그 결과로서 이렇게 내 곁에 두 개의 이야기가 모인 사실을 생각하면, 마치 정체를 알 수 없는 어떤 힘이 작용하고 있는 듯한 기분에 시달렸다.

하지만 이 우연을—단순한 우연의 일치라면 좋겠지만—활용하지 않을 수 없다고, 나는 점차 생각하기 시작했다. 그것이 작가인 나의 역할이 아닌가. 그것을 위해서 내 곁에 이 두 가지 이야기가 도달했는지도 모른다.

〈엿보는 저택의 괴이〉

〈종말 저택의 흉사〉

이 이야기들은 이렇게 나란히 발표해야 하는 것이 아닐까. 언젠가부터 나는 그렇게 강하게 생각하게 되었다. 참고로 후자는 대학 노트에 기록된 아이자와 소이치의 체험담에 내가 붙인 제목이다.

서두가 너무 길어져버렸다. 원래대로라면 두 가지 이야기를 나란히 책에 싣기만 하고—문제의 소지가 있는 인명이나 지명은 가명이나 이니셜 등으로 처리하고, 후자의 오래된 어휘는 현대의 독자도 읽기 쉽도록 고치기는 했지만—나머지는 독자의 판단에 맡겨야 할지도 모른다. 하지만 그래서는 독자에 대해 너무 불성실한 것이 아닐까 생각했다.

본문의 첫머리에 나는 이렇게 적었다.

왜냐하면 괴담과 기담을 원하는 단계에서, 그 사람은 책임을 짊어지고 있기 때문이다. 그런 것을 희구하며 일부러 귀를 기울이거나 눈으로 보거나 함으로써, 그 사람은 스스로 괴이한 존재를 부르고 있다고 말할 수 있다. 그 괴이 현상에 대한 책임이 본인에게 있는 것이다. 따라서 나도 배려는 하지 않는다. 그런 행위야말로 그 사람에 대한 실례일 것이다.

그 사람이란, 물론 **당신**입니다.
지금 이 문장을 읽고 있는 당신 이외의 다른 누구도 아닙니다.
따라서 독자인 당신에게, 이 자리에서 말해두고 싶습니다.
혹시 만에 하나라도 이 책을 읽는 중에,
평소에는 느끼지 않을 시선을 빈번하게 느끼게 되었다.
누군가가 지켜보고 있는 듯한 기분이 들어 주위를 둘러보지만 주위에는 아무도 없다.
말도 안 되는 장소에서 누군가가 엿보고 있다, 그런 기분이 들어서 견딜 수 없다.
이런 감각에 사로잡힌 경우에는 일단 거기서 이 책을 덮기를 권합니다.
대부분이 단순한 기분 탓이겠지만, 만일을 위해서입니다.

말도 안 되는 장소란 예를 들자면 책장과 가구 사이의 틈, 조금 벌어진 문의 그늘, 식기 선반이나 냉장고 등과 벽 사이의 틈, 복도의 구석, 책상이나 코타츠나 침대 아래, 목욕탕이나 화장실의 환기팬 속, 커튼 뒤편, 방 안의 사각, 천장의 네 모서리, 모든 창문의 밖……. 어쨌든 아무도 없을, 또한 어린아이라도 절대 들어갈 수 없을 만한 곳이다.
앞서 열거한 세 가지 감각 중, 특히 주의해야 할 것은 세 번째다.

뭔가가 엿보고 있는 것 같다는 감각이 계속 이어진다면 얼른 이 책을 덮기 바란다. 그 증상이 가벼워서 별다른 영향이 없었을 경우, 이 책을 다시 펼칠지 말지는 당신의 자유다.

참고로 나는 있을 수 없는 장소 중 하나로서 열거한 **어떤 곳**에서 뭔가가 엿보고 있는 듯한 기분이 들어 견딜 수 없었다. 그래서 그곳으로 가까이 가지 않으려고 최대한 노력했다. 조금 불편했지만 이런 상황에서는 어쩔 수 없다.

하지만 그런 기분 나쁜 상황은 오래가지 않았다. 아마도 내가 노조키메의 괴이에 관한 **어떤 것**을 깨달았기 때문이 아닐까 하고 생각하고 있다. 물론 확증은 없다. 그것을 뒷받침하는 증거가 아무것도 없기 때문이다. 어디까지나 내 상상에 지나지 않는다. 그러나 그 덕분에 기분 나쁜 현상으로부터 도망칠 수 있었다고, 나는 지금도 믿고 있다.

**어떤 것**이란 무엇인가…….

아니, 그것은 독자인 당신의 상상력에 맡기기로 한다. **그것**의 기척만 느끼지 않는다면, 딱히 깨닫지 못하더라도 전혀 지장은 없으니까.

제1부

엿보는 저택의 괴이

토쿠라 시게루는 ○○대학에 재학 중이던 4학년 여름방학에 S산지의 M지방에 조성된 대여 별장지 K리조트에서 아르바이트를 하기로 했다.

6월에 교육실습을 무사히 마친 그가 휴가를 겸해서 선택한 아르바이트였다. 대학교 게시판에 붙어 있던 아르바이트 모집 용지에도 '자연 속의 리조트에서 당신도 휴가 기분을 내며 아르바이트를 해보지 않겠습니까?'라고 씌어 있었다. 대여 별장에서 여름방학을 보낼 돈은 없지만, 이거라면 일석이조가 아닐까 하고 달려들었다.

K리조트의 관리인이 밴을 타고 마중 오는 집합장소는 대여 별장지에 가장 가깝다는 Y마을의 역 앞이었다. 일단 ○○온천이라는 간판이 역의 정면에 보이는 쇠락한 아케이드 위에 붙어 있었지

만, 유감스럽게도 번성하고 있는 분위기는 조금도 없었다. 온천마을다운 활기가 어디를 찾아봐도 보이지 않는다.

작은 역사에서 나와 이 풍경을 보았을 때, 시게루는 금세 일말의 불안을 느꼈다. 하지만 이런 벽촌 인근에 있는 만큼 분명히 별장지로는 적합할 거라고 호의적으로 해석하기로 했다.

데리러 온 관리인은 미노베(三野辺)라는 60대 초반의 남자였다. 나이에 비해 마음씨 좋은 할아버지 같은 인상이 강한 인물로, K리조트가 오픈했을 무렵부터 근무하고 있다는 말에 일단 시게루는 안심했다.

아르바이트는 남자 둘에 여자 둘, 네 명으로 모두 대학생이었다. 그런 점 때문인지 간단한 자기소개를 마치고 난 뒤에는 자연스레 모두 친해져 있었다.

미노베가 운전하는 밴을 타고 우선 Y마을의 슈퍼마켓으로 이동했다. 대여 별장의 손님에게 부탁받은 식재료를 사기 위해서였는데, 곧바로 시게루 일행도 거들게 되었다. 손님과 자신들의 식재료 및 일용품 구매도 그들의 일에 포함되어 있었다.

장보기를 마치고 마을 안을 달려가는 내내, 촌스럽다기보다는 쇠락해버린 온천 마을의 적적한 모습만이 유독 눈에 띄었다. 여기가 K리조트에서 가장 가까운 마을이라는 사실이 좀처럼 믿기지 않았다.

다시 시게루의 마음에 싹튼 불안은, 차가 Y마을을 지나 산길에 접어들고 산속 깊이 들어감에 따라 부풀어 오르기 시작했다.

물론 시게루도 그런 불편한 지역에 K리조트가 있다는 것은 알고 있었다. 시끄러운 마을에서 멀어지는 것도 환영하고 있었다. 그러나 양옆으로 울창하게 나무가 우거진 좁고 어두운 산길을 가면 갈수록, 역 앞이나 마을 안에서 느낀 불안과는 다른 종류의 불안이 점차 커지기 시작했다. 어째서인지는 자신도 잘 알 수 없었다.

"조금 무서워 보이는 산이네……."

마치 그런 그의 마음을 알아차리기라도 한 듯, 그의 옆에 앉아 있던 아이자토 사이코(阿井里彩子)가 갑자기 입을 열었다.

사이코는 K대학의 4학년이었지만 재수와 휴학을 했기 때문에 시게루보다 두 살 위다. 그때까지 연상에게는 조금도 흥미가 없었는데, 이 큰누나 스타일의 아이자토 사이코에게는 처음 만났을 때부터 어딘지 모르게 끌리고 있었다. 같은 학년인데도 선배를 대하는 듯한 말투를 쓰게 되는 것 역시 그녀를 의식하고 있는 증거일지도 모른다.

그러나 이때 시게루는 아웃도어파라던 사이코가 자신과 비슷한 불안을 품고 있다는 것에 깜짝 놀랐다.

"등산을 좋아하는 아이자토 씨가 보기에 이곳은 그냥 평범한 산으로 보이지 않나요?"

"그냥 편하게 이름으로 불러도 괜찮아."

사이코는 싹싹하게 그렇게 말한 뒤, 조금 난처하다는 표정으로 말했다.

"산이나 숲, 강이나 바다도 그렇지만 장소에 따라서 분위기가 전혀 달라져. 같은 자연인데도 떠도는 분위기가 완전히 변하지. 그중에서도 여기는 좀 더 이질적이다, 하는 느낌이 드는 곳이 가끔

있어.”

“이 산이 그렇다는 건가요?”

“……으음, 그거하곤 조금 다른 것도 같아.”

두 사람과 밴을 운전하는 미노베 사이에는 나머지 두 사람이 앉아 있었지만, 사이코와 시게루는 관리인에게 들리지 않도록 처음부터 작은 목소리로 이야기하고 있었다.

“어, 아닌가요?”

“여긴 아직 시작에 불과하다는 기분이 들어.”

사이코의 대답에 시게루는 말이 막혔다.

“이 산이 어떻다는 게 아니라, 이 안 깊은 곳에 뭔가가 더 있지 않을까……하는 기분이 들어.”

“그건, 요컨대 영적인 뭔가를 느낀다는 영감(靈感)이라는 건가요?”

자기도 모르게 진지하게 묻는 그에게 그녀는 쓴웃음을 지으며 대답했다.

“나한테 그런 능력은 없어. 그냥 옛날부터 자연 속에 발을 들이면 묘하게 감이 날카로워져. 야생의 본능이 눈을 뜨는 걸까?”

“나에게는 그런 것조차 없지만, 실은 비슷한 기분을 Y마을에 있을 때부터 계속 느꼈어요.”

“나보다도 빠르잖아.”

깜짝 놀란 듯한 사이코의 말에 시게루는 황급히 고개를 저었다.

“마을에서 느꼈던 건 진짜 깡촌에 왔구나……하는 후회에 가까운 걱정이었어요. 하지만 이 산길에 들어선 뒤로는 그것이 좀 더 구체적인 불안으로 바뀌었다고 할지…….”

“하지만 왜 불안한지 이유를 모르겠다는 거?”

“네, 그런 감각이에요.”

시게루가 힘차게 끄덕이자, 사이코가 태연한 어조로 말했다.

“이런 곳에는 자주 와?”

“아뇨, 별로…….”

“그런데도 그런 불안을 느낀 거구나.”

“……그렇죠.”

사이코에게 지적받고서 시게루는 자기가 보기에도 의외라고 생각했다. 그녀와 마찬가지로 시게루에게도 영감 같은 건 없다. 자연 속에서 어떤 감각이 깨어난 적도 전혀 없다.

그렇게 그녀에게 말하려던 것과 사이코가 뭔가 입을 열려고 하는 것은 거의 동시였다.

“저는 무섭지도 불안하지도 않아요.”

하지만 두 사람보다 한 발 앞서, 뒤를 돌아본 N대학의 3학년인 이와노보리 카즈요(岩登和世)가 거리낌 없는 목소리로 두 사람의 대화에 끼어들었다.

“이렇게 자연과 가까워져서 아주 기분이 좋기만 한 걸요.”

“응, 이런 건 개인차가 있으니까. 그리고 당연히 부정적인 감정을 느끼는 것보다야 안 느끼는 편이 좋지.”

카즈요의 말에 반론할 줄로만 알았는데, 사이코는 카즈요의 감상을 순순히 받아들였다.

“그런데 이와노보리 씨는……아, 카즈요라고 불러도 될까? 카즈요는 산이나 바다 같은 데 자주 가?"

카즈요는 일단 고개를 끄덕이고, 그다음에는 고개를 저었다. 즉 카즈요라고 편하게 부르는 것은 괜찮지만, 산이나 바다에는 간 적이 없다는 얘기다.

나하고 똑같은데도 이 지방에서 받는 인상이 이렇게나 다른 것은, 사이코의 말대로 개인차가 있는 것일까. 그렇다고 해도 시게루는 카즈요보다 자신이 날카로운 감성을 가지고 있다고는 도저히 생각할 수 없다.

시게루가 당황하고 있자, 사이코가 활달한 어조로 말했다.

"바위를 오른다는 뜻의 이와노보리(岩登)라는 성씨라서 등산을 좋아하지 않을까 하고 기대했는데 역시 그럴 리는 없겠지."

"네, 유감스럽게도 아니에요. 하지만 저희 오빠가 고등학교나 대학교에서도 이 성씨 때문에 등산부 같은 곳에서 입부 권유를 받았다는 얘길 듣고 웃은 적이 있어요."

"그렇겠지."

여자 두 명이 웃음을 주고받는 것을 보고, 시게루는 사이코가 의도적으로 이야기를 돌렸음을 깨달았다. 확실히 관리인인 미노베에게 들릴지도 모르는 차 안에서 소리 높여 이야기할 만한 화제는 아닐 것이다.

"저기……."

그때 S대학 2학년인 시로토 유타로(城戸勇太郎)가 조심스럽게 뒤쪽을 돌아보더니 흘려들을 수 없는 이야기를 꺼냈다.

"확실하지는 않지만, 이 산에 들어왔을 때부터 저도 어쩐지 묘한 기분이 들어요."

사이코와 카즈요의 웃음소리가 딱 멎었다.

"유타로 군도……."

사이코의 중얼거림 뒤에 차 안이 물을 끼얹은 듯 고요해졌다. 이때까지의 대화가 미노베의 귀에 들어가지는 않았을까 하고 시게루가 걱정하고 있자,

"어어? 나만 외톨이야?"

카즈요가 자리의 분위기에 어울리지 않을 정도로 장난스런 목소리를 냈다.

"사이코 씨하고 토쿠라 씨는 선배니까 어쩔 수 없지만 유타로 군까지 그런 소릴 하다니, 조금 쇼크야."

그리고 계속 늘어놓는 엉뚱한 이야기에 그 자리의 분위기가 조금이나마 풀어졌다. 이와노보리 카즈요의 존재가 어쩌면 이 상황에서 커다란 위안이 아닐까 하고 생각한 것은 시게루 혼자만이 아니었을지도 모른다.

네 사람이 서로의 얼굴을 마주보고 있자, 앞쪽에서 미노베의 목소리가 들렸다.

"이제 곧 K리조트에 도착합니다."


대학 게시판에 붙어 있던 아르바이트 모집 광고문에 확실히 거짓말은 없었다. 다만 자연 속에 있다기보다, 그곳은 자연밖에 없는 산속이었다.

가장 가까운 Y마을까지 차로 산길을 한 시간 반 가까이 달려야

간신히 K리조트에 도착할 수 있다. 직선거리로 따지면 30분도 걸리지 않을 듯하지만, 산에 터널이 뚫려 있지 않아서 구불구불하고 오르락내리락하는 산길을 느릿느릿 안전운전 하는 것 말고는 다른 수단이 없다. 이른바 육지의 외딴섬이다.

K리조트의 부지에는 관리동을 기점으로 부채꼴 모양으로 펼쳐진 경사면에 열여섯 채의 대여 별장이 흩어져 있을 뿐이었다. 테니스 코트 같은 야외시설도, 탁구를 칠 수 있는 옥외시설도 전혀 없었다. 그렇기에 언뜻 보기에는 별장지로서는 이상적인 입지처럼 비친다.

하지만 밴에서 내려서 대여 별장지의 전경을 둘러본 토쿠라 시게루는 곧바로 이렇게 느꼈다.

'……쇠락했구나.'

건물이 낡았다는 이야기는 결코 아니다. 대여 별장의 정원에 잡초가 무성했기 때문도 아니다. 부지 안을 걷는 손님의 모습이 보이지 않았던 것은 사실이지만, 그것이 이유인 것은 아니다. 어디까지나 그의 첫인상에 지나지 않는다.

다만 아이자토 사이코 쪽을 보니 그녀도 복잡해 보이는 표정으로 대여 별장지를 바라보고 있다. 그 이야기를 하자면 시로토 유타로도 마찬가지일지 모른다. 시게루 일행을 맞이하러 온 미노베 부인과 즐거운 듯 이야기를 하고 있는 것은 이와노보리 카즈요 한 명뿐이었다.

'이 아르바이트를 하기로 한 건 역시 실수였을까.'

그렇게 후회하는 시게루의 옆에서 재빨리 마음을 추스른 듯한 사이코가 아주 자연스럽게 카즈요와 미노베 부인의 대화에 끼어들었고, 시게루와 유타로도 뒤를 이었다.

관리동의 식당에서 마음이 진정되었을 무렵에 미노베 부인이 보리차를 내주었다. 남편보다 열 살은 젊어 보이는 아주 싹싹한 여성이었다. 이 관리인 부부와 아르바이트 동료만을 보면 상당히 괜찮은 상황이라고 생각되었다. 그것만이 이 상황에서의 위안이라는 기분이 들었다.

시게루 일행은 휴식을 취하며 미노베로부터 간단한 설명을 들었다. 다만 일의 내용에 대해서는 아르바이트 면접을 보러 방문했던 부동산회사에서 이미 자세히 들은 상태다. 미노베 부부는 시게루 일행을 돌봐주는 것뿐이지 그들의 상사인 것은 아니다. 지시를 받아야 할 필요가 있을 때는 회사의 담당자에게 전화를 하기로 정해져 있었다.

그렇기에 미노베가 말한 것은 주로 관리동에서의 생활에 대한 내용이었다. 남녀가 방을 따로 쓰는 것은 알고 있었지만, 성별이 같은 사람끼리는 같은 방을 쓰게 된다는 것. 세끼 식사는 전부 미노베 부인이 만들어준다는 것. 목욕은 매일 순서를 정해서 할 것. Y마을에 용무가 있을 경우, 혹은 가고 싶을 때는 미리 미노베에게 말해둘 것 등, 어느 것이나 사소하면서도 생활하는 데 중요한 것들뿐이다.

그런데 마지막에 미노베가 몇 가지 묘한 이야기를 했다.

"여기서 가까운 곳에 나시라즈 폭포라는 장소가 있습니다. 폭포 말고는 아무것도 없는 곳입니다만, 옛날부터 아주 영험한 곳으로 알려져 일종의 신앙의 대상이 되어 있습니다. 그래서 가끔씩 순례자가 찾아오곤 하는데, 그런 사람을 발견하면 반드시 저에게 연락해주세요. 여러분이 직접 대응하지는 마시기 바랍니다."

아르바이트생이 할 일이 아니라는 이야기이니 평소 같으면 그대로 흘려들을 상황이다. 하지만 아무래도 시게루는 마음에 걸렸다. 자신들에게 나시라즈 폭포가 어디 있는지만 알려주면 일일이 관리인에게 알리지 않아도 될 것이 아닌가.

사에코도 뭔가 느끼는 바가 있었는지, "저기요."라며 한 손을 들었다.

"관리인 아저씨에게 알리는 것은 상대가 순례자일 경우만인가요?"

"······그렇지요. 대여 별장의 손님에게는 사전에 제가 설명하고 있습니다."

그 미노베의 대답도 어딘지 모르게 미묘한 느낌이었다.

"하지만 손님에게 나시라즈 폭포에 가고 싶다는 말을 들으면 저희는 어떡하면 되나요?"

"그런 사람에게는 알려드리세요."

"어, 하지만······."

"여러분께는 나중에 지도로 설명하도록 하겠습니다."

그렇다면 순례자에게 폭포의 위치를 알려주는 것도 문제가 없을 것이다. 미노베가 하는 말은 명백히 이상했다. 시게루가 사이코에게 얼굴을 돌리자, 때마침 그녀도 그를 바라보았다. 그녀가 뭔가 수상히 여기고 있음을 손에 잡힐 듯이 알 수 있었다.

"이 부근의 산이나 숲에는 몇 개의 산책 코스가 있습니다."

하지만 두 사람 중 어느 한쪽이 말을 걸기 전에 미노베가 새로운 설명을 시작했다.

"모든 코스를 실은 지도를 접수처에 놓아두었습니다만, 그렇다고 해서 K리조트 측에서 만든 산책로는 아닙니다. 어느 것이나 제가 발견한 자연적인 산책로입니다. 그러니 만약 여러분이 산책을 하려고 할 때엔 충분히 주의를 기울여주세요."

그런 지도가 있다면 어째서 나시라즈 폭포에 대해서는 싣지 않는가. 시게루가 고개를 갸웃거리고 있는데, 미노베의 어조가 갑자기 엄해졌다.

"지도에서 벗어나는 산길에는 절대 들어가지 마세요. 이 부근의 산은 낮아 보입니다만, 아주 깊습니다. 숲도 마찬가지입니다. 길을 잃었다간 그대로 조난당할 위험이 있습니다. 그러니 지도에 없는 산길을 발견하더라도 그것은 무시하기 바랍니다."

당연한 주의였지만, 역시 시게루는 계속 마음에 걸렸다. 미노베의 말투가 과장스럽다기보다, 그곳에 뭔가 심상치 않은 다른 의도를 느낀 탓일까.

식당에서의 이야기가 끝나자, 미노베는 모든 대여 별장을 한 채씩 돌면서 시게루 일행을 안내했다. 사전에 열여섯 채를 네 명이 분담했으므로, 자신이 담당하는 대여 별장의 설명에는 모두가 열심히 귀를 기울였다.

그것으로 첫날 일은 일단 끝났으므로 그다음에는 미노베 부인의 맛있는 저녁식사를 먹고 순서대로 목욕탕에서 목욕을 한 뒤에 내일을 위해 일찌감치 자게 되었다.

다만 시게루와 사이코 두 사람은 취침 전에 휴게실에서 잠깐 이야기를 나누었다. 물론 미노베가 말한 그 이상한 주의사항에 대해서다.

"미노베 씨의 마지막 말은, 혹시 사이코 씨가 했던 말 같은 게 아닐까 하는 생각이 들었어요."

"여긴 아직 시작에 불과하고, 이 안 깊은 곳에 뭔가가 더 있다……."

"네, 그거예요."

그녀도 같은 생각을 하고 있었다는 것을 알고, 시게루는 조금 안도했다. 하지만 어쩐지 기분 나쁜 그 우연의 일치에 금세 마음이 어두워졌다.

"즉 K리조트 주변의 산이나 숲에 그 뭔가가 있다는 건가요?"

"미노베 씨는 그곳에 손님이 다가가는 것을 막고 싶어서 산책 코스가 실린 지도를 만들었는지도 몰라."

"우리들에게 못을 박아두는 것처럼, 손님에게도 같은 충고를 하고 있다고요?"

"아마도 그렇겠지."

"하지만 그건 역효과가 아닐까요? 그런 말을 하면 뭔가 있는 게 아닐까 하고 의심하는 게 보통이라고요."

"정말 그럴까? 나나 시게루 군이 수상히 생각한 것은 여기에 오기 전에 기묘한 감각에 사로잡혔기 때문이고, 그게 없었더라면 지금 이렇게 얘기하지도 않았겠지."

"이상하게 가슴이 두근거리는 감각을 느낀 사람이 아니라면 평범한 주의사항으로 들릴 뿐이라는 말인가요?"

"아마도. 그리고 우리들에게 말한 것은 기운 넘치는 대학생으로 보였기 때문이 아닐까? 여기는 놀 만한 곳이 없으니까, 일하는 사이사이에 남는 시간을 주체 못한 우리들이 멋대로 산이나 숲속을 어슬렁거리지 않도록 미리 주의를 준 것이라고 생각할 수도 있어. 손님 중에서도 특히 어린아이를 데리고 온 가정에는 우리에게 한 것과 같은 이야기를 하고 있을지도 몰라."

설득력 있는 사이코의 견해에 시게루는 감탄했다. 하지만 대여 별장지 깊숙한 곳에 숨어 있는 듯한 뭔가가 신경 쓰여서 견딜 수 없었다.

"그러면 어떡할까요?"

"가만 내버려두는 것이 제일이지."

단단히 마음먹고 물어본 말에 그런 대답이 돌아와서 시게루는 김이 빠졌다.

"아무것도 안 하는 건가요?"

"관리인 아저씨는 이 지역 토박이인 것 같아."

"네? 아, 그런가 보네요."

무슨 이야기인지 파악되지 않아서 일단 시게루는 그렇게 맞장구를 쳤다.

"소나이라는 지역에 본가가 있다는 모양인데, 그곳이 아직 시골마을이었을 무렵에 부모님이 여관을 하셨대."

"허어."

"그런 지역 토박이가 관여하지 말라고 넌지시 경고하고 있는 것에 우리 같은 외지인이 재미삼아 참견해서는 안 된다고 생각해."

"그건 그렇지만……. 하지만 내버려둬도 정말 괜찮을까요?"

"옛 속담에 긁어 부스럼이라는 말이 있지."

듣고 보면 그 말대로라서, 시게루는 할 말이 없었다. 그 모습이 사이코에게 불쌍하게 비쳤던 걸까.

"일부러 참견할 필요는 없지만, 여기서 아르바이트를 하는 동안에 주워듣거나 자연스럽게 알게 된 뭔가가 있으면, 또 둘이서 검토하자."

마지막에 그렇게 말해줘서 시게루도 만족하기로 했다. 다만 막상 업무가 시작되고 보니, 더 이상 그러고 있을 상황이 아니었다. 몹시 바빴던 것이다.

한 사람이 네 곳의 대여 별장을 담당하게 되는데, 우선 손님이 오기 전에는 건물의 청소에 쫓겼다. 어느 곳이나 2층 건물이기 때문에 한 곳을 청소하는 데도 상당한 시간이 걸린다. 게다가 별장 주위에서 자라는 잡초 제거까지 해야만 한다. 손님이 도착하면 부지와 건물 내의 안내, 그리고 식료품 따위의 구매 리스트 작성이 기다리고 있다. 손님과 관련된 쇼핑은 미노베가 담당하는 일이었지만, 하루에 Y마을에 가는 시간은 정해져 있으므로 그전에 끝내둘 필요가 있다. 간단한 듯 보이지만 그것이 네 군데나 되면 일이 커진다. 그밖에도 손님으로부터의 요청이 생기면 할 수 있는 한 응해야 한다. 손님이 돌아가면 다시 청소를 한다. 성가신 것은 잡초 제거인데, 조금이라도 게을리했다간 울창하게 우거져서 감당할 수 없게 되고 만다.

2박 3일 예정으로 오는 손님이 가장 많았다. 그다음은 1박 2일이다. 즉 이틀이나 사흘마다 계속해서 손님이 바뀐다. 그것을 네 곳씩 분담하는 것이니, 예상 이상으로 힘들었다. 하루 일이 끝나면 네 사람 모두 완전히 녹초가 되어 있었다. 휴게실에서 수다를 떨 기력도 없을 정도였다.

그런데 8월 초순이 지나자 손님의 발길이 끊어지기 시작했다. 7월에 살인적으로 바빴던 것이 거짓말이었다는 듯이 시게루 일행의 일이 편해지기 시작했다. 미노베의 말에 따르면 거의 매년 이런 상태라고 한다.

아무리 그래도 너무 극단적이라고 시게루는 생각했지만, 관리인은 그것을 당연하다는 듯 받아들이고 있다. 그 모습이 어째서인지 시게루에게는 조금 무섭게 느껴졌다.

"아르바이트 고용방식이 완전히 잘못되어 있네요."

손님이 적어서 한가한 나날이 이어지던 어느 날 저녁식사 후, 네 사람이 휴게실에 모인 자리에서 그때까지 불평 한마디 하지 않고 일하던 시로토 유타로가 갑자기 투덜거렸다.

"7월부터 8월 초까지는 여섯 명이나 여덟 명 정도를 고용하고, 그 이후로는 두 명이나 세 명으로 줄이면 될 텐데 말이죠. 그런데 바쁜 시기나 한가한 시기나 항상 우리 네 사람인 것은 너무 이상하잖아요."

"그렇지."

아이자토 사이코는 고개를 끄덕이며 말했다.

"성수기를 적은 인원수로 넘기려는 것은 회사 입장에서는 경비가 절약되니 이해 못할 일도 아니야. 하지만 이렇게 한가해졌는데도 네 사람이나 계속 고용하고 있다는 것은 아무리 봐도 이해가 되지 않아."

"어째서일까요?"

진지하게 묻는 유타로에게, 웃으면서 사이코가 대답했다.

"담당자가 아무 생각 없다는 증거 아닐까?"

하지만 그리 농담만도 아닌 듯했다. 확실히 부동산회사에서 만난 담당자는, 아직 사회생활 경험이 없는 토쿠라 시게루가 봐도 상당히 무책임한 인물로 보여졌기 때문이다.

"이 대여 별장지는 그 회사에서도 별로 기대하지 않는 곳인지도 몰라."

"아, 분명히 그럴 거예요. 생각해보면 아르바이트 첫날에는 대개 담당자가 얼굴을 비춰서 설명하기 마련 아닌가요? 그걸 관리인인 미노베 씨에게 맡겼다는 것은 애초부터 담당자가 의욕이 없어서 아르바이트생도 적당히 뽑았다고밖에 생각되지 않아요."

조금 흥분한 유타로에게 시게루가 웃으며 말을 걸었다.

"뭐 어때. 이제까지 뼈 빠지게 고생한 만큼, 8월의 남은 날들을 느긋하게 보내자고."

"그러네. 그렇게 하자."

시게루의 말에 사이코가 동조하고 유타로도 웃음을 지었는데도, 어째서인지 카즈요만이 반응을 보이지 않았다. 미소는 짓고 있지만, 어째서인지 세 사람의 대화에 끼지 않았다. 그러고 보니 조금 전부터 거의 입을 열지 않고 있었다.

"카즈요, 왜 그래? 아주 얌전하네."

역시 사이코도 깨달은 모양이다.

"그러고 보니 저녁 때 옷을 갈아입었지. 설마 지금부터 어디 갈 생각이야?"

게다가 시게루가 못 보고 놓치고 있던 카즈요의 복장 변화까지 확실히 인식하고 있다.

"헤헷."

그러자 카즈요가 활짝 미소 지으며 말했다.

"저, 좋은 데를 발견했어요."

"이 K리조트에서?"

"아뇨, 이 부지 바깥에서요."

카즈요의 대답을 듣자마자 사이코의 얼굴이 흐려졌다.

"너, 산이나 숲속에 들어간 거야?"

"들어갔다기보다는, 불려간 거지만요."

"누구한테?"

"순례자 아주머니였어요. 열 살쯤 되어 보이는 귀여운 여자애를 데리고 있었죠. 그 애도 순례자 옷차림을 하고 있었는데, 그게 어찌나 예쁘던지!"

의기양양하게 말하는 카즈요에게 어이없다는 어조로 사이코가 말했다.

"순례자와 만나면 우리가 대응하지 말고 우선 미노베 씨에게 알린 뒤에 뒷일은 맡기기로 되어 있었잖아."

"하지만 그건 나시라즈 폭포로 가는 길을 물어봤을 경우잖아요?"

"글쎄……."

사이코가 머뭇거리고 있자 시게루가 뒤를 이었다.

"첫날에 미노베 씨의 설명으로는 그런 식으로 들렸어요. 하지만 사실은 상당히 모호하지 않았던가요?"

"그렇지. 나시라즈 폭포를 거론한 건 방편이고, 실제로는 순례자 자체를 경계하고 있음을 우리에게 전하고 싶었는지도 몰라."

"어째서 확실히 말하지 않았던 걸까요?"

유타로의 물음에 사이코가 대답하기 전에, 카즈요가 먼저 입을 열었다.

"즉 K리조트의 부지 안에 손님도 아닌 순례자가 들어오는 것을 관리인……이라기보다 회사 측에서 싫어했다. 그런 거 아닐까요?"

"아마도 그렇겠지. 다만 그걸 우리에게 설명할 때, 왜 그렇게 에둘러 말했는지가 수수께끼인데……."

"분명히 관리인 아저씨는 차별하는 것처럼 들리는 게 싫었던 거예요."

그 수수께끼에 카즈요는 간단히 답을 내놓더니, 이어서 기묘한 말을 꺼냈다.

"게다가 순례자 아주머니가 말을 걸어왔던 건 이곳의 부지 밖에서였어요. 그러니까 아무 문제도 없다고 생각해요."

"밖이라는 건……."

"산길 안에서였어요."

대여 별장지의 서쪽 가장자리에는 나시라즈 폭포로 이어지는 산길의 입구가 있었다. 다만 울창한 수풀에 덮여 있기 때문에, 처음부터 이 길을 찾을 목적으로 살펴보지 않으면 쉽게 찾을 수 없을 것이다. 그래서 미노베가 준비한 지도에도 이 산길은 기록되어 있지 않았다.

그 장소 근처에 카즈요가 담당하는 대여 별장 한 채가 있다. 저녁에 그곳의 청소를 마친 그녀는 관리동으로 돌아오려 하다가 산길에서 부르는 목소리를 들었다고 한다.

"나시라즈 폭포에 대해서 물어봤어?"

"아뇨. 안녕하세요, 하고 인사를 하고 난 뒤에 여기서 조금 걸어간 곳에 아주 기분 좋은 장소가 있는데 괜찮다면 같이 가지 않겠느냐……라는 말을 들었어요."

"그래서 따라갔어?"

"물론 갈 생각은 없었죠. 저는 산길 같은 데를 걷는 걸 싫어하니까요. 하지만 그 아주머니는 아주 자상해 보이는 사람이었고 여자애도 진짜 귀여워서……. 그 애가 손짓을 하며 부르니까 더 이상 거절할 수가 없더라고요……."

"가자는 곳은 나시라즈 폭포하고는 다른 곳이었어?"

"네. 산길 중간에서 옆으로 빠진다고 할까, 갑자기 수풀 속으로 들어가서 깜짝 놀랐어요. 이대로 길을 따라가야 하는 게 아니냐고 물었더니, 그쪽은 나시라즈 폭포로 가는 길이라고 당연하다는 듯이 말해서……."

"순례자라고 해도 폭포에는 볼일이 없었던 건가."

사이코의 중얼거림에 시게루가 응했다.

"이미 폭포에 들렀다가 돌아가는 길이었는지도 모르죠."

"그렇구나……. 앗, 미안해. 그래서?"

두 사람의 대화를 카즈요가 지켜보고 있어서, 사이코가 그다음을 재촉했다.

"덤불에 들어가는 것은 싫었어요. 하지만 여자애가 손을 잡아 끌어서 어쩔 수 없이 발을 들였더니 거기에도 길이 있지 뭐예요."

"원래부터 두 갈래로 나뉘어 있었지만, 그쪽 길은 다니는 사람이 없어져서 어느샌가 잡초로 막혀버렸다는 느낌인가?"

"그런 느낌이었어요. 거기부터 저는 여자애의 손에 끌리는 상태로 계속 따라갈 뿐이었고……. 정신이 들고 보니 커다란 바위 옆에 있었어요."

"자연적인 바위?"

"……그런 것처럼 보였지만, 마치 잘라낸 것처럼 네모난 바위였어요. 작은 무대 같은 느낌이 드는. 하지만 한가운데에서 두 쪽으로 갈라져 있어서, 자연적인 바위인데도 마치 부서진 것 같은 느낌이 드는 것이 왠지 모르게 신기했어요."

"이와쿠라(磐座)인지도 모르겠네."

낯선 단어에 시게루가 궁금하다는 듯한 시선을 보내자, 사이코는 바로 설명해주었다.

"옛날에는 커다란 바위에 신이 깃든다는 신앙이 있었어. 그런 바위를 '이와쿠라'라고 하지. 나무 중에서 다른 것들과 다른 형태를 한 나무는 신이 내린 나무라며 '요리시로(依代)'라고 부르는 것처럼 말이야."

"사이코 씨는 어떻게 전공도 아닌 것을 그렇게나 많이 알고 있나요?"

시게루는 솔직히 감탄했다.

"여자 혼자 산에 오르다 보면 다양한 사람들이 말을 걸어오거든. 그렇게 이런저런 것들을 배울 기회가 많았기 때문이지."

아무것도 아니라는 듯이 그녀는 대답했지만, 문득 얼굴을 흐리면서 말했다.

"그 바위에는 균열이 가 있었어. 깨졌다는 거지. 그런 바위가 이와쿠라에 어울리는지는 잘 모르겠는데……. 다만 원래는 이와쿠라였던 것이 몇십 년, 몇백 년이 지나는 동안 조금씩 금이 갔다고 생각할 수도 있겠지."

"이와쿠라인가 아닌가로, 뭔가가 변하나요?"

사이코가 무슨 말을 하고 싶은 것인지, 시게루는 도통 알 수 없었다.

"……그런 말을 들으면 대답하기 곤란하네. 그 바위를 내가 본 것도 아니니까."

그런데다 그녀 자신도 확실치 않은 태도였다. 그것이 시게루에게는 어째서인지 찜찜하게 느껴졌다.

"미안. 또 이야기를 중간에 끊어버렸네. 그래서?"

사이코가 다시 재촉하자, 기다렸다는 듯이 카즈요가 이야기를 계속했다.

"그 바위가 있는 장소는 '로쿠부 고개'라고, 순례자 아주머니가 알려주셨어요."

"로쿠부 고개……."

사이코는 의미심장한 어조로 되뇐 뒤에 카즈요에게 물었다.

"무슨 의미인지 그 여자가 설명해줬어?"

"저도 물어보려고 했는데, 여자아이가 가까운 샘물로 안내한다고 해서 못 물어보고 넘어갔어요. 그런데 이 샘물이란 게 엄청 맛있더라고요. 저는 자연에서 솟아나는 물은 그때까지 마신 적이 없었거든요. 만일 누가 마시라고 하더라도 절대 안 마실 거라고 생각했죠. 근데 그 물은 계속해서 마시고 싶을 정도로 맛있어서 정말 깜짝 놀랐어요."

"샘물을 마신 뒤에는?"

"순례자 모녀하고 헤어지고……."

거기서 카즈요는 '어라?' 하며 당황하는 듯한 얼굴을 했다.

"저는 거기서 돌아왔을 텐데……. 기억이 안 나요. 정신이 들고 보니 산길 입구에 서 있었던 것 같아요."

"그 사람들은 어디로 갔어?"

"그게 저기……. 아, 마을에 들를 거라고 했어요."

"마을? 그 마을 이름은?"

"……들은 거 같은데, 기억이 안 나요."

아무 말도 하지 않고 사이코는 휴게실을 나가더니, 금방 지도를 가지고 돌아와서는 테이블 위에 펼쳤다.

"이 지도는 S산지 부근의 지도야. 시간이 나면 산책이라도 할까 해서 준비했는데, 잘 봐. K리조트에서 걸어갈 수 있는 범위 안에는 로쿠부 고개라는 이름의 고개도, 순례자 모녀가 가려고 한다던 마을도 전혀 찾아볼 수 없지?"

며칠 뒤, 토쿠라 시게루 일행은 그 커다란 바위까지 가보기로 했다.

당초에는 단독행동을 취할 생각인 듯 보이는 아이자토 사이코에게 우선 시게루가 동행을 요청했다. 그러자 이와노보리 카즈요가 "다시 한 번 그 샘물을 마셔보고 싶어요."라며 참가의사를 표명했고, 시로토 유타로도 "저만 남는 건 싫으니까요."라며 같이 가게 되었다.

"나는 그냥 호기심 때문에 그 바위를 보고 싶은 것뿐이니까, 다 같이 갈 필요는 조금도 없어."

그래도 사이코는 은근히 자기 혼자 가고 싶어 하는 기색을 내비쳤다. 시게루에게 그 모습은 예상되는 위험으로부터 나머지 세 사람을 떼어놓으려는 것처럼 보였다.

'그래도 혼자 가게 할 수는 없지.'

그렇게 느낀 시게루는 물론 "같이 갈게요."라고 말했다. 카즈요와 유타로 두 사람도 같은 의견이었다.

그때까지 각자의 휴일은 교대제였지만 너무 바빠서 실제로는 아무도 쉬지 못했다. 지금은 손님의 발길이 끊어져서 한가한데다, 그날 머무르던 모든 손님이 오전 중에 돌아가는 것을 알고 있었다. 일행은 사전에 모두가 미노베에게 쉬고 싶다는 뜻을 전해두었다. 사실은 회사의 허가가 필요하지만, 그 부분은 미노베가 융통성을 발휘해주었다. 네 사람이 하루도 쉬지 않고 일한 것을 K리조트의 관리인으로서 높이 평가한 것이 틀림없다.

"다 같이 하이킹이라도 갈 생각인가요?"

"네. 이 루트를 시험해보려고요."

미노베의 물음에 사이코가 지도를 가리키며 대답했다. 그녀가 제시한 것은 관리인이 만든 지도 중에서 그 산길에 가장 가까운 루트였다.

"그러면 주먹밥을 만들어놔야겠네요."

미노베 부인의 호의에 시게루가 미안함을 느끼고 있는데,

"고맙습니다. 정말 감사해요."

아주 자연스럽게 사이코가 고개를 숙이고 있어서 그 연기력에 깜짝 놀랐다. 게다가 카즈요도 마찬가지로 인사를 하고 있다. 이 네 명 중 배짱이 있는 것은 아무래도 여자 쪽인 것 같다.

오전 중에 예정보다 일찍 손님들의 배웅을 마치고, 이번에는 네 사람이 미노베 부부로부터 배웅받으며 관리동을 출발했다. 한동안 사이코는 몇 번이나 뒤를 돌아보았다. 부부에게 손을 흔들기 위해서로 보였지만, 어쩌면 미노베가 따라오지 않는지 확인하고 있었던 것인지도 모른다.

"저기예요."

별장지 부지의 서쪽 가장자리에 왔을 즈음에 카즈요가 산길의 입구를 가리켰다.

"내가 앞장을 서고……."

사이코는 뒤따라오는 세 사람의 얼굴을 바라보면서 말했다.

"바로 뒤에는 카즈요가 와야겠네. 그 갈림길이 가까워지면 어딘지 알려줘. 세 번째는……."

"유타로 군으로 하죠."

거기에 시게루가 응했다. 그녀 다음으로 연상인 자신이 대열의 끝에 서야 한다고 생각했다.

"알았어. 그러면 맨 뒤는 시게루 군에게 부탁할게."

사이코를 선두로 카즈요, 유타로, 시게루의 순서대로 네 사람은 산길에 발을 들였다. 갑자기 시원한 공기에 감싸여서 등줄기가 오싹해졌다. 싸늘할 정도로 차가운 분위기가 숲속에 떠돌고 있다. 대여 별장지와는 명백히 다른 기미가 주위에 가득 차 있다.

얼마 나아가지 않았을 무렵에 이 부근이 분기점일지도 모른다고 카즈요가 말해서, 사이코가 한동안 주위를 살피고 다녔다.

"여기구나."

그녀가 간신히 발견한 곳은 수풀 안으로 이어지는, 짐승이 다니는 길로 생각되는 좁은 길이었다.

"에엑? 그런 곳에 들어가는 건가요?"

카즈요가 비난하는 듯한 목소리로 물어서 사이코가 놀라는 표정을 지었다.

"하지만 카즈요, 여기로 갔던 거 아니야?"

"……그런 걸까요."

참으로 못 미더운 카즈요의 대답에 사이코는 다시 한 번 가까운 주변을 살펴보기 시작했다. 하지만 역시 그 길밖에 없는 듯했다.

"이것 말고 다른 길은 보이지 않으니까 우선 이 길을 시험해보

자. 그리고 카즈요, 여기가 아니라고 생각되면 바로 말해줘."

"……네."

그 못 미더운 대답에 시게루는 걱정이었지만, 사이코는 망설이는 기색도 없이 짐승이 다니는 듯한 비좁은 길에 발을 들였다.

곧바로 세 사람도 뒤따랐지만 흠칫흠칫 조심스러운 발걸음이다. 카즈요까지 그런 것은 이해되지 않았지만, 어쨌든 세 사람 모두 조심조심 사이코를 뒤따라가는 것만으로 벅찼다.

"역시 이 길이 맞는 것 같아."

몇 미터 정도 걸어갔을 때 사이코의 목소리가 들렸다. 그녀에 의하면 그 부근부터 길의 폭이 넓어지면서 사람이 다니는 산길처럼 된다는 듯하다. 시게루 일행도 금방 그것을 실감할 수 있었으므로, 발걸음도 가벼워졌다.

그런데 산길답게 변한 뒤부터가 큰일이었다. 오르막과 내리막이 자주 반복되어서 금세 지쳤다. 순식간에 땀에 푹 젖어버렸다. 처음에 느꼈던 싸늘한 기운 따윈 완전히 날아가 버렸다.

"이젠 틀렸어요. 저는 더 못 걷겠어요."

길을 가던 도중에 그렇게 카즈요가 죽는 소리를 했다.

"무슨 소릴 하는 거야. 너, 그 큰 바위까지는 분명히 갔었다며?"

사이코가 깜짝 놀라며 돌아보자, 카즈요가 기운 빠진 한심한 목소리로 말했다.

"그럴 테지만, 제가 정말 이런 곳을 지났는지……."

"어, 길이 달라?"

초조해하는 사이코에게 카즈요는 힘없이 고개를 저었다.

"……실은 다른지 어떤지도 모르겠어요."

"아무런 기억도 안 나는 거야?"

"……네. 죄송해요."

"산길의 모습이야 어디든 비슷하게 보이는 법이니까."

그런 말로 카즈요를 위로하면서, 사이코는 이대로 나아가야 할지 돌아가야 할지를 생각하는 듯했다.

"하지만 갈림길의 위치는 카즈요도 확실히 기억하고 있었어. 그렇다는 건 이 길이 맞다는 거겠지. 여기까지 왔으니까 조금 더 가보자."

카즈요의 판단으로 그 산길을 계속 나아가보기로 했다. 다만 얼마 걷지도 않았는데 카즈요가 "지쳤다."라든가 "쉬고 싶다."라는 말을 해서 그때마다 걸음을 멈추고 쉬게 되었다. 그리고 휴식의 빈도가 점차 늘어나기 시작했고, 이내 전혀 나아갈 수 없게 되고 말았다.

"두 분부터 먼저 가세요."

그렇게 되자 의외로 유타로가 두 조로 나눌 것을 제안했다.

"저는 카즈요 씨와 같이, 나중에 천천히 쫓아갈게요."

"하지만 놔두고 갈 수는……."

사이코가 난색을 표했지만, 유타로는 여유 있게 웃는 얼굴로 말했다.

"카즈요 씨를 혼자 놔둘 수도 없어요. 못 미더울지도 모르지만, 제가 남아 있으니 괜찮을 거예요."

"아니, 유타로 군은 믿고 있어. 다만 여기서 둘로 나누는 게 좋은 판단일지······.”

“하지만 이대로는 아무리 시간이 지나도 앞으로 갈 수 없어요.”

“사이코 씨, 그렇게 해주세요.”

카즈요도 미안하다는 듯이 부탁해서 사이코는 결단을 내렸다.

“알았어. 그렇다면 그렇게 하자. 다만 무리는 하지 마. 카즈요의 상태를 봐서, 이제 한계다 싶으면 유타로 군은 그 자리에서 우리가 돌아오기를 기다리도록 해.”

“알겠습니다.”

“이 앞에 갈림길이 있을 경우에는 어느 쪽으로 갔는지 알 수 있도록 표시해둘 테니까, 그걸 놓치지 말고 보고 따라오고.”

“알았어요.”

두 사람에게 배웅받으며 사이코와 시게루는 다시 걷기 시작했다. 몇 번이나 돌아보는 시게루에게, 카즈요와 유타로가 손을 흔들고 있다. 그런 두 사람을 보고 있는 가운데, 사이코의 망설임이 아주 현실적인 걱정이 되어서 갑자기 그에게도 덮쳐왔다.

이런 정체를 알 수 없는 산속에서 따로 떨어지는 게 정말로 잘한 행동이었을까 하고.


사이코는 발걸음을 서둘렀다. 카즈요 일행이 도중에 탈락할 가능성을 생각하면, 빨리 큰 바위까지 갔다가 돌아올 필요가 있기 때문이라고 했다.

한동안은 그저 말없이 산길을 나아갔지만, 이내 그녀가 입을 열었다.

"이렇게 되고 보니 시게루 군과 둘이 있게 된 건 천만다행인지도 몰라."

"어째서요?"

자리에 어울리지 않게 두근거리는 가슴을 억누르며 시게루는 물었다.

"저 애들에게는 별로 들려주고 싶지 않은 K리조트에 대한 이야기가 있어."

당연하다는 듯 사이코로부터 그런 말이 돌아왔다.

"뭔데요?"

"최근에 일도 없고 해서 옛날 고객명부를 훑어봤었어. 그랬더니 놀랄 정도로 재방문한 손님이 없더라."

"대부분이 처음 온 손님……"

"다시 오자고 생각한 사람이 너무나 적다는 거지."

"이런 대여 별장은 재방문율이 높은 게 보통인가요?"

"비슷한 시설에서 아르바이트를 한 적이 있는데, 어디나 그럭저럭 높았어. 대여 별장이라고 해도 별장은 별장이니까, 역시 마음에 들면 같은 곳에 또 가고 싶다고 생각하는 사람이 많은 거겠지."

"그렇지 않으면 이런 장사는 할 수 없다는 걸까요?"

"여름방학 초반에 손님이 집중되는 것도, 재방문율이 낮은 점과 관련이 있다는 기분이 들어."

사이코의 지적에 과연 그렇다고 시게루는 생각했다. 하지만,

"그런데 어째서 손님들은 다시 여기에 오겠다는 생각을 안 하는 걸까……"

그런 그녀의 물음에 시게루는 곧바로 위장이 쑤시는 듯한 감각을 맛보았다.

"교통이 불편한데다, 다른 놀이시설도 없으니까……. 아닐까요."

자기 자신도 믿지 않지만 그렇게 대답한 것은, 그런 이유였으면 좋겠다는 바람이었기 때문인지도 모른다.

"물론 그것도 있겠지."

사이코는 일단 수긍한 뒤에 말을 이었다.

"하지만 더 불편한 곳에 있는 데도 불구하고 인기가 높은 대여 별장지는 잔뜩 있어. 여기는 산책 코스도 충실하고 물품 대리구매 서비스도 있어. 객관적으로 다른 곳에 비해서 결코 나쁘지 않다고 생각해."

"그러면 역시 분위기 문제일까요."

"……아마도. 대다수의 손님이, 이유는 알 수 없지만 이 지역에 위화감을 느낀 거야. 이곳에 머무르는 동안에 이상한 기분에 빠졌던 건지도 몰라. 다만 구체적인 사건이 있었던 건 아니니까 소문까지는 나지 않았겠지."

"그래서 K리조트도 망하지 않고 지금까지 경영을 계속하고 있는 거군요. 새 손님들만으로 어떻게든 꾸려나가면서."

"그런 상태로 언제까지 경영할 수 있을지는 의문이지만."

"우리 같은 아르바이트생이 어떻게 할 수 있는 문제는 아니네요."

"그런 책임도 없고, 관여하지 않는 편이 좋다고 생각해."

그렇게 말한 뒤에 사이코는 쓴웃음을 지었다.

"이렇게 큰 바위를 보러 가는 건, 지금 한 이야기와 모순되지만."

"무슨 의미인가요?"

시게루는 알 듯 말 듯한, 뭐라 표현할 수 없는 초조감을 느꼈다. 하지만,.

"이 일대에 떠도는 묘한 분위기나 미노베 씨의 의미심장한 충고, 카즈요가 만났다는 순례자 모녀, 그 사람들이 안내했다는 큰 바위……. 이건 전부 관련되어 있다는 기분이 들어."

사이코의 설명을 들어도 더욱 오리무중일 뿐이었다.

그러던 중에 시게루의 호흡이 가빠왔다. 여전히 오르락내리락하는 산길 때문에 말하는 것만으로 체력이 소모된다. 그것을 사이코도 알았는지, 그녀도 자연스럽게 말이 없어졌다. 한동안 두 사람 다 묵묵히 걸을 뿐이었다.

그런데 아주 급한 오르막길을 지났을 무렵, 사이코는 걸음을 멈추고 뒤를 돌아보며 시게루가 쫓아오기를 기다렸다.

"역시 이상하네."

그리고 시게루에게 진지한 얼굴로 그렇게 말했다.

"뭐가 말인가요?"

"이렇게 힘든 산길을 카즈요가 왕복한 것이……."

그 말을 들은 순간, 시게루는 등줄기에 흐르던 땀이 싸악 하고 식는 듯한 감각을 맛보았다.

"게다가 여자아이의 손에 이끌리면서라니, 어떻게 생각해봐도 이상하잖아."

"그 소녀도 이상하다……. 그러네요."

"어머니와 딸이 같이 순례라니, 요즘 시대에 그런 게 정말로 있을까?"

"기억이 모호하다는 말도 이해 못하겠어요."

"하지만 그 큰 바위까지 갔다는 말은 거짓말은 아닌 것 같았어."

"저도 그렇게 느꼈어요."

시게루의 말에 고개를 끄덕이더니, 사이코는 산길의 앞쪽으로 시선을 주었다.

"어쨌든 큰 바위의 존재를 확인해야 해."

그리고 그렇게 말하고는 다시 빠른 걸음으로 걷기 시작했다.

두 사람이 멈췄던 지점에서 문제의 큰 바위까지는 다행히 그리 시간이 걸리지 않았다. 마지막에 오른 조금 가파른 언덕 맞은편에 작은 풀밭이 있었고, 그곳에 사각형의 커다란 바위가 드러누워 있었다.

"분명히 이걸 거야."

"정말로 있었구나……."

둘이 같이 큰 바위로 다가간 뒤, 아직 반신반의하던 시게루와는 달리 사이코가 바위의 중심을 가리키면서 말했다.

"봐, 커다란 금이 가 있어. 카즈요가 말했던 대로잖아."

"……확실히 그러네요."

"하지만 어째서일까?"

균열에 한 손을 대면서 사이코가 고개를 갸웃거렸다.

"자연히 생긴 금이라고 생각하지만, 그런 것치고는 바위가 둘로 쪼개진다는 건 조금 이상하지 않아?"

"그것이야말로 자연의 장난이겠죠."

"……뭐, 몇백 년의 세월이 지나서 이렇게 된 것뿐일지도 모르겠네."

자신을 납득시키려는 듯이 말한 뒤, 사이코는 큰 바위 주변을 조사하기 시작했다. 그리고 금방 발견한 듯이 외쳤다.

"여기에 뭔가의 흔적이 있어."

시게루가 가까이 가자, 그녀는 지면을 가리키면서 말했다.

"나무 말뚝이 여기에 박혀 있었던 것 같아."

"상당히 오래전인가요?"

"아마도 썩어서 부러진 거겠지."

"이 바위의 유래 같은 게 기록된 안내판이 있었을까요?"

"그렇겠지. 아니면 '로쿠부 고개'라고 적힌 산의 간판이었든가."

"간판 쪽은 보이지 않네요."

"오래전에 썩어서 바람에 날려간 거겠지."

다시 한 번 주위를 둘러본 두 사람은, 거의 동시에 얼굴을 마주 보며 입을 열었다.

"아주 기분 좋은 장소라는 생각은 도저히 안 드는걸."

"아주 기분 좋은 장소로 불릴 만한 곳은 절대 아니네요."

다시 묻지 않아도 상대가 어떤 느낌으로 말했는지 서로 잘 알 수 있었다.

"여기는 뭘까요?"

"단순한 고개는 아니란 얘긴가?"

시게루의 물음에 사이코도 물음으로 답했다.

"우리들이 왔던 산길하고 이 큰 바위의 너머는, 어쩐지 분위기가 다르지 않나요? 여기까지도 은근히 음산해서 기분 나빴는데, 그게 더욱 진해지는 것 같은 느낌이 드는 것이……."

"그 경계가 이 바위라는 거야?"

"앗, 그럴지도 몰라요."

"고개라는 건, 확실히 하나의 경계라 할 수 있으니까 시게루 군의 감각은 분명히 옳다고 봐. 문제는 대체 무엇의 경계인가 하는 점인데."

그 뒤에 두 사람은 카즈요가 마셨다는 샘물을 찾기로 했다. 큰 바위 주변에는 없었으므로 그곳을 지나서 처음으로 나온 급한 내리막을 내려가 보니, 왼편에 내려오는 산자락 중간쯤에 무너진 돌무더기 탑 같은 것이 눈에 띄었다.

"저기 있는 바위 사이에서 물이 솟아나고 있어."

무너진 탑 같은 것 옆에 있는 두 개의 바위 사이에서, 콸콸 솟아나는 물이 확실히 보였다.

"내려가 보자."

사이코가 먼저 경사면으로 내려가고, 시게루가 뒤를 따랐다. 하지만 샘물 가까이 가도 그녀는 결코 손을 대려고 하지는 않았다.

"마실 수 있겠죠?"

"……아마도. 하지만 혹시 모르니 그만두자."

사이코의 재촉을 받아서 큰 바위까지 돌아가 보니, 의외로 카즈요와 유타로가 와 있었다. 게다가 유타로는 주저앉아 있는데, 카즈요는 기운이 넘치는 것처럼 보였다.

"생각보다 빨리 왔네?"

놀라는 목소리의 사이코에게, 카즈요가 재잘거리며 대답했다.

"물론 노력했으니까요."

"좋아, 좋아. 참 잘했어요."

카즈요를 열심히 칭찬하는 사이코 옆에서, 유타로가 신경 쓰이는 말을 흘린 것을 시게루는 놓치지 않았다.

"노력한 건 제 쪽이라고요…… 진짜 힘들었으니까……. 그건 그렇고 카즈요 씨는 여기에 도착하자마자 쌩쌩해졌네."

실제로 카즈요가 재잘거리는 모습은 뭔가 이상했다. 사이코가 말리는 것도 듣지 않고 큰 바위의 패인 곳에 발을 디디더니, 그대로 위까지 올라가버릴 정도였다.

"여기서 주먹밥을 먹죠."

그렇게 말하며 바위 위에서 팔짝팔짝 뛰고 있다.

"알았으니까, 그렇게 소란 피우지 마."

아래에서 사이코가 주의를 주자, 카즈요의 행동이 딱 멈췄다. 게다가 엉뚱한 방향을 향한 채로 가만히 서 있다.

"왜 그래? 뭘 보고 있어?"

걱정스럽게 묻는 사이코에게, 바위 위에서 카즈요의 억양 없는 목소리가 돌아왔다.

"저 너머에 마을이 보여요."

시게루 일행 세 명도 큰 바위 위로 올라가서 카즈요가 눈길을 주고 있는 방향을 바라보았다. 그랬더니 확실히 촌락으로 보이는 광경의 일부가 저 멀리에 보이는 것이 아닌가.

"앗, 정말로 마을이 있네."

유타로의 작은 외침에 사이코가 반응했다.

"뭔가 이상하지 않아?"

"어디가요? 조금 멀긴 하지만, 저는 평범한 마을로 보이는데요."

"……응, 그렇지."

위화감을 느끼면서도 구체적인 지적을 할 수 없는 것인지 사이코는 어정쩡하게 끄덕였다.

"실은 세상을 등진, 숨겨진 마을이라든가?"

일부러 농담을 하면서 시게루는 반대편을 바라보다가, 앗 하고 생각했다.

"저희들이 온 쪽에서 보이는 것이 나시라즈 폭포가 아닐까요?"

"어, 어딘가요?"

"어디에 보이는데?"

유타로와 사이코가 바로 돌아보면서 물었다.

"보세요, 나무들 사이로 하얀 줄기가 보여요. 저건 폭포가 아닐까요?"

앞부분은 유타로에게, 뒷부분은 사이코를 향한 대답이었다. 두 사람도 바로 알아차린 듯했다.

"K리조트는 안 보이나요?"

"높은 건물이 없으니까."

두 사람의 대화를 들으면서 시게루가 다시 수수께끼의 촌락 쪽으로 눈길을 돌리자, 여전히 같은 자세로 가만히 서 있는 카즈요가 그곳에 있었다.

"사이코 씨."

이름을 부르고, 그다음에는 시선으로 전한 것뿐인데도 사이코는 곧바로 눈치 챈 듯했다.

"이 위에서 점심을 먹을까?"

카즈요에게 말을 걸고서 그녀와 함께 큰 바위에 앉은 사이코를 보고, 시게루와 유타로도 그 옆에 앉았다. 그곳은 큰 바위 위이긴 해도 커다란 나무 그늘이 드리워져 있어서 바람이 불면 상당히 서늘했다. 점심식사 장소로 안성맞춤이었다.

주먹밥을 먹고 물통의 보리차를 마신다. 안도의 한숨을 내쉬면서도 모두가 말이 없었다. 이제부터 어떡할지, 제각기 생각이 달랐기 때문인지도 모른다.

시게루는 K리조트로 돌아가야 한다고 생각하고 있었다. 다만 사이코가 계속 가보고 싶다고 말하면 찬성할지도 모른다. 그리고 사이코는 카즈요를 염려해서 돌아가야 한다고 생각할 것이다. 하지만 한편으로 저 멀리 보이는 촌락에 대한 흥미도 있을 것이 틀림없다.

유타로는 아마도 카즈요와 함께 돌아가고 싶어 하지 않을까. 사이코와 시게루가 이 길을 계속 가는 것은 말리지 않겠지만, 자기들은 돌아가겠다고 말할 것 같다. 그리고 카즈요는…….

"마을까지 가봐요."

카즈요는 그렇게 말하며 갑자기 일어서더니 바위를 내려가기 시작했다.

"잠깐 기다려!"

당황하며 사이코가 쫓아가고, 그녀를 시게루와 유타로가 뒤따랐다.

"마을까지라니, K리조트에서 여기 정도의 거리는 될 거야. 카즈요, 걸을 수 있어? 돌아가는 길을 생각하면 무리하지 않는 게 좋아."

앞으로 척척 나아가기 시작하는 카즈요를 제지하듯 사이코가 말을 걸었지만, 카즈요는 전혀 멈추려 하지 않았다.

"카즈요 씨!"

유타로가 사이코를 제치고 카즈요의 팔을 잡았다. 그리고 그것과 동시에 그녀가 빙글 하고 몸을 돌리나 싶더니, 빙그레 미소 지으면서 말했다.

"마을로 가요."

시게루는 그 순간, '싫어!'라는 강한 거부감에 사로잡혔다. 하지만 시게루와 전혀 반대인 사람도 있는 모양이었다.

"……어, 네."

유타로였다. 그 미소에 매료된 것처럼 카즈요 앞에 멈춰 섰다.

"하지만 말이야, 카즈요……."

계속해서 사이코가 그녀를 말리려고 했지만, 그대로 카즈요는 급경사의 언덕 너머로 모습을 감춰버렸다. 유타로가 그 뒤를 따랐던 것은 말할 것도 없다.

"어떡하죠?"

"억지로 데리고 돌아갈 수도 없으니, 우리들도 갈 수밖에 없겠네."

결국 시게루와 사이코가 먼저 출발한 두 사람을 뒤쫓는 모양이 되었다. K리조트에서 큰 바위까지와는 완전히 반대다.

그건 그렇다고 해도, 카즈요의 모습이 좀처럼 믿기지 않았다. 이제까지 왔던 길보다 더욱 굴곡이 심한 산길을 안정된 속도로 힘차게 나아가고 있다. 바닥이 좋지 않아 다니기 힘든 길도 많은데, 팔짝팔짝 가볍게 통과하고 있다.

"카즈요 씨 말인데, 위험한 거 아닌가요?"

사이코의 뒷모습을 향해 시게루가 말을 걸자, 그녀는 흘끗 뒤를 돌아보며 말했다.

"확실히 이상하네."

"마치 이와노보리 카즈요가 아닌 것 같은……."

"뭔가에 씌었다는 거야?"

"……난 그런 건 몰라요. 하지만 아무리 봐도 저건 보통 상태가 아니잖아요."

"……."

입을 다물어버린 사이코에게, 시게루는 이렇게 묻고 싶었다.

'우리들은 지금 유인되고 있는 거 아닌가요?'라고.

도저히 카즈요라고는 생각되지 않는 그녀에게, 우리들은 수수께끼의 마을까지 이끌려가고 있다. 그렇게 봐야 하지 않을까.

하지만 실제로 입 밖에 나온 것은 다른 물음이었다.

"내버려둬도 괜찮을까요?"

"걱정되지만, 이 상태에서는 어쩔 방법이 없잖아. 섣불리 달래다가 날뛰기라도 하면, 그게 더 위험하니까."

"저 마을에 도착할 때까지 마음대로 하도록 놔둘 생각인가요?"

"마을에서의 눈치를 보고 나서 판단할 수밖에 없어."

"……그렇겠네요."

"마을에서 K리조트까지 돌아갈 교통수단이 있다면, 억지로라도 카즈요를 태우면 되고 말이야."

"여차하면, 누구에게 차를 빌릴까요?"

"시게루 군, 운전할 줄 알아?"

"할 줄 알아요. 그때는 맡겨주세요."

별 내용 없는 의논이었지만, 시게루는 조금이나마 마음이 편해졌다. 그 뒤로는 두 사람 다 입을 열지 않고 그저 카즈요와 유타로의 뒤를 쫓는 데 전념했다.

가파른 오르막을 지나 완만해진 산길에 접어들었을 때였다.

"아, 마을이 보여요!"

앞쪽에서 유타로의 외침이 들렸다. 큰 바위를 떠난 뒤로 예상외로 빨리 도착해서 깜짝 놀랐다.

"거짓말……."

사이코도 같은 기분인지 무심코 중얼거리고 있었다.

"가자."

그녀에게 재촉받으며 달리자, 울창하게 우거진 덤불 앞에 멈춰선 카즈요와 유타로를 금방 따라잡을 수 있었다. 그 덤불 너머로 보니, 확실히 촌락의 일부가 보였다. 그러나 마을까지는 아직 멀어 보였다.

"한참은 더 가야겠네요."

유타로는 한숨을 쉬었지만, 금세 카즈요가 혼자 걷기 시작했다.

"더 이상은 못 가겠어요."

당황하며 유타로가 카즈요에게 사정했다. 하지만,

"이제 금방이에요."

그녀는 정면을 바라본 채로 그렇게 말하며 전혀 멈추려 하지 않았다.

"기다리세요!"

그 뒤를 당황하며 따라가는 유타로를, 또다시 사이코와 시게루가 뒤쫓는 형국이 되었다. 하지만 그것도 단 몇 미터였다.

"아앗!"

다시 앞쪽에서 유타로의 심상찮은 외침이 들려왔다. 사이코와 시게루가 서둘러 달려가 보니, 두 사람은 언덕 위에 나란히 서서 멈춰 있다.

거기서 시게루의 눈에 날아든 것은, 언덕 아래에 펼쳐진 촌락의 모습이었다. 다만 그것은 평범한 마을이 아니었다.

"이건……. 폐촌(廢村)이네."

사이코의 지적대로, 그 촌락은 완전히 죽어 있었다. 어디에도 사람의 모습이 보이지 않고, 사람이 사는 기색도 느껴지지 않았다.

애초에 많은 집들이 말 그대로 썩어서 무너져가는 중이었다.

"큰 바위에서 본 마을이 아닌 건가?"

시게루가 중얼거린 말에 사이코가 대답했다.

"거긴 좀 더 가야 나올 거라고 생각해. 그 앞에 이 마을이 있었던 거겠지."

"다른 마을일까요?"

"지리적으로 떨어져 있을 뿐이고 같은 마을일지도 몰라."

"그러면 저쪽도 역시 폐촌일까요?"

"글쎄. 그건 가보지 않으면 알 수 없지만, 그럴 가능성이 높겠지."

"어째서죠?"

"지도에서 이 부근을 봤을 때, 마을 같은 건 단 하나도 실려 있지 않았어. 이쪽이 폐촌이어도 저쪽이 사람들이 사는 마을이라면, 적어도 저쪽 마을은 지도에 실려 있었을 거야."

"아, 그런가."

둘이서 이야기하는 사이에 카즈요가 언덕길을 내려가기 시작했다. 유타로가 뒤를 쫓아서 멀어져가는 와중에, 시게루는 마음에 떠오른 의심을 사이코에게 말했다.

"미노베 씨가 숨기고 싶어 했던 건, 이 마을이었을 거라고 생각하시나요?"

"아마도 그렇겠지. 손님이나 아르바이트생이 이곳에 들어오지 않도록, 일부러 산책 코스를 기록한 지도까지 만들 정도니까."

"하지만 이런 곳까지 올 사람이 있을까요?"

"대여 별장에서 남는 시간을 주체 못하던 손님이 우연히 이 산길을 발견해서……라는 상황은 충분히 생각해볼 수 있어. 처음부터 지도가 있으면 우선적으로 거기에 실려 있는 코스를 선택할 테고, 어쩌다 지도에 없는 길을 발견하더라도 쉽게 발을 들이지 않을 거 아냐?"

"그 지도에는 그런 보험 같은 성격이 있었던 걸까요?"

"응. 게다가 지도가 있더라도 지금 우리들은 여기에 와 있지. 미노베 씨로서는 할 수 있는 건 뭐든지 해왔던 게 아닐까."

"그 우리들 말인데요……."

시게루는 조금 전까지 들었던 생각을 사이코에게 전했다.

"도저히 카즈요로 생각되지 않는 여자에 의해서 이 마을까지 유인되었다는 생각이 머릿속에서 떨어지지 않아요."

"그렇지."

사이코는 동의한 뒤에 갑자기 시게루에게 고개를 숙였다.

"미안해."

"왜, 왜 그러시나요?"

"저 애를 뒤따르는 상황이 된 건, 섣불리 말리다가 날뛰기라도 했다간 큰일 날지 모른다고 생각했기 때문도 있어. 그 생각은 진짜지만, 그것만은 아니었어."

"그것 말고도 이유가 있었나요?"

"호기심……일까."

"네?"

"할 수만 있다면 내가 느낀 정체 모를 감각의 정체를 밝혀내고 싶다고 생각했어. 그런 이유도 있었어. 미안해, 말려들게 해서."

다시 고개를 숙이는 사이코에게, 시게루는 한 손을 저으면서 말했다.

"호기심이라면 저도 있었어요. 그러니까 서로 피장파장이에요."

그 자리에 어울리지 않는 상황이지만, 두 사람은 거기서 잠시 미소를 주고받았다.

여름의 태양은 아직 하늘 높이 떠 있고 밝은 햇살은 마을 전체에 쏟아지고 있었다. 그러나 전혀 인기척도 없고 정적에 가득 찬 폐촌은, 흑갈색으로 퇴색된 사진처럼 아주 빛바래 보였다. 쇠퇴란 이름의 시간의 먼지가 마을 전체를 뒤덮고 있는 것 같다.

그런 풍경 속을, 마치 순례자 같은 발걸음으로 카즈요가 걷고 있었다. 썩어버린 촌락 안을 나아가는 그녀의 모습은 마치 을씨년스러운 한 장의 그림 같았다.

"어디에 갈 생각일까요?"

"저 집일까."

사이코가 눈길을 준 것은 촌락 외곽의 벼랑 중간에 서 있는 커다란 집이었다.

"옛날 촌장의 집 같네요."

"이 마을의 지주였을지도 몰라."

거기서 사이코는 문득 생각났다는 듯한 몸짓을 하더니 말했다.

"카즈요가 만났다던 순례자 모녀는, 혹시 저 큰 바위를 넘어서 이 마을에 들어온 뒤에 저 저택에 간 게 아닐까?"

"무슨 말씀인가요?"

"그런 식으로 여행하는 종교인을, 이 마을의 촌장이나 지주였던 저 집에서 항상 받아들여줬던 게 아닐까 하는 생각이 들어."

"그렇군요."

일단 시게루는 납득한 뒤에 곧바로 사이코에게 물었다.

"하지만 그건 언제 얘긴가요?"

입을 다물어버린 그녀로부터 앞쪽으로 눈을 돌리자, 마침 카즈요가 문제의 집으로 통하는 언덕길 아래에 도달하려는 중이었다.

"역시 저기에 갈 생각인 것 같아요."

"서두르자."

두 사람은 종종걸음으로 마을 안을 지나 그대로 언덕길로 뛰어올라서 커다란 문을 지났다.

저택의 부지에 들어섰을 때, 카즈요의 모습을 놓쳐버린 시게루는 초조해졌다. 그때, 황폐한 정원을 지나 저택 뒤편으로 사라지는 유타로의 뒷모습이 간신히 그의 시야에 들어왔다.

"저쪽이에요."

사이코를 재촉하며 커다란 집의 뒤쪽으로 돌아 들어가면서, 시게루는 좋지 않은 예감을 느꼈다. 왜냐하면 저택 뒤편의 벼랑에 묘비 같은 것들이 죽 늘어서 있는 광경이 펼쳐졌기 때문이다.

"여기는…… 묘지네."

저택 뒤편으로 나가자마자, 벼랑을 올려다보면서 사이코가 중얼거렸다.

"뭐라고 읽는 건지는 모르겠지만, 칼집 '초(鞘)'자에 떨어질 '락

(落)'자를 쓰는―'사야오토시'라고 읽는 걸까―이 집 조상 대대의 묘일지도 몰라."

"어디에서 이름을 보셨나요?"

"대문 옆에 문패가 있었어."

깜짝 놀라는 시게루에게 아무것도 아니라는 듯이 사이코가 대답했다.

"그것보다 두 사람은?"

그리고 그녀는 주위를 둘러보며 카즈요와 유타로를 찾았지만 두 사람의 모습은 어디에도 보이지 않았다.

"묘지에는 없어요."

벼랑을 계단식으로 깎아 만든 묘지에는 돌계단이 있었다. 그곳을 올라가면 어느 묘지에도 갈 수 있을 듯했지만, 그 두 사람은 어느 단에도 없었다.

"이건 뭘까?"

사이코의 목소리에 돌아보니, 완전히 무너져 있는 두 개의 기묘한 건물 잔해 옆에 그녀가 멈춰 서 있었다. 시게루가 묘지에 눈길을 주고 있는 동안, 카즈요 일행을 찾고 있으리라 생각했던 사이코는 어째서인지 그것들을 조사하고 있었던 모양이었다.

"불당……일까요?"

작은 집 정도 크기는 되었을 그 건물은, 잔해로 보건대 불당으로 짐작되었다.

"그러면 이쪽은 작은 사당이라고 봐야겠네."

다른 한쪽의 작은 건물 잔해에 눈길을 주면서 그렇게 사이코가 추측했다.

"불당과 사당인데, 모시는 사람이 없어져서 결국 썩어서 무너져 버렸나 보네요."

시게루가 추도하는 듯한 표정을 짓자, 사이코가 고개를 휘휘 저었다.

"어, 아닌가요?"

"이건 자연적으로 붕괴한 게 아니라, 누군가가 부순 게 아닐까?"

"설마……."

"그냥 썩어서 무너져 내린 것으로 보기에는 너무 처참하지 않아?"

"하, 하지만 불당과 사당이라고요."

"물론 그것에 상응하는 이유가 있었겠지만……. 나에겐 많은 사람들이 몰려와서 부순 것처럼 보여."

갑자기 섬뜩함을 느낀 시게루가 뒤늦게나마 조심조심 주위를 둘러보기 시작했을 때였다.

"우와앗!"

벼랑의 묘지 오른쪽 아래에 모셔진 커다란 비석 뒤편에서 이쪽을 엿보고 있는 무표정한 얼굴을 깨닫고, 자기도 모르게 비명을 질렀다.

"꺄악!"

거의 동시에 사이코도 비명을 질렀는데, 그녀는 저택 부엌문 쪽으로 눈길을 주고 있다.

그쪽을 본 시게루는 반쯤 열린 문 뒤편에서 이쪽을 엿보고 있는 또 하나의 얼굴을 깨닫고, 곧바로 팔뚝에 소름이 돋았다.

"뭐, 뭐하고 있는 거야!"

그러나 사이코의 호통소리를 들은 순간, 시게루는 부엌문 뒤편에 있는 사람이 유타로라는 것을 깨달았다. 혹시나 하고 비석 쪽을 보았더니, 이미 아무도 없었다. 조금 전의 얼굴은 혹시 카즈요였던 걸까?

사이코가 저택의 부엌문 쪽으로 향했기 때문에 시게루는 묘지 아래로 향했다. 그곳은 돌기둥으로 둘러싸인 또 하나의 묘지라고도 할 수 있을 만한 좁은 공간으로, 크고 작은 비석이 몇 개나 세워져 있었다.

어째서 이런 작은 묘지가 일부러 따로 만들어져 있는 걸까. 어째서 이 비석들만이 벼랑의 묘지 외곽에 모여 있는 걸까. 아니면 크고 작은 비석은 묘가 아닌 걸까. 그렇다면 어째서 묘지 근처에 세워진 걸까. 혹시 다른 묘와 함께 둘 수 없는, 어떠한 특별한 사정이 있었던 걸까.

여러 가지를 생각하는 동안에 어쩐지 두려워지기 시작했다. 특히 가장 커다란 비석이 무섭게 느껴졌다. 가능하면 가까이 가고 싶지 않았지만, 카즈요가 있는지 없는지 확인할 필요가 있다.

커다란 비석 근처까지 갔을 때 시게루는 가슴이 철렁했다. 신발을 신은 여자의 발이 비석 너머로 보였다. 카즈요가 쓰러져 있다고 생각한 시게루는 황급히 비석 뒤편을 들여다보았다.

그 순간, 드러누워 있던 카즈요가 상반신만을 쓰윽 일으켰다.

시게루의 두 눈에서 조금도 시선을 떼지 않은 채로, 마치 묘지에서 죽은 사람이 되살아난 것처럼 오싹한 움직임을 보였다.

"어떻게 된 거야? 괜찮아?"

도망치고 싶은 마음을 필사적으로 억누르며 시게루는 말을 걸었다. 그렇지만 카즈요는 여전히 그를 빤히 바라볼 뿐이다.

"카즈요는 거기 있어?"

그곳으로 사이코가 다가왔다. 유타로도 같이 있었지만, 어딘지 모르게 멍한 얼굴을 하고 있다.

"자, 일어서."

사이코가 어깨를 안듯이 하며 카즈요를 일으켜 세웠지만, 그녀의 시선은 여전히 시게루를 향하고 있었다.

짜악!

그때 사이코가 카즈요의 얼굴 앞에 두 손을 마주치며 큰 소리를 냈다.

"윽……."

깜짝 놀란 듯 신음소리와 함께 몸을 움찔거린 카즈요는 사이코와 시게루, 그다음에 유타로에게 얼굴을 향한 뒤에 묘지와 저택을 찬찬히 둘러보기 시작했다.

"여기가 어딘지 알겠어?"

"이상한 마을……이죠?"

"여기까지 왔던 건 기억해?"

"……네. 흐릿하게요."

사이코는 의미심장한 시선으로 시게루를 바라보며 물었다.

"유타로 군은? 어떤 상태야?"

"으음, 어쩐지 잠에서 덜 깬 느낌이에요. 저택 뒤편에 오자마자 갑자기 눈앞이 캄캄해져서……. 현기증일까요?"

"이제는 괜찮아?"

"네, 괜찮은 것 같아요."

"카즈요도?"

"……아, 네. 괜찮아요."

사이코는 두 사람의 상태를 확인하고 난 뒤, 시게루를 보며 말했다.

"여기까지 와버리긴 했지만, 이렇게 된 이상 한시라도 빨리 이 마을에서 나가는 편이 좋겠어."

"망해버린 마을에 마냥 있어서는 안 되겠죠."

물론 그도 금방 동의했다.

"네? 어째서요?"

그런데 영문을 모르겠다는 얼굴로 카즈요가 사이코와 시게루를 번갈아 바라보았다.

"어째서냐니……."

"여기는……."

그리고 두 사람이 대답하기보다 먼저, 그녀는 이렇게 말했다.

"하지만 집 안에서 이쪽을 보고 있는 사람이 있는걸요."

카즈요의 시선을 따라, 시게루와 사이코는 저택 쪽으로 눈길을 향했다. 그곳에는 아무도 없다.

"어디에서 봤어?"

"저 방 안이요."

사이코의 물음에 카즈요가 망설이지 않고 가리킨 곳은 저택 뒤편에 접한 작은 객실이었다. 덧문도 없고, 유리도 깨져서 뻥 뚫린 문 너머로 어두컴컴한 공간이 보인다. 그러나 그곳에도 사람의 모습은 전혀 보이지 않는다.

"저기에 서 있었어?"

"너덜너덜한 칸막이 문 뒤에서 이쪽을 훔쳐보고 있었어요."

"어떤 사람이었어?"

"······여자아이였던가."

거기까지 말하고서야 자신이 본 것이 평범하지 않은 존재임을 간신히 카즈요도 깨달은 듯했다.

"어······그럴 수가······에엑······?"

지금이라도 막 공황상태에 빠지려고 하는 그녀의 손을 잡아끌면서, 사이코가 남자 둘에게 말을 걸었다.

"어쨌든 도망치자."

사이코와 카즈요 뒤를 유타로가 따르고, 맨 뒤는 시게루였다. 묘지와 파괴된 수수께끼의 건물 앞을 벗어나 황폐해진 정원을 지나서 저택 정면으로 나왔다.

거기서 커다란 문을 향하는 도중, 시게루는 등 뒤에서 기묘한 기척을 느꼈다. 처음에는 작은 위화감이었지만, 그 숫자가 점차 늘고 있는 듯한 기분이 든다. 하나뿐이라도 불안한데, 몇 개나 되면 무서워서 견딜 수 없다······. 그런 뭔가가 자기 뒤에 잔뜩 있는 것 같은 기분이 든다.

'대체 무엇이……'

자기도 모르게 시게루가 뒤를 돌아보려고 할 때였다.

"돌아보면 안 돼!"

앞쪽에서 사이코가 소리쳤다. 그쪽을 보니 그녀도 똑바로 앞만 향하고 있다. 조금도 돌아보지 않고 그에게 주의를 준 것 같다.

그 순간, 등 뒤에서 느껴지는 기척의 정체를 시게루는 깨달았다.

'시선이다……'

건물 안에서 뭔가가 자신들을 바라보고 있다. 그것도 하나가 아니다. 더욱 수많은 뭔가가, 일제히 자신들을 눈으로 쫓고 있는 것이다.

문을 지나 언덕길을 뛰어내려 촌락 안을 조금 나아갔을 즈음에, 일단 사이코가 멈춰 섰다.

"봤어?"

갑자기 물어봐서 시게루는 고개를 저었다.

"사이코 씨는요?"

"그럴 담력은 없어."

"뭐 말인가요?"

유타로가 신경 쓰이는 듯했지만, 그녀는 "나중에 말할게."라고 대답하고 일행을 재촉해서 걷기 시작했다.

"여기는 어떤 마을인가요?"

그렇게 물으면서도 카즈요는 아직 사이코의 손을 쥐고 있었다.

"마을에 대해서는 알 수 없지만, 분명히 과거에 뭔가 좋지 않은 사건이 일어났던 게 아닐까?"

"그게 마을 하나가 완전히 쇠락하게 된 원인이라면 상당한 사건이었겠네요."

시게루의 지적에 사이코는 엄숙하게 끄덕이면서 말했다.

"옛날 이 지방의 신문 같은 거라도 찾아보면 해당되는 기사를 발견할지도 모르지."

"찾아보실 건가요?"

그렇다면 시게루도 거들 생각이었지만, 그녀는 힘없이 고개를 저었다.

"이 이상 이곳에는 관여하지 않는 편이 좋을 거라고 생각해."

"하지만 무슨 일이 있었는지 정도는……."

"알게 됨으로써 쓸데없는 것까지 따라붙을지도 몰라."

그녀가 말한 '따라붙는다'라는 표현이 마치 뭔가가 '들러붙어 온다'는 뜻처럼 느껴져서 시게루는 섬뜩했다.

"……보고 있어요."

그때 카즈요가, 가만히 중얼거렸다.

"어, 뭘 말하는 거야?"

사이코가 물어봐도, 카즈요는 똑바로 앞만 본 채로 대답하지 않았다.

"카즈요, 무슨 얘기야?"

거듭 물어보자, 여전히 카즈요는 얼굴을 정면으로 향한 채로 이렇게 말했다.

"집 안에서 이쪽을 보고 있어요."

그 의미를 이해한 순간, 시게루는 촌락에 있는 무너져가는 집들의 어둠속에서 어떠한 기척을 느꼈다. 자기들에게 흉측한 시선을 퍼붓는 어떠한 존재를 알아차리고 있었다.

"보면 안 돼! 무시하는 거야."

저도 모르게 바라볼 뻔하다가 사이코로부터 날카로운 주의를 받았다.

"이대로 모르는 체하며 지나가자."

사이코를 따라 걷는 동안, 시게루의 목덜미에서 오싹오싹하며 소름이 돋기 시작했다. 왜냐하면 **그 집**에서 멀어져감에 따라 그 옆집에서도, 또 그 옆집에서도, 그 옆집의 옆집에서도, 맞은편 집에서도…… 뭔가가 이쪽을 훔쳐보기 시작했기 때문이다.

정신이 들고 보니 촌락 안의 모든 집 안에서 시게루 일행을 보고 있었다.

"뛰어! 도망치자!"


어느 집에도 눈길을 향할 생각은 없었지만 싫어도 시야에 들어온다. 가령 두 눈을 질끈 감더라도 자신들을 찌르는 시선은 절대 사라지지 않았을 것이다.

보고 있다…….

엿보고 있다…….

응시하고 있다…….

몇백 개나 되는 눈알에 둘러싸여 있다…….

어느샌가 시게루는 온몸의 털이 곤두서는 기분에 사로잡혀 있었다. 이 마을의 길가에서 이 흉측한 시선에 이대로 노출되어 있다가는, 분명히 머리가 이상해질 것이다. 그렇게 생각하니 무서워서 견딜 수가 없었다.

산길로 통하는 언덕길 위까지 시게루 일행은 전속력으로 내달렸다.

"돌아봐서도 멈춰서도 안 돼!"

거기서 한숨 돌리려고 했지만, 사이코가 허락하지 않았다. 결국 산길 초반의 급한 내리막이 보일 때까지, 녹초가 되어 비틀거리면서도 계속 나아갔다.

"저건 대체……."

"……보고 있었어요. 이쪽을 보고 있었어요. 우리들을, 빤히 보고 있었어요."

"마을 사람들……은 아니겠죠. 그렇다면 저건……."

시게루와 카즈요와 유타로가 저마다 떠들기 시작하는 것을, 사이코는 두 손을 들어서 제지했다.

"잠깐 기다려. 어쨌든 지금은 산길로 돌아가야 해."

"그 전에 잠시 쉬죠."

시게루의 제안에 카즈요와 유타로가 끄덕였다. 그러나 사이코는 고개를 저었다.

"그럴 시간도 없고, 쉬었다간 쓸데없는 생각을 하게 되고 말거야."

"하지만……."

그렇게 시게루가 입을 열려던 때였다.

딸랑…….

상당히 먼 곳에서 방울소리 같은 것이 울렸다. 그것은 마을로 통하는 언덕길 위 부근에서 희미하게 울린 듯했다.

넷이 서로의 얼굴을 마주보고, 그런 뒤에 귀를 기울였다.

딸랑…….

확실히 방울소리가 나고 있다. 잘못 들은 것이 아니다. 네 사람 모두에게 들리고 있다.

딸랑…….

게다가 그 방울소리는 조금씩 이쪽으로 다가오고 있었다.

"싫어……"

처음에 카즈요가 움직였다.

"기다려요……"

유타로가 바로 뒤따랐다.

"두 사람 다 조심해."

사이코는 그렇게 말하고, 먼저 가라는 듯이 시게루를 재촉했다.

"저는 마지막이어도 괜찮아요."

본심은 달랐지만 간신히 허세를 부렸다. 하지만 계속 다가오는 방울소리를 다시 듣자 그런 마음은 싹 사라져버렸다.

"자, 어서."

사이코가 시키는 대로 그녀의 앞에 섰다. 급한 내리막길을 가면서 앞쪽을 보니 이미 카즈요와 유타로의 모습이 보이지 않았다. 공포는 인간의 숨겨진 힘을 이끌어낸다는 것을 이때 시게루는 깨달았다.

다행히 산길로 돌아가기 전에 두 사람을 따라잡을 수 있었다. 일단 영문 모를 공포로부터 도망쳤다고 생각하자마자, 발이 저절로 멈춰버렸던 모양이다.

"자, 힘내."

"……못 걷겠어요."

사이코가 격려해도 카즈요는 주저앉은 채로 움직이지 않는다.

"나중에 쉴 거니까, 지금은 일어서."

"나중이 언젠데요?"

"조금 더 안전한 장소까지 돌아가면."

"그게 어딘데요?"

"큰 바위 부근일까."

그것이 산길의 어느 지점에 해당하는지 카즈요는 알지 못하는 듯했다. 마을까지 갔을 때의 상태를 생각하면 당연한지도 모른다.

"거기까지 몇 분 걸리나요? 먼가요? 잠깐이라도 여기서 쉬어……."

카즈요의 말이 점점 격해지려고 하는데…….

딸랑…….

또다시 저 멀리에서 방울소리가 들렸다.

"……따라오고 있는 건가?"

"쫓기고 있는지도 몰라……."

시게루와 사이코의 대화에 카즈요가 펄쩍 뛰어올랐다.

그 이후의 카즈요는 전속력으로 도망치다가 지쳐서 쉬고, 방울소리를 듣고서 다시 뛰기를 반복했다. 어떻게 봐도 체력의 한계를 넘어섰는데도 그 자리에 쓰러지지도 않고, 계속해서 K리조트를 향해 돌아가는 산길을 나아갔다.

나머지 세 사람은 그녀에게 맞출 수밖에 없었다. 다만 기분 나쁜 방울소리에 쫓겨서 도망친다는 의미에서는 모두가 똑같았지만……

큰 바위까지 돌아갔을 때, 카즈요는 지칠 대로 지쳐 있었다. 유타로도 마찬가지인지 둘이 바위에 기댄 채로 숨을 헐떡이고 있다.

시게루도 옆에 앉고 싶었지만, 그냥 서 있는 사이코 앞이라 어떻게든 참고 있었다.

"시게루 군도 앉아서 쉬는 게 어때?"

그녀에게 그런 말을 들었을 때는 혹시 간파당했나 하고 당황했다.

"사이코 씨는요?"

"나는 선 채로 쉬는 데 익숙하거든. 한번 앉아버리면 일어나는 게 귀찮아질 거야."

"저도 그럴지도 몰라요."

적어도 지금은 그렇다고 느꼈다.

"여기서부터는 최대한 쉬지 않고 계속 가고 싶으니까, 충분히 쉬어두도록 해."

그런 사이코의 말에 카즈요가 반응했다.

"에엑? 그럴 건가요?"

"여기서 K리조트까지는 마을에서 큰 바위까지 오는 길 정도로 험하지 않아. 그러니까 중간에 쉬는 횟수도 줄여서……"

"아니, 그게 아니라요. 조금 전에 사이코 씨는 이 큰 바위까지

도망치면 안전하다고 말했었잖아요."

"산길 중간에서 멈춰서는 것보다는 조금 더 안전할 거라는 뜻이었어."

"그럴 수가……."

탄식하는 카즈요에게, 사이코는 다시 한 번 큰 바위 주변을 둘러보면서 말했다.

"어쩌면 옛날에는 여기가 경계였을지도 몰라."

"그 마을과 바깥세상의 경계요?"

그렇게 시게루가 묻자, 사이코는 금방 이해한 것을 칭찬하는 듯한 표정으로 말했다.

"응. 로쿠부 고개라는 이름도 분명히 뭔가 의미가 있는 이름이라고 생각해."

"그러면 마을에 있던 **저것**이 무엇이든 간에, 우리들을 쫓아올 수 있는 것은 여기까지라는 얘기가 되는 거 아닌가요?"

"……다행이다."

옆에서 시게루의 말을 들은 카즈요는 쥐어짜내듯 안도의 말을 흘렸다. 그러나 그 말에 사이코가 고개를 저었다.

"유감스럽지만, 그렇게 낙관할 수 없어."

"어째서요?"

"아니, 딱히 확실한 건 아닌데 말이지……."

사이코는 큰 바위의 균열에 손을 대면서 말을 이었다.

"어쩌면 이 큰 바위는 저 마을이 존재했을 무렵에는 깨지지 않은 상태가 아니었을까. 그 덕에 이 고개가 경계의 역할을 하고 있지 않았을까. 문득 그런 생각이 들었어."

"그건 이상해요."

바로 시게루가 이의를 제기했다.

"저 촌락이 폐촌이 된 건 기껏해야 수십 년 전일 거예요. 하지만 이 큰 바위에 이 정도의 금이 가려면 훨씬 긴 세월이 걸렸을 거예요. 사이코 씨의 해석은 시간적으로 전혀 맞지 않아요."

"그렇지."

사이코는 그 말에 맞장구쳤다. 근거는 없지만 자신의 감각에 확신을 품고 있는 듯 보였다.

"저기, 두 분의 이야기는 잘 이해가 안 되지만요……."

거기에 유타로가 끼어들었다.

"그 방울소리……. 이젠 안 들리네요."

네 명이 동시에 귀를 기울인다. 하지만 아무 소리도 들리지 않는다. 서로의 얼굴을 마주보며 그 사실을 확인하고서 다시 카즈요가 안도했다.

"……다행이다. 사이코 씨의 말대로 여기는 안전한 장소였나 봐요."

"정말 그럴까?"

"방울소리가 쫓아오지 않는다는 것이 무엇보다 큰 증거예요."

"응. 그건 나도 다행이라고 생각하고 있어."

"그렇다면……."

"하지만 카즈요. 순례자 모녀와 만난 것은 K리조트 근처였잖아?"

"아……."

"산길에서 나오지는 않았다고는 해도, K리조트 부지 옆이었지."

"……네."

거기서 사이코는 세 사람의 얼굴을 보며 말했다.

"즉 **저것**은, 이 큰 바위를 넘을 수 있다는 얘기잖아."


큰 바위를 출발한 뒤로 네 사람은 거의 입을 열지 않았다. 카즈요, 유타로, 시게루, 사이코의 순서로 그저 K리조트로 돌아가는 산길을 걸을 뿐이었다.

카즈요가 만난 순례자 모녀와 그 촌락에 있던 무시무시한 뭔가는 같은 존재였을까. 그것을 문제 삼는 자는 한 명도 없었다. 검토할 것도 없다는 분위기가 네 사람 사이에 흐르고 있었다.

사이코를 걱정해서 시게루가 뒤를 돌아봤을 때, 그녀가 자신의 등 뒤를 돌아보고 있던 적이 여러 번 있었다. 뒤따라오는 뭔가를 경계해서인지, 아니면 이미 기척을 느끼고 있었던 탓인지, 그는 굳이 물어보지 않았다.

카즈요는 몇 번이나 앉아서 쉬었지만, 사이코에게 재촉받으면 순순히 일어나서 걷기 시작했다. 사이코가 자꾸만 등 뒤의 산길을 신경 쓰기 시작했을 때에는 카즈요도 스스로 휴식을 끝내고 걷기 시작할 정도였다.

그리하여 나시라즈 폭포의 갈림길까지 간신히 돌아왔다. 자신이 어디에 있는지를 알게 되자마자 카즈요가 달리기 시작했다. 다른 세 사람도 그녀의 뒤를 따라 모두 K리조트의 부지를 향해 뛰어가고 있었다.

"예상했던 것보다 빨리 돌아왔어. 이것도 카즈요가 열심히 노력했기 때문이야."

사이코가 칭찬했지만, 카즈요는 여전히 긴장된 표정을 하고서 물었다.

"이제부터 어떡하실 건가요?"

"관리동에 돌아가서 저녁식사 시간까지 얌전히 있을 거야."

"그게 아니라 아르바이트요."

"그만둘 거야?"

"그도 그럴 것이……."

카즈요는 마치 그만두지 않는 것이 믿기지 않는다는 듯한 눈빛이었다.

"이곳까지는 절대 오지 못한다고 사이코 씨도 장담할 수 없잖아요?"

"……그건, 그렇지."

"게다가 제 담당은 저쪽이라고요."

카즈요가 말하는 '저쪽'이란, 그 산길의 입구가 있는 부지 서쪽 방면이었다.

"담당구역 문제라면 내가 바꿔줄게. 기분 전환을 위해서 네 사람의 담당구역을 바꾸고 싶다고 말하면 될 테니까."

"하지만……."

"한동안 눈치를 보는 게 어떨까? 지금 갑자기 그만두면 미노베 씨가 이상하게 생각할 거야."

"그 마을에 간 것을 들킬 거라는 말인가요?"

시게루의 지적에 사이코가 고개를 끄덕였다.

"그만두면 더 이상 관계없다고 생각할 수도 있겠지만, 난 그런 건 좀 아니라고 봐. 우리들은 처음에 산책 루트를 벗어난 산이나 숲속에는 들어가지 말라고 확실히 주의를 받았어. 그걸 멋대로 깬 거야. 관리인 부부에게는 많은 신세를 졌잖아. 될 수 있는 한 폐를 끼치고 싶지 않아."

"……그건, 저도 마찬가지예요."

망설이면서도 카즈요가 동의한 것을 보고, 사이코가 모두에게 확인했다.

"오늘 우리들이 갔던 곳은 처음에 정했던 산책루트라는 것을 잊지 마. 미노베 씨가 뭔가 질문을 하더라도 힘들었어요, 지쳤어요, 하는 말만 하도록 해. 구체적인 이야기는 내가 할 테니까. 실제로 모두 지쳤잖아? 오늘 밤은 일찍 쉬자."

관리동으로 돌아가자, 미노베 부부가 맞이해주었다. 선택한 루트를 산책한 것치고는 상당한 시간이 걸렸는지, 조금 걱정하고 있었던 모양이었다.

이것저것 물어볼 거라고 생각했지만, 개운해지도록 얼른 목욕을 하라는 말만 할 뿐이라 안심했다.

"분명히 네 명 모두 몹시 지쳐 보인 탓이겠지."

사이코가 추측한 대로, 미노베는 저녁식사 자리에서도 시게루 일행에게 별다른 말을 걸지 않았다. 실제로 다들 너무 지쳐서 식욕이 없었고 평소보다 상당히 조용해서, 부자연스럽게 보이지는 않았던 것이 다행이었는지도 모른다.

저녁식사 후에는 평소처럼 휴게실에 모였지만 모두가 말이 없었다. 무서울 정도의 정적이 실내에 떠돌고 있다.

시게루는 그 마을에서의 체험을 사이코와 이야기하고 싶은 마음 한편으로, 이대로 한마디도 언급하지 않고 잊어버리고 싶다는 마음도 있어서 조금 혼란스러웠다. 사이코가 어떻게 생각하고 있는지 알지 못하는 것도, 더욱 그를 당혹스럽게 했다.

정작 사이코는 적어도 지금은 아무것도 할 생각이 없는지, 오늘 밤은 일찍 자자고 제안했다. 아무도 이의를 제기하지 않아서 모두가 일찍 잠자리에 들게 되었다.

시게루는 2층 침대의 아랫단에 눕긴 했지만 좀처럼 잠이 오지 않았다. 산길을 필사적으로 돌아오던 때는 그 자리에 쓰러져서 쉬고 싶다고 수도 없이 생각했는데, 막상 그렇게 되고 나니 눈이 말똥말똥해졌다.

너무 피곤하면 잠이 오지 않는다고 하는데, 그 이야기는 사실이었던 걸까. 2층 침대 위쪽의 유타로는 괜찮을까. 깨어 있다면 대화를 해볼까. 하지만 말을 거는 것은 내키지 않는다. 혹시 잠이 들려는 상황인데 깨우게 될지도 모르니……

그런 생각을 하는 동안에 시게루 자신도 잠들었던 듯하다. 문득 정신이 들고 보니 푹 잤던 것 같은 느낌이 든다. 어느 정도나 잤는지는 모르겠지만, 깊은 잠이었던 것은 틀림없다. 아직 눈꺼풀이 무겁다. 잠이 완전히 깨지는 않았다. 이대로 눈을 감으면 다시 스르르 의식이 멀어져갈 것만 같다.

'어라…….'

그런데 묘한 위화감을 느꼈다. 뭔가 이상하다. 어딘가 이상하다.

그렇게 느끼고 억지로 두 눈을 뜬 시게루는 자기도 모르게 절규했다.

2층 침대 위쪽에서 쑥 튀어나와 있는 시커먼 얼굴이 빤히 그를 들여다보고 있었다…….


다음 날 아침, 이와노보리 카즈요와 시로토 유타로 두 사람이 먼저 K리조트의 아르바이트를 그만두게 되었다. 표면적인 이유는 아르바이트에 지쳤기 때문이라고 했다. 실제로 두 사람은 안색도 나쁘고 기운이 없었으므로 정말 그런 것처럼 보였다. 여름방학 초반에 비교하면 손님 수도 대폭 줄었으므로, 회사의 담당자도 전화 연락만으로 간단히 승낙했다.

갑작스런 두 사람과의 이별에 미노베 부부는 놀라고, 또 아쉬워했다. 그리고 카즈요와 유타로의 모습을 상당히 걱정했다.

"아르바이트로 지친 몸으로 낯선 산길을 오랫동안 산책한 것이 분명 큰 부담이 되었겠죠."

미노베의 추측은 어느 정도 들어맞고 있었다. 그 핵심에 있는 것은 수수께끼의 마을에서 겪은 괴이한 체험이었지만, 물론 아무도 말하지는 않았다.

카즈요와 유타로를 태운, 미노베가 운전하는 밴을 배웅한 뒤에 시게루와 사이코는 산책을 나섰다. 그 산길 입구 부근은 피해서, 두 사람은 대여 별장지 안을 한 바퀴 돌듯이 천천히 걸었다.

"이곳에서 벗어나기만 하면 저 두 사람은 괜찮겠죠?"

"……아마도."

시게루의 물음에 사이코는 자신 없는 목소리로 대답했다.

"하지만 걱정이 되어서 등산하다가 알게 된 사람에게 예전에 이름만 들었던 기도사의 연락처를 카즈요에게 알려주었어. 유타로 군하고 같이 최대한 빨리 가보라고."

"기도사……."

"나라 지방의 안라(杏羅)라고 하는 마을에 사는 여자인데, 굉장한 힘이 있다나 봐."

"그런 사람을 찾아가야만 할 정도로 두 사람의 증상이 심각한 건가요……."

"어디까지나 만일을 위해서야."

"하지만 기도사라니……."

"쓸 수 있는 방법은 다 써보고 싶으니까."

사이코가 하고 싶은 말이 뭔지 알기에 시게루는 입을 다물었다.

어젯밤, 2층 침대 위에서 그를 들여다보고 있던 것은 유타로였다. 같은 무렵, 역시 2층 침대 아래서 자고 있던 사이코도 똑같은 눈동자와 조우했다. 한밤중에 카즈요가 그녀를 가만히 훔쳐보고 있었던 것이다.

침대 아랫단으로 얼굴을 내민 기억은, 유타로에게도 카즈요에게도 있었다. 다만 어째서 그런 짓을 했는지는 본인들도 알 수 없는 듯했다.

훔쳐보고 싶어졌다…….

엿봐야만 한다고 느꼈다…….

굳이 이유를 들자면 그렇다고 한다.

"두 사람 다 이곳을 떠나는 게 좋겠어."

사이코의 의견에 두 사람은 순순히 따랐다. 물론 시게루도 찬성했다. 네 사람 중에서 그 마을의 영향을 받고 있는 것은 아무리 봐도 카즈요와 유타로였기 때문이다.

그러나 아무래도 너무 늦었던 모양이다.

Y마을 역 홈의 계단에서 유타로가 굴러 떨어져 죽었다는 연락이 경찰로부터 들어온 것은, 두 사람을 전송하고 나서 두 시간 정도 뒤의 일이었다.


K리조트에도 경찰이 왔다. 주로 미노베가 상대했지만, 시게루와 사이코도 질문을 받았다. 유타로의 인품이나 일하는 모습, 이곳에서의 인간관계에 대한 질문을 받은 뒤, 특히 카즈요와의 관계에 대해 집요하게 추궁받았다.

"이와노보리 카즈요 씨가 의심받고 있나요?"

놀란 시게루가 자기도 모르게 묻자, 단순한 확인일 뿐이라고 형사는 대답했다.

아무래도 역의 계단에서 유타로가 굴러 떨어졌을 때, 그 옆에 있던 것은 카즈요뿐이었던 것 같다. 그밖에 목격자도 없었던 점때문에 경찰로서는 그녀의 범행일 가능성도 고려할 필요가 있었던 것이리라.

그렇게 머리로는 이해했지만 시게루는 상당한 쇼크를 받았다.

거의 한 달 동안 같이 일해왔던 아르바이트 동료 중 한 명이 죽고, 다른 한 명이 그 용의 선상에 오른 것이다. 도저히 맨 정신으로는 있을 수 없었다.

경찰이 돌아간 뒤, 미노베 부부와 함께 유타로의 장례식에 대해 이야기를 했다. 손님이 적다고는 해도 두 사람으로 줄어버린 아르바이트생이 자리를 비울 수도 없고, 미노베도 관리인 업무가 있어서 곤란했으므로 다 함께 부의를 보내게 되었다. 매정하다고 생각했지만 어쩔 수 없었다.

사이코와 둘만 남게 되었을 때, 갑자기 시게루가 이야기를 꺼냈다.

"사고겠죠?"

"……물론, 당연히 그렇겠지."

"경찰은 카즈요를 의심하고 있는 것 같았는데요……"

"역의 홈 계단 위에 두 사람이 있었는데 한 사람은 굴러떨어져서 죽었고 다른 한 사람은 무사했으니까, 당연히 남은 한 사람을 의심하지 않을까?"

"……뭐, 그야 그렇겠죠."

좀처럼 납득하지 못하겠다는 눈치의 시게루에게, 사이코가 괜찮다는 듯 말했다.

"걱정할 필요 없어. 미노베 부부도 우리들도, 아무도 두 사람 사이에 뭔가 문제가 있었다는 증언은 하지 않았으니까. 동기가 없는 이상, 경찰도 그 애를 의심하지는 않을 거야. 그렇게 되면 사고라고 생각할 수밖에 없지."

"문제는, 사고의 진짜 원인이잖아요."

하지만 시게루의 지적에, 사이코가 험상궂은 표정을 지었다.

"단순한 사고라고 생각하시나요. 아니면……."

"나는 알 수 없어. 다만 형사에게는 카즈요에게 전해달라고 부탁해뒀어. 내가 전화하라고 했다고 말이야."

뭔가 묻고 싶다는 얼굴을 하는 시게루에게 사이코가 씁쓰레한 투로 말했다.

"만약 그 마을에 관여한 것 때문에 유타로가 사고를 당했다면, 어떻게 해서라도 카즈요는 구하고 싶어. 그러니까 한시라도 빨리 그 기도사에게 가야 한다고, 그 애에게 말할 생각이야."

하지만 그날 밤, 카즈요로부터 전화는 없었다.

침대에 들어간 시게루는 좀처럼 잠들 수 없었다. 유타로의 갑작스러운 죽음이 무겁게 짓눌러왔던 탓이겠지만, 그뿐만이 아니다. 밤중에 문득 눈을 떴을 때, 2층 침대 위에서 뭔가가 그를 훔쳐보고 있는 것은 아닐까……. 그런 상상이 머릿속에서 떨어지지 않아서 도무지 잠들 수가 없었다. 깜빡깜빡 졸다가 문득 눈을 뜨고 침대 위쪽 가장자리에 눈길을 준다. 그것의 반복이었다. 다만 그것 때문에 피곤해졌는지, 그러던 중에 잠들었다.

다음날 오전 중, 사이코가 카즈요의 집에 전화를 걸자 어머니가 받았다. 다만 카즈요는 귀가하고 얼마 후부터 방에 틀어박혀서 나오지 않는 상태라고 한다. 전화를 바꿔달라고 했지만, 방에서 나오지 않는다고 한다.

그날 밤도 시게루는 2층 침대 위를 신경 쓰면서 잠들었다. 차라리 위층에서 잘까 하는 생각도 했지만 그것은 그것대로 무서워서 그만두었다. 유타로에게는 미안하지만 얼마 전에 죽은 사람이 자던 장소에서 쉬는 것은 역시 기분이 좋지 않다.

다음 날 오전 중, 다시 사이코는 카즈요의 집에 전화했다. 하지만 그녀의 어머니가 받았을 뿐, 이번에도 본인은 받지 않았다.

그날 밤, 우연히 시게루는 한밤중에 눈을 떴다. 처음에는 멍하니 있었지만, 문득 깨닫고 침대 위쪽 가장자리를 보았다.

'아무것도 없다…….'

안도하며 몸을 뒤척이자마자, 살짝 열려 있는 문틈에서 빤히 그를 훔쳐보고 있던 그것이 눈에 들어왔다.

다음 날 아침, 사이코에게 어젯밤의 체험을 말한 시게루는 그녀도 똑같은 일을 겪은 것을 알았다. 그날 밤은 두 사람 모두 안으로 열리는 문 앞에 의자를 놓아서 아무도 열지 못하도록 하고 나서 잤다.

유타로의 사고로부터 나흘 뒤의 아침, 카즈요가 K리조트에 전화를 걸어왔다. 미노베에게 불려와서 받은 사람은 사이코였지만, 시게루도 수화기에 귀를 바짝 붙이고 있어서 카즈요의 목소리를 간신히 들을 수 있었다. 사이코와 거의 얼굴을 마주하는 모습이 되어서 역시나 가슴이 두근거렸지만, 그러고 있을 상황이 아니라고 자신을 타이르며 어떻게든 전화 너머에 집중했다.

"여보세요? 카즈요, 괜찮아? 걱정했어."

"……죄송해요."

"계속 방에 틀어박혀 있다며?"

"……무서워서요."

"무슨 일이 있었어?"

"……훔쳐보고 있어요."

"뭐?"

"뭔가가 저를 훔쳐보고 있어요."

"……어디에서?"

"여기저기서요……. 다양한 틈새에서…. 말도 안 되는 장소에서……. 엿보고 있어요. 그, 그쪽에서는 아무 일도 없나요?"

사이코는 한순간 망설였지만, 솔직하게 어젯밤에 자신들이 겪은 체험을 이야기했다.

"역시……. 하지만 그곳을 떠난 제 쪽이 두 분보다 심각한 일을 당한 이유가 뭘까요? 이상하지 않나요?"

갑자기 카즈요가 흥분하기 시작했다.

"카즈요 씨는 그곳에서 떠나면 괜찮을 거라고 했었잖아요."

"응, 미안해. 너무 낙관적인 예측이었어. 그러니까 카즈요……."

"유타로 군은 괜찮기는커녕 그런 일을 당하고……."

"그 애는 정말로 안됐다고 생각해. 하지만 너는……."

"다음은 저예요. 저도 노리고 있어요."

"그러니까 내가 전에 말했던……."

"빤히 보고 있어요. 몰래 훔쳐보고 있어요."

"나라의 기도사가 있는 곳에……."

"**그건** 숨어 있어요. 집안 이곳저곳에, 그 안에……."

"카즈요, 얼른 그 기도사에게 상담……."

거기서 무시무시한 소리가 났다. 한순간 그것이 무엇인지 알지 못했지만, 아무래도 그녀가 수화기를 떨어뜨린 소리 같았다.

"카즈요!"

사이코가 말을 건 직후,

"히이이이익!"

귀를 찌르는 듯한 비명과 쿵쾅쿵쾅하고 계단을 뛰어올라가는 듯한 발소리. 그리고 쾅! 하고 문이 닫힌 듯한 소리가 전해져왔다. 집에는 카즈요밖에 없는지, 아무리 불러봐도 받지 않아서 어쩔 수 없이 사이코는 전화를 끊었다.

"어떻게 된 걸까요?"

시게루는 영문을 몰랐지만, 사이코는 굳은 얼굴로 말했다.

"아마 그 애는 방에 틀어박혀 있다가 용기를 짜내서 전화가 있는 1층까지 내려왔던 거야. 그리고 우리들에게 전화를 했어. 그렇지만 통화 중에, 아마도 **그것**의 기척을 느낀 게 아닐까? 그래서 순간적으로 그쪽을 보고 말았어."

"그리고 **그것**을 눈으로 봤다……."

"방에만 있으면 엿보지 못하지만, 거기서 나왔기 때문에 그것의 시선을 받게 되었는지도 몰라."

"카즈요가 말하는 **그것**이란, 나나 사이코 씨도 본 **그것**이겠죠?"

사이코는 고개를 끄덕인 뒤에 말했다.

"난 카즈요의 집에 가보려고 해."

"네?"

"만나서 제대로 이야기를 나누지 않으면 큰일이 날 것 같단 기분이 들어."

"아르바이트는 그만둘 건가요?"

사이코는 다시 한 번 끄덕였다.

"시게루 군은 어떡할 거야? 여기서 둘 다 그만두면 회사에도 미노베 씨에게도 폐를 끼치게 되겠지. 하지만 이대로 여기에 남아 있어도 괜찮을지는 알 수 없어. 네가 카즈요의 집에 가고 내가 남아 있어도 괜찮아."

"두 사람 다 그만두죠."

시게루는 곧바로 대답했다. K리조트에 남든 이와노보리 카즈요의 집을 방문하든, 외톨이가 되는 것만큼은 반드시 피하고 싶었다.

그날 오후, 곧바로 두 사람은 휴게실에서 관리인에게 아르바이트를 그만두고 싶다는 뜻을 전했다.

8월도 하순에 접어들어 거의 손님이 없는 나날이 이어지고 있었다. 그렇기 때문에 이미 대부분의 대여 별장이 닫혀 있었다. 따라서 두 사람의 일도 거의 없는 것이나 마찬가지였다. 아르바이트 기간이 끝날 때까지 거의 놀기만 해도 되는 상황이었다.

그럼에도 불구하고 갑작스럽게, 그것도 두 사람 모두 그만두고 싶다고 이야기해서 미노베는 상당히 놀란 눈치였다.

"역시 그 사고 때문인가요?"

처음에는 유타로가 죽은 사건에 영향을 받은 것으로 보는 듯했다. 참고로 그의 죽음은 몸통의 복부 주변이 부자연스럽게 비틀려 있던 점 때문에 단순 사고나 자살이 아닐 거라고 여겨진 모양이었다. 그러나 타살이라 하기에는 용의자도 동기도 전혀 알 수 없었기 때문에 결국 사고사로 처리되었다고 들었다.

"그렇죠. 사이좋게 지냈던 터라……."

상대의 오해에 사이코가 말을 맞춘 것은, 그러는 편이 그만두기 쉬울 거라고 판단했기 때문일 것이다. 그러나 이것이 역효과로 나타났다.

"그 심정은 이해합니다. 어떻습니까? 이곳을 떠나기 전에 저와 집사람에게 두 분의 치료를 맡겨주시지 않겠습니까?"

"치료……라니요?"

사이코뿐만 아니라 시게루도 미노베가 하는 말뜻을 알아들을 수 없었다.

"네, 정신적인 치료입니다. 실은 저하고 아내는 젊었을 적에 그런 시설에서 일한 적이 있어서 말이죠."

"아, 저기……."

"남은 며칠간은 일을 하지 않아도 좋습니다. 보시는 대로 손님도 적으니까요. 저 혼자서도 충분합니다."

"그럴 수는……."

그렇게 말하다가, 아르바이트를 그만두려는 자신들이 할 말이 아니라고 생각했는지 사이코는 그대로 입을 다물었다.

"그렇게 사양하지 않으셔도 괜찮습니다. 저희 부부도 딸이나 아들뻘 되는 나이의 두 분과 같이 지내는 건 아주 즐거우니까요."

"하지만……."

거기서부터는 거의 입씨름 하는 듯한 대화가 이어졌다. 골치 아픈 것은—이런 표현은 좋지 않겠지만—미노베의 제안이 선의에서 나온 것이라는 점이다.

"관리인 아저씨, 죄송합니다."

이대로는 끝이 안 나겠다고 생각했는지, 갑자기 사이코가 고개를 숙였다. 그러고는 카즈요가 만났다는 순례자 모녀의 이야기부터 그 수수께끼의 마을에서 겪은 체험까지, 자신들 네 사람에게 일어난 일을 간추려서 미노베에게 밝혔다. 가능하면 이야기하고 싶지 않았겠지만, 상황이 이렇게 되면 어쩔 수 없다.

시게루가 쇼크를 받은 것은 미노베의 반응이었다. 갑자기 사이코가 사과하는 말에 깜짝 놀라는 얼굴을 했지만, 사이코의 이야기가 진행됨에 따라 점차 험상궂게 변했다. 그리고 그것이 서서히 두려움에 찬 표정으로 변화하는가 싶더니, 마지막에는 무표정한 얼굴로 변해버렸던 것이다.

"그렇게 되었던 터라, 정말로 죄송스런 말씀입니다만 저희도 아르바이트를 그만두고 이곳을 떠나는 편이 좋을 거라고 생각한 거예요."

사이코가 말을 마칠 무렵에 미노베는 그녀로부터 완전히 시선을 돌린 채로 마치 석상처럼 굳어 있었다.

"정말로 죄송합니다."

그런 관리인의 태도를 화가 났기 때문이라고 생각했던 걸까, 사이코가 다시 고개를 숙였다. 그러나 미노베는 눈길을 주려고도 하지 않았다.

"사전에 주의를 주셨는데도⋯⋯."

자신도 사과해야 한다고 생각하고 시게루가 입을 열려고 하던 때였다.

"돌아갈 채비를 해주세요."

여전히 시선을 돌린 채, 전혀 감정이 담기지 않은 어조로 미노베가 그렇게 말했다.

"네⋯⋯?"

"역까지 데려다 드릴 테니, 방에서 짐을 가지고 오세요."

"하, 하지만 회사의⋯⋯."

"그쪽의 일처리는 제가 해두겠습니다."

관리인 혼자서 결정할 수 있을 리 없을 텐데도, 어째서인지 미노베의 말에는 망설임이 없었다.

"두 분 모두 얼른 집에 돌아갈 준비를 해주세요."

게다가 자기 의사로 아르바이트를 그만두는 것임에도 불구하고, 마치 미노베에게 쫓겨나는 듯한 기분이 드는 것은 대체 어째서일까.

사이코에게 재촉받을 때까지, 시게루도 돌처럼 굳어 있었다.

각자의 방에서 돌아갈 채비를 하고 짐을 들고 휴게실에 돌아와보니 미노베의 모습이 없었다. 밖을 봤더니 이미 현관에는 밴이 정차해 있고, 미노베가 운전석에 앉아 있다.

"어째 한시라도 빨리 나가주길 바라는 모양이네요."

"관리인의 입장에서 생각하면 무리도 아니라고 생각해⋯⋯."

낙심한 어조로 말하는 시게루에게 사이코가 대답했지만, 사실 그녀 자신도 미노베의 반응에 위화감 같은 것을 느끼고 있는 듯 보였다.

둘이 함께 현관 앞에 서 있는 밴까지 갔을 때, 사이코가 운전석으로 말을 걸었다.

"돌아가기 전에 아주머니께도 인사를 드리고 싶은데요."

"……없습니다."

"네?"

"지금은 나가서 없습니다."

미노베의 대답은 명백히 이상했다. 관리동을 나와서 갈 수 있는 곳이라면 대여 별장밖에 없다. 하지만 대부분이 닫혀 있다. 남아 있는 대여 별장에도 미노베 부인이 볼일이 있을 거라고는 생각되지 않는다. 즉 부인은 관리동에 있는 것이다. 그러나 두 사람하고 만나고 싶지 않다. 혹은 미노베가 만나게 하고 싶지 않다고 생각하고 있는 것이다.

"그러면 신세 많이 졌다고 안부 전해주세요."

시게루와 같은 결론을 내린 것이 틀림없는 사이코가 미노베 부인에 대한 전언을 부탁했다. 그리고 두 사람은 밴에 올라탔는데, 자리에 앉자마자 차가 급발진했다. 늘 안전운전을 마음에 새기고 있는 듯한 미노베에게는 전혀 어울리지 않는 행위다.

밴이 산길에 들어선 뒤에도 미노베의 위험한 운전은 이어졌다. 아무리 익숙한 길이라고 해도 속도가 너무 빨랐다. 그러나 시게루도 사이코도 아무 말도 할 수 없다. 둘 중 어느 한쪽이 입을 연 순간, 미노베가 핸들을 잘못 놀려서 밴이 산길 아래로 굴러떨어질 것 같은 기분이 들었다. 그렇게 되면 두 사람도 시로토 유타로의 뒤를 따르게 될지도 모른다.

결국 차 안에서는 한마디의 대화도 하지 않은 채로 Y마을의 역 앞에 도착했다. 아니, 그것만으로 끝나지 않았다.

"관리인 아저씨, 여러 가지로……."

밴에서 내린 사이코와 시게루가 운전석의 미노베에게 인사를 하려고 하는데, 또다시 차가 급발진했다.

"아, 저기……."

어리둥절 하는 두 사람을 남기고, 마치 불길한 것으로부터 도망치듯이 밴은 곧바로 떠나가버렸다.


두 사람은 Y마을의 역 구내에 들어간 뒤, 우선 유타로가 죽었다고 하는 홈의 계단까지 가서 묵도를 올렸다.

"혹시 미노베 씨는 화가 났다기보다는 겁을 먹고 있었던 건 아닐까요?"

역 내의 벤치까지 이동했을 즈음에 시게루가 입을 열었다.

"그렇지. 자신과 부인을 지키려는 것처럼 보이기도 했고, 우리에게 호의적으로 해석하자면 조금이라도 빨리 그 땅에서 벗어나게 하려고 했던 것처럼도 보였고……."

"한쪽을 고르자면 전자가 아닐까요?"

시게루의 견해를 굳이 사이코도 부정하지는 않았다.

전철에 타고 난 뒤로는, 이대로 귀가하는 길에 카즈요의 집을 방문하기로 결정한 것 말고는 두 사람 모두 거의 말이 없었다. 의논해야 할 문제가 산적해 있다고 생각했지만, 정작 그것이 무엇인지에 대해서는 조금도 떠오르지 않았다.

시게루는 초조함과 비슷한 기분에 시달렸다. 그러나 어느샌가 잠들어버린 사이코의 얼굴을 바라보고 있는 동안에, 그것이 엷어지기 시작했다. 그러다가 그도 완전히 잠들게 되었다.

몇 번의 환승 끝에 K시에 도착한 것은 이미 저녁때였다. 사이코가 역 앞에서 카즈요의 집에 전화를 하자 그녀의 어머니가 받았다. 방문하고 싶다는 뜻을 전하자 몹시 반겨주었다.

사이코가 집까지 가는 방법을 듣고 전화를 끊기를 기다린 뒤에 시게루는 물었다.

"카즈요는 좀 어떻대요?"

"여전히 방에 틀어박혀 있는 모양이야. 어머니도 완전히 손을 든 모양인지, 우리의 방문에 희망을 걸고 있는 듯했어."

"책임이 막중하네요."

"같이 그 마을에 갔다는 점에서는 우리들에게도 책임은 있어."

"애초에 이상한 순례자 모녀와 대화를 나눈 사람은 카즈요잖아요?"

"카즈요의 이야기를 듣고서 큰 바위까지 가자고 말한 것은 나잖아. 나에게도 책임이 있어."

"아니, 그건 저도……."

"어쨌든 지금은 카즈요를 구하자."

역에서 이와노보리 가까지는 15분 정도 걸렸다. 오래된 주택지 분위기의 길거리에 카즈요의 집이 있었다. 주위에 늘어서 있는 민가와 별 차이도 없는 평범한 목조 2층 주택이었다.

그럼에도 불구하고 시게루는 저물어가는 저녁 하늘의 배경이 깔린 그 집을 본 순간, 어째서인지 가볍게 몸에 소름이 돋았다.

'앙화가 내린 집…….'

문득 그런 단어가 머릿속에 떠오른다. 그런 문구가 어울릴 만한 집이라고 순간적으로 느낀 듯하다.

사이코가 인터폰을 누르자, 카즈요의 어머니가 몹시 고대했다는 듯이 나타나서 두 사람을 맞아주었다. 원래 어떤 모습인지는 모르지만, 정신적으로 힘들어서 야위었음을 알 수 있다. 구원을 바라는 듯한 눈빛으로 바라봐서, 시게루는 눈길을 맞출 수 없었다.

응접실로 안내받았지만, 질문을 받기 시작하면 성가셔질 거라고 판단했는지 사이코는 바로 카즈요와 만나고 싶다고 말했다.

"네, 잘 부탁해요. 방은 2층에 있어요. 계단을 올라가서 첫 번째 문이에요."

어머니도 이견은 없는지, 자리에서 일어나서 계단 아래까지 두 사람을 안내했다.

"실례하겠습니다."

인사하고 계단을 올라가는 사이코의 뒤를 시게루도 따라 올라갔다.

"카즈요? 나야, 아이자토 사이코야."

그녀는 말을 걸고 나서 방 안의 대답을 기다리듯이 입을 다물었다. 하지만 방 안에서는 아무런 대답도 없다.

"토쿠라 시게루 군도 같이 왔어. 오늘 K리조트의 아르바이트를 그만두고 곧바로 여기로 찾아왔어."

　계속 말을 걸면서 사이코가 귀를 기울이는 몸짓을 했지만, 실내는 쥐죽은 듯 고요했다. 아무런 소리도 들리지 않는다. 다만 흐릿하게 악취가 풍기고 있었다. 아마도 계속 방문을 닫고 있던 탓이리라. 즉 카즈요는 이 안에 있는 것이다.

　"카즈요."

　사이코가 이름을 부르면서 문을 노크했다.

　"얼굴을 마주하고 싶지 않다면, 문 너머로 이야기만이라도 할 수 없을까?"

　그런 제안도 했지만, 역시 아무런 반응도 없다. 그래도 사이코는 한동안 이런저런 말을 계속 걸었지만 전부 헛수고였던 듯했다.

　"카즈요, 나중에 다시 올게. 그리고 우리 집에 전화를 걸어도 괜찮아. 사양하지 말고, 내킬 때에 언제든지 걸어."

　그렇게 말하며 방 앞을 떠나려고 하던 사이코는, 갑자기 문 앞으로 돌아가서 다시 노크를 하며 방 안에 말을 걸기 시작했다.

　"카즈요! 지금 뭐라고 했어?"


　"왜 그러세요?"

　시게루가 물어도 사이코는 노크를 멈추지 않고 계속 말을 걸고 있었다. 그러나 더 이상 카즈요가 입을 열지 않았는지, 이윽고 풀이 죽어 고개를 숙이고 말았다.

　"카즈요가 뭐라고 말했나요?"

　계단을 내려오기 전에 시게루가 묻자, 사이코는 생각에 잠기는 듯한 표정으로 입을 열었다.

"안 속을 거야⋯⋯. 확실히 그렇게 말했어."

"네⋯⋯?"

예상 밖의 말에 시게루는 당황했다.

"그게 무슨 뜻이죠?"

"방 밖에 있는 것은 진짜 아이자토 사이코와 토쿠라 시게루가 아니다. 속이려고 해도 안 속을 거다⋯⋯. 그런 말을 이쪽을 향해 한 것처럼 느껴졌어."

"그럴 수가⋯⋯."

시게루가 말을 잃고 있는데, 1층에서 카즈요의 어머니가 부르는 소리에 두 사람은 응접실까지 돌아오게 되었다.

"뭔가 이야기를 나눴나요?"

"아뇨, 유감스럽게도⋯⋯."

카즈요의 어머니가 기대에 찬 시선으로 묻는 말에 사이코는 시치미를 뗐다. 따님께선 저희들이 가짜라고 의심하는 것 같아요⋯⋯. 그런 말은 역시 그녀도 할 수 없을 것이다.

"그런가요⋯⋯."

고개를 떨어뜨리는 카즈요의 어머니에게 사이코가 물었다.

"카즈요는 방에 틀어박혀서 뭘 하고 있나요?"

"⋯⋯글쎄요, 모르겠네요."

망연자실한 표정으로 그녀는 고개를 저었지만, 문득 뭔가 떠오른 듯한 얼굴로 말했다.

"다만, 그냥 방에 틀어박혀 있다기보다는 필사적으로 숨어 있다는 게 맞는 표현일지도 모르겠네요."

"어째서요?"

"식사를 문 앞에 놓아두면 어느샌가 딸이 가지고 들어가고, 먹고 난 식기도 어느샌가 복도로 돌려놓더군요. 그런데 언젠가 한 번, 아직 제가 2층 복도에 있었을 때에 문이 열린 적이 있었어요. 그때 방안을 흘끗 봤는데 그 애, 커튼 주위와 이음매를 박스테이프로 메워놓고 있었어요. 그 밖에도 옷장과 책장의 틈새 같은 데를 시작으로 온 방 안에 테이프가 덕지덕지 붙어 있었고……. 문을 닫은 뒤에는 다시 문틈에 테이프를 붙이는 것 같았죠. 그 모습은 마치 세상으로부터 몸을 숨기고 있는 것 같은 생각이 들더라고요."

"혹은 밖에서 엿보는 것을 극도로 두려워하고 있는 것처럼 보이지는 않던가요?"

"아아, 그런 식으로도 보였어요."

카즈요의 어머니는 급히 몸을 앞으로 내밀더니 말을 쏟아냈다.

"아르바이트를 하던 K리조트에서 무슨 일이 있었던 건가요? 시로토 유타로 씨라는 분이 돌아가셨다는 얘긴 딸에게 들었습니다. 처음에는 그 충격으로 방 안에 틀어박힌 게 아닐까 했죠. 하지만 집에 돌아온 당초에는 겁을 먹고 있기는 했지만 이 방이나 거실에도 드나들고 있었어요. 그러던 애가 갑자기 자기 방에 뛰어 들어가나 싶더니, 그 뒤로 저 꼴이에요. 저는 도통 영문을 알 수가 없어서……."

"목욕은요?"

"……계속 저 상태예요."

부끄러운 듯한 카즈요 어머니의 눈치에, 시게루는 이 악취의 정체를 안 듯한 기분이 들었다. 에어컨이 있다고는 해도; 이런 여름날에 목욕도 하지 않고 방에 틀어박혀 있었으니 어떤 상태일지는 상상이 간다.

"실은 저희들도 잘 모르겠는데요……."

그렇게 사이코는 운을 떼고서 K리조트에서 겪은 일련의 체험을 카즈요의 어머니에게 밝혔다.

"믿기지 않는 이야기를 하고 있다는 것은 저도 알아요."

이야기 도중부터 카즈요 어머니의 얼굴이 점차 굳어지기 시작한 것 때문인지, 사이코는 말을 신중히 고르고 있는 듯했다.

"하지만 그렇게라도 생각하지 않으면 전혀 설명이 되지 않아요. 아니, 그렇다고 해도 영문을 알 수 없는 것들투성이고……."

그때, 계속 입을 다물고 있던 어머니가 굳은 목소리를 냈다.

"혹시 당신들은 종교와 관련된 분들인가요?"

"네?"

"그래서 딸에게 전도하려던 건가요?"

"아, 아뇨……."

"하지만 딸이 도망쳐서 쫓아온 건가요?"

"아, 아니에요. 그런 게 아니에요."

아무래도 카즈요의 어머니에게 당치도 않은 오해를 사고 만 것 같다. 특히 그 기도사에 대한 이야기가 좋지 않았던 것 같다.

"저희들은 어떤 종교하고도 관계없어요. 지금 이야기한 체험은 저희에게도 수수께끼에요. 그런 것을 믿는다는 얘기가 아니라, 그

136

렇다고 생각이라도 하지 않으면……."

황급히 사이코가 오해를 풀려고 했지만, 더 이상 무슨 말을 해도 소용없었다.

"돌아가세요."

카즈요의 어머니는 완전히 태도가 변해 있었다. 그 뒤로는 "돌아가세요."라는 말만 할 뿐이라, 결국 두 사람은 이와노보리 가에서 쫓겨나고 말았다.


시게루와 사이코는 역 앞에서 저녁식사를 했다. 둘다 식욕은 없었지만 이 상태에서 더위까지 먹고 싶지는 않았다.

아주 조용히 식사를 마친 뒤, 시게루가 가만히 입을 열었다.

"네 사람의 차이가 뭐라고 생각하세요?"

설명이 부족했을지 모른다고 생각했지만, 사이코에게는 무슨 뜻인지 전해진 것 같다.

"우리 두 사람보다 카즈요에게 다양한 영향이 발생한 것은, 역시 순례자 모녀와 만났기 때문이겠지."

"그건 이해할 수 있어요. 하지만……."

"응. 과격한 표현이지만, 왜 유타로 군이 카즈요보다 먼저 죽었을까. 확실히 그 애는 카즈요에게 찰싹 붙어 있었지. 그렇지만 그런 이유로 그 애보다 영향을 받기 쉬웠다고 생각하는 건, 조금 아니란 기분이 들어."

"그렇죠."

하지만 고개를 끄덕이는 시게루를 보고 사이코는 쓴웃음을 지으면서 말했다.

"다만 이런 종류의 부조리한 존재에 대해서 이유를 붙이려고 하는 것 자체가 난센스일지도 몰라."

"그러면 네 사람 간의 차이는 그냥 우연일까요?"

"굳이 말하자면 나와 시게루 군과 유타로 군 세 사람은 K리조트에 가기 전부터 묘한 예감을 느꼈어. 하지만 카즈요에게는 없었지. 그다음에는 그 마을에 갔을 때인데, 나하고 시게루 군은 주의를 기울이고 있었어. 하지만 유타로 군하고 카즈요는 무방비였고. 아마도 유타로 군은 카즈요를 돌보는 것에 정신이 팔려 있었던 거라고 생각해."

"그것이 네 사람의 명암을 갈랐다……."

"……그런 것일지도 모르지."

사이코와는 환승역에서 헤어지고, 시게루는 집에 돌아왔다. 다음날 아침에 그 기도사가 있다는 곳에 둘이 같이 가기로 약속되어 있었다.

입 밖에 내지는 않았지만 시게루는 유타로 다음에는 카즈요의 목숨이 위험하며, 혹시라도 그녀가 죽은 경우에는 그다음에 자신이나 사이코 차례가 아닐까 하고 겁내고 있었다. 그러니까 카즈요가 불행한 일을 당하기 전에, 자신과 사이코가 기도사를 찾아갈 필요가 있다고 생각하고 있었다. 처음에는 그 기도사를 수상쩍다고 생각하고 있었지만, 지금은 유일한 구명줄이 되어 있었다.

자기 집이 보이기 시작할 무렵, 시게루는 고개를 갸웃거렸다. 불이 켜져 있지 않았다. 평소라면 1층에는 부모님, 2층에는 여동생이 있을 텐데 어느 층에도 불이 켜져 있지 않다.

'외출한 걸까?'

하지만 세 사람이 한 번에 외출하는 일은 토쿠라 가에서 좀처럼 없는 일이다. 하물며 자신이 돌아온다고 연락했음에도 일제히 집을 비우는 건 이상하다.

이상하다고 생각하면서도 시게루는 현관문을 열고 들어갔다.

"다녀왔습니다."

그러나 새까만 복도 너머에서는 아무런 대답도 돌아오지 않았다. 현관에서 보이는 계단 위쪽도 시커먼 어둠이 있을 뿐이다. 집 전체가 무서울 정도의 정적에 감싸여 있다.

'역시 외출했나 보네.'

시게루는 신발을 벗고 복도의 불을 켜면서 부엌으로 들어갔다. 우선 에어컨 스위치를 켜고 냉장고에서 보리차를 꺼내서 마셨다.

한숨 돌렸을 때, 문득 싱크대 위의 찬장이 조금 열려 있는 것을 깨닫는다. 어머니의 꼼꼼한 성격을 생각하면 별일이다. 닫고 가려고 하다가 섬뜩해졌다.

그 틈에서 뭔가가 엿보고 있었다.

찬장의 크기를 생각하면, 어린아이라면 들어갈 수 있을지도 모른다. 하지만 그 안에는 냄비나 프라이팬이 들어 있다. 아무리 어린아이라도 들어갈 수 있는 공간 따윈 어디에도 없을 것이다. 애초에 누가 그런 곳에 들어가겠는가.

곧바로 도망치려 하던 시게루는 간신히 멈춰 섰다.

'여기는 내 집이다.'

일단 도망 나가면 두 번 다시 돌아올 생각이 들지 않을 것이다. 물론 **그것**은 무섭지만 이렇게 계속 위협당하는 것에 화도 나기 시작했다. 두려움과 분노가 뒤섞여 있었다. 그리고 한순간, 분노가 두려움에 승리했다.

시게루는 싱크대 위의 찬장까지 다가가서 문을 양쪽으로 활짝 열어젖혔다.

"우와아아악!"

그 직후, 이웃집에까지 들릴 정도의 절규가 부엌에 울려 퍼졌다.

비좁은 찬장 안에 몸을 웅크린 자세로 시게루를 응시하고 있던 것은, 두 눈을 크게 뜬 이와노보리 카즈요였다.


비명을 지르며 찬장 앞에서 펄쩍 뛰어 물러선 시게루는, 부모님과 여동생이 달려온 것을 보고 깜짝 놀라 다시 비명을 질렀다.

"어머나, 시게루!"

"너, 언제 돌아왔었냐?"

"오빠, 왜 갑자기 큰 소리를 지르는 거야."

세 사람이 따지고 들어서 곧바로 싱크대 위의 찬장을 보았지만 문은 닫혀 있었다.

"저기……"

그렇게 손가락으로 가리키다가 시게루는 당황하며 오른손을 내렸다. 가족을 말려들게 할 수는 없다. 그러나 오빠의 손을 빤히 보고 있던 듯한 여동생이 말릴 새도 없이 찬장을 열었다.

"뭐야. 아무것도 없잖아."

그녀의 말대로 그곳에는 냄비 같은 것들이 들어가 있을 뿐, 카즈요의 모습은 어디에도 없었다. 애초에 어른이 들어갈 만한 공간은 없었다.

"애는 집에 멀쩡히 돌아와 놓고, 갑자기 이상한 짓을 하네."

기가 막힌다는 표정의 어머니와 그대로 부엌에서 나가는 아버지, 그리고 경멸어린 시선을 보내는 여동생을 보던 중에 시게루는 중요한 것을 떠올렸다.

"다들, 계속 집에 있었어요?"

"그럼 어디에 가겠니?"

더욱 어이없어 하는 어머니에게 개의치 않고 물었다.

"오늘 밤에 어디 외출하거나 하진 않았죠?"

"그래. 저녁을 먹은 뒤에 네 아버지와 같이 거실에 있었지."

"나는 내 방에 있었고."

여동생까지 대답을 마쳤을 때, 자신이 집에 돌아왔을 때의 집 자체가 이상했던 거라고 간신히 깨달았다. 그 집은 토쿠라 가이면서도 이 토쿠라 가가 아니었던 것이다. 어째서 그렇게 되었는지는, 물론 그는 설명할 수 없었지만…….

만약 부모님이랑 여동생이 달려오지 않고 **그 집**에 자신과 카즈요만이 존재하고 있었더라면, 지금쯤 어떻게 되었을까. 상상한 것만으로 시게루는 자기 얼굴에서 핏기가 가시는 걸 알 수 있었다.

"오빠, 괜찮아?"

여동생의 시선이 조금 불안한 듯 변했다. 어이없어하던 어머니의 얼굴도 걱정스러워하는 표정으로 바뀌고 있었다.

"……응. 아르바이트를 하며 쌓인 피로가 몰려왔나 봐."

"얼른 씻고 자라."

무뚝뚝한 아버지의 한마디로 일단 그 자리는 정리되었다.

하지만 목욕을 하면서도, 화장실에 들어가서도, 세면실에서 양치질을 할 때도 시게루는 문 뒤편이나 틈새가 신경 쓰여서 마음이 놓이지 않았다.

'뭔가가 엿보고 있지 않을까…….'

'뭔가의 시선을 받고 있는 것이 아닐까…….'

그런 불안에 끊임없이 사로잡혔다. 한 번 신경 쓰이기 시작하니, 더 이상 어쩔 수가 없었다. 겁 많은 작은 동물처럼, 두리번두리번하고 주위를 둘러보게 된다.

그날 밤, 카즈요가 느꼈을 공포의 일부를 시게루도 진저리나게 맛보게 되었다.


다음날 오전, 약속 장소에서 사이코와 만난 시게루는 나라의 안라초를 찾아갔다.

그곳은 좁은 골목이 종횡으로—그뿐만 아니라 실제로는 대각선으로도—얽혀 있는 고풍스러운 동네로, 독특한 분위기가 떠도는 기묘한 공간이었다. 이런 상황에 놓여 있지 않았다면 사이코와 함께 느긋하게 산책하고 싶다고 생각했을 정도다.

기도사의 집에 찾아간 두 사람은 수많은 사람들이 기다리는 모습에 깜짝 놀랐다. 이래서는 몇 시간은 기다리게 될 것 같다며 시게루는 맥이 빠졌다.

"미리 이야기는 전해두었으니까 금방 만나줄 거야."

시게루의 낙담하는 모습이 전해졌는지, 사이코가 그렇게 귓속말을 했다.

그녀의 말에 의하면, 전화로 사정을 전한 시점에서 기도사가 이 일에 상당한 흥미를 보였다고 한다. 즉 시게루 일행이 겪은 대강의 이야기를 듣고서 아무래도 기도사의 피가 끓은 모양이다.

"다만 그것뿐만은 아닌 것 같아."

그런 사이코의 말이 왠지 마음에 걸려서 시게루는 물어보았다.

"그것 말고도 뭔가 더 있나요?"

"시간문제라고 말했어."

"네?"

"이대로 내버려두면 큰일이 날지도 모르니까 최대한 빨리 오라고 엄하게 말하더라고."

실제로 두 사람이 찾아왔음을 고하자, 기다리는 시간은 잠시뿐, 금방 안으로 들어가게 되었다. 그곳은 유도나 검도 도장을 작게 줄여놓은 듯한 방으로, 이런저런 장식이 있기 마련인 도코노마(床の間 ; 일본식 방의 한쪽에 족자를 걸고 꽃이나 장식물을 놓는 공간. 주로 객실에 꾸민다_역주)를 텅 비워놓은, 어쩐지 이상한 장소였다.

기도사는 쉰 살 전후의 여성으로, 젊었을 적에는 자못 미인이었을 용모였지만 깜짝 놀랄 정도로 입이 험했다. 시게루는 거기에 적응이 되지 않아서 자기도 모르게 몸을 슬슬 뒤로 젖힐 정도였다.

사이코가 다시 한 번 K리조트에서 겪은 체험담을 이야기하고 난 뒤, 두 사람은 기도사에게 엄청나게 야단을 맞았다. 철저하게 박살났다고 해도 좋을 것이다. 그렇지만 신기하게도 나쁜 기분은 들지 않았다. 화가 나지 않는다. 아무리 정론이라 해도 야단맞으면 역시나 불쾌해지는 법이다. 그렇지만 오히려 후련해진 기분이 드는 것에 시게루는 놀랐다. 사이코도 같은 느낌인 듯했다.

게다가 기도사는 결코 말만으로 끝내지 않았다. 자신들에게 무슨 일을 어떻게 했는지 시게루는 도통 알 수 없었지만, 정신이 들고 보니 불제(祓除)는 이미 끝나 있었다. 조금 김이 샌다는 생각을 하고 있자니, 기도사에게 이런 말을 들었다.

"그 정도로 끝나서 천만다행이라고 생각해야 해."

감사 인사를 한 사이코가 카즈요도 구하고 싶다고 부탁했더니, 기도사는 당장 이와노보리 가에 가자고 말했다. 시게루는 그 말에 깜짝 놀랐다. 순서를 기다리는 저 많은 사람들을 놔두고 가도 괜찮을지 걱정되었기 때문이다.

아니나 다를까, 두 사람을 데리고 나가려는 기도사를 향해, 기다리고 있던 사람들이 비명에 가까운 소리를 질렀다. 역시나 비난하는 듯한 말은 하지 않았지만, 애원하며 매달리는 사람이 속출했다. 마치 구세주에게 몰려드는 죄인 같은 느낌이었다.

"에잇, 시끄러워!"

그런 사람들을 향해 기도사가 일갈했다.

"당신들은 아직 괜찮잖아. 걱정하지 않아도 시간은 있어. 그렇지만 여기에 오지 못할 정도로 중병에 걸린, 일분일초를 다투는 병자가 있다고. 난 지금부터 다녀올 테니까, 당신들은 얌전히 기다리고 있어. 알았지?"

일제히 모두가 입을 다물고 거의 동시에 고개를 끄덕이는 모습을 보고 시게루는 감탄했다. 단순히 호통소리로 입을 다물게 한 게 아니라, 모두를 제대로 이해시킨 듯 보였기 때문이다. 또한 카즈요를 '병자'라고 부른 것에도 어째서인지 호감이 느껴졌다. 이 사람이라면 믿을 수 있지 않을까 하고 뒤늦게나마 생각했다.

기도사의 '환자' 중 하나가 운전하는 차를 타고 역으로 향하는 동안, 사이코가 이와노보리 가에서 보았던 카즈요의 상태를 설명했다. 시게루도 간밤의 체험을 이야기했다. 그런데 그의 이야기를 다 듣고 난 기도사는 갑자기 시게루의 동행을 금지했다.

"불제를 했다고 해도, 당신은 지금 그 집에 안 가는 편이 나아."

아무래도 싱크대의 찬장에서 카즈요를 본 것이 관계가 있는 듯했지만, 그 이상은 알 수 없다. 시게루로서는 그 말에 따를 수밖에 없었다.

역에서 기도사와 사이코를 배웅하면서, 시게루는 그저 카즈요의 완쾌를 기원했다.


이후의 기술은 일련의 괴이한 일들이 진정된 뒤에 토쿠라 시게루가 아이자토 사이코에게 들은 이야기에 기초하고 있다.

이와노보리 가를 방문한 두 사람은, 예상대로 카즈요의 어머니에게 쫓겨날 뻔했다. 하지만 여기서도 기도사의 일갈이 통했다. 그러나 집 안에 들어갈 수는 있었어도 여전히 카즈요의 방문은 닫혀 있었다. 그녀에게는 기도사의 일갈도 통하지 않는다.

거기서 기도사가 취한 행동이 정말 터무니없었다. 문을 박살냈던 것이다. 그 모습을 사이코는 생생히 설명해주었지만, 여기서는 생략한다.

문이 열린 순간 밀려나온 심한 악취에 사이코는 자기도 모르게 멈칫했다. 하지만 카즈요의 모습을 본 순간, 악취에 대한 생각 따위 완전히 날아가버렸다.

카즈요는 박스테이프로 자기 머리를 칭칭 감고 있었다. 아마도 두 눈과 두 귀를 막으려고 한 듯했다. 그런데다가 몸을 배 부근에서 비튼 부자연스러운 자세를 하고 있어서 이미 이와노보리 카즈요라는 인간이 아닌 뭔가 다른 생물처럼 보였다고 한다.

방 안은 전에 그녀의 어머니가 설명한 대로 테이프투성이였다. 빈틈이라는 빈틈에는 전부 테이프가 붙어 있었다. 그 부분에서 **그것**이 엿보는 것을 카즈요가 얼마나 두려워했는가가 절절하게 전해져 온다. 그 정도로 무시무시한 광경이었다.

기도사의 불제는 낮부터 저녁까지 이어졌다. 그동안 사이코는 방 밖으로 쫓겨나 있었기 때문에 무슨 일이 이루어지고 있는지는 전혀 알 수 없었다. 다만 모든 것이 끝난 뒤에 기도사가 기진맥진한 상태였고, 엉엉 울고 있긴 했지만 카즈요가 원래대로 돌아온 듯했다는 것만은 확실했다.

카즈요의 어머니는 정말 펄 듯이 기뻐했다. 갑자기 기도사를 향해 두 손을 모으고 열심히 절을 하기 시작했을 정도다. 그러나 당사자인 기도사는 "잘 거야."라는 한 마디만 남기곤 응접실의 소파에서 20분 정도 푹 곯아떨어졌다. 일어난 뒤에는 특상품 장어 도시락을 배달시켜 먹고는, 사례금도 받지 않고 돌아가버렸다. 참고로 기도사가 사이코를 위해 주문한 장어 도시락은 평범한 것이었다고 한다.

그 뒤로 일주일 정도 지난 어느 날, 이와노보리 카즈요가 행방불명되었다. 학교에 갔다고 생각했는데, 그렇지 않았던 모양이었다. 어머니는 친척부터 딸의 친구까지 짚이는 곳에는 전부 연락했지만 아는 사람은 한 명도 없었다고 한다. 거기서 사이코에게 전화 연락이 닿았고, 그녀가 기도사에게 알려서 둘이 함께 이와노보리 가를 다시 방문했다.

그리고 카즈요의 방에 발을 들인 순간, 기도사가 외쳤다.

"아차! 이건 내 실수야!"

어떻게 된 일인가 하고 사이코가 묻자, 기도사는 아마 카즈요가 뭔가를 가지고 있었을 것이라고 설명했다.

그 뭔가란, 그 순례자 모녀에게 받은 물건이 틀림없다고 한다. 기도사는 그것을 알아차리지 못했던 것은 자신이 미숙한 탓이라는 요지의 말을 했다.

그 다음날, 사이코에게 연락을 받은 K리조트의 관리인 미노베가 그 큰 바위 근처에서 이와노보리 카즈요의 시체를 발견했다. 사인은 추락사였다. 그리 높지 않은 바위 위에서 떨어졌는데도 죽은 이유는, 지면에 묻혀 있던 넓적한 돌에 머리를 세게 부딪친 탓이라고 한다. 그 충격의 영향인지 그녀의 몸은 부자연스럽게 뒤틀려 있었다고 한다.

카즈요의 소지품 중에서, 어머니가 보지 못했던 것이 딱 하나 있었다.

……방울이었다.

카즈요는 방울 하나를 오른손에 단단히 쥐고 있었다.

문제의 방울은 카즈요의 어머니에게서 사이코에게 전해지고, 다시 그녀에 의해 기도사에게 넘어가서 처분되었다. 이것으로 시게루 일행이 받은 앙화는 전부 씻겨나갔으니, 이제 안심해도 좋다는 말을 기도사에게 들었다.

하지만 시게루는 한동안 문 뒤편이나 틈새에 신경이 쓰여 괴로웠다. 그것이 조금이라도 눈에 들어오면 무서워서 견딜 수 없었다.

이 공포심을 누그러뜨려준 것이 사이코였다. 언젠가부터 두 사람은 사귀는 사이가 되어 있었다. 그 해의 크리스마스 이브도 새해의 첫 신사 참배도 두 사람은 함께했다. 다만 두 사람의 관계는 반년도 가지 못했다. 이윽고 시게루는 사이코를 피하기 시작하게 되었다.

어째서냐면 사이코가―그녀 본인에게는 자각이 없었던 듯하지만―언젠가부터 시게루를 가만히 그늘 뒤에서 엿보게 되었기 때문이다.

제2부

종말 저택의 흉사

1

처음에 의도했던 민속학적인 조사기록과는 거리가 먼 내용이 될 것 같지만, 이번 체험을 글로 써서 남겨두기로 한다. 아무런 기록도 없이 넘어가기에는, 나는 너무나도 기괴한 경험을 하고 있지 않은가. 우선 보고 들은 것 전부를 글로 남겨 후세에 전해야 하지 않을까. 그렇게 생각했기 때문이다.

아니면 반대일까. 이런 흉측한 체험기 같은 것은 오히려 남겨서는 안 되는 걸까. 나 자신부터 한시라도 빨리 잊으려고 노력해야 할까. 보지 않고 말하지 않고 듣지 않는다는 세 원숭이처럼, 그저 모르는 체하는 것이 무엇보다 현명한 행동일까.

사야오토시 가의 별채 손님방, 그곳의 책상머리에 앉아 큼직한 대학노트에 적기 시작하면서도 아직 나는 망설이고 있다. 이런 간단한 판단조차 할 수 없는 것은, 내가 정체를 알 수 없는 무서운 괴이 현상에 완전히 사로잡혀 있다는 증거인지도 모른다.

'노조키메…….'

그 괴물은 역시 그것일까. 사야오토시 소이치가 고백했던, 종말 저택에 붙어 있다는 귀신일까. 아니, 원령이라고 불러야 할까. 아니면 일본의 많은 신 중 난폭한 신에 속하는 걸까. 아니, 그것만으로는 끝나지 않는 더욱 커다란 앙화가 이 저택을 뒤덮고 있다는 생각이 머릿속에서 떨어지지 않는다. 게다가 그 화가 지금이라도 마을 전체로 퍼져나갈 것 같은 예감까지 든다. 이곳을 방문한 지 얼마 되지 않은, 완전한 외지 사람이었을 내가……. 왜냐하면…….

아니, 이래서는 안 된다……. 이런 식으로 쓰고 있으면 끝이 나지 않는다. 내 머릿속은 극도로 혼란에 빠져 있다. 이런저런 의문이 잔뜩 들어차 있는데도 그 답이 전혀 보이지 않는다. 보이지 않기는커녕 그곳에는 현실적인 해답 따위 없는, 전부 인간의 지식을 넘어선 현상이 아닐까 하는 불안이 바싹바싹 밀려오고 있다.

불안……. 아니다. 그런 것은 아니다. 이미 그것은 공포라고 불러야 할 것이다.

확실한 것은, 이대로 나의 의심이나 두려움을 아무리 늘어놓아 봤자 그 무엇도 이해할 수 없다는 사실이다. 그것보다도 지금은 이제까지 일어난 일을 남김없이, 우선 여기에 기록해둬야 하지 않을까. 어떻게 생각하더라도 내가 할 수 있는 일은 그것 정도밖에 없다.

이 모든 것의 발단은 도쿄 분리카대학에서 사야오토시 소이치와 만났던 일이다. 나와 그는 사학과에서 일본사를 전공하고 있었는데, 두 사람 모두 민속학에 흥미가 있었다. 아직 학과로서 인정되지는 않았지만, 국립대학에서는 드물게도 민속학에 종사하는 전임교원이 있어서 그 영향을 받은 학생이 적지 않았다. 저 유명한 민속학자 야나기다 쿠니오의 집에 드나드는 사람도 있을 정도였다.

그렇다고 해도 나는 천성적으로 낯가림이 심해서, 그런 학생들을 부럽게 생각하면서도 아무런 구체적인 행동을 하지 못하고 있었다. 힘들게 공부해서 들어간 대학교에서 간신히 진짜 흥미를 느낀 학문과 만났는데도 그것과 제대로 마주할 수 없었던 것이다. 그랬기 때문에 울적한 기분을 맛보는 하루하루가 계속 이어지고 있었다.

그런 시기에 자신을 고무하며 출석한 민속학 집중강의에서, 우연히 내 옆자리에 앉았던 것이 사야오토시 소이치였다. 친구는 친구를 부른다는 말처럼, 나도 그와 마찬가지로 얌전하고 낯을 가리는 성격이었기 때문에 우리들은 금방 친해졌다. 아마도 한눈에 상대에게서 자신과 비슷한 냄새를 맡았기 때문일 것이다. 물론 그런 두 사람을 연결한 최대 요인은 무엇보다도 민속학이라는 학문에 대한 갈망이었다고 생각한다. 둘 다 간사이 지방 출신이었던 점도 서로에게 친근감을 품게 하는 바탕이 되었다.

친근감이라는 말이 나와서 말인데, 두 사람 모두 드문 성씨를 가지고 있으며 이름의 발음이 똑같다는 점이 가장 컸을지도 모른다. 그는 사야오토시 소이치이고 나는 아이자와 소이치였다. 사야오토시라는 성은 쓰는 한자도 읽는 법도 특이하다. '아이자와'라는 내 성씨도 발음만이라면 평범한 축에 들겠지만, 한자로 '四十澤'라고 쓰는 경우는 극히 드물다. 내가 아는 한, 우리 가족과 친척 말고는 들은 적이 없었다. 사야오토시 소이치도 마찬가지였던 것이다.

금세 의기투합한 우리들은 몇 년 전에 간행된 야나기다 쿠니오의 《민간전승론》과 《향토생활의 연구법》에 대한 감상을 나누고, 쇼와 9년(1934년_역주)에 시작된 산간마을 조사 보고서인 《채집수첩》의 내용에 흥분했다. 이어서 야나기다 쿠니오와 하시우라 야스오가 엮은 《산육습속어휘》를 시작으로, 그 뒤에 나온 《혼인습속어휘》, 《분류농촌어휘》, 《장송습속어휘》 같은 민속학 어휘집에 감탄하며 완전히 빠져버렸다. 그 덕에 우리들도 민속조사에 참가하고 싶다는 마음이 날로 커져갔다.

만일 나나 소이치가 혼자였다면, 민속학 강의는 간신히 수강했더라도 그에 대한 공부는 아무리 시간이 지난들 책상머리에서의 학문으로 끝났을 것이다. 하지만 뜻밖의 동지를 얻은 덕분에 서로 좋은 영향을 주고받아서, 뒤늦게나마 산촌 조사에도 참가하게 되었다. 낯을 가리는 우리들에게 민속조사는 무거운 짐이 아니겠느냐며 처음에는 불안해했지만, 생각해보면 이야기를 들을 상대도 우리들처럼 시골 사람이다. 도쿄에서 도시 사람과 접하며 느끼는 답답함이, 그곳에는 조금도 없다. 그것을 차차 이해하게 되어서 처음의 걱정은 기우로 끝났다.

그렇다고 해도 두 사람의 성격까지 순식간에 변한 것은 아니다. 여전히 우리들은 대학의 교직원이나 학생부터 하숙집 집주인이나 하숙생에 이르기까지 누구와도 터놓고 지낼 수 없었다. 그래도 아무런 괴로움도 느끼지 않았던 것은, 서로의 존재가 있었기 때문이다.

소이치는 내 하숙방에 자주 놀러왔다. 그의 숙소는 다른 대학의 학생이 많은데다 품위 없는 녀석들이 많아서 이래저래 시끄러웠다. 반면 내 하숙집은 일반인 중심이었기 때문인지 그다지 시끄럽지 않아서 둘이 조용히 이야기를 나눌 수 있었다. 그래서 내 방에서 주로 모이게 된 것은 아주 자연스러운 일이었다.

우리들이 민속학 중에서도 특히 흥미를 느낀 것은 각 지방에 전해지는 괴이한 습속에 대해서였다. 두 사람 모두 괴담 애호가이고 해외의 괴기소설을 애독하고 있었다. 당초에 나는 그런 흥미가 강해진 결과, 이런 분야에까지 손을 뻗게 되었다고 생각하고 있었다. 적어도 나 개인은 그랬다. 그렇지만 소이치에게는 뭔가 특별한 이유가 있는지도 모른다는 생각이 들게 되었다. 어째서인지는 잘 설명할 수 없지만, 그런 느낌을 받았다.

굳이 말하자면 나는 어디까지나 각 지방에서 볼 수 있는 괴이한 현상과 그것에 얽힌 괴이한 습속을 알고 그것을 분류 분석 및 해석하는 행위를 즐기고 있었던 것에 반해, 소이치는 상당히 진지해 보였다는 점일까. 처음에는 그런 그의 모습을 학문에 대한 진지한 자세로 여기고 감탄했다. 하지만 이내 위화감을 느끼게 되었다. 소이치에게는 뭔가 목적이 있는 것이 아닐까. 이렇게까지 열중하는 이유가 존재하는 것은 아닐까. 그런 생각을 하게 되었다.

나는 이따금 기회가 될 때마다 넌지시 떠보았다. 하지만 늘 얼버무리는 소이치를 보고, 이야기하고 싶지 않은 사정이 있다면 억지로 캐내지는 말아야겠다고 마음먹었다. 친한 사이에도 예의가 있기 마련이라고 하지 않던가.

그러던 어느 날, 문득 어떤 중요한 이유가 머릿속에 떠올랐다. 그것은 민속학적으로도 극히 중대한 문제였다. 역시나 많이 망설였지만, 지금 물어보지 않으면 이후로 계속해서 소이치와의 관계에 대해 고민하게 될 것 같다는 기분이 들었다. 그런 의심을 품은 채로 겉치레뿐인 교제를 계속하기는 싫었다. 그럴 바에야 차라리 그의 분노를 사게 되어 싸우고 헤어지는 편이 나을지도 모른다.

나는 큰맘 먹고 확인해보기로 했다.

"혹시 기분을 해치게 되었다면 용서해줘. 네가 그렇게까지 각 지방의 특수한 습속에 구애되는 것은 혹시 사야오토시 가가 피차별 부락 출신이기 때문이야?"

그가 움찔하고 몸을 떠는 것을 보고 잠시 기다렸다. 하지만 전혀 아무런 반응도 하지 않아서, 나는 그대로 말을 이었다.

"만일 그렇다고 해도 나는 전혀 신경 쓰지 않아. 실은 고향의 우리 집 근처에도 피차별 부락이 있어. 하지만 나는 어릴 적부터 거기 애들하고 아무렇지도 않게 놀았거든. 지금도 고향에 돌아가면 몇 명인가는 만나서 술을 마시기도 해. 그러니까……."

소이치가 살짝 고개를 저었다.

"아니야?"

"응."

간신히 입을 열었다 싶었는데, 아무래도 영 기운이 없다.

"그렇구나. 괜히 이상한 질문해서 미안해."

"……아니야. 네가 전부터 그 점에 대해 신경 쓰고 있던 건 알

156

고 있었어. 그러니 그런 오해를 한 것도 무리는 아니지. 다 내 탓이야."

그렇게 말하며 소이치가 머리를 숙였지만, 나에 대한 사죄라기보다는 다시 힘없이 고개를 떨어뜨린 것처럼 보이기도 했다. 참고로 우리는 단둘이 이야기할 때에도 간사이 사투리를 거의 쓰지 않았다. 의논이 가열될 때 어쩌다가 불쑥 튀어나오는 정도였다.

"딱히 너를 나무랄 생각은 없어."

나는 당황하며 덧붙였다.

"애초에 나에게 그런 권리도 없고 말이야. 다만 좀 신경이 쓰이던 터라, 피차별 부락에 대한 문제가 문득 떠오른 김에 살짝 물어보려고 했던 것뿐이야. 나야말로 미안해."

그렇게 내가 고개를 숙이자 소이치가 가만히 입을 열었다.

"나는 고향 얘기를 절대 안 하잖아?"

"……응. 뭐, 그랬지."

어정쩡하게 대답하면서도 나는 남몰래 가슴의 커다란 고동을 느끼고 있었다.

민속학에 종사하는 자는 시기의 차이는 있을지언정 언젠가 반드시 자신의 고향과 마주하게 된다. 자신이 나고 자란 지역만큼 습속에 정통한 지역은 없기 때문이다. 가령 불명확한 부분이 있다고 해도 가족이나 친족이 살고 있으면 편지 한 통만으로도 조사할 수 있다. 그렇기에 대개의 사람에게 가장 친근한 민속조사지는 고향이 되기 마련이다.

그런데 소이치만은 달랐다. 절대 고향 이야기를 하려고 하지 않는다. 스스로도 그렇지만, 남이 고향을 언급하더라도 이야기를 얼버무려버린다. 내가 알고 있는 것도 ○○와 ○○와 ○○의 세 현의 경계에 뻗어 있는 스쿠자 산지에 속해 있는 촌락인 듯하다는 정도뿐이다.

소이치는 때때로 아주 흥미로운 습속을 거론할 때가 있었다. 하지만 그것이 어느 지방의 어느 마을인가 하는 질문을 받게 되면 늘 입을 꾹 다물었다. 그 상대가 강의 중인 교수이든, 둘이 이야기하고 있던 나이든 마찬가지였다. 다그쳐 물어보면, "잊어버렸어."라고 대답할 뿐이고…….

채집지가 확실하지 않은 것은 아무리 진귀한 것이라도 자료가 되지 못한다. 물론 그것은 소이치도 알고 있을 것이다. 그러나 특정 지방의 이름을 꺼내는 적은 한 번도 없었다. 그러다가 이내 그는 아무런 사례도 이야기하지 않게 되고 말았다.

이런 태도는 소이치 자신의 가족에 관해서도 마찬가지였다. 조부모님은 건재하신가, 아버지는 무슨 일을 하시는가, 어머니는 어떤 분인가, 형제자매는 있는가……. 그런 이야기를 전혀 하지 않는다. 가족에 대한 화제를 싫어하는 학생이 그밖에 없는 건 아니었지만, 그런 녀석들과는 명백히 분위기가 달랐다.

'어쩌면 소이치는 천애고아가 아닐까?'

그런 생각을 하게 만드는 어쩐지 어두운 기미를, 사야오토시 소이치라는 남자는 늘 풍기고 있었다.

다만 그에게는 나이 차이가 많이 나는 동생이 있을지도 모르겠다고 생각한 적이 몇 번인가 있다. 같이 외출했을 때에 우연히 지나쳐간 열 살 남짓한 아이를 바라보는 그의 시선이, 이따금 쓸쓸하게 흔들리는 모습을 보았기 때문이다. 어쩌면 그것은 지금은 없는 죽은 동생에 대한 애석함이 담긴 시선이었을 수도 있지만…….

어쨌든 그 정도로 완고했던 소이치가 자기 쪽에서 먼저 고향에 대해 언급한 것이다. 그 모습은 마치 소이치 스스로 걸어 잠근 금기의 문을 열려 하고 있는 것처럼 비쳤다.

하지만 아직 그때가 온 것은 아닌 듯했다.

"이런 표현은 좋지 않지만, 차라리 피차별 부락 출신이었다면 얼마나 좋았을까 하는 게 내 솔직한 심정이야."

그런 말을 하더니, 그는 멍하니 있는 나를 두고 방을 떠났다.

'대체 저 녀석의 고향은 어떤 곳일까…….'

'아니면 사야오토시가 자체에 무슨 사연이라도 있는 것일까…….'

친구를 말없이 배웅한 뒤에 나는 오랫동안 생각했다. 가능하면 돕고 싶다는 마음으로 가득했지만 소이치가 사정을 밝히지 않는다면 어찌할 도리가 없다.

그 뒤에도 두 사람의 친구 관계는 계속되었다. 다만 이날을 경계로 약간 서먹서먹해진 것은 부정할 수 없다. 서로가 상대를 배려하고 있었다고 해야 할까. 사귀기 전처럼 데면데면하지는 않지만, 사귀게 된 뒤에 생겨난 친근함이 엷어진 느낌이라고 표현하는 편이 맞을지도 모른다.

그 상태가 좋지 않다는 것을 두 사람 다 충분히 알고 있었다고 생각한다. 하지만 나는 어찌할 방법이 없었다. 이제 와서 소이치의 고향에 흥미가 없는 체를 해봤자 이미 늦었다. 오히려 그날 이후로 관심은 점점 높아지고 있다. 물론 조금도 태도로 내보이지는 않았지만, 그는 알고 있을 것이다. 그렇다고 해도, 당연한 이야기지만 나는 억지로 들을 생각은 조금도 없었다. 반대로 그날 자신이 던졌던 사려 깊지 못한 물음을 지금이라도 취소하고 싶다고 생각하고 있을 정도다.

한편 소이치의 입장에서도 나와 알게 된 뒤로 2년 넘게 전혀 언급하지 않았던 고향 이야기를 그렇게 쉽사리 꺼낼 수 있을 리 없다. 다만 내가 그것에 흥미를 느끼면서도 그날의 대화를 없었던 일로 하고 싶어 한다는 것을, 아마도 그는 눈치 채고 있었을 것이다. 그렇기에 그는 더욱 고민했을지도 모른다. 친우인 나에게 뭔가를 감추고 있다는 사실을 도저히 견딜 수 없었는지도 모른다.

그것은 새로운 민속조사 일정이 결정되고 두 사람의 담당지역이 서로 떨어진 장소라는 것을 알게 된, 어느 봄날 밤이었다.

평소처럼 내 하숙방에 찾아온 소이치는 웬일로 술병을 들고 있었다. 둘 다 술을 못하지는 않지만, 특별한 이유도 없이 술을 마시는 일은 별로 없었다. 그런 의미에서는 두 사람 다 애주가와는 거리가 먼 인종이었다.

그런데 그날은 웬일로 소이치가 술을 들고 찾아왔던 것이다.

"어쩐 일이야. 뭔 일이라도 있었어?"

그는 놀라는 내 모습에 낯간지러워하며 말했다.

"민속조사 때문에 한동안 못 보게 되잖아."

"작별의 술잔이라는 건가."

나도 모르게 입에서 그런 말이 튀어나왔지만, 그 표현이 참으로 불길하다는 생각이 들어서 황급히 고쳐 말했다.

　"좋아. 서로의 민속조사 성공을 기원하며, 오늘 밤은 한번 마셔 볼까."

　그 뒤로는 서로 주거니 받거니 하며 우리는 술잔을 기울였다. 초반에 무슨 이야기를 나눴는지는 기억하지 못한다. 술이 세지 않아서 금세 술기운이 돌았던 탓도 있다. 하지만 가장 큰 이유는, 나와 마찬가지로 취한 듯한 소이치가 갑자기 자신의 고향 마을 이야기를 시작했기 때문이다.

　분명히 그는 처음부터 술기운을 빌려서, 아니 빈 척을 해서 나에게 밝힐 생각이었던 것이리라. 이 생각지도 못한 고백 때문에 그 이전에 나눈 대화의 기억이 내 머릿속에서 완전히 날아가버린 듯 했다.

　"스쿠자 산지 근방에 세 개의 촌락으로 이루어진 토모라이 촌이라고 불리는 지역이 있어."

　그런 식으로 갑자기 시작되는 말을 들은 나는, 취해 있던 탓인지 갑자기 머리에 떠오른 단어를 말하고 있었다.

　"토무라이 촌?"

　"응, 근처의 마을이나 읍내에서는 그렇게 불리고 있지."

　소이치의 대답을 듣고, 간신히 나는 상황의 중대함을 깨달았다. 그가 무슨 이야기를 하려고 하고 있는지, 한 박자 늦게나마 또렷하게 깨달았다.

　"자, 잠깐만. 장례식이라는 뜻의 토무라이(弔い)는 아니겠지?"

"응, 토모라이(侶磊) 촌이야."

그렇게 말한 그는 그 마을의 이름을 한자로 적어서 알려주었다.

"토무라이 촌이라고 불리는 건 발음이 비슷해서인가?"

"그것도 있겠지."

"장례 형태가 독특하다든가?"

"아니, 다른 곳과 큰 차이 없을 거야. 기본적으로는 토장(土葬) 이니까."

소이치는 선뜻 대답했지만 나는 굳이 더 묻지 않았다. 여기서는 그가 이야기하고 싶은 대로 놔두면 곧 모든 것을 이야기해줄 것이 틀림없다고 느꼈기 때문이다.

"조금 전에도 말했지만, 토모라이 촌은 세 개의 집락으로 이루어져 있어."

내 생각대로 그는 이야기를 계속했다.

"최초의 입식지인 호쿠라이(北磊), 마을의 중심에 있는 마라이(真磊), 후미진 남쪽에 위치한 난라이(南磊)의 세 집락이지. 호쿠라이 집락에 가려면 오우미 지방 상인의 왕래가 있던 소나이(総名井) 촌에서 산길로 들어가서 무소(六僧) 고개를 넘어야만 해. 고개를 넘어서 산길을 따라 내려가다 보면, 숲의 나무가 뜸해지는 부근에 왼편으로 커다란 저택이 보이기 시작하지. 거기가 토모라이 촌의 필두 지주인 토다테(砥館) 가로, 마을에서는 '시작 저택'이라고 불리고 있어."

소이치는 또박또박한 어조로 이야기하면서, 지명 등의 한자는 꼼꼼하게 대학노트에 적어주었다. 덕분에 나는 모르는 지방을 보다 구체적으로 상상해볼 수 있었다.

"처음에 개척된 것은 호쿠라이지만, 집락으로서는 평지가 많은 마라이가 가장 발전했지. 이곳에는 면사무소나 우체국, 식당이나 술집도 있으니까. 다만 학교까지 있는 것은 아니어서, 아이들은 무소 고개를 넘어 일부러 소나이 촌까지 오가야만 했어."

이때 그의 얼굴에 떠오른 것은 결코 어린 시절의 향수에 젖은 표정이 아니었다. 마치 오랜만에 떠오른 꺼림칙한 기억에, 그때까지의 평화로웠던 마음속이 마구 휘저어진 모습이라고 해야 될까.

"우리 집도 시골이었지만 그 정도는 아니었어."

하지만 나는 조금도 눈치 채지 못한 척을 했다.

"초등학교까지 먼 거리를 걸어서 오는 아이는 있었지만, 높은 고개를 넘으면서까지 오는 애는 없었어."

"그건 너의 고향 마을이 진짜 시골이 아니란 증거지."

"글쎄? 찾아와 보면 알아. 우리 마을이 진짜 시골인지 아닌지."

"그걸 증명하기 위해서 나를 불러주려고?"

"네가 괜찮다면 올 여름에라도 꼭 와줘."

"……고마워."

기뻐하면서도 소이치의 표정이 왠지 모르게 쓸쓸해 보인 것은, 문득 자신의 고향 마을을 생각했기 때문일까.

"미안. 말허리를 끊었네."

내가 사과하며 다음을 재촉하자, 그는 이야기가 끊어진 적은 없었다는 듯이 자연스럽게 입을 열었다.

"마라이 집락은 호쿠라이에서 더 안쪽으로 들어간 곳에 개척된 지역인데, 난라이는 달랐어."

"호쿠라이에서 마라이, 마라이에서 난라이 순으로 개척된 게
아니었다는 얘기야?"

"응. 참고로 호쿠라이로의 입식은 800년 정도 전에 여섯 명의
승려가 소나이 촌을 거쳐 그 땅을 밟은 것이 시작이었다고 전해지
고 있어."

"그렇게나 역사가 오래된 지역이었구나."

내가 솔직히 감탄하자 소이치는 자조적인 어조로 답했다.

"쓸데없이 긴 것뿐이야."

"그래서 여섯 명의 스님이란 뜻의 무소(六僧) 고개란 이름이 붙
은 거구나."

"그것과 마찬가지로 난라이 집락의 남쪽에는 로쿠부 고개라고
불리는 장소가 있어."

노트에 기록된 한자를 확인하고 나서 나는 입을 열었다.

"이쪽은 여섯 명의 무사란 뜻의 로쿠부(六武)······. 아, 패잔병들
이었나?"

"물론 단순한 전설이야. 스쿠자 산지의 거의 인적미답의 산속에
무가이(無涯)라고 불리는 지역이 있어. 그곳에 그리 유명하지는 않
지만 나시라즈라는 이름의 폭포가 있거든."

"나시라즈(名不知)······. 이름을 모른다는 뜻의 이름이 붙을 정
도로 아는 사람이 적다는 건가?"

내 농담에 소이치는 엄숙하게 끄덕였다.

"무가이는 옛날부터 영험한 장소로서 일부 순례자들 사이에서

아주 유명했던 것 같아. 그 상징이 나시라즈 폭포였지."

"그렇구나. 그래서 싸움에서 진 무사들도 일단 그곳으로 도망갔다. 하지만 언제까지나 머물러 있을 수 없는 사정이 있어서, 이후에 로쿠부 고개라고 명명된 험한 길을 넘었다. 그리고 도달한 땅에 난라이 집락을 개척했다는 건가."

"사야오토시 가의 선조가 그 무사들 중 한 명이라고 전해지고 있어."

소이치에게 들을 때까지, 부끄럽게도 나는 '사야오토시'란 성씨의 의미를 깨닫지 못했다.

"난라이에서 칼을 버렸기 때문에, 칼집을 떨어뜨렸다는 뜻의 사야오토시라는 성씨를 쓴 거구나."

"그야말로 일본 각지에 수도 없이 전해지고 있는 헤이케(平家)의 패잔병(12세기 말 가마쿠라 막부 시절에 미나모토 가와의 전쟁에서 패한 다이라(平) 가 일족을 이르는 말로, 이들은 전쟁에서 패한 후 추격을 피해 일본 각지로 뿔뿔이 흩어졌다_역주) 전설 중 하나에 지나지 않지만 말이야."

어째서인지 자조적인 말투를 쓰는 소이치에게 나는 느낀 그대로를 이야기했다.

"그렇다고 해도 그중에는 진짜도 있을 거 아냐. 로쿠부 고개라는 지명과 사야오토시라는 가명(家名)으로 생각하면 너의 선조가 그랬을 가능성이 높아 보인다고."

"그런 의미심장한 지명이 일본의 도처에 잔뜩 널려 있는 것은 너도 잘 알잖아. 로쿠부 고개 근처에는 이것 또한 의미심장해 보이는, 갑옷을 벗는다는 뜻의 '코다츠(甲脫) 샘'이라는 샘이 있는데, 그것까지 포함해도 아무런 증거도 되지 않아."

나는 어째서 선조의 패잔병 전설을 완고히 부정하는 거냐고 물어보려 하다가 그만두었다. 이야기할지 말지의 판단은 역시 소이치에게 맡겨야 한다고 생각했기 때문이다.

"호쿠라이의 토다테 가가 '시작 저택'이라고 불리는 한편으로, 난라이의 사야오토시 가는 '종말 저택'이라고 불렸어."

소이치가 선조에서 마을로 이야기를 돌려서, 나도 그것에 집중했다.

"토모라이 촌에서는 호쿠라이가 최초의 입식지였고, 토다테 가는 마을의 필두 지주인데다 무소 고개를 넘으면 처음으로 눈에 들어오는 것이 그 집의 모습이었기 때문에 그곳이 '시작 저택'이라고 불렸다……라는 추측은 간단히 할 수 있어."

"아마도 그렇겠지."

"그렇게 되면 다른 한쪽의 난라이는 지리와 지형 문제로 인해 마지막 입식지로 간주된 것이 아닐까? 게다가 사야오토시 가는 난라이 최남단의 산자락에 세워져서, 문자 그대로 토모라이 촌의 남쪽 끝에 위치하고 있어. 그래서 종말 저택이란 이름이 붙었지. 아닌가?"

"절반은 맞다고 봐."

"나머지 절반은 다른 이유가 있는 거야?"

내 물음에 소이치가 입을 다물어버렸다.

"그렇다고 해도 '종말'이라니, 남의 집을 '종말 저택'이라고 부르는 건 실례 아닌가?"

"……."

"시작에 반대되는 종말이라는 건 알겠는데, 그런 별명이 붙은 쪽 입장에서는 보통 언짢은 일이 아닐 거 아냐."

"……."

"하지만 그렇게 불리고 있다는 것은, 사야오토시 가는 토다테 가에 필적할 정도로 토모라이 촌에서 큰 세력을 자랑하는 가문이란 뜻이잖아."

묵묵히 있던 소이치가 거기서 입을 열었다.

"토다테 가에는 밀리지만, 재산만으로 보자면 마을에서는 두 번째였지."

"우리 집하고는 엄청난 차이인걸."

"그렇다고 해서 사야오토시 가가 마을에서 절대적인 세력을 가지고 있는 건 아니지만 말이야."

"엉?"

그의 말 중에 계속 마음에 걸리는 것이 몇 가지인가 있었는데, 이것도 그랬다. 필두 지주 다음가는 자산가임에도 불구하고 사야오토시 가의 영향이 토모라이 촌에 미치지 않을 수 있는 걸까. 그것이 사실이라면 대체 무슨 사정이 있는 걸까.

내 호기심은 억누를 수 없을 정도로 높아져 있었지만, 역시 소이치를 추궁하는 짓만큼은 하고 싶지 않았다.

"마을에서의 주된 산업은 뭐야?"

"임업하고 숯 굽기지. 토다테 가의 일에 종사하는 건 대부분 마을 사람이야. 그에 비해 사야오토시 가에서는 옛날부터 외지의 나무꾼들을 고용하고 있지."

소이치는 에둘러 떠보는 내 질문의 진의를 간단히 깨달았는지, 이쪽의 의문에는 성실히 답해주었다.

"토모라이 촌의 임업은 토다테 가와 사야오토시 가로 양분되어 있는 거구나."

"그렇게 말해도 틀리지는 않아."

마을의 주산업 중 절반을 떠맡고 있는데도 어째서 사야오토시 가는 외지인을 쓰는 걸까. 어째서 같은 마을 사람들에게 일감을 주지 않는 걸까. 아니면 고용할 수 없는 이유라도 있는 걸까.

'설마……'

그때 나의 뇌리에 한 가지 가능성이 떠올랐다. 평소 같았다면 벌써 떠올랐을지도 모른다. 하지만 상대가 친우인 소이치였기에 거기까지 머리가 돌아가지 않았던 것 같다.

"로쿠부 고개란 이름의 유래에 대해서는, 사실 다른 설도 있어."

또다시 소이치가 갑자기 하던 이야기로 돌아갔다. 다만 그것은 문득 표정이 변한 내 반응을 봤기 때문이라는 느낌이 강하게 들었다.

"무슨 설인데?"

"다만 이쪽은 같은 발음이어도 한자가 다르지만 말이야."

"고개의 이름……?"

"그래."

"로쿠부 고개라는 발음은 같지만 한자가 다르다……."

그렇게 중얼거리던 내 머릿속에 문득 번뜩이며 떠오른 생각이 있었다.

"그 다른 설에서는 여섯 명의 무사를 의미하는 로쿠부(六武)가 아니라 로쿠주로쿠부(六十六部) 순례를 가리키는 로쿠부(六部)라고 쓰는 거 아니야?"

"역시 대단한걸."

힘없이 미소 짓는 소이치가 아주 애처로워 보였다.

"즉 사야오토시 가에는 로쿠부 살해의 전설이 있다……."

"맞아."

미소를 지운 어두운 얼굴로 끄덕인 소이치를 앞에 두고, 나는 모든 의문이 풀린 듯한 기분이 들었다. 사야오토시 가에 이방인 살해의 전승이 있기 때문에 아마도 마을 사람들은 그 집을 두려워하고 있는 것이라고. 하지만 그것이 너무나 섣부른 판단이었음을 나는 이후에 몸서리쳐질 정도로 뼈저리게 느끼게 된다.

참고로 로쿠부란 직접 베껴 쓴 《법화경》을 궤짝에 넣어 짊어지고서 그것을 전국 66개소의 영험한 곳에 바치기 위해 일본 내 여러 지역을 순례하던 수행승을 말한다. 지금도 로쿠부는 존재하지만 전부 진짜라고 단언할 수는 없다. 왜냐하면 걸식을 목적으로 하는 가짜가 에도시대부터 나타나기 시작했던 탓이다.

그런 로쿠부를 살해했다고 전하는 이야기가 일본 각지에 채집되는 '로쿠부 살해 전설'로, 지방에 따라서 세세한 차이는 있어도 대부분 다음과 같은 내용을 담고 있다.

옛날에 그 지방의 어느 집에, 여행하던 중 날이 저물어서 하룻밤 재워달라고 청하는 로쿠부가 찾아왔다. 그 집에서는 흔쾌히 맞이하고 저녁과 잠자리를 제공했다. 순수한 친절에서 한 일이었지만 그 로쿠부가 순례를 위한 자금을 듬뿍 가지고 있다는 것을 안 순간, 그 집안사람들에게 나쁜 마음이 싹텄다. 자고 있던 로쿠부를 습격해서 죽이고 가진 돈을 전부 빼앗은 것이다. 이후로 그 집안은 번영해서 큰 부자가 되었지만, 죽인 로쿠부의 저주를 대대로 받고 있다.

지방에 따라서는 로쿠부가 아니라 맹인 스님이나, 비구니나 무녀로 바뀐 경우도 있다. 또한 돈을 빼앗는 것이 아니라 마을을 위해 로쿠부를 인신공양하는 사례도 보인다. 공통된 것은 그 지방 밖에서 찾아온 이른바 '이방인'이 특정한 집이나 마을의 사리사욕 때문에 죽게 되고, 그 뒤에 재앙을 내린다는 흐름이다.

"그런 전설이 친가에 있다니……. 아주 마음고생이 많았겠네."

우선 나는 위로의 말을 할 수밖에 없었다.

"역시 어릴 적에 괴롭힘을 당한 적이 있어?"

로쿠부 고개를 넘어서 학교에 다녔다는 이야기를 할 때의 소이치가 보였던 표정을 떠올린 나는 암담한 기분으로 그렇게 물었지만, 의외로 그는 고개를 저었다.

"아닌가? 어린아이는 관계없었나."

안도하는 것도 잠시, 다시 그는 고개를 젓고서 대답했다.

"시골 아이들의 세계는 마을 어른들의 축약도 같은 구석이 있어. 어린아이라고 해서 안심할 수는 없어."

"무슨 짓을 당한 거야?"

"좋게 말하면, 부담스런 존재 취급이었지."

"나쁘게 말하면?"

"……무시."

어떤 의미에서 이것은 폭력이나 비방보다도 질이 나쁜 괴롭힘인지도 모른다.

"진짜 너무하네. 아주 오래전의, 그것도 아무런 근거도 없는 전승만으로 어린애한테 그런 짓을 하다니."

분노하는 나와는 대조적으로, 소이치는 차가운 어조로 말했다.

"어린아이 입장에서는 역시 무서웠기 때문이라고 생각해."

"너희 집이?"

고개를 끄덕이는 그를 보고, 엉뚱하게도 나는 갑자기 사야오토시 가의 어른들에 대한 분노가 치밀어 올랐다.

"부모님은 학교에 아무런 말씀도 안 하셨던 거야?"

"못하지."

"어째서? 그만한 부자라면……."

거기까지 말을 쏟아내다가 부끄럽게도 나는 그때서야 깨달았다. 이제까지 그가 많은 단서를 주었는데도 전혀 깨닫지 못했던 것이다.

사야오토시 가에 전해지는 패잔병 전설에 대해서 자조적이라고도 할 수 있는 부정적인 태도를 취한 것.

아무리 역사적이고 지형적인 요소가 있다고 해도, 사야오토시 가가 종말 저택이라고 불리고 있는 것.

토모라이 촌의 주산업 중 절반을 사야오토시 가가 좌지우지하고 있는데도 마을에서는 아무런 세력도 없는 것.

사야오토시 가가 쓰는 나무꾼은, 전부 외지의 인부를 고용하고 있는 것.

소이치가 어린 시절에 마을 아이들로부터 무시당하는 취급을 받은 것.

이것들이 의미하는 사실은, 아마도 하나밖에 없었다.

"좀 거북한 질문을 하겠는데, 혹시 사야오토시 가는 토모라이 촌에서 무라하치부(村八分 ; 마을의 법도를 어긴 사람과 그 가족을 마을 사람들이 합의해서 따돌리는 것_역주) 상태에 놓여 있던 거 아니야?"

"……."

"너무 직접적으로 묻게 되어서 미안하지만……. 아니야?"

천천히 그가 고개를 끄덕이자, 확신하고 있기는 했지만 나는 도저히 배겨낼 수 없는 기분이 되었다.

"……미안해. 괴로운 이야기를 하게 만들었구나."

"괜찮아."

소이치는 고개를 저었다.

"언젠가 너한테는 제대로 이야기하고 싶다고 생각했으니까……. 사실은 좀 더 빨리 밝히고 싶었지만, 좀처럼 용기가 나지 않아서 말이야."

"그렇구나. 이야기해줘서 고마워."

나는 진심으로 감사의 말을 하는 한편으로, 토모라이 촌 사람들에 대한 분노가 뱃속에서 부글부글 끓어올랐다.

"하지만 아무리 로쿠부 살해의 전설이 있다고 해도, 무라하치부까지 하는 것은 너무 심하잖아. 이제까지 채집해온 사례 중에서도 그 정도까지 당한 집은 없었다고."

"……그렇지."

"애초에 로쿠부 살해에 대한 이야기는 그 전승에서 나오는 집안 사람이 아니라 그 주변에 사는 사람들의 입에서 나오기 마련 아니냐고."

즉 이방인 살해의 전설이란 로쿠부를 죽이고 돈을 빼앗음으로써 어느 집안이 번영했다는 이야기가 아니다. 그것은 어떤 집의 형편이 좋아진 것은 아마도 뭔가 나쁜 짓을 했기 때문이며 그 악행이란 로쿠부를 죽여서 돈을 빼앗거나 한 것이 틀림없다……라는 식으로 제3자인 마을 사람들에 의해 만들어진, 어디까지나 나중에 갖다 붙인 이야기인 것이다.

그곳에는 성공을 얻은 자에 대한 시기가 존재했다. 게다가 나중에 마을에 들어온 사람의 경우, 더욱 그 집을 시샘하는 마음이 생겨난다. 그런 마을 사람들의 어두운 감정이 수많은 이방인 살해 전설을 탄생시킨 것이다.

"너에게는 설명할 것도 없겠지만……."

나는 그렇게 양해를 구하고서, 만일을 위해 이 해석을 소이치에게 들려주었다. 그는 내내 한마디도 하지 않고 묵묵히 내 이야기에 귀를 기울이고 있었다.

"……그러니까 그런 전설 따윈 의미가 없어."

"그렇겠네."

표정을 읽을 수 없는 얼굴로 소이치가 맞장구를 쳤다.

"시골은 여러 가지로 복잡해서 말처럼 간단하지 않은 것은 알아. 특히 옛날부터 이어지는 습속 같은 건, 아무리 그것이 미신임을 알고 있더라도 좀처럼 소멸되지 않는 법이야. 나도 시골 출신이라서 그런 문제는 이해할 수 있어. 하지만 무라하치부라는 엄연한 차별이 버젓이 이루어지고 있었다니, 아무리 그래도⋯⋯. 앗, 설마 지금도 그런 거야?"

가장 중요한 질문을 하자, 그가 묵묵히 끄덕였다.

"그건 중대한 문제라고. 지금부터라도 늦지 않았으니, 마땅한 기관에 마을의 현재 상황을 알리는 편이 좋다고 봐."

"그래도 말이지⋯⋯."

"일단 우리 대학에서 상담할 만한 교수를 찾아보자."

"하지만⋯⋯."

"이건 그냥 넘어갈 수 있는 일이 아니야. 너도 학자 나부랭이잖아."

"그 부분이야. 너나 대학의 교수들 같은 지식층들에게는 이방인 살해 전설 따위 어디까지나 이야기에 지나지 않겠지만, 토모라이 촌 사람들에게는 요즘 시대에도 틀림없는 현실 자체라는 큰 차이가 있어."

"그러니까 더욱 단호하게, 그런 건 미신이라고 계몽해야 한다고."

내 강한 주장에, 소이치가 고개를 떨어뜨리며 가만히 대답했다.

"사야오토시 가에 얽힌 괴이 현상 때문에 과거에 마을 사람들이 몇 명이나 죽었는데도?"

2












"무슨 소리야?"

깜짝 놀라서 힐문하는 어조로 물었지만, 이때 나는 이 문제가 예상외로 뿌리가 깊다는 것을 깨달은 듯한 기분이 들었다.

생각해보면 확실히 이상했다. 선조의 패잔병 전설은 단순한 전설이라며 무시해버렸으면서도 이방인 살해의 전설만은 그대로 받아들이는 듯 보였기 때문이다. 두 개의 전설을 단순히 비교했을 때에 신빙성 있게 느껴지는 것은 명백히 전자일 것이다. 하지만 사야오토시 소이치에게는 후자 쪽이 현실성 있었던 것이다.

"로쿠부라고 해도 사야오토시 가의 경우에는 여자 순례자였어. 게다가 모녀 두 사람이었지."

소이치는 차분한 태도로 담담하게 이야기를 꺼냈다.

"그랬구나."

맞장구를 치면서도 나는, 자기 집안의 어두운 전설을 어떻게 이 야기할지는 역시 소이치에게 맡겨야 한다고 다시 한 번 생각했다. 쓸데없이 중간에 끼어들지 않고 그냥 그대로 듣기만 하기로 결심 했다.

"어떤 사정이 있었는지는 알 수 없지만, 두 사람은 무가이에서 나시라즈 폭포를 거쳐 로쿠부 고개를 넘어 난라이 집락으로 들어 갔어. 거기서 어머니 쪽의 몸 상태가 나빠져서 딸이 사야오토시 가에 도움을 청했지. 사야오토시 가에서는 두 사람에게 헛간을 비워줬고 식사도 내주었어. 그런데 시간이 지남에 따라서 아무래 도 어머니 쪽의 상태가 심상치 않다는 걸, 보통 병이 아니라는 걸 점차 알 수 있게 되었어. 당시 사야오토시 가의 당주는 카에몬(嘉 栄門)이라고 하는데, 마침 몸 상태가 안 좋아서 자리에 누워 있었 기 때문에 순례자 어머니의 상태에 몹시 신경을 쓰고 있었지. 이 윽고 그 여자가 전염병을 앓고 있을지 모른다고 걱정하기 시작한 카에몬은, 모녀를 헛간에 가두고 그대로 방치하라고 명령했어."

"……잔인하네."

"한동안은 헛간 안에서 도움을 청하는 딸의 목소리가 들려왔 어. 그러던 중에 그것이 방울소리로 바뀌었지."

"쇠약해져서 목소리가 나오지 않게 된 딸이, 나무지팡이에 달 린 방울을 필사적으로 흔든 건가."

"아마도. 그렇지만 카에몬은 이것을 무시하라고 했어."

"설마, 그대로 굶어 죽게 만들려고……."

"아니, 쇠약해진 두 사람을 둘 다 거적에 말아서 저택 뒤편의 절벽 아래에 묻은 모양이야."

"생매장한 거야?"

"사야오토시 가는 남쪽의 산자락을 깎아낸 산 중턱에 세워져 있으니까, 뒤편은 벼랑이 되지. 그 벼랑의 동쪽에는 사야오토시 가의 산소가 있는데, 그 아래쪽의 무른 땅을 파서 거적째로 매장했다고 해."

"마을 사람들로서는 그래서 재앙이 내렸다고 말하고 싶어질 만하네."

"실은 여기에 이어지는 얘기가 있어."

소이치는 한순간 주저한 듯 보였다. 그러나 그다음에 같은 리듬으로 다시 이야기를 시작했다.

"모녀를 묻었을 때, 아들이나 하인들이 전부 인부들의 합숙소에 나가 있어서, 힘 있는 남자 일손이 집안에 없었어. 귀가를 기다리지 않았던 것은, 병상에 있던 카에몬이 폭발해서 역정을 낸 탓인 모양이야. 이대로는 자신에게 순례자의 병이 옮겠다고 그 무렵에는 굳게 믿고 있었던 거겠지. 그래서 아들들이 돌아오기 전에 서둘러 묻게 했어."

"아주 구체적이네."

자기도 모르게 끼어들고 말았다.

"그래, 마을 사람들이 날조했을 전설치고는 말이야……."

소이치가 의미심장한 말을 해서, 곧바로 나는 불안을 느꼈다.

"그랬기 때문에 남자 일손들이 돌아오자, 다시 제대로 매장하라고 당주가 명령을 내렸어. 명령을 듣고 장남이 하인들을 데리고 집 뒤편 벼랑 아래에 가보니, 흙 위로 딸의 머리가 절반 정도 나와 있었던 거야."

"뭐어?!"

"그리고 죽은 물고기 같은 눈동자로 빤히 아들들을 바라보고 있었다지……."

"기, 기어 나온 거야?"

"어머니가 마지막 힘을 다해서 딸만이라도 살리려고 땅속에서 밀어올렸던 모양이야."

"그러면 딸은……."

"아니, 죽어 있었어. 두 눈을 또렷하게 뜬 채로……. 게다가 어머니는 무리한 자세로 딸을 밀어 올리려던 탓인지, 배 부근에서 부자연스럽게 몸이 뒤틀린 상태로 숨이 끊어져 있었다더라."

"소름 끼치는걸."

"이후로 사야오토시가 사람들은 어디에 있더라도 기묘한 시선을 느끼게 되었어. 미닫이문이나 장지문, 덧문 틈새, 복도의 모서리, 천장 구석, 정원수의 뒤편, 덤불 속……. 그런 곳들에서 퍼뜩 정신이 들고 보면 누군가가 엿보고 있는 듯한 기분이 들었지. 하지만 그쪽을 봐도 아무도 없어. 그런 현상이 빈번하게 일어나게 되었어."

"일종의 사시(邪視 ; 타인에게 병이나 죽음 등의 피해를 주는 신비한 힘이 있다고 여겨지는 시선_역주)구나."

"모녀를 생매장한 뒤에도 카에몬의 몸 상태는 전혀 차도가 없었어. 그래서 여전히 자리에 누워 있었는데, 이 시선에 겁먹은 카에몬은 자신의 침상 주위에 병풍을 세우게 했어. 하지만 전혀 효과가 없었어. 병풍이 접히는 틈새 부분에 조금이라도 그늘이 생기면 거기서 뭔가가 자신을 엿보고 있다며 겁을 먹었다는 모양이야."

"그래서……?"

이미 나는 민속학적인 관심을 드러내며 소이치의 이야기를 열심히 듣고 있었다고 생각한다.

"카에몬은 병풍 대신에 침상 주위에 널빤지로 벽을 치게 했어. 그것도 그 벽을 차츰 가까이 붙이게 했기 때문에, 나중에는 카에몬 자신이 길쭉한 나무 상자 안에 들어가 있는 듯한 상태가 되어 버렸지."

"그건 마치 관 안에 들어가 있는 것 같잖아."

"분명히 본인은 깨닫지 못했던 거야. 그 소름 끼치는 사실을……."

"그렇구나."

"하지만 역시나 뚜껑까지 덮게 하지는 않았어. 다만 천장의 옹이구멍이 무섭다면서, 커다란 천으로 천장 전체를 덮게 했지."

"철저하네. 하지만 그것으로 시선에서는 도망칠 수 있었다고 해도, 제대로 된 일상생활은 도저히 불가능했을 거 아냐. 애초에 나빠져 있는 몸 상태가 좋아질 리도 없고. 무엇보다 언제까지나 그러고 있을 수도 없을 거 아냐."

"물론 카에몬은 죽었어."

이때의 '물론'이라는 부사의 사용법에 난 진심으로 오싹해졌다.

"병으로 죽은 거야?"

"질식사였어. 구토하려고 했는데 토사물이 목구멍을 막은 모양이야. 나무 상자 속에 무리하게 이불을 덮고 있었던 것도 원인이 되었지. 옆으로 고개를 돌려서 토하려고 했는데 이불이 입을 막아버렸기 때문이야."

"그 상황은……완전히 생매장이잖아."

내 지적에 소이치는 끄덕이면서 말했다.

"카에몬의 장남은 아버지의 장례를 마치자마자 모녀를 묻은 절벽 아래에 비석을 세우고 두 사람을 모셨어. 그래도 괴이한 시선은 사라지지 않았고, 몸 상태가 나빠진 집안사람들이 끊이지 않았지. 게다가 두 사람이 머무르던 헛간에서는 이내 방울소리가 들려오게 되었어."

"무리도 아니지."

"그래서 헛간을 허물고 '순령당(巡鈴堂)'이라는 건물을 세우고, 순례자 어머니를 닮은 관음상과 딸을 모사한 지장상을 만들어서 그 두 상을 사당 안에 안치했어. 이것으로 간신히 음산한 방울소리는 멈추고, 기분 나쁜 시선도 약해졌다더라."

"약해진 것뿐이지, 없어지지는 않았던 거야?"

"후대에도 이 시선을 느낀 자가 가끔씩 나타난 모양이야. 게다가 시선을 느끼면 반드시 일족 중 누군가가 병이나 사고로 죽는다고 해."

"그렇다고 해도 말인데."

나는 조심스럽게 흘끗 소이치의 눈을 보면서 말했다.

"이렇게까지 자세한 이야기가 전해지고 있다는 건, 사야오토시 가에 어떠한 문헌이 남아 있는 탓인가?"

"그것도 있지만 대부분은 구전이야."

"뭐라고?"

"몇백 년에 걸쳐서 마을 사람의 입에서 입으로 쭉 전해져오던 사야오토시 가의 이방인 살해 전설이, 쇼와시대가 되어도 이 토모라이 촌에서는 계속 살아 숨 쉬고 있는 거야."

그냥 뿌리가 깊다는 정도의 문제가 아니란 생각에, 나는 너무나 불안해졌다. 소이치의 힘이 되고 싶다는 마음에 거짓은 없었지만, 내가 상담하기에는 짐이 너무 무겁지 않을까 하는 생각을 넘어 공포를 느끼기 시작했다.

하지만 여기까지 이야기를 들어놓고 중간에 도망치는 짓은 절대 할 수 없다. 소이치도 나에 대한 신뢰가 있기에 이렇게 밝혀준 것이다. 아니, 애초에 그의 이야기는 아직 시작에 불과한지도 모른다. 이제부터가 본론이란 기분이 든다.

불안과 공포에 시달리면서도, 이내 나는 결심했다. 끝까지 소이치와 함께해주겠다고.

당연하지만 소이치가 그런 나의 결의를 알 도리가 없다. 하지만 그도 모든 것을 밝히려고 각오를 새로이 다진 듯 보였다.

"계속해도 되겠어?"

그렇기 때문에 이제 와서 새삼스럽게, 양해를 구했던 것이 틀림없다.

"물론이지. 너만 괜찮다면 나는 전부 들을 용의가 있어."

"역시 친구가 최고구나."

한순간 소이치는 미소를 지었다.

"게다가 너는 이따금씩 두려움을 잃어버리는 경우가 있어."

그리고 마치 충고하듯이 덧붙였지만, 곧바로 그때까지의 어조 그대로 말을 이었다.

"나는 사야오토시 가의 이방인 살해 전승이 두절되지 않았던 건, 주로 두 가지 요인에 의해서라고 생각해."

"첫 번째는 뭔데?"

"그 일이 있은 뒤에도 이후의 당주들이 이따금씩 로쿠부 고개를 넘어 난라이로 들어오는 이방인들에 관여해왔다는 사실이야."

"뭐?"

오히려 관여하지 않으려 하지 않았을까 하고 생각했던 나는 깜짝 놀랐다.

"어째서 그런 일을?"

"선조인 카에몬이 범한 죄를 조금이라도 보상하려고, 로쿠부나 맹인 스님, 혹은 순례자에게 공덕을 베풀려고 했기 때문이야."

"그런 얘긴가."

"특히 모녀 순례자는 아주 극진히 대접했어. 순령당에 머무르게 하면서 거의 살아 있는 신을 모시듯 했지. 나중에 가서는 사야오토시 가의 관혼상제까지 주관하게 되었다고 하니까."

"난라이를 찾아오는 종교인들에게 계속 호의를 베풀었다면, 사야오토시 가의 괴이 현상은 약해졌을 거 아니야?"

내 단순한 의문에 소이치는 고개를 저으면서 의미심장한 표현을 썼다.

"별 문제 없이 계속 선행만 베풀고 있었다면 분명히 그렇게 되었겠지."

"……설마, 또 카에몬 같은 당주가 나왔던 거야?"

"날카로운걸. 아무래도 사야오토시 가에는 몇 대마다 폭군 같은 장자가 태어나는 모양이야. 다만 2대째나 3대째의 카에몬만이 일방적으로 잘못했던 것은 아니야."

"무슨 얘기야?"

"모녀 순례자를 사야오토시 가가 극진히 대접한다는 소문이 이윽고 스쿠자 산지의 주위까지 퍼지기 시작했어. 그러자 애초에 사야오토시 가에서 얻어먹는 것을 목적으로, 오로지 그것만을 위해 로쿠부 고개를 넘어오는 자들이 나타나기 시작했어."

"가짜 순례자인가. 이 나라 저 나라의 영험한 곳을 돌지도 않았으면서도 마치 나시라즈 폭포에서 온 것처럼 위장해서 사야오토시 가에 들어가는 놈들이 생긴 거구나."

"공짜로 맛난 밥을 먹을 수 있고, 불당 안이기는 해도 이부자리에서 잘 수 있고, 며칠이나 머무를 수 있는데다가 경우에 따라서는 노잣돈까지 받을 수 있어. 가짜 모녀 순례자가 나타나는 것도 이해가 안 되는 건 아니지."

"그렇지만 2대째와 3대째의 카에몬은 그것을 참을 수 없었다."

"가짜 순례자라는 걸 알자마자 순령당에서 모녀를 끌어내서는 반쯤 옷을 벗겨놓고 대나무 몽둥이로 흠씬 두들기거나, 겨울인데도 우물물을 뒤집어씌우거나, 또는 반대로 불당에 가두고 굶기거나 하며 어쨌든 반송장으로 만들었던 당주가 가끔씩 있었던 것 같아."

소이치의 설명을 듣고, 나는 아연실색했다.

"확실히 잘못은 순례자들에게 있지만, 그렇다고 해도 너무 심하네. 무엇보다, 그때의 당주들은 그런 짓을 했다간 생매장당해 죽은 모녀의 앙화가 다시 강해질지도 모른다고 두려워하지 않던 거야?"

"그렇게 생각할 수 있을 정도로 이성적이었다면, 속은 것을 알아차린 시점에서 가짜 순례자 모녀를 순령당에서 내쫓는 것으로 끝내지 않았을까?"

"……그렇겠지."

"게다가 이야기는 가짜 순례자 문제만으로는 끝나지 않았어."

"아직 더 있는 거야?"

"진짜 순례자 모녀가 순령당에 머무르고 있는데, 갑자기 딸에게 신이 내려서 마을에 일어날 일에 대한 예언을 하기 시작한 거야. 게다가 이것이 족족 들어맞아서 유명해졌지. 그런 예도 적지 않았던 것 같아."

"무녀 체질의 여자애였던 건가."

"그것 말고도 여러 가지로 특이한 사례가 있는데……."

그런 말을 들어도 나는 더 이상 놀라지 않았다. 그렇지만,

"몇 사람인가의 순례자 모녀는, 그대로 사야오토시 가에 들어와버렸다고 전해지고 있어."

"……들어왔다고?"

"그래. 제대로 혼인관계를 맺은 건지 첩이 된 건지, 그 부분은 알 수 없지만 말이야."

'들어갔다'라는 동사의 의미를 알게 되었을 때는 역시 놀라고 말았다.

"즉 너의 할머니의 할머니……. 그런 식으로 계속 거슬러 올라가다 보면 언젠가 순례자였던 딸에게 도달한다는 건가."

"……아마도."

그렇게 대답한 소이치의 어조가 어쩐지 이상했다. 이야기의 내용이 핏줄에 관련되기 때문이라고 생각했던 나는 잠시 후 "앗!" 하고 소리칠 뻔했다.

그것이 아니다. 거기까지 거슬러 올라갈 필요가 없는지도 모른다. 요컨대 순례자를 어머니로 가진 자가 이미 그가 아는 범위 안에, 지금의 사야오토시 가에 있는 것이 아닐까.

혹은 소이치 자신이 그렇다든가…….

그 가능성을 떠올린 나는, 이 이상 이 화제를 건드리는 것은 위험하다고 판단했다. 그렇지만 소이치는 계속했다. 다만 나와 같은 우려를 품고 있는 것인지, 말투가 조금 모호해졌다.

"다만 사야오토시 가의 과거에서도 이 부분은 혼돈 상태야."

"사야오토시 가에 들어간 딸에 대해서?"

"가짜 순례자들을 반죽음으로 만들어놓은 당주도, 무녀 순례자에 대해서도, 전부."

"어째서?"

"기록이 남아 있지 않아. 해당되는 것으로 보이는 문헌이 있어도, 부분적으로 찢어지거나 지워져 있더라고."

"직접 조사한 거야?"

소이치는 끄덕이면서도 아주 신경 쓰이는 말을 했다.

"물론 그것뿐만이 아니라, 어떤 사람의 협력도 얻었지만."

"어떤 사람이라니?"

"나중에 이야기할게. 그것보다도 더 큰 문제가 생긴 건, 순례자들이나 이방인들이 난라이를 찾아오지 않는 시기가 이어질 때였어."

그러고는 그런 영문 모를 소리를 꺼냈다.

"마을에 아무도 오지 않으면 사야오토시 가도 관여할 방법이 없는 거 아니야?"

"그래서 난처한 사태가 벌어진 거야."

내가 미심쩍은 듯한 표정을 지었는지, 소이치는 잘 알아듣게 하려는 듯한 어조로 차근차근 말했다.

"누구든 종교인이 난라이를 방문하면 사야오토시 가는 그 사람에게 정신이 팔렸지. 그것은 괴이한 존재도 마찬가지였어."

"……생매장당한 모녀가?"

"그래. 순례자 모녀 중 딸에게 신이 내렸을 때는, 특별히 그랬는지도 몰라."

"그렇다는 건, 그 딸은 신이 내린 게 아니라 생매장당한 모녀 중 딸의 혼이 씌었다는 건가?"

"둘 중 어느 쪽이었는지 이제는 아무도 알 수 없어. 그저 순례자들이 전혀 없는 상태가 이어지면, 가끔씩 사야오토시의 아이에, **그것**이 빙의되게 되었다고 해."

"여자아이에게?"

"응. 이 빙의 현상이 빈번하게 일어난 것이 메이지 무렵이었던 것 같아. 이 무렵부터 사야오토시 가는 일종의 빙의 체질로 간주되기 시작한 것 같더라."

그것이 무라하치부로 이어진 요인인가 하고 생각했지만, 아직 이방인 살해의 구전이 끊어지지 않았던 두 번째 이유가 남아 있었으므로 나는 일부러 언급하지 않았다.

"어린애에 대한 빙의를 두려워한 당시의 당주는, 스쿠자 산지 주변 일대의 마을에서 무녀 체질인 여자애를 찾아서 돈을 안겨주고 사야오토시 가로 데려와서 그것의 빙의체로 세웠어."

"그 시도는 성공했나?"

"응. 그러다가 관혼상제도 관장하게 된 것은, 살아 있는 신으로 모시던 때하고 똑같았지."

"출신을 생각하면 엄청나게 출세했네."

"이윽고 빙의체 역할을 맡는 소녀를, 순례자였든 마을 여자애였든 상관없이 '시즈메(鎭女)'라고 부르게 되었어. **그것**을 진정시키는 소녀라는 의미지."

"아주 번듯한 종교인이잖아."

"하지만 몇 번씩 빙의되는 동안, 대부분의 소녀들은 정신이 이상해졌어."

"그렇게 강렬했던 거야?"

"개개인의 차이는 있었지만, 대부분의 소녀들은 미쳐버리고 말았지."

"가엾게도……"

"가령 빙의체 역을 맡을 수 있을 정도의 무녀 체질이었다고 해도, 그냥 주변의 마을에서 데려온 소녀에게 종교적인 수행 경험이 있었다고는 생각되지 않아. 그러니까 **견뎌낼 수 없었다**는 거겠지. 순례자 소녀와는 그 부분이 가장 큰 차이였을 거야."

"그 여자애들은 어떻게 되었지?"

"돌연사한 사람, 행방불명된 사람, 처리된 사람……."

"처리? 살해당한 건가! 사야오토시 가에게……."

"아니, 그건 아니었던 것 같아. 정신병원에 보내서 가둬버리는 것이 사야오토시 가의 상투적인 수단이었던 모양이야."

"……그런 건가."

"다만 그런 여자애 중 하나가 마을 사람을 차례차례 해치기 시작해서, 순경이 칼로 베어 죽인 사건은 있었지."

오늘 소이치의 이야기를 들으면서, 나는 그 황당무계한 내용에도 불구하고 완전히 받아들이고 있었다고 생각한다. 일어났다고 하는 괴이한 현상을 그대로 믿고 있었다. 그렇다고 해도 마음속 어딘가에서는 어차피 앙화라는 둥 저주라는 둥 하는 시골 특유의 미신이라고 거리를 두고 있었던 것도 사실이다. 모순되는 반응이지만, 요컨대 오만하게도 무의식중에 토모라이 촌에서의 '현실'과 우리들의 현실은 처음부터 다르다고 판단하고 있었던 것이다.

그런데 여기에 와서 그 괴이 현상은, 빙의체 역을 하다 미쳐버린 여자애에 의한 연속살인이란 아주 현실적인 사건을 일으킨다. 한 시골 마을만의, 그 마을의 어느 오랜 가문의 '현실'이라고 선을 긋고 있을 수 없게 된 순간이었다.

나는 충격을 받음과 동시에 자신의 어설픈 생각을 부끄러워했다. 그런데 문득 한 가지 의문이 떠올랐다.

"하지만 어째서 여자애는 마을 사람들을 덮친 걸까? 돈의 힘으로 자신에게 무서운 빙의체 역할을 떠맡긴 사야오토시 가 사람이야말로 희생자에 어울릴 텐데……."

"당연한 의문이지만, 어떤 사람의 말로는……."

이때 다시 그의 입에서 '어떤 사람'이 나왔다. 그 정체가 신경 쓰여서 견딜 수 없었지만, 이야기 허리를 끊기도 꺼려져서 나는 입을 다물었다.

"이런 해석이 성립하는 모양이야. 빙의체 역할을 맡은 소녀는 평소에 사야오토시 가에서 소중히 대접받고 있어. 말하자면 모셔지고 있는 입장이지. 그렇게 되면 무슨 일이 일어났을 때, 그 예봉이 사야오토시 가 사람들에게 향하기 어렵게 돼."

"미쳐 날뛰는 원령을 모셔서 신으로 떠받드는 코진(荒神) 신앙과 같은 원리인가."

"그런 것 같아. 그렇다고 해도 모시는 방법에 조금이라도 실수가 생기면 물론 **그것**의 앙화가 내리지. 하지만 사야오토시 가에는 이미 순령당이 있어서, 그 걱정은 크지 않았을 것이 틀림없다는 게 그 사람의 생각이었어."

"앞뒤는 맞네. 괴이 현상에 대해 앞뒤가 맞고 자시고 할 것도 없지만."

내가 빈정거리듯 말하자 소이치는 의외로 진지한 얼굴로 대답했다.

"그 사람에 의하면 상대가 부조리한 괴이 현상이라 할지라도,

전혀 이론이 먹히지 않는 것도 아닌 모양이야."

"말도 안 돼……."

"코진 신앙이 하나의 좋은 예라고 말했어. 모시는 방법만 올바르면 복을 받을 수 있지만, 예의를 벗어난 행위를 저지르면 갑자기 앙화를 내린다. 이 명암을 가르는 것이 난폭한 신, 코진에 대한 예의범절의 좋고 나쁨이라는 해석이지."

"……그렇구나."

묘한 설득력이 있어서, 점점 그 '어떤 사람'에 대한 흥미가 증가했다. 하지만 그 이상으로 그 상황의 결말과 이후의 사야오토시 가 쪽이 신경 쓰였다.

"연속살인을 저지른 여자애는 순경에게 참살당했지만, 사야오토시 가가 책임을 지는 일은 없었어? 그 여자애를 들인 사야오토시 가에 죄가 없다고는 하기 힘들잖아."

"그렇지만 애초에 여자애의 역할이 말이지……."

"근대국가의 경찰로서는 도저히 받아들일 수 없는 건가."

"게다가 사건을 무마하는 데 토다테 가도 가세했다고 이야기되고 있어. 마을의 필두 지주로서는 토모라이 촌에 대한 안 좋은 소문을 퍼뜨리고 싶지 않았던 거겠지."

지방에서는 흔히 있는 일인지도 모른다고 나는 납득했다.

"미친 여자가 살인사건을 일으킨 뒤, 사야오토시 가는 어떻게 했지?"

"변함없이 무녀 체질의 여자애를 데리고 와서 빙의체 역할을 맡기고 있었지."

"질리지도 않은 모양이구나."

"다만 조금이라도 이상한 징후가 나타나면 곧바로 내쫓았어."

"그리고 다시 여자애를 데리고 오고……."

"그래, 그걸 계속 반복했지. 하지만 그렇다고 해서 마을 사람들이 안전했던 것은 아니야. 아무런 전조도 징후도 없이, 어느 날 갑자기 미쳐버린 여자애도 있었어. 물론 그것에 휘말려 억울한 피해를 입는 것은 마을 사람이지. 여전히 언제 다시 참극이 벌어질지 모르는, 그런 불안정한 상태였던 거니까."

"정말 성가시게 됐네."

"그 이상으로 문제였던 것은, 도저히 데려올 만한 여자애를 찾지 못했을 때야. 그렇게 되면 빙의체가 없는 시기가 생겨버려."

"그 경우에는 사야오토시 가의 여자아이에게 씌어버리는 거구나."

"……그랬었는데, 무녀 체질의 소녀들을 집안에 들이게 된 이후로 언젠가부터 사야오토시 가에는 여자아이가 태어나지 않게 되어버렸어."

"그것도 비명횡사한 순례자 모녀의 앙화인가?"

"……아마도. 이것도 앙화라고 말할 수 있을지 모르겠는데, 로쿠부 고개를 넘어오는 순례자 모녀는 여전히 있었던 모양이야. 다만 그 대다수는 어머니가 병약하고, 대여섯 살에서 열 살 사이의 딸을 데리고 있었다고 해."

"다시 처음으로 돌아간 것 같잖아."

그 사실이 나에게는 어쩐지 오싹하게 느껴졌다.

"그래서 이것도 앙화가 아닐까 하는 생각이 들어."

"확실히 그렇지. 그래서 병약한 어머니는 잘 돌봐주고, 딸 쪽은 다시 살아 있는 신으로서 모신 건가?"

"아니, 역시나 그런 방식을 되풀이하지는 않았어. 순례자 소녀라고는 해도 어디까지나 대우는 주변 마을에서 데려온 무녀 체질 소녀와 똑같이 했어."

"하지만 미쳐버리는 점도 똑같았던 건가……."

내 지적에 소이치는 끄덕였다.

"그것 때문에 다이쇼 말엽(1920년대 중반_역주)에 들어 빈번하게 그 기분 나쁜 시선이 다시 나타나게 된 모양이야. 그런데다가 스쿠자 산지 인근 마을에서는 무녀 체질 여자아이가 있더라도 절대 사야오토시 가에는 보내지 않게 되었어. 역시나 소문이 퍼졌던 거겠지."

"사야오토시 가로서는 더 이상 손쓸 방법이 없었던 거야?"

"그 이야기에 들어가기에 앞서, 사야오토시 가의 이방인 살해 전승이 끊어지지 않았던 두 번째 요인을 설명해두기로 할게."

실은 이야기하는 동안에도 소이치는 계속 술을 마시고 있었다. 홀짝홀짝 한 모금씩이라 양은 많지 않았지만, 나와 마찬가지로 그리 술이 세지 않기 때문에 슬슬 발음이 부정확해지고 있었다.

"가끔 중심이 되는 굵은 줄기가 중간에서 둘로 나뉜 채로 자란 나무 같은 게 있잖아……?"

그래서 소이치가 갑자기 그런 말을 했을 때, 나는 그가 완전히 취해버린 것은 아닐까 하고 몹시 걱정되었다.

"그런 나무처럼 다른 나무와 전혀 다르게 생긴 나무는, 옛날부터 산신이 깃든 나무로 여겨졌어."

하지만 이어지는 소이치의 말을 듣고, 결코 이야기가 엇나가는 것이 아님을 알 수 있었다.

"그래서 특이하게 생긴 나무는 무슨 일이 있어도 절대 베지 않지."

"확실히 그런 지방이 많지. 그런 나무를 무리하게 베었다간 마을에 재앙이 내린다는 이야기가 어느 산간 마을에나 전해지고 있잖아."

"그런 나무를 토모라이 촌에서는 '노조키네(除木根)'라고 부르며 구별했어."

"호오."

"그런데 그 중에는 실수로, 혹은 돈을 벌려고 고의로 그런 나무를 베는 자가 있지. 그러면 '노조키네(覗木子)'라는 괴물이 찾아와서 그 녀석에게 들러붙는다고 이야기되었어."

대학노트에 적힌 두 개의 '노조키네'를 보고, 나는 재미있다고 생각했다. 하지만 이내 후자 쪽의 노조키네 쪽이 신경 쓰였다.

"찾아온다는 노조키네 말인데, 한자의 뜻이 '엿보는 나무의 아이'라는 건, 그 괴물이 인간 아이처럼 생긴 건가?"

"글쎄? 용모에 대해서 특별히 전해지는 이야기는 아무것도 없어. 벌이 내린 자에 들러붙어서 지켜본다는 행위로 미루어 볼 때, 아마도 그 모습을 제대로 본 사람이 적기 때문이 아닐까?"

"즉 노조키네라는 괴물은 베어서는 안 될 나무를 벤 자에게 들러붙을 뿐이지 딱히 무서운 재앙을 내리는 건 아닌가 보네?"

"응, 위해를 가하지는 않아."

"그렇다면……."

두려워할 필요는 없지 않느냐고 말하기 전에 소이치에게 가로막혔다.

"다만 24시간, 하루 종일 그 사람을 그늘에서 빤히 바라보는 거야."

"뭐?"

"산속에 들어가면 나무나 바위 뒤편에서, 길을 걷고 있으면 마을의 집 모서리에서, 집에 돌아오면 봉당의 구석이나 들보 위에서 그냥 빤히 그 사람을 엿보는 거지. 그래서 대부분의 사람은 몇 주만 지나면 완전히 정신이 이상해져버린다고 하더라."

"그런 얘기였구나."

소이치에게 설명을 들을 것도 없이, 나는 이해할 수 있었다.

"옛날부터 토모라이 촌에 전해지는 노조키네의 구전과 사야오토시 가에 붙어 있는 기분 나쁜 시선에는 양쪽에 엿본다는 공통점이 있는데다 발음까지도 비슷해서 점차 동일시되었다. 그런 건가?"

"그래, 맞아. 언젠가부터 마을 사람들 사이에서는 사야오토시가에 '노조키메'라는 괴물이 나온다는 이야기가 돌기 시작했어."

그렇게 말하며 소이치가 대학노트에 적은 것은 둘 다 '노조키메'라고 읽는, '覗き目'와 '覗き女'라는 단어였다.

"엿보는 나무의 아이인 노조키네가 엿보는 눈이란 뜻의 노조키메로 변하고 거기서 다시 엿보는 여자란 뜻의 노조키메가 된 건가. 이 경우에 계집 녀(女)자는 어머니와 같이 생매장당한 소녀를 나타낸다고 생각해도 되겠지?"

"나도 그렇게 생각해."

"이제 와서 새삼스러운 얘긴데, 그 아이는 몇 살 정도였을까?"

"거기까지는 알 수 없어."

"하지만 어린아이란 건 확실한 것 같으니 노조키네(覗木子)의 아들 '자(子)'자와 호응한다고 볼 수는 없을까?"

내 물음에 소이치는 자조하는 듯한 말투로 중얼거렸다.

"이방인 살해 전설에 관한 소문이 돌던 집이, 그 뒤로 빙의 체질의 가계로 바뀌어간다……. 그 과정을 똑똑히 볼 수 있는 것이 사야오토시 집안이야."

"너는……."

**그것**을 본 적이 있냐고 물으려다가 나는 주저했다. 완전히 흥미 본위에서 나온 질문이었기 때문이다.

"……있어."

하지만 그는 내가 무슨 말을 할 생각이었는지 알아차렸는지, 조금 우물거리다가 말했다.

"시선만이라면 어린 시절부터 셀 수 없을 정도로 느끼고 있었어. 하지만 그것은 기분 탓일지도 몰라. 실제로 그 집에서 생활하다 보면 어쩔 수 없이 신경이 예민해지니까."

"그럼에도 불구하고 기척뿐만 아니라 **그것** 자체를 본 건가."

"아직까지 잊히지도 않아. 열다섯 살 되던 해의 여름이었어.

집 안의 어두컴컴한 복도를 걷고 있는데, 문득 등 뒤에서 위화감이 느껴져서 뒤를 돌아봤더니……있더라고. 복도 모서리에서 살랑……살랑……하고 좌반신만을 내밀었다가 집어넣었다가 하는 뭔가가 있었어."

당시의 체험을 떠올렸는지, 부르르 하고 소이치는 몸을 떨었다.

"두세 번 그런 뒤에 복도 모서리 너머로 사라진데다 어두워서 또렷하게 보이지는 않았을 텐데, 지금도 **그것**은 눈에 생생히 새겨져 있어."

"어떤 모습이었어?"

"아주 낡고 수수한 기모노를 입은 열 살 정도의 여자애였어. 가지런한 단발머리에 얼굴은 창백했지만 앳된 느낌 속에 아름다움이 숨어 있는, 뭐라 표현할 수 없는 요사스런 느낌이라……."

"순례자가 입는 하얀 옷차림이 아니었던 거야?"

"그렇게 보이는 사람도 있는 모양이지만, 나는 달랐어. 다만 목격한 사람 모두에게 공통되는 것은, 이쪽을 응시하며 지켜보는 눈동자가 마치 얼음장처럼 차가웠다는 점일까……."

"그 한 번뿐이야?"

"……다행스럽게도. 상경한 뒤로는 시선도 느끼지 않게 되었어. 그 집을 떠난 덕분인지도 몰라."

이 뒤에 얼마 안 있어 소이치는 완전히 고주망태가 되었다. 술이 세지도 않으면서 알코올의 기운을 빌어 이제까지 누구에게도 이야기하지 않았던 자기 집안의 소름 끼치는 이야기를 했으니 무리도 아니다. 육체적으로도 정신적으로도 피로가 쌓여 있었던 것이리라.

거의 듣기만 하고 있어서 나는 묻고 싶은 것이 산더미만큼 남아 있었지만, 그냥 자게 내버려두기로 했다. 언젠가 시간을 마련해서 차분히 대화를 나눠볼 생각이었다.

그런데 다음날부터 서로 민속조사 준비에 바빠져서, 제대로 얼굴도 마주하지 못한 채로 각자의 조사지로 떠나게 되고 말았다. 그때 하숙집에서 술잔을 주고받았던 것이 그와의 마지막 만남이 되리라고는 생각도 하지 못했다.

사야오토시 소이치가 조사지에서 객사했다는 것을 안 것은, 내가 민속조사를 마치고 도쿄에 돌아온 뒤였다.

3

야마기시 교수의 호출을 받고 연구실을 찾아간 나는, 거기서 사야오토시 소이치의 죽음을 알고 깜짝 놀랐다. 게다가 죽은 원인은 절벽에서의 추락사라고 하는 것이 아닌가.

"사야오토시 군이 뭔가 위험한 조사를 하고 있었습니까?"

내 물음에 교수는 아주 곤혹스럽다는 표정으로 고개를 저었다.

"민속학 조사에 별다른 위험성이 없다는 건 자네도 충분히 이해하고 있으리라 믿네."

"네. 하지만 사야오토시 군은 대체 어째서……."

"그걸 잘 모르겠더란 말이지. 어째서 조사 내용과는 아무런 관계도 없는 숲속에 혼자 들어갔고 어째서 절벽 위에서 떨어졌는지, 우리들도 전혀 이유를 파악할 수 없었어. 그래서 그 지역 경찰에서는 자살이 아니냐는 이야기가 나오는 형국이라네."

"설마요!"

조금 목소리가 거칠어진 탓인지, 야마기시 교수는 나를 조금 의아하다는 듯 바라보며 말을 이었다.

"뭔가 짚이는 것이 있는 것 같군. 아니, 함께 조사지에 갔던 대학 관계자 대부분이 그 친구의 자살설에 부정적이었어. 그러니까 자네의 반응은 우리하고 마찬가지지. 다만 그렇게까지 강하게 부정하는 것을 보면 나름대로의 이유가 있는 게 아닌가?"

"……그렇습니다."

그렇게 대답하긴 했지만, 그 뒤로 나는 입을 다물었다. 토모라이 촌의 사야오토시 가에 대해서 소이치에게 들은 이야기를 교수에게 그대로 털어놓고 싶지는 않았다.

소이치가 민속학을 공부하고 싶다고 생각했고 고향 마을에 대해 결코 입을 열지 않던 이유를 생각하면, 그리고 나에게만 밝힌 결의를 생각하면 도저히 가볍게 제3자에게 이야기할 수는 없다. 하물며 상대는 민속학을 연구하는 대학 교직원이다. 그런 의미에서는 가장 주의해야 할 인물이 아닌가.

내가 입을 다물자 야마기시 교수는 미심쩍다는 듯한 시선을 보내왔다. 그러나 이윽고 교수는 이해한다는 표정을 짓더니 말했다.

"자네는 사야오토시 군과 친했던 모양이니, 분명히 우리보다 그 친구를 잘 알기 때문에 자살이 아니라고 강하게 부정한 거겠지."

"……네. 그렇습니다."

"그렇다면 이유는 묻지 않도록 하겠네. 경찰도 사고로 처리했으니까.”

“사야오토시 군의 시신은…….”

“조사지에서 전보를 치자, 고향의 본가에서 사람을 보내서 바로 데리고 갈 준비를 하더군. 나도 책임이 있으니까 동행을 청했는데, 일언지하에 거절당했어. 장례식에 참석하고 싶기 때문이라고 말해도 ‘괜찮습니다’라며 끝까지 버티더군. 심부름꾼에게 이야기해봤자 소용없다고 생각하고 ‘그 친구의 부모님께 여쭤보고 싶다’라고 부탁해도 ‘사야오토시 가 어르신들부터 조문은 일체 받지 말라는 분부를 받았습니다’라고 대답을 해서, 뭐라 말도 붙여보지 못했다네.”

그런 대응도 무리는 아니겠다고 나는 생각했다. 하지만 나 역시 교수와 마찬가지로 의아하게 여기고 있다는 기색을 보여두었다.

“그건 그렇고…….”

그런 뒤에 문득 신경 쓰인 점을 물었다.

“사야오토시 군의 부모님에게 전보를 쳤다고 말씀하셨는데, 그분들은 아들의 사인에 대해서 뭔가 물어보지는 않던가요?”

“그래, 그게 좀 이상해서 말이야.”

야마기시 교수는 몸을 앞으로 내밀고서 내 얼굴을 찬찬히 바라보면서 말했다.

“심부름꾼들이 질문한 것은 어째서 그런 절벽 쪽으로 갔는가, 어째서 절벽에서 떨어지게 되었는가 하는 것이 아니라 사야오토시 군이 추락사하기 전의 눈치에 대해서였어.”

“조사지에서 보인 사야오토시 군의 눈치가 어땠는지 알고 싶어

했던 겁니까?"

"그것도 포함한 최근 며칠간의 행적을 궁금해하는 것 같더군."

나는 뜨끔했다. 거기에는 그가 비밀을 밝혔던, 그날의 일도 들어가는 것일까. 하지만 어째서 소이치의 부모님은 그런 것을 신경 썼던 걸까……하고 생각하려다 그만두었다. 교수가 흥미롭다는 시선으로 이쪽을 응시하고 있었기 때문이다.

"그래서 교수님은 어떻게 대답하셨나요?"

뭔가 질문을 받기 전에 선수를 치기 위해 나는 먼저 물었다.

"학생들에게서 들은 건 '조금 기운이 없었다'라든가 '조금 어두운 느낌이었다'라는 정도의 이야기뿐이었지. 다만 사야오토시 군은 평소부터 얌전하고 눈에 띄지 않는 편이어서 그다지 신경 쓴 사람은 없었던 모양이야. 그런데 어떤 학생이 묘한 이야기를 꺼내서 말이지."

"누군가요?"

"이학부(理學部)인데도 민속학에도 관여하고 있는 후쿠무라라는 괴짜 학생이라네."

"이름만은 들은 적이 있습니다."

"하긴 유명하니까."

야마기시 교수의 얼굴에는 난처하다는 쓴웃음이 떠올랐다.

"그 후쿠무라 군의 말로는 조사지에 도착한 뒤의 사야오토시 군은 주변에 몹시 신경을 쓰고 있는 것처럼 보였다고 하더군."

"자기 주위에 신경을 썼다는 말씀인가요?"

"그래. 후쿠무라 군에게는 마치 뭔가의 기척을 느끼고 화들짝 놀라 돌아보기를 반복하고 있는 것처럼 보였다더군."

"네?!"

"혹은 누군가의 시선을 느끼고는 움찔하고 몸을 긴장시키고 있다든가……. 그런 식으로도 비쳤던 모양이야."

'설마…….'

내 머릿속에는 어떤 말이 떠올라 있었다.

'노조키메…….'

소이치는 이렇게 말했다. 다이쇼 말엽부터 빙의체 역할을 담당할 무녀 체질 여자아이를 확보하지 못해서 그 기분 나쁜 시선이 빈번하게 나타나게 되었다고. 그 상황은 쇼와시대에 들어서도 마찬가지였던 것이 아닐까.

'그래서 그렇게……?'

거기까지 생각하다가 잠깐만, 하고 나는 고개를 갸웃거렸다.

**그것**은 토모라이 촌의 사야오토시 가에만 나오는 것이 아니었던가? 가령 어디에 있더라도 그 집안사람 앞에 나타날 수 있다고 하면 어째서 이제 와서야 나타났는가. 적어도 그가 상경한 뒤로는 그 시선조차 느끼지 않게 되었다고 했는데 이상하지 않은가.

'혹시…….'

내 뇌리에 오싹한 생각이 스쳤다. 모든 것을 제3자에게 밝혀버린 것이 원인이 되어서 **그것**이 소이치 주위에 나타났던 것일까. 그리고 그를 궁지로 몰아넣어서 끝내 절벽에서 추락하게 만들었다면…….

정신이 들고 보니, 어느샌가 교수가 내 얼굴을 들여다보고 있었다.

"안색이 안 좋아 보이는데, 괜찮은가?"

"아, 괜찮습니다……."

"뭔가 짚이는 게 있다면……."

"아, 아뇨. 없습니다."

야마기시 교수는 차분히 관찰하듯이 잠시 나를 응시했지만, 곧 이야기를 이어나갔다.

"그리고 후쿠무라 군에 의하면, 사야오토시 군은 그 무엇인가로부터 달아나기 위해서 숲속에 들어갔지만 결과적으로 그 무엇인가에 따라잡혀서 끝내 절벽에서 떨어지고 말았다……. 뭐, 이렇게 된 것 같다고 하더구먼."

"그 '무엇인가'에 대해서, 후쿠무라는 뭐라고 하던가요?"

"자기도 모르겠다더군. 다만 사야오토시 군에게는 그 무엇인가가 보였던 것이 아닐까……라고 했어. 왜냐하면 조사지인 하하(爬跛)촌이 있는 소류고(蒼龍鄉)는 옛날부터 빙의물 신앙이 번성했기 때문이라나. 정말이지, 민속조사를 뭘로 생각하는 건지……."

"빙의물 신앙……."

노조키메도 일종의 빙의물이라고 말할 수 있지 않을까. 문득 그런 생각이 스쳤지만 일단 그런 말은 입 밖에 내지 않았다.

"그래서 사야오토시 가의 심부름꾼에게는……."

"물론 그런 허튼소리는 할 수 없지. 하는 수 없이 '조금 기운이 없어 보이는 정도였고, 특별히 이상한 부분은 없었습니다'라고 설명했어. 저쪽도 그 이상은 물어보지 않았고."

그리고 교수는 잠시 생각하는 몸짓을 보인 뒤에 말했다.

"만일 자네가 사야오토시 군에 관해서 뭔가 알고 있는 사실이 있고, 그것을 부모님께 전하는 것이 그 친구에게 바치는 공양이 된다고 생각한다면, 부디 사야오토시 군의 집에 편지를 보내주기를 바라네."

"……알겠습니다. 머릿속을 조금 정리하고 난 뒤에 사야오토시 군의 부모님께 어떻게 알릴지를 생각해보겠습니다."

그 대답에 안심했는지 야마기시 교수가 안도하는 표정을 짓는 것을 보고, 나는 연구실을 뒤로 했다. 하지만 이제부터 어떡해야 좋을지, 실제로는 망연자실한 상태였다.

소이치가 나에게 사야오토시 가에 얽힌 괴이한 현상의 역사에 대해 고백한 것을 이제 와서 일부러 알려봤자 저쪽으로서는 민폐일 뿐일 것이다. 그렇다고 해서 그의 대학 생활이 어땠는가하는 무난한 내용으로 대충 얼버무리는 짓은 도저히 할 수 없다. 그렇다면 이대로 아무것도 하지 않고 내버려둘까도 생각했지만, 생전의 그와 나눈 우정에 보답하고 싶다는 마음이 내 안에 강하게 자리잡고 있었다.

'죽은 사야오토시 소이치를 위해서 어떻게 하는 것이 제일 좋을까…….'

그때는 아무리 시간이 지나도 답이 나오지 않는 물음을 자기 자신을 향해 계속 던지고 있던 것처럼 생각된다. 그래서인지 나는 유일한 친우를 잃은 슬픔과 좀처럼 마주할 수 없었다. 그가 죽었다는 사실을 머리로는 이해하면서도 마음으로는 인정하지 않았는지도 모른다. 말하자면 아주 불가사의한 정신 상태였다고 할 수 있을 것이다.

　결국 아무것도 하지 않은 채로 무위하게 시간이 흘러가고, 대학은 여름방학을 맞이하게 되었다. 지금 와서 돌아보면, 그만한 시간을 보내고 나서야 비로소 나는 사야오토시 소이치의 죽음을 받아들일 수 있게 된 듯한 기분이 든다.

　그렇게 되어서야 간신히 그의 묘지 앞에 참배하고 싶다는 마음이 가슴속에서 솟아나기 시작했다. 그때까지 묘를 찾아갈 생각을 조금도 하지 않았던 것은 그의 죽음을 인정하고 싶지 않았던 것과, 아마도 야마기시 교수에게 들은 사야오토시 가의 심부름꾼과의 대화가 아직 생생히 기억에 남아 있던 탓일 것이다.

　그런데 참배를 하자고 결정한 것까지는 좋았지만 거기서 문득 어떤 고민에 빠져버렸다. 원래대로라면 사야오토시 가에 편지를 보내서 그쪽의 상황을 물어보고 결정하는 것이 맞다. 하지만 그랬다가는 그쪽에서 분명히 적당한 구실을 대며 거절할 것이 틀림없다. 완전한 외지인인 일개 학생을 사야오토시 가가 흔쾌히 맞아줄 거라고는 생각되지 않는다. 그렇다고 해서 모든 사정을 다 알고 있다고 알려본들, 오히려 더욱 경원시할 것이 뻔할 뻔자다.

　나는 여러 가지로 생각한 뒤에, 이런 작전을 취하기로 했다.

　나는 소이치 군과 친했던 학우인데, 간사이 지방에 있는 고향으로 귀성하게 되었다. 그 도중에 토모라이 촌에 들러서 그의 묘에 참배하고 싶다. 이렇게 편지를 띄우고 있지만 사실은 잠깐 들르는 것뿐이므로 일부러 답장을 주실 필요는 없다. 이런 내용과 함께, 나는 편지를 보내는 것과 동시에 기차에 탈 예정임을 명기해둔다.

이제부터 자신이 방문한다는 사실을 저쪽에 전하면서도 저쪽의 거절의 대답은 듣지 않아도 된다. 정말 비겁한 방법이지만, 최소한의 예의는 갖추면서 거절당할 위험을 피하기 위해서는 이 수단밖에 없었다.

재빨리 그런 내용의 편지를 소이치의 부모님 앞으로 쓰고 난 뒤에 나는 여행 준비를 했다. 고향으로 귀성하는 것은 사실이었으므로 편지에는 아무런 거짓말도 적지 않았다. 그렇기 때문인지 의외로 양심의 가책도 느끼지 않았다.

그런데 주변의 작은 우체국에서 편지를 보낸 직후, 지끈지끈하고 위장이 쑤시는 아주 기묘한 기분에 사로잡혔다.

'이제 돌이킬 수 없다……'

후회와도 비슷한, 그런 기묘한 감정이었다. 그것이 직감이라는 것일까. 토모라이 촌에 가면 안 된다는 경고였던 걸까.

이 뭐라 말할 수 없는 두근거림을 느끼기 전까지의 나는, 소이치의 친우로서 순수하게 묘에 참배하고 싶다고 바랄 뿐이었다. 토모라이 촌이나 사야오토시 가에 민속학적인 흥미를 조금도 느끼지 않았다고 가슴을 펴고 말할 생각은 없다. 물론 그것도 있었다. 하지만 어디까지나 참배가 목적이고 민속학상의 채집은 둘째 문제였다. 소이치의 입장에서 보면, 만약 고향마을에 민속조사가 들어왔을 경우에는 아주 혐오하고 반발하는 반면에, 한편으로 제대로 조사해줬으면 한다는 모순된 감정을 가지고 있지 않았을까. 그래서 나도 마을을 찾아간 결과, 또한 사야오토시 가를 방문한 끝에 뭔가 얻을 수 있는 것이 있다면 조사기록으로 남길 생각이었다. 결코 자신을 위해서가 아니라, 그것이 소이치의 공양이 되리라고 믿었기 때문이다. 자기 입으로 말하기는 뭐하지만, 그 마음은 틀림없이 진짜였다.

그럼에도 불구하고 편지를 보내고 난 우체국 앞에서는, 벌써부터 꽁무니를 빼고 싶어 하는 자신이 있었다. 그런 편지를 쓴 것은 잘못이었다고 후회하는 내가 있었다. 돌이킬 수 없는 잘못을 저질렀다고, 금세 자신을 책망했다.

사실은 아직 늦지 않았다. 편지를 보내놓고서 방문하지 않는 것은 실례이지만, 오히려 사야오토시 가로서는 기뻐할 것이 틀림없다. 도쿄 역에서 기차를 탔다고 해도 ○○에서 스쿠자 산지 방면으로 갈아타지 않고, 소나이 촌을 향하지 않고, 하물며 무소 고개 같은 곳은 넘지 않고 그대로 고향으로 귀성하면 되었을 테니까.

하지만 나는 와버렸다. 이 지방에, 이 마을에, 이 집에.

아니, 지금도 늦은 것은 아닐지 모른다. 이런 기록을 남기고 있을 짬이 있다면, 곧바로 여기에서 도망쳐야 하는 게 아닐까.

4

역시 이 기록은 최대한 자세히 적어두기로 한다. 기록하는 이유는 나 스스로도 잘 모르겠지만, 그래야 한다고 느끼는 뭔가가 있는 것인지도 모른다.

여행은 고향에 돌아가는 길보다 힘들었다. 우선 ○○까지 시간이 걸리기 때문에 완전히 지쳐버렸다. 하지만 이것은 귀성할 때도 마찬가지다. 문제는 ○○에서 갈아탈 때였는데, 열차가 제때 오지 않는데다 운행 편수까지 적어서 이래저래 애를 먹었다. 어떻게든 차에 타긴 했지만, 목적지를 향해 나아감에 따라 인가의 모습은 줄어들고 계속해서 산속으로 들어갔기 때문에 점차 불안해지기 시작했다. ○○까지의 차창 밖 풍경도 주요 마을을 제외하면 대부분이 시골이라고 말할 수 있었다. 그렇지만 그곳에 펼쳐져 있는 것은 참으로 한적한 전원 풍경으로, 산들이 나타나도 편안하고 목가적인 분위기였다. 그런데 환승하고 나서 잠시 시간이 지나자 바깥 풍경이 일변하더니 험준한 산과 계곡이 눈에 들어오기 시작했다. 어딘가의 비경으로 들어선 게 아닐까 하는 생각이 들 정도였다. 게다가 아무리 나아가도 목적지에 가까워지는 기미가 전혀 없고, 점차 피로만이 늘어갔다.

지도상으로는 소나이 촌에 가기보다 토모라이 촌의 난라이를 향하는 것이 가깝겠지만, 스쿠자 산지의 지형이 그것을 허락지 않는다. 그것 때문에 기차의 선로는 우회에 우회를 거듭할 수밖에 없어서, 승객은 멀찍이 돌아가는 것을 강요받게 된다.

몇 번째인가의 터널을 지나는 가운데, 이윽고 '누케오토시'라는 특이한 이름의 시골역에 도착했다. 하지만 이번에는 거기서 경편철도로 갈아타고서 종점인, 역시 기묘한 이름의 '아나노하테'까지 가야만 한다. 그리고 그 아나노하테 역 앞에서 덜컹거리는 합승버스를 타고 '우시로무키 고개'를 넘어서야 간신히 소나이 촌에 도착할 수 있었다.

놀랐던 것은 소나이 촌이 예상 밖으로 번화한 마을이었기 때문이었다. 산속의 조금 큰 마을 정도일 거라고 예상했는데, 꽤 활기찬 마을이었다. 이 정도라면 제대로 된 여관도 발견할 수 있을 것 같다며 나는 안도했다.

도쿄를 출발한 것이 이른 아침이었는데, 그때 이미 오후 5시를 지나고 있었다. 몹시 지쳐 있던 나는, 여기서 하룻밤 묵고 싶은 유혹을 느꼈다. 이제부터 무소 고개를 넘어 토모라이 촌으로 향하기에는 역시나 체력적으로 힘들다. 사야오토시 가에는 내일 오전 중에 가면 된다. 그렇게 생각하면서 우선 눈에 들어온 '돌절구집'이라는 이름의 국수가게에 들어가기로 했다. 점심을 조금 일찍 기차역 도시락으로 때운 탓인지 벌써 배가 고프기 시작했다.

가게의 명물이라는 산채 메밀국수를 주문하자, 가게 주인의 어머니인 듯한 노파가 바지런히 차를 내주었다. 나 같은 나이의 외지 사람이 드문 것인지—분명히 원래 수다스런 사람이었겠지만—자꾸만 말을 걸어왔다. 지쳤어도 공손히 대답하고 있었더니 아예 내 옆자리에 자리를 잡고 앉아버렸다.

"그런가요. 허어, 도쿄의 대학에 다니는 학생인가요."

그러던 중에 내 정체를 알게 되자 주먹밥 한 개를 얹어주었다.

메밀국수와 주먹밥을 먹으면서 주변에 싸고 좋은 숙소가 없냐고 물어보니, '오니가와라 여관'이라는 중후한 이름의 여관을 소개해주었다. 별 건 아니고, 듣기론 노파의 막내딸이 시집간 곳인 듯했다. 그렇다고는 해도 '마쓰'라는 이 노파의 이름을 대면 처음 보는 손님이라도 숙박비를 깎아줄 것이라고 하니, 지갑이 얇은 학생에게는 큰 도움이 된다.

큰 신세를 진 것에 대해 감사인사를 하면서 계산을 하려고 하다가, 나는 내일을 위해 토모라이 촌까지 가는 길을 물어봐두기로 했다. 지도는 준비해왔지만, 어느 정도나 도움이 될지는 알 수 없다. 걸어서 얼마 정도 걸리는지도 미리 알아두고 싶다. 여관에 물어봐도 상관없겠지만, 이 마쓰라는 노파라면 친절하게 알려줄 것이다. 그렇게 생각하고 가벼운 마음에 물어봤더니……

내가 마을의 이름을 입 밖에 낸 순간, 생글거리던 노파의 얼굴이 갑자기 굳어버렸다. 게다가 그때까지 자연스럽게 담소를 나누던 나를, 마치 처음 보는 수상쩍은 외지인을 대하는 시선으로 빤히 응시하고 있다.

"저기, 왜 그러시나요?"

나는 완전히 딴판이 된 마쓰 할머니의 태도에 놀라며 물었다.

"그 마을에 무슨 볼일이 있으신가요?"

그녀는 밝았던 어조에서 일변해서, 아무런 감정도 담기지 않은 어조로 질문했다.

"그건……."

나는 사야오토시 가와 소이치의 이름을 꺼내려 하다가 그 직전에 아슬아슬하게 멈췄다.

토모라이 촌과는 무소 고개를 사이에 두고 상당히 떨어져 있다고는 해도, 소나이 촌은 말하자면 이웃 마을이다. 사야오토시 가의 어두운 역사 전부가 전해지고 있으리라고는 생각되지 않지만, 전혀 모를 리는 없다. 토모라이 촌의 이름이 나온 것만으로도 이런 반응이 나올 정도이니, 사야오토시 가란 이름을 입 밖에 내기만 해도 여차하면 가게에서 쫓겨날지도 모른다. 조심해서 나쁠 것은 없다.

나는 거기서 대학 민속조사를 위해 토모라이 촌에 가고 싶다, 마을에서는 토다테 가에 협력을 요청할 생각이다, 라고 마쓰 할머니에게 전했다.

"아아, 시작 저택에 가실 생각인가요."

이쪽이 짐작한 대로, 노파의 표정과 어조가 조금 누그러졌다.

"학생은 토다테 가의 당주님하고 아는 사이였나요?"

하지만 이어서 그런 말을 듣게 되어서 아주 난처해졌다. 긍정하며 거짓말을 할 수도 있었지만, 이런 상황에서는 좋은 생각이 아닌 기분이 들었다. 그래서 솔직하게 아무런 인연도 없지만 민속 조사를 위해 도움을 청할 생각이라고 대답했다.

아무래도 이 대답이 정답이었던 것 같다. 마쓰 할머니는 다시 친근한 태도를 보이기 시작했다.

"그렇다면 마라이의 심원사(心願寺)라는 절에 계신 조린 주지스님을 찾아뵙는 게 좋을 거예요."

"절의 스님을요?"

"그곳의 주지스님은 이 근방의 역사에 대해 아주 해박한 사람이거든요. 스쿠자 산 주변에 대해서라면 모르는 게 없답니다."

어느 지방에나 한두 명쯤은 있는 향토사학가일 것이다. 생각지도 못한 인물을 소개받았다며 나는 순수하게 기뻐했다.

"여러 가지로 정말 감사했습니다."

내가 인사를 하고 가게를 나가자, 마쓰 할머니는 가게 밖까지 따라 나오면서 어쩐지 신경 쓰이는 발언을 했다.

"어쨌든 오늘은 그 마을에 가까이 가지 않는 게 좋을 거예요."

"왜요? 무슨 일이라도 있나요?"

"그 마을에 어울리는 일이죠."

토모라이 촌에 어울리는 일……. 그렇게 생각한 나는 곧바로 '토무라이 촌'이란 별명에서 연상되어 하마터면 "장례인가요?"라고 말할 뻔했다.

"······으음, 축제라도 있나요?"

어떻게든 얼버무리며 그렇게 묻자, 마쓰 할머니는 아주 소름 끼친다는 듯이 대답했다.

"아뇨, 장례식이랍니다."

이쪽이 예상하던 대답이 돌아와서, 일부러 나는 시치미를 떼며 물었다.

"어울린다는 말씀은, 그 정도로 장례가 많은 마을인가요?"

"아뇨, 평범하겠죠. 다만 토모라이 촌이란 곳은 토무라이 촌이라고 불리고 있는 동네거든요. 장례 지내는 마을이란 뜻으로. 그런 마을에서 장례식을 하는 날에 장래가 창창한 학생 같은 사람이 일부러 갈 건 없어요."

도쿄의 대학생이라는 것만으로 나를 과대평가하는 건 제쳐두더라도, 토모라이 촌의 장례에 대해 이 마쓰 할머니가 보이는 기피감은 심상치 않았다. 토다테 가나 심원사란 절에 대해서는 인정하는 것 같았지만, 마을에서의 장례식이 되면 이야기가 전혀 달라지는 듯하다.

흥미를 느끼지 않았다면 거짓말이지만, 여기서는 마쓰 할머니의 충고대로 하자고 나는 결심했다. '토모라이 촌의 장례식'이 두려웠던 것은 아니다. 국수가게에서 쉬었기 때문에, 더욱 여행의 피로가 몰려왔기 때문이다. 이대로 소개받은 오니가와라 여관을 찾아가서 느긋하게 목욕물 안에 몸을 담갔다가 저녁식사 때까지 방에서 쉬자. 그런 생각을 하고 있었다. 인사를 하고 걷기 시작하는 나를 배웅하면서 마쓰 할머니가 다음 말을 중얼거릴 때까지는…….

"하물며 사야오토시 가의 장례식이니……."

자기도 모르게 멈춰 서서 돌아볼 뻔했지만 나는 필사적으로 억눌렀다.

'사야오토시 가의 장례식…….'

'설마 소이치의……?'

그렇게 생각하고 놀랐지만, 이내 도저히 있을 수 없는 일이라는 것을 깨달았다. 사야오토시 가의 심부름꾼이 그의 시신을 가지고 돌아간 뒤로 적어도 넉 달 가까이 지났다. 아무리 그래도 지금까지 장례식을 치르지 않았다고는 생각할 수는 없다.

그렇다면 대체 누가 죽은 것일까.

몹시 신경이 쓰였지만 나로서는 알 길이 없다. 죽은 사람이 누구인지, 돌아가서 마쓰 할머니에게 물어보는 것은 말할 나위도 없다. 오니가와라 여관에서 물어본다 해도 한바탕 문제가 생길지도 모른다. 그렇다고 해서 길을 가는 사람을 붙들고 갑자기 물어볼 수도 없는 일이다.

나는 망연자실했다. 애초에 사야오토시 가의 가족 구성에 대해서 소이치에게 아무것도 듣지 못했다는 사실을 뒤늦게 떠올렸다. 만일 누가 죽었는지 알더라도 큰 의미가 없는 것이다.

그렇다고 깨달은 순간, 어쩌면 나는 엄청나게 좋은 기회를 잡은 것일지도 모른다는 생각이 들기 시작했다.

사야오토시 가에 편지를 보냈다고 해도, 이대로 직접 방문하면 문전박대당할 가능성이 있다. 그러나 장례가 이루어지는 도중에 찾아가면 어떨까. 시골에서는 상부상조 정신이 강하다. 아무리 인습에 젖은 시골마을에서 무라하치부를 당하고 있더라도, 관혼상제와 화재만큼은 예외라는 불문율이 어느 지방에나 있다. 토모라이 촌만이 예외라고는 생각할 수 없다. 여기서 중요한 것은 이 불문율이 외지인에게도 통용되는지의 여부다. 토모라이 촌의 사람들이 사야오토시 가의 장례를 결코 무시할 수 없는 것처럼, 사야오토시 가 사람들은 조문하러 방문한 나를 받아들일 수밖에 없지 않을까.

'마을에 간다면 오늘밤에 없다.'

장례 지내는 마을이라고 불리는 동네에서 장례식이 열리는 중이니 이런 날에 일부러 갈 것은 없다는 마쓰 할머니의 충고를 무시하는 행동이지만 어쩔 수 없다.

나는 소나이 촌의 남쪽으로 펼쳐진 산줄기를 향해서 조금 빠른 걸음으로 걷기 시작했다. 사실은 무소 고개를 통해 가는 방법과 토모라이 촌까지의 거리와 시간을 누군가에게 물어보고 싶었지만 어쩔 도리가 없다. 길 가는 사람을 붙잡고 물어보고 싶지만, 무슨 반응이 돌아올지를 생각하면 두려워서 견딜 수 없다.

'마쓰 할머니 같은 태도를 보인다면……'

낯가림이 심한 나쁜 성격이 여기서 얼굴을 내비쳤다. 실패하면 그다음 사람에게 물어본다. 그러기를 반복하다 보면, 그러다가 토모라이 촌에 어떠한 편견도 품지 않은 사람을 만날 수 있을지도 모른다. 하지만 그때까지 끈기가 유지될 수 있을 것 같지 않았다. 아마도 첫 번째에서 질리고 말 것이다. 무엇보다 이곳은 토모라이 촌의 이웃 마을이다. 아무리 잘 개발된 큰 마을이라고 해도 마쓰 할머니처럼 인습에 가득 찬 사람이 대부분 아닐까?

전혀 방법이 없는 것은 아니었다. 토모라이 촌의 주 산업은 임업과 숯 굽기이므로 그것들을 운반하는 길이 어딘가에 있을 것이다. 어쩌면 벌목지에서 직접 목재를 운반해가는 길이 소나이 촌까지 이어져 있을 가능성도 있다. 그런 운반도로라면 마을 사람에게 묻지 않아도 혼자 힘으로 발견할 수 있을 것이다. 사야오토시 가의 장례가 있는 날에 일을 하고 있는 마을 사람은 하나도 없을 것이 틀림없다. 가령 내가 운반도로를 걸어가더라도 아마 누군가와 만나거나 수상히 여기는 시선을 받을 걱정은 없는 것이다.

하지만 나는 꼭 무소 고개를 넘고 싶었다. 토모라이 촌이 형성되는 계기가 되었다고 전해지는 여섯 승려의 고개 넘기를 모방해서, 같은 산길을 걸어보고 싶었다.

지도로 대강 위치를 짐작하고, 일단 나는 마을 남쪽까지 가보았다. 정확히는 남남서 방향일까. 그곳에서 한동안 우왕좌왕하게 되었는데, 보는 사람이 없었던 것이 천만다행이었다. 덕분에 그 부근의 산기슭을 마음껏 탐색할 수 있었다.

수상해 보이는 산길을 조사하기 시작하고 얼마 후였을까. 길이 두 갈래로 나뉘는 지점에서 표면이 마모된 돌기둥 형태의 이정표를 발견했다. 가만히 관찰해보니 기둥의 왼쪽 면에 '무소 고개 방향'이라고 새겨져 있었다. 이것을 발견하고서 나는 몹시 기뻐했다. 그대로 갈림길의 왼쪽으로 발을 내딛으려고 하다가, 문득 소나이 촌 쪽으로 고개를 돌렸다가 흠칫했다.

산길을 내려간 끄트머리 쪽에, 어느새 모였는지 십여 명 정도의 어린아이가 한데 모여서 이쪽을 올려다보고 있었다. 그 정도의 숫자가 있는데도 아무도 입을 열지 않고 조용히, 물을 끼얹은 듯 고요하게 나를 응시하고 있다. 어느 아이의 눈동자에도 예외 없이, 무서운 것, 꺼림칙한 것, 더러운 것, 경멸스러운 것, 소름 끼치는 것이라도 보는 듯한 기묘한 빛이 또렷하게 떠올라 있었다. 마치 어린아이들이 있는 쪽이 안전한 장소고 내가 향하려 하고 있는 곳이 금기의 땅인 것처럼······.

얼마나 아이들과 마주보고 있었을까.

문득 정신을 차린 나는, 십여 명의 시선을 느끼면서 천천히 무소 고개로 이어지는 산길로 발을 들였다. 수풀로 시야가 가려질 때까지 아이들로부터 눈을 떼지 않았던 것은, 역시 그들이 있는 쪽으로 돌아가고 싶다는 마음이 조금은 있었기 때문일까. 그중 나이가 많은 듯한 아이 둘이 이쪽을 눈으로 쫓으면서, 휘휘 고개를 저으며 충고하는 광경이 한동안 뇌리에 새겨져 사라지지 않아 애를 먹었다. 뒷머리가 잡아당겨진다는 표현은 적절치 않을지도 모르지만, 몇 번이나 발길을 돌리고 싶다고 생각했다. 오니가와라 여관에 묵고 내일 아침에는 고향으로 귀성한다. 지금이라도 늦지 않았으니 그렇게 해야만 한다고 주장하는 내가 있었다.

그래도 산길을 더듬어 간 것은 내가 사야오토시 소이치를 추모하고 있기 때문일까. 혹은 그가 친구였던 나를 잡아당기기 때문일까. 어느 쪽이든 분명 나는 이미 돌이킬 수 없는 곳까지—지리적인 의미뿐만이 아니라—와 있었다고 생각한다.

산길은 의외로 잘 정비되어 있었다. 마차나 승용차가 달리는 것은 힘들겠지만, 말이나 소에게 짐차를 달아 끌게 할 수는 있어 보였다. 이것은 토모라이 촌과 소나이 촌 사이에 적지 않은 왕래가 이루어지고 있다는 증거다. 그 사실을 내가 얼마나 든든하게 느꼈는지 모른다.

그런데 산길을 나아감에 따라 그런 안도감이 차츰 엷어지면서 다시 불안에 사로잡히기 시작했다. 처음에 산길에 들어섰을 때는 하늘이 보였는데, 어느샌가 울창하게 우거진 나무들 사이로 들어와 있어서, 아무리 걷고 아무리 오르막길과 내리막길을 지나도 깊은 숲에서 나갈 기미가 전혀 없었다. 저녁 시간이라고 해도 한여름이라 아직 충분히 밝을 텐데도, 이미 산길은 어스름이 깔리는 것처럼 그림자에 덮이기 시작하고 있다. 곧바로 시커먼 어둠으로 변할 것만 같아서 도무지 마음이 놓이지 않았다. 이 길 앞에 마을 같은 건 없다는 생각이 들기 시작했다. 그저 저 깊은 산속을 향해 걸어 들어가고 있을 뿐, 어디에도 다다를 수 없다. 그런 비관적인 생각이 계속해서 뇌리를 스친다.

산길에 접어들고 나서 한동안은 햇살이 가로막혀서 시원했다. 그러나 금세 얼굴과 목, 그리고 가슴에서 땀이 뿜어져 나오기 시작했다. 후텁지근해서 견딜 수가 없었다. 그러던 중에 오른손에 든 여행가방이 무거워지기 시작했다. 이럴 줄 알았더라면 배낭에 짐을 꾸릴 걸 그랬다고 후회했지만 이미 엎질러진 물이었다.

거기까지 외길이었음에도 불구하고 나는 미아가 된 듯한 불안감을 맛보고 있었다.

이윽고 경사가 가파른 오르막길을 올랐을 무렵, 간신히 숲에서 빠져나올 수 있었다. 머리 위에 다시 하늘이 돌아왔다.

안도한 것도 잠시뿐. 이번에는 길이 뱀처럼 갈지자를 그리기 시작한 탓에 앞길을 전혀 예측할 수 없었다. 눈에 들어오는 것은 왼편의 깎아지른 듯이 솟은 산자락과 오른편의 덤불 너머로 뻗어 있는 경사면, 그리고 뱀처럼 구불구불하게 이어지는 산길뿐. 그것이 마냥 이어지고 있다. 이런 환경에서 고독에 젖어 있으면 사람은 감각이 이상해지는 듯하다.

문득 길 앞에서 지금이라도 뭔가가 고개를 불쑥 내밀 것 같았다. 바스락바스락하고 뭔가가 뒤에서 따라오는 듯한 기분도 든다.

일단 이런 식으로 생각하기 시작하면 끝이 나지 않는다. 겁에 질려서 끊임없이 뒤를 돌아보고, 굽은 길에 접어들 때마다 벌벌 떨게 된다. 정말 어이없다는 것은 머리로는 알고 있지만, 어쩔 도리가 없다. 몸이 자연스럽게 반응하는 것이다.

몇 번이나 뒤를 돌아보면서도 앞으로 나아가고 있으려니 갑자기 뭔가가 왼쪽 어깨를 붙들었다. 비명을 지르는 것과 동시에 가방을 내팽개치며 펄쩍 뛰어오른 나는, 오른편으로 몸을 피했다. 그러다 하마터면 수풀이 우거진 경사면으로 굴러떨어질 뻔해서 곧바로 목덜미의 털이 곤두섰다. 하지만 굴러떨어질 뻔한 일보다 두려웠던 것은 내 어깨를 붙들었던 **뭔가** 쪽이었다.

산길의 오른편에 버티고 서면서 조심조심 등 뒤의 산자락을 바라본 나는, 거기서 단숨에 맥이 빠졌다. 굵직한 나뭇가지 한 줄기가 길 쪽으로 뻗어나와 있었다. 아무래도 그 끄트머리가 왼쪽 어깨를 건드린 것뿐인 듯하다.

'유령의 정체 알고 보니 마른 참억새, 라는 속담이 있지…….'

주변에 떠돌고 있던 기묘한 분위기가 조금이나마 옅어진 기분이 들었다. 이걸로 숨을 돌릴 수 있게 되었다고 생각했다. 실제로 수렁에 빠져서 오도 가도 못하게 된 지옥 같은 이 상황이 그 뒤로 조금만 더 이어졌더라면, 분명히 나는 정신이 이상해졌을 것이다.

산길에 내팽개친 가방을 주워 들고, 힘이 빠진 발걸음으로 다시 걷기 시작했다. 그대로 한동안 길을 가자 갈지자처럼 구불구불 이어지던 산길이 갑자기 쭉 뻗어나가며 그 끝에 가파른 오르막이 있는 지점으로 나왔다. 앞서 깊은 숲에서 빠져나온 것도 급한 오르막길을 오른 뒤였다. 내 마음에 희망이 싹텄다. 느릿느릿하던 발걸음이 빠른 걸음이 되더니, 한 번도 멈추지 않고 가방을 두 팔로 안은 채로 단숨에 오르막길을 뛰어 올라갔다. 넘어졌다가는 틀림없이 다쳤겠지만, 그런 것은 개의치 않았다.

다 올라가 보니 좁고 평탄한 풀밭이 나왔다. 오른편으로 봉긋하게 쌓인 흙산이 있어서 그 위에 올라 우거진 나무들 너머를 바라보니, 마을로 보이는 풍경이 엿보였다. 눈에 힘을 주고 열심히 관찰하는 동안, 그곳이 소나이 촌이라는 것을 깨닫고 자기도 모르게 큰 한숨을 내쉬었다.

흙산에서 내려오고 나자 풀밭 가장자리에 돌기둥 이정표가 저절로 눈에 들어왔다. 다가가서 자세히 살펴보니 '무소 고개'라는 글자를 간신히 알아볼 수 있었다.

무소 고개를 넘은 뒤에는 정신적으로 조금 편해진 기분이 든다.

여전히 산길은 구불구불 갈지자를 그리거나 숲 한복판으로 들어가거나 했지만, 기본적으로는 내리막인데다 확실히 토모라이 촌을 향해 다가가고 있다고 생각할 수 있게 된 것 때문인지 더 이상 동요하지 않았다. 왠지 모르게 음산한 기운을 느끼고는 있었지만, 그것을 무시하고 앞길을 서두를 수 있었다.

그래서 기와지붕이 눈에 들어왔을 때, 나는 몹시 흥분했다. 무소 고개를 넘어 호쿠라이 집락으로 들어갈 때에 가장 먼저 보이는 것이 '시작 저택'이라고 사야오토시 소이치에게 들었기 때문이다. 급경사에 구불구불한 내리막에 주의를 기울이면서도, 나는 토다테 가에서 도저히 눈을 뗄 수 없었다. 드디어 토모라이 촌까지 왔다고 생각하니 다리가 후들거려서 마지막 언덕길을 내려가는 데 고생했다.

간신히 시작 저택의 옆쪽으로 나온 순간, 눈앞이 단숨에 탁 트이며 토모라이 촌의 전경이 날아들었다. 다만 마을이 호쿠라이에서 마라이로, 마라이에서 난라이로 똑바로 이어지지 않고 산길처럼 구불구불했기 때문에 실제로 눈에 들어온 것은 호쿠라이 집락이었던 것을 나중에야 알았다. 토모라이 촌은 마치 큰 뱀이 거대한 몸뚱이를 뒤틀면서 산자락에 드러누운 듯한 모습을 하고 있었다. 그 때문에 오른편에 보이는 작은 산이 방해가 되어서 아쉽게도 내가 선 지점에서는 '종말 저택'인 사야오토시 가는 보이지 않았다. 그 맞은편 산 중턱에는 절과 묘지가 있어서, 그곳이 아마도 조린이라는 주지가 산다는 심원사란 절일 거라고 짐작했다.

하지만 내가 토모라이 촌을 바라보고 있던 것은 단 몇 초였을 거라 생각한다. 왜냐하면 내 시선은 곧바로 토다테 가의 커다란 지붕이 달린 전통식 대문, 그곳에 세워진 붉은 깃발 같은 기묘한 물체에 쏠렸기 때문이다.

'저건 뭘까……'

신사의 참배길이나 작은 사당, 혹은 신을 모신 감실(龕室)에 붉은 깃발이 구비되어 있는 광경은 이제까지도 자주 보아왔다. 그러나 그것이 평범한 집의 문에서 펄럭이고 있는 것은 처음 본다. 순수하게 호기심을 느낀 나는, 산길 중간에서 시작 저택 쪽으로 이어지는 길을 따라 그 대문 곁까지 다가가서 보고 깜짝 놀랐다.

붉은 깃발로 보였던 것은 커다란 연어 토막이었다. 물론 날 것이 아니라 말린 것이었다. 마치 미늘창 끝에 매단 천처럼, 연어의 두툼한 등 부분을 위로 오도록 해서 굵은 대나무 꼬챙이로 꿰어놓고 있다. 그래서 선명한 붉은 살 부분이 마치 바람에 펄럭이는 깃발처럼 보였던 것이다.

'하지만 어째서 문에다가……'

이런 것을 일부러 꽂아둔 걸까. 꼭 연어만이 아니라 산간 마을에서 생선은 사치품이다. 그것을 식탁에 올리지 않고서 대체 무슨 생각인 걸까. 설마 햇볕에 말리고 있다고는 생각되지 않았다. 참으로 이상한 일이다. 원래대로라면 식욕을 돋웠을 붉은 생선살이, 이때만큼은 강렬한 적색으로밖에 보이지 않았다.

커다란 대문에서 안을 들여다봐도 토다테 가는 쥐죽은 듯 고요해서 인기척이 느껴지지 않았다. 다만 커다란 집인 만큼, 대문 옆에 서서 집 안의 눈치를 알 수 있을 리도 없다.

나는 조금 망설였지만, 역시 먼저 사야오토시 가를 방문하기로 했다. 어쨌든 이 마을에 온 목적은 소이치의 공양이었으니까.

마을로 이어지는 언덕길을 내려가면서 돌아보니, 토다테 가가 훌륭한 축벽 위에 지어졌다는 것을 알 수 있었다. 나도 모르게 멈춰 서서 한동안 멍하니 바라보았을 정도다. 마치 토모라이(侶磊) 촌이나 호쿠라이(北磊)라는 지명에 들어 있는 돌무더기 뢰(磊)자나 토다테(砥館) 가의 숫돌 지(砥)자를 상징하는 것 같지 않은가.

그 언덕을 내려가자 바로 호쿠라이 집락이었다. 다만 길에는 다니는 사람이 아무도 없었고, 어느 집이나 쥐죽은 듯 고요했다. 원래대로라면 저녁식사 준비를 할 무렵이 아닐까. 그런데도 어느 집에도 연기가 전혀 피어오르지 않고 있다.

'설마 마을 사람 전부가 사야오토시 가의 장례에 참석한 것도 아닐 터인데.'

아무리 시골 마을에 상부상조하는 관행이 있다 해도 그런 일은 있을 수 없다. 가령 토모라이 촌의 필두지주인 토다테 가에서 현 당주의 장례가 이루어진다고 해도 마을 사람 모두가 집을 비우리라고는 생각할 수 없다. 그러면 이 상태는 대체 무엇일까…….

'마치 하룻밤 중에 마을 사람 모두가 사라져버린 것 같은…….'

그런 기분 나쁜 상상이 문득 뇌리에 떠올라서 나는 사람 한 명 없는 길 한복판에 멈춰 서서 부르르 몸서리쳤다.

황급히 걷기 시작하면서 호쿠라이의 마을 사람들을 찾는 동안, 기묘한 사실을 깨달았다. 어느 집에나 문이나 현관에 생선 대가리나 지느러미, 혹은 마른 오징어를 못에 박아놓고 있었다. 그뿐만

이 아니다. 역시 문이나 현관에 고추나 마늘, 삼나무 잎이나 호랑가시나무 같은 식물도 매달려 있다. 집에 따라서는 문이나 현관을 장식하는 것처럼 에워싸고 있는 예도 있었다. 또한 그것들이 창문 주변까지 붙어 있거나 매달려 있는 집도 적지 않았다.

'어떠한 주술일 것이다.'

그렇게 생각한 순간, 나는 모든 것을 깨달은 기분이 들었다. 토다테 가의 연어까지 포함해서, 이것들은 정말로 주술이 아닐까. 물론 그 대상은 사야오토시 가의 장례다.

생선의 경우에는 그 냄새가 부정한 것을 쫓는다고 옛날부터 믿어져 왔다. 가장 널리 보급된 사례는 절분(節分)에 정어리 머리를 현관문에 달아놓는 의례일 것이다. 그때 호랑가시나무 잎사귀도 사용하는 것은, 그 뾰족한 형태가 부적의 역할을 하기 때문이다. 삼나무 잎도 같은 이유라 할 수 있다. 마늘은 식물이면서도 생선처럼 강렬한 냄새를 가지고 있기 때문이다. 고추는 볶는 게 효과적인데, 저렇게 매달아놓는 것은 붉은색이 부적 역할을 하기 때문이다. 아마 연어도 마찬가지일 것이다. 그런 의미에선 과연 명가인 토다테 가라고 나는 감탄했다. 저 훌륭한 연어 토막만으로 색깔과 냄새라는 두 종류의 주술을 걸고 있다.

그렇다고 해도 이러한 주술들이 호쿠라이의 모든 집에서 빠짐없이 행해지고 있는 듯하다. 이 철저함은 대체 무엇일까. 아무리 사야오토시 가가 기피 대상이라고는 해도, 또 그 집의 장례가 이루어지고 있다고 해도 이것은 너무 지나치지 않은가.

어쩐지 오싹한 기분에 사로잡히면서 다시 마을의 집들에 눈길을 보냈을 때였다. 모든 집 앞에 남천촉이 자라고 있다는 사실을 뒤늦게나마 깨달았다. 그 부자연스러운 상황으로 보아, 결코 자연적으로 자란 것이 아님을 알 수 있다. 어느 집이나 일부러 키운 것이 틀림없다. 왜냐하면 남천촉의 붉은색도 부적이 되기 때문이다. 아무래도 호쿠라이 집락 사람들은 평소에도 나쁜 기운을 쫓는 장치들을 자기 집에 설치하고 있는 듯하다.

'무엇을 위해서······.'

그렇게 자문할 것도 없이 답은 명확했다. 사야오토시 가를 두려워한 나머지 그렇게 한 것이다. 그렇게 생각하면 지나치다 싶을 정도로 장식된 현관 부근의 주술적 처치도 납득이 간다. 사야오토시 가의 장례라는 특별한 액일(厄日)을 맞이해서 평소보다 한층 더해서 악한 기운을 쫓는 의식을 호쿠라이의 모든 집이 실시한 것이 틀림없다. 호쿠라이뿐만 아니라 마라이나 난라이 집락도 아마 같을 것이다.

소이치의 생가에 관한 고백은 정말로 충격적이어서, 나도 적지 않은 영향을 받았다. 한때는 계속 음울한 기분에 빠져 있을 정도였다. 하지만 어차피 그것도 머리로만 알고 있었던 것에 지나지 않았던 것이다. 이렇게 토모라이 촌에 와서 실제로 눈을 의심하게 되는 광경을 목격하고 나니 간신히 진짜로 이해할 수 있게 된 기분이 들었다.

지금이라도 마을 사람과 만나지 않은 동안에 재빨리 왔던 길을 되돌아가는 편이 좋지 않을까.

지금이라면 토모라이 촌에 왔던 흔적을 일절 남기지 않고 여기서 떠날 수 있다.

확실히 소이치는 나의 친우였지만, 사야오토시 가의 일에 관여하는 것은 잘 생각해봐야 할 문제가 아닐까.

나는 본능적으로 그렇게 느꼈다. 이제부터 돌아가면 무소 고개를 넘기 전에 날이 저물겠지만, 이곳에 머물러 있는 것보다는 나을 것이다. 칠흑 같은 산길은 틀림없이 무섭겠지만, 이곳에 있다가는 **그것 이상의 뭔가**와 조우하게 될지도 모르는 것이다.

나는 뒤로 고개를 돌려 토모라이 촌을 흘겨보는 모습의 토다테가를 바라보면서, 저 너머의 무소 고개와 소나이 촌을 생각했다. 그런 뒤에 마라이 방향을 바라보며 난라이의 사야오토시 가를 생각했다. 왜냐하면 돌아가고 싶다는 공포심뿐만 아니라, 계속 나아가서 종말 저택을 한 번이라도 보고 싶다는 호기심도 놀라울 정도로 강하게 느끼고 있었기 때문이다. 아니, 그곳에는 소이치에게 대한 마음도 있었다고 나는 믿고 싶다.

결국, 적어도 사야오토시 가까지는 가자고 결심했다. 시골 마을의 장례가 오랜 시간에 걸쳐 진행된다고 해도, 아마도 이미 매장은 끝나고 장송의 참여자들에게 음식을 나눠주고 있을 무렵일지도 모른다. 어쨌든 어떠한 상황인지 눈치를 살피는 것이 먼저라고 생각했다.

그렇게 생각하고 호쿠라이 집락으로 향하고 있는데, 저 앞쪽에서 참으로 기묘한 소리가 흐릿하게 들려왔다.

똑, 똑……. 딱, 따악…….

귀를 기울여보니, 그런 식으로 들린다.

따악, 따악⋯. 드르르륵, 드르르륵⋯⋯.

게다가 그 소리는 한 가지가 아니었다. 다양한 소리가 나고 있다. 다만 소리를 내고 있는 것은 함께인지도 모른다. 소리에서 공통된 음색이 느껴졌다.

'대체 저건 무엇일까⋯⋯.'

마라이 집락에 진입했을 즈음부터 그 소리가 또렷하게 들리기 시작했다. 내가 집락 안을 걸어감에 따라 그것이 점점 가까워지고 있음을 확실히 느낄 수 있었다. 게다가 기묘한 음색을 발하는 어떤 것 자체가 닥쳐온다기보다, 소리 자체가 파도처럼 물결치듯 전해지고 있다. 이동하고 있다. 그런 느낌이 강하게 들었다.

이윽고 심원사의 돌계단이 왼편에 나타났을 무렵에, 나는 멈춰 섰다. 그 이상 나아가면 저 기묘한 소리의 한복판으로 들어가게 될 것 같은 기분이 들었기 때문이다.

그 순간 길 저편에서 믿기지 않는 것이 흘끗흘끗 나타나기 시작했다.

그것은⋯⋯이쪽으로 오고 있는 것은, 아무리 봐도 장례 행렬로밖에 보이지 않았다.

5

'이런 시간에 장송을⋯⋯.'

깜짝 놀란 나는 곧바로 숨으려고 했다. 아무리 해가 긴 여름이라고 해도, 이미 주변이 어두워지려고 하는 해질녘에 장송을 하고 있는 부자연스러움 때문에 왠지 모를 섬뜩함을 느꼈던 탓이다.

죽은 것이 그저께라면 어제가 츠야(通夜 ; 일본의 장례 풍습 중 빈소에서 유족과 조문객들이 밤을 새는 것_역주)고 오늘이 장례식이 될 터이지만, 그것도 오전 중이나 늦어도 오후에는 끝나지 않았을까? 만약 그저께 늦은 시간이나 어제 이른 아침에 숨을 거두었다면 어젯밤이 가(仮) 츠야고 오늘밤이 본(本) 츠야일 테니 장례식은 내일이 될 것이다. 시신이 상하기 쉬운 계절이라고는 해도, 이렇게까지 매장을 서두를 필요는 없을 터이다. 사야오토시 가 정도로 오래된 가문이라면 가 츠야, 본 츠야, 장례식까지 최소 사흘은 걸리지 않을까. 요컨대 어떤 사정이 있다고 해도 이런 늦은 저녁 시간에 장송을 하다니, 어떻게 생각해봐도 정상적인 상황은 아니다.

당황하며 숨을 장소를 찾던 나는, 심원사의 돌계단 아래에 나 있는 커다란 나무 뒤편으로 뛰어들려고 했다. 그러나 장례 행렬의 행선지를 생각해보고 바로 포기했다. 시신의 매장을 위해 절로 향할 것이 틀림없다. 서둘러 주위를 둘러보니 절의 돌계단 반대편, 마라이 집락을 사이에 둔 저편에 작은 산이 있었다. 시작 저택 옆에서 바라보았던 그 산이다. 키 큰 나무는 자라 있지 않고 키 낮은 초목이 전체를 덮고 있을 뿐인, 겨울에는 민둥산이 될 것 같은 산이었다. 사람의 손길이 거의 닿지 않은 듯 보이는데도 어째서인지 구불구불하게 산 위쪽으로 이어지는 좁은 길이 보였다.

꾸물거릴 시간이 없었으므로 나는 서둘러 마라이 집락의 길을 가로질러 그 산길로 뛰어들었다. 최근에 손질이 이루어졌는지 길 자체는 아주 걷기 편했다. 다만 길 양쪽으로 울창하게 덤불이 우거져 있는, 몸을 숨기기에는 절호의 장소다.

몸을 숨기고 기다리고 있으려니 이윽고 그 기묘한 소리가 다가오기 시작했다. 어쩌면 장송 행렬과 같이 이동하고 있는지도 모른다. 그렇다고 해도 장송 행렬 중에 저 소리를 내는 뭔가가 있다고는 생각되지 않았다. 오히려 소리는 장송 행렬을 감싸듯이, 그 주위에서 울려 퍼지는 것처럼 들린다.

똑, 또옥……. 드르르륵, 드르르륵…….

점점 또렷하게 소리가 들려온다.

딱, 딱……. 똑, 똑…….

그리고 그러던 중에 작은 산의 오른편—장송 행렬이 다가오는 방향—에 늘어서 있는 집들에서도 같은 소리가 나기 시작하는 것을 보고, 무슨 일이 일어나고 있는지 간신히 안 것 같은 기분이 들었다.

　소리를 내고 있는 것이 무엇인지는 여전히 짐작되지 않았지만, 그것은 결코 장송 행렬 안에 들어가 있는 뭔가는 아니었던 것이다. 예를 들면 피리나 북이나 꽹과리 같은 것이 장송 행렬과 함께 이동하며 계속 소리를 내고 있는 것이 아니라, 그 소리를 내는 뭔가는 아마도 마을 전체의 집에 있는 것이 틀림없다. 그리고 장송 행렬이 자신의 집 앞에 들어서기를 기다리다가, 집 앞을 지날 때에 **그것**을 일제히 두들겨 소리를 내고 있는 것이다. 그러니까 장송 행렬이 지나간 집은 조용해지고, 이제부터 지나갈 집은 준비하고 기다리다가 소리를 내게 된다. 그것이 마치 그 소리 자체가 이동하는 것처럼 들린 원인이 아닐까. 파도처럼 출렁거린다고 느낀 것은 어떤 의미에서는 옳았다는 얘기가 된다.

　호쿠라이 집락에 사람이 한 명도 없다고 생각한 것은 착각이고, 장송에 참가한 마을 사람 이외에는 모두 집 안에 틀어박혀 있는지도 모른다. 그리고 장송 행렬이 자기 집 앞에 들어서는 것을 그저 가만히 기다리고 있다가, 이때다 싶을 때에 소리를 내려고 준비하고 있는 것으로 생각된다.

　이 기묘한 소리도 틀림없이 부정한 것을 쫓는 주술일 것이다. 어느 지방의 민속조사에서는 장송 행렬 선두에 총을 가진 사람을 두고, 장송 행렬이 굽어지는 길이나 네거리에 접어들 때마다 하늘을 향해 공포를 쏜다는 사례를 채집한 적이 있다. 다른 지방에서는 그것을 신부 행렬에서 행한다는 것을 알고 놀라기도 했다. 장례와 혼례라는 대조적인 의례인데도, 양쪽 다 공포탄의 소리로 마물을 쫓는다는 점은 같았다. 토모라이 촌에서는 그 소리를 뭔가 특수한―그렇지만 집집마다 가지고 있는, 결코 드물지 않은―물건으로 내고 있는 것이리라.

그런 생각을 하면서 산길을 조금 올라간 지점에서 마라이 집락의 길을 내려다보고 있으려니 이내 장송 행렬의 선두가 나타났다. 지방에 따라 차이가 있지만, 대개는 절의 깃발이나 제등을 든 사람이 맨 앞에 온다. 그러나 내 눈에 비친 것은 대나무 빗자루를 거꾸로 든 중년 남성의 모습이었다. 그냥 거꾸로 들어 올리고 있는 것뿐만이 아니라, 빗자루를 좌우로 흔들면서 걷고 있다.

'저것도 부정한 것을 쫓는 행위일까.'

민속학상, 일단 빗자루란 말에서 떠오르는 것은 출산에 입회하는 빗자루신(箒神)일 것이다. 빗자루로 임산부의 배를 쓰다듬거나 발치에 세워두거나 해서 빗자루신을 불러 무사히 출산하기를 기원하는 의식이다. 하지만 한편으로 빗자루는 장례에서도 중요한 역할을 하는 경우가 있다. 출관한 뒤의 방을 쓴다는, 그야말로 빗자루로서의 사용법이다. 물론 이것은 청소를 하는 것이 아니라, 죽음의 때를 문자 그대로 쓸어낸다는 의미를 지닌다. 그 증거로 밖으로 쓸어내는 몸짓을 보인 뒤에는, 쓸어낸 나쁜 것이 돌아오지 않도록 서둘러 문을 닫아버린다.

혼례나 장례에서 사용되는 총도 그렇고, 출산이나 출관에 사용하는 빗자루도 그렇고, 본래는 정반대로 보이는 경사와 조사 사이에는 실로 아주 가까운 뭔가가 있는지도 모른다.

처해 있는 상황에 어울리지 않는 그런 엉뚱한 고찰에 빠져 있던 것도 아주 잠깐이었다. 다른 지방에서는 들은 적도 없는 빗자루잡이 다음에는 승려가 오고, 그다음에 절의 깃발과 제등잡이, 그리고 조화와 경단과 위패를 안은 친족인 듯한 사람들이 모습을 드러냈다. 이 시점에서 이미 위화감을 느끼고 있었지만, 그 뒤에 이어지는 사람들을 보고 나는 소스라치게 놀랐다.

모두가 새까만 옷을 입고 있었던 것이다.

결혼식 의상이나 장례식의 상복에 검은색이 사용되기 시작한 것은 메이지시대 이후부터다. 서양에서 전해진 정장의 영향일지도 모르지만, 의복의 역사에 해박하지 못한 나는 알 수 없다. 하지만 일본의 대부분의 지방에서는 아직도 백색이 주류다.

대개 친족 남성이 시로바카마, 여성이 시로무쿠라는 하얀 옷을 입으며 하얀 천으로 만든 삼각건을 머리에 두른다. 일반 참여자는 보통의 기모노를 입는다. 하얀 상복이 쇠퇴하고 검은색으로 변해가는 지방에서도, 유족은 하얀색 물건을 몸에 걸치고 있기도 한다. 친족이 몸에 두르는 이 하얀색은 죽은 자가 입은 수의와 같은 색이다. 즉 저 세상으로 보내는 시신과 같은 색을 공유함으로써, 친족들은 죽은 자에게 몸을 붙이고 있다. 시신만이 홀로 저 세상으로의 여행을 떠나는 것이 아니다. 우리도 함께라는 증표인 것이다. 적어도 나는 어릴 적에 할아버지 할머니께 그렇게 배웠다.

그런데 사야오토시 가의 장송 행렬에서는 승려를 제외한 참배

객 모두가 검은 옷을 입고 있다. 마을 사람들은 문제없다고 해도, 친족인 듯한 사람들도 누구 하나 하얀 것을 걸치지 않았다―삼각건조차 보이지 않는다―는 것은 대체 어떻게 된 일일까.

계속해서 새까만 장례 행렬이 지나가는 광경을 바라보며, 나는 뱃속이 싸늘히 식어가는 듯한 기분을 맛보았다. 봐서는 안 될 것을 엿보고 있다. 그런 생각이 머릿속에서 떠나지 않았다.

그런 감각에서 해방된 것은 장송 행렬 마지막 사람의 모습이 사라지고, 행렬의 소리가 호쿠라이 방면으로 멀어져가고 난 뒤였다. 하지만 거기서 나는 뒤늦게 어떤 중요한 사실을 깨닫고 고개를 갸웃거렸다.

'어째서 심원사로 향하지 않는 걸까?'

가령 선두의 빗자루잡이가 길을 잘못 들었다고 해도 바로 뒤에 승려가 있으니 바로잡을 수 있었을 것이다. 그러지 않았던 것은 예정대로의 행동이었다는 이야기가 된다. 그렇다면 난라이의 사야오토시 가를 나온 장송 행렬은 호쿠라이의 어디로 향하는 것일까.

'설마 토다테 가로……'

그렇게 생각했지만, 거의 있을 수 없는 이야기다. 그럴 이유도 없는데다, 가령 장송 행렬을 맞이할 예정이라면 그것에 상응하는 준비가 이루어져 있었을 것이다. 그러나 대문에서 엿보기로는, 그런 기미가 조금도 없었다. 저 뒤를 따라가서 확인해볼까도 생각했지만, 도저히 그럴 용기가 솟지 않았다. 이제부터 어떡할지를 생각하고 있는 순간, 장송 행렬의 뒤를 따라 걷고 있는 **그것**이 눈에 들어왔다.

어린아이였다. 장송 행렬의 뒤를 쫓아가듯이 어린아이가 걷고 있다.

아홉 살이나 열 살 정도일까. 남자아이인지 여자아이인지는 알 수 없다. 머리카락은 가지런한 단발 같았지만, 성별은 분간하기 힘들었다. 장송 행렬에서 조금 거리를 두고 같은 방향을 걷고 있다. 뒤를 따라가고 있는 것일까. 난라이에서 따라온 저 집락의 아이일까. 그래서 검은 옷이 아니라 평상복의 기모노 차림일까.

'하지만……'

뭔가 이상하다고 나는 느꼈다. 그 아이가 보였던 것은 한순간이고, 곧바로 마라이의 민가 뒤편으로 모습을 감춰버렸지만, 그래도 묘하다고 생각했다. 다만 그 이유를 알 수 없다.

이미 장송 행렬은 지나갔지만 내가 아직 작은 산의 덤불에 몸을 숨기고 있었던 것은, 그 아이를 보고 말았던 것 때문인지도 모른다.

'참으로 기묘했으니까……'

그렇게 생각한 순간, 형언할 수 없는 불안을 느꼈다. 전혀 이유도 모르는 채로, 나는 뭐라 말할 수 없는 으스스한 기분에 사로잡혀 있었다.

'그냥 평범한 마을 아이잖아.'

그렇게 되뇌었지만 아무리 생각해도 찜찜했다. 호기심에 장송 행렬을 뒤쫓고 있는 아이라는 것은 일단 틀림없다. 그럼에도 불구하고 그것이 아니라는 기분이 드는 것은 대체 어째서일까.

덤불 속에서 모기에게 시달리면서도 어쩐지 기분 나쁜 위화감에 사로잡힌 나는, 여전히 작은 산의 중턱에 몸을 숨긴 채로 있었다.

　얼마나 시간이 지났을까. 나는 호쿠라이 방면으로 멀어져간 그 소리가 다시 이쪽을 향해 돌아오는 것을 깨달았다. 다만 방금 전과는 소리가 조금 다른 것을 보면 아무래도 같은 길이 아니라 다른 길을 통해 마라이 집락으로 돌아오고 있는 듯했다.

　역시 마지막에는 심원사로 향하는 것인가.

　만약 그렇다면 장송 행렬은 일단 난라이에서 마라이로 갔다가 마라이에서 호쿠라이로, 그리고 다시 마라이로 돌아오는 것으로 토모라이 촌 전체를 천천히 돌았다고 할 수 있다. 분명히 이것도 부정한 것을 쫓기 위해서일 것이다. 원래대로라면 꺼리며 피해야 할 장례 행렬을 오히려 맞아들이고, 집집마다 현관에 실시한 주술과 그 소리로 확실히 악한 기운을 쫓아낸다. 어떤 의미에서 이 무모하다고도 생각되는 장송 의례는 독으로 독을 제압한다는 사고방식에 가까울지도 모른다.

　문제는 그렇게까지 사야오토시 가의 장례가 기피되고 있다는 사실에 있다.

　아마도 토모라이 촌의 평범한 장송은, 상주의 집에서 출관해서 심원사까지의 최단거리를 이동하고, 거기서 납관하는 것이 아닐까. 어느 정도 멀리 돌아가기는 하겠지만, 이런 식으로 마을 전체를 도는 일은 분명 없을 것이다.

　내가 내 나름의 해석을 내리고 있으려니, 여전히 대나무 빗자루를 좌우로 흔들고 있는 장송 행렬의 선두가 심원사의 돌계단 아래 가까이에 모습을 보였다. 돌아오는 길이 달랐던 것은 이것 때문이었구나, 하고 결론을 내린 것도 잠시 뿐. 빗자루잡이는 돌계단을 오르지 않고, 어째서인지 반대 방향으로 나아가기 시작했다.

'…어? 난라이까지 돌아가는 건가?'

완전히 토모라이 촌을 일주하는 건가 하고 놀라고 있는데, 그대로 곧바로 내가 숨어 있는 작은 산을 향해 오기 시작해서 소스라치게 놀랐다. 머릿속이 혼란스러워서 이제는 영문을 알 수 없었다.

'도망쳐야 해……!'

갑자기 어린 시절 잠자리에서 할머니에게 들었던 옛날이야기가 떠올랐다.

어느 여행자가 시골마을을 걷고 있는데, 저쪽에서 장송 행렬이 오는 것이 보였다. 외길이어서 이대로는 마주치게 된다. 여행자는 장송 행렬과 정면으로 마주치는 건 싫다고 생각했다. 가능하면 피하고 싶었지만 피할 만한 길이 전혀 없다. 다만 바로 옆에 큰 나무가 있었다. 그 위로 몸을 숨기면 장례 행렬을 지나 보낼 수 있다. 그렇게 생각한 그는 나무 중간쯤까지 올라가서 굵은 나뭇가지에 앉아 행렬이 지나가기를 기다리기로 했다.

그런데 장송 행렬은 그 나무 바로 아래를 지나가다 갑자기 딱 멈춰 섰다. 나무 밑에는 딱 관이 위치하고 있었다. 재수 없게……. 그렇게 저도 모르게 여행자가 얼굴을 찡그리고 있는데, 대체 어찌된 영문인지 관을 짊어진 사람들이 그 자리에 관을 내려놓는 것이 아닌가. 게다가 나무 밑에 관만 내려놓고는 참여하고 있던 자들이 모두 왔던 길을 재빨리 돌아갔다.

여행자가 놀란 것은 말할 것도 없지만, 동시에 섬뜩하고 기분 나빠서 견딜 수가 없었다. 나무에서 내려가려면, 어쩔 수 없이 관에 다가갈 필요가 있다. 나무줄기를 타고 내려가던 중에 혹시라도 실수로 미끄러지기라도 했다간 저 위에 떨어지게 된다. 높은 나무 중간에서 오도 가도 못하고, 여행자는 관 뚜껑을 내려다보면서 어찌할 바를 모르고 있었다.

그런데 믿기지 않게도, 천천히 관 뚜껑이 열리기 시작했다. 우선 바짝 마른 듯한 가느다란 오른손이 나오더니, 그 뒤에 나타난 왼손과 함께 관 뚜껑의 가장자리를 붙잡고서 하얀 옷을 걸친 노파의 시체가 천천히 기어나왔다.

히익, 하는 소리 없는 비명이 여행자의 입에서 흘러나왔다. 그 순간, 나무 위를 올려다본 노파의 시체와 눈이 맞았다. 게다가 그를 인식한 **그녀**는 그대로 굵은 나무줄기를 기어오르기 시작했다.

겁에 질린 여행자는 자신도 황급히 위로 올라가기 시작했다. 올라가면서 아래를 보니, 노파는 여행자를 올려다보면서 마치 거대한 곤충 같은 모습으로 기어 올라온다. 노파는 눈 깜짝 할 사이에 그가 앉아 있던 나뭇가지를 지나서, 노인의 시체라고는 생각되지 않는 속도로 나무 위로 기어 올라오고 있다.

다시 여행자는 올라간다. 죽은 자가 기어 올라온다. 여행자는 더 높은 가지로 올라간다. 죽은 자가 기어 올라온다……. 그런 반복 끝에 결국 여행자는 더 이상 올라갈 수 없는 곳까지 몰리고 말았다.

그러나 노파의 시체는 여전히 기어 올라온다. 여행자를 올려다보면서, 그를 향해 그저 네 발로 기는 모습으로 기어 올라온다.

그리고 끝내 여행자의 눈앞에 **그것**이 육박해오고…….

이 이야기가 어떤 결말에 이르렀는지, 나는 전혀 기억하지 못한다. 나무 밑동에 놓인 관에서 기어 나온 노파의 시체가 나무 위의 여행자를 향해 계속 기어 올라간다는 광경이 너무 충격적이었기 때문일 것이다. 여행자가 장송 행렬을 발견하기 전의 이야기도 있었던 것 같은데, 그쪽도 기억나지 않는다. 발단과 결말만이 쏙 빠져 있다.

그런 오싹한 옛날이야기를 십여 년 만에 떠올린 나는, 황급히 가방을 덤불 속에 숨기고 서둘러 산길을 올라갔다. 장송 행렬에 따라잡힐 거라고는 생각하지 않았지만, 들키지 않도록 몸을 숙이고 나아갈 필요가 있어서, 어쩔 수 없이 발걸음이 느려진다. 앞길이 어떻게 되어 있는지 알 수 없으므로 조금이라도 거리를 벌려두고 싶다. 부조리하게도 도망칠 곳이 없는 나무 위에서 죽은 자와 마주한 여행자가 맛본 전율보다는 덜했는지 모르지만, 그것에 가까운 공포를 이때의 나는 느끼고 있었다.

이 산길은 어디로 이어지고 있는 걸까. 이 작은 산에는 무슨 역할이 있는 걸까. 어째서 장송 행렬은 심원사가 아니라 이곳으로 오는 걸까.

엉거주춤한 부자연스러운 자세를 하고 완만하게 올라가는 산길을 종종걸음으로 나아가면서, 나는 잇따라 자문하고 있었다.

어쩌면 사야오토시 가의 묘지가 있는지도 모른다.

작은 산이 마라이 집락을 사이에 끼고 심원사 맞은편에 있다는 입지도, 사야오토시 가의 묘지일지 모른다는 추측을 뒷받침하는 것이 아닐까. 절의 부지 안이 아니라 다른 장소에 전용 묘지가 있는 것은, 그 가문이 토모라이 촌에서 토다테 가 다음가는 오래된 집안이기 때문이 아니라 분명 기피당하고 있기 때문일 것이다. 호쿠라이와 마라이 집락을 본 바로는 필두 지주인 토다테 가조차도 그런 묘지를 갖고 있는 듯 보이지 않았다. 이 사실에 비춰봐도 이 추리는 들어맞는다는 기분이 든다. 아니, 애초에 실제로 장송 행렬이 이 기묘한 작은 산을 향하고 있으니, 그것이 무엇보다 큰 증거가 아닌가.

뱀처럼 구불구불하게 이어지는 산길을 걸어가며 나는 자신의 생각에 흥분하고 있었다. 정말 사려 깊지 못한 짓이지만, 머릿속에서 아직 보지 못한 사야오토시 가의 묘지에 대한 기묘한 상상을 멋대로 부풀려나가고 있었다.

하지만 묘비 같은 것은 하나도 보이지 않았다.

마라이 집락에서 작은 산을 올려다보았을 때 눈에 들어온 것은, 모든 산을 뒤덮듯이 우거진 초목과 구불구불하게 뻗어 올라가는 좁은 산길뿐이었다. 정말로 사야오토시 가의 전용 묘지가 있다면 나름대로의 구색을 맞추지 않았을까. 아니면 어디까지나 눈에 띄지 않는 곳에 몇 기의 묘비가 존재하고 있는 것뿐일까.

그런 내 의문에 대답하듯이, 정상까지 이어질 것만 같았던 산길이 중간에서 갑자기 산의 뒤편으로 돌아 들어가기 시작했다.

'토모라이 촌에서는 절대 보이지 않는, 이 산의 뒤에 있구나.'

간신히 납득한 나는, 작은 산 뒤편으로 돌아 들어가는 것과 동시에 엉거주춤한 자세에서 허리를 펴고 일어서서 달리기 시작했다. 관을 매장하는 무덤 구멍을 볼 수 있으면서도 참여자들에게는 결코 들키지 않을 장소를 재빨리 찾아내서 숨기 위해서다. 이때 나는 민속학적인 견지에서도 사야오토시 가의 장례를 마지막까지 지켜볼 생각이었다.

그렇지만 막상 작은 산의 뒤편에 와보고 깜짝 놀랐다. 그곳에 묘지 같은 건 없었기 때문이다. 묘비는커녕 석탑 하나 보이지 않았다. 산길 끝에 나타난 것은, 부자연스럽게 평평하게 골라진 기묘한 작은 공터였다. 그 주위는 우거진 초목에 둘러싸여 있어서, 이 이상한 장소가 산길의 종착지라는 점은 우선 틀림없어 보였다.

'뭐지, 여기는……?'

게다가 공터의 한복판에는 둥근 구멍이 파여 있었는데, 구멍의 측면은 여러 개의 돌로 보강되어 있다. 척 보기에는 우물에 가까운지도 모른다. 그러나 들여다봐도 구멍의 깊이는 그리 깊지 않아서, 바닥의 흙이 바로 보였다.

'이 구멍에 매장하는 건가……'

확실히 좌관(座棺)을 넣고 빈틈을 흙으로 메우기에는 딱 좋은 크기였다. 다만 이런 곳에 묻는 의미를 알 수 없었다. 무덤 구멍의 안쪽에 축벽을 쌓는 것이 사야오토시 가의 관습이라고 해도, 이 기묘한 공터가 가문의 묘지는 아닐 것이다. 아니면 구멍 바닥의 흙 밑에는 이제까지의 사야오토시 가의 사람들이 묻혀 있는 것일까.

'설마……'

자신의 상상에 웃고 싶었지만, 내 얼굴은 굳어 있었다. 눈앞에 있는 장소가 엄청나게 불길하게 생각되기 시작했기 때문이다.

'이곳에 있어서는 안 된다….'

그렇게 느끼고 도망치려고 하는데, 뒤쪽에서 소리가 들렸다.

장송 행렬이다.

어느샌가 사야오토시 가의 장송 행렬이 산길의 종점에 다가 오고 있었다. 이제 이 길로 되돌아갈 수 없다. 주위의 덤불 어딘가에 숨을 수밖에 없다. 새삼스럽게 다시 한 번, 걸어온 길 쪽을 제외한 세 방향을 둘러보자 정면에 있는 초목이 조금 흐트러진 듯 보였다. 누군가가 ─아니면 동물일까─그곳에 발을 들인 적이 있는 듯했다.

'저 앞에 또 길이 이어지나……?'

망설이고 있을 여유는 조금도 없었다. 등 뒤에서 장송 행렬의 기척이 점점 다가온다. 이대로는 들키고 만다.

나는 공터의 구멍을 피해서 그 흐트러진 덤불 안으로 조심스럽게 들어갔다. 소리를 내지 않도록 주의하는 것뿐만 아니라, 그 이상으로 초목을 흐트러뜨리지 않도록 유념했다. 눈치 빠른 장례 참여자들이 보고 수상히 여길지도 모르기 때문이다.

덤불에 발을 들이자마자 물컹 하는 기분 나쁜 것을 밟고 자기도 모르게 비명을 질렀다. 아래를 내려다보니, 너덜너덜해진 커다란 멍석이 떨어져 있었다. 초목이 흐트러져 있던 것은 누군가가 이것을 던져버렸기 때문인 듯하다. 물론 그 의미도 용도도, 애초에 멍석이 왜 여기에 있는지도 전혀 짐작되지 않았다. 그저 더욱 기분이 나빠질 뿐이었다.

우선 멍석을 밟고 넘어서 그 앞의 덤불 속에 몸을 숨겼을 때였다. 장송 행렬 선두에 선 빗자루잡이가 기묘한 구멍이 있는 공터에 모습을 드러냈다.

'하마터면 들킬 뻔했네…….'

안도하기는 했지만, 곧바로 나는 참여자들의 기묘한 얼굴에 눈길이 고정되었다. 작은 산 아래에서 봤을 때는 거리가 멀어서 깨닫지 못했던 것 같다.

남자들은 승려를 제외한 모두가 양쪽 눈썹 위에, 여자들은 양쪽 뺨에 붉은색으로 '×'표가 그려져 있었다. 그것도 부정한 것을 쫓는 주술이 틀림없다. 게다가 붉은색과 '×'의 조합에서 뭐가 어떻게 되더라도 악한 기운을 내쫓겠다는 강한 의사가 느껴진다.

그때 어른들의 등 뒤로 열 살 정도의 어린아이가 불쑥 얼굴을 드러냈다. 너무나 귀여워서 처음에는 여자아이인가 하고 생각했다. 그렇지만 가만히 관찰하니 아무래도 남자아이인 듯했다. 장송 행렬이 어디에 도착하는지, 분명히 그 종착점에 호기심을 자극받았던 것이리라. 그 소년은 어른들과 마찬가지로 검은 옷차림이었지만, 내 눈을 잡아끈 것은 역시 이마였다. 그곳에는 붉은색으로 크게 '犬'이라는 한자가 적혀 있었다.

갓 태어난 어린아이를 두고 '강아지다, 강아지,' 혹은 '강아지인가, 고양이인가'라고 부르거나 '강아지가 되어라'라고 말하는 주문이 있다. 또한 처음으로 밖으로 데리고 나갈 때에, 뜬숯으로 이마에 '犬'이라고 쓰거나 '×'표를 그리거나 하는 지방이 있다. 이것은 연약한 어린아이일수록 마물이 노리기 쉬우므로, '이곳에 있는 것은 인간 아이가 아닙니다'라고 주장해서 어떻게든 재액을 피하려고 하는 수단이다. 붉은색으로 적힌 '犬'이란 글자도 그런 효과를 노리고 있는 것이리라.

내가 소년을 관찰하고 있는 동안, 빗자루잡이가 구멍 가장자리의 축벽 위를 대나무 빗자루로 쓸었다. 이어서 승려가 장송 행렬 뒤편으로 신호를 보내자 대여섯 명의 젊은 장정들이 각자 손에 뭔가를 들고 구멍 주위에 빙 둘러 모였다. 공터는 좁았기 때문에 뒤편에 남은 행렬은 대열을 유지한 채로 산길에 멈춰 있다.

남자들은 각자 아주 기묘한 물건을 들고 있었다. 하나씩 확인해 보니, 커다란 망치에 몇 개의 긴 말뚝, 몇 자루의 낫, 몇 다발의 장작과 나뭇가지와 짚단. 그리고 한 장의 커다란 멍석이었다.

'대체 여기서 뭘 할 생각이지?'

숨죽이고 덤불 너머로 남자들을 엿보고 있으려니, 그들은 일단 구멍 바닥에 장작을 깔기 시작했다. 구멍 안은 보이지 않았지만 그들의 동작을 보기로는 틀림없을 것이다. 그것도 두 단으로 쌓고 있는지, 구멍 밖에서 승려가 지시를 하고 있다. 이어서 장작 위에 짚단을 얹는 모습을 보고서 지금 무엇이 이루어지려 하는지, 나는 어리석게도 이제 와서야 깨달았다.

이곳에서 화장(火葬)을 할 생각인 것이다.

6

화장에 입회하게 되다니, 정말 말도 안 되는 상황에 처한 나는 몹시 초조해졌다. 그러나 소이치는 토모라이 촌은 토장이라고 말하지 않았던가. 그래서 나도 이제까지 다양한 단서를 얻으면서도 화장이라는 발상이 떠오르지 않았던 것이다.

'앗, 혹시……'

하지만 그렇다고 치면, 일부러 이 작은 산 뒤편까지 관을 가지고 와서 이런 기묘한 장소에서 화장을 하는 이유를 예상하는 것은 아주 간단한 일이었다.

'사야오토시 가의 시신이니까……'

장례의 형태가 독특했던 것도 같은 이유일 것이다. 마을의 장례식에 관해서도, 소이치는 다른 지역과 큰 차이가 없다고 나에게 말했다. 다만 사야오토시 가만은 다른 것이다.

그때 나의 뇌리에 소이치가 입 밖에 낸 자조적인 말이 되살아났다.

"이방인 살해 전설에 관한 소문이 돌던 집이, 그 뒤로 빙의 체질의 가계로 바뀌어간다……. 그 과정을 똑똑히 볼 수 있는 것이 사야오토시 집안이야."

그것 때문에 무라하치부를 당하고, 장송 행렬도 온 마을의 집들이 부정을 쫓는 주술을 실시한 상태에서 이루어지며, 토장의 풍습이 있는데도 불구하고 화장을 당한다.

'이런 차별이 버젓이 이루어져도 되는 것일까.'

내가 의분을 느끼고 있는 와중에, 관을 짊어진 사람들이 공터까지 나와서 좌관을 구멍 안에 내려놓았다. 그 발걸음이 어째서인지 위태로워 보여서 관에 든 것이 덩치 큰 남자인가 하고 생각했지만, 당연히 다른 이유도 있을 수 있다. 죽은 사야오토시 가 사람에 대한 두려움이라는 다른 이유가…….

관이 구멍에 들어가자, 사람들은 관 주위를 둘러싸듯이 나뭇가지들을 놓고 그 주변에 다시 지푸라기들을 기대어놓았다. 나뭇가지는 감나무 가지였는지도 모른다. 감나무 가지는 땔감으로 쓰지 않는 지방이 많다. 어린아이가 목욕물을 끓일 때에 별 생각 없이 감나무 가지를 태우려고 하다가 어른에게 야단맞았다는 이야기를 채집한 적이 있다. 왜냐하면 화장할 때에 쓰는 나무이기 때문인데, 그 이유까지는 조사하지 못했다.

관이 충분히 나뭇가지와 짚으로 덮이자, 마지막으로 커다란 멍석에 물을 빈틈없이 뿌린 뒤에 그것을 관 위에 펼치듯이 덮었다. 그것으로 화장 준비가 끝난 듯했다.

'어, 멍석……?'

그렇게 생각한 나는 순식간에 몸이 굳었다. 자신이 밟고 넘은 멍석이 눈앞의 덤불에 방치되어 있다.

'설마…… 그럴 수가…….'

이 멍석도 어쩌면 누군가의 화장에 사용된 것은 아닐까. 아니, '누군가'는 아주 모호한 그 누구가 아니라 틀림없이 소이치일 것이다. 소이치와 지금 장사 지내는 사람 사이에 사야오토시 가의 누군가가 죽었다면 이야기가 다르겠지만, 가능성으로서는 극히 낮다. 기껏해야 넉 달 사이에 같은 집에서 세 명이나 죽은 사람이 나오다니, 도저히 생각하기 어려운 일이다.

'아니면 사야오토시 가에서는 충분히 있을 수 있는 일일까……?'

부르르 하고 자연스럽게 몸이 떨렸다. 새로운 망자를 상상해버렸기 때문일까, 화장에 사용된 멍석을 밟아버린 것 때문일까. 스스로도 잘 알 수 없었다.

당황하며 내가 멍석을 향해 합장을 하고 있으려니, 남자들이 구멍의 사방에 쇠망치로 말뚝을 박기 시작했다. 아직 모든 준비가 끝난 것은 아닌 듯하다.

말뚝 박기가 끝나자, 각각의 말뚝 머리에서 머리로, 호랑가시나무나 삼나무 잎이나 고추가 묶인 새끼줄이 둘러졌다. 그 새끼줄 중간쯤에는 날카롭게 벼려진 낫이 매달렸다. 둥근 구멍의 화장장 주위에 사각형 결계가 둘러쳐진 것이다.

이것과 유사한 풍습은 어느 지방에서나 찾아볼 수 있지만, 그 대부분은 토장이다. 매장을 위해 판 구멍 주위에 부정을 쫓는 주술을 실시한다. 뻥 뚫린 채 아무것도 들어 있지 않은 구멍은, 그것만으로 나쁜 것을 불러들여버린다. 관을 묻기 전에 그런 일이 생기면 죽은 자에게 어떠한 영향이 미칠지도 모른다. 그러므로 매장이 무사히 끝날 때까지, 구멍을 지킬 필요가 있다.

'하지만, 화장인데……'

이와 같은 주술을 준비하는 곳은 거의 없을 것이다. 애초에 토장이라도 이 정도로 큰 주술을 행하는 지방은 없을 것이다.

어느샌가 남자들이 결계의 한쪽에 모여서 나란히 서 있었다. 그곳으로 세 명의 여자가 요리배달통처럼 생긴 통을 하나씩 건네고 있었다. 아무래도 이것으로 모든 준비가 갖춰졌는지, 참여자들 전원이 뒤로 돌더니 오던 길을 돌아갔다. 그 뒷모습들이 몹시 안도하는 것처럼 비친 것은 기분 탓일까.

정반대 편에는 남은 남자들이 있었다. 이십대 후반으로 보이는 사람이 한 명, 중반쯤이 두 명, 이십대 전후가 한 명, 열다섯 살 정도가 한 명……. 그렇게 다섯 명이었는데, 아무도 화장장을 보려고는 하지 않았다. 그러기는커녕 갑자기 세 개의 통의 뚜껑을 열더니 안에 든 술과 음식을 꺼냈다.

"야, 시게. 불붙이는 법은 알고 있겠지?"

남자들 사이에 술잔이 한 번 돌고 나자, 최연장자로 보이는 남자가 시게라고 하는 가장 어린 소년에게 말을 걸었다.

"……네, 알아요."

왠지 못미더운 시게의 대답을 듣고 이십대 중반의 이인조가 끼어들었다.

"야, 너 괜찮겠냐?"

"쇼스케 씨가 가르쳐준 방법, 설마 잊은 건 아니겠지?"

"아뇨, 똑똑히 기억하고 있어요."

"그럼 한 번 말해봐."

아마도 최연장자가 쇼스케고, 다섯 명은 모두 토모라이 촌의 청년단일 것이다. 시게는 겉모습으로 미루어볼 때 이제 막 청년단에 들어간 것인지도 모른다.

선배들에게 재촉당해서 화장의 수순을 설명하는 시게에게, 쇼스케의 질타와 두 사람의 야유가 겹처지며 자리에 어울리지 않는 시끌벅적한 소리가 주위에 울려 퍼졌다. 하지만 그것도 화장 순서의 복습이 끝나자마자 갑자기 뚝 끊어지고, 그 뒤로는 부자연스러울 정도의 정적이 찾아왔다.

"……슬슬 시작할까요."

어쩐지 섬뜩한 고요함에 진저리내듯, 이인조 중 한 명이 쇼스케에게 말을 걸었다.

"술도 다 떨어질 것 같고 하니, 그렇게 할까."

쇼스케는 마지막 남은 술을 비우더니,

"알겠냐, 시게? 뒷일은 너한테 맡긴다. 정신 똑바로 차리고 제대로 하라고."

거의 협박하는 듯한 어조로 시게를 노려보았다.

"……네."

가냘프게 대답하는 그를 엿보면서, 나는 깜짝 놀라는 것과 동시에 기가 막혔다. 남자들은 최연소의—그것도 이 역할이 처음인 듯한─시게 한 사람에게 죽은 자의 화장이라는 어려운 임무를 떠 맡길 생각인 것이다.

"불을 꺼뜨리지 않는 것은 당연하고, 불길이 잘 돌게 하지 않으면 시체가 다 타지 않고 남게 돼."

쇼스케가 그런 실수를 했다간 가만 안 둘 줄 알아, 라는 표정을 짓는 것을 보더니, 곧바로 옆에 있던 이인조가 교대로 입을 열었다.

"특히 내장은 다 안 타고 남기 쉽지."

"타다 남은 내장은, 진짜 코가 썩어 들어갈 것처럼 고약한 냄새가 난다고."

"유족한테도 원망을 사게 되고 말이야."

"게다가 이번에는 유족이 **그** 사야오토시 가 사람들이잖아. 얼마나 무서운 일을 당할지……"

"으아, 생각하기만 해도 무섭네."

"난 오줌을 지릴 것 같아."

"그쯤 해둬라."

쇼스케가 멈추지 않았다면, 이인조는 끝없이 겁을 주었을지도 모른다.

"다 끝났으면 알리러 와."

그렇게 말하자 쇼스케는 이인조를 재촉하면서 화장장에는 눈길 한 번 주지 않고, 곧바로 그 자리를 떠나버렸다. 다만 나에게는 희미하게 그 이인조에 대한 쇼스케의 잔소리가 들렸다.

"멍청아, 그렇게 겁을 줬다가 시게가 도망치면 어쩔 셈이야."

계속해서 사과하는 이인조와 쇼스케의 목소리가 금세 작아지며 멀어져갔다.

"시게, 혼자서 할 수 있겠니?"

세 사람의 모습이 보이지 않기를 기다렸는지, 그때까지 한 번도 입을 열지 않은 이십대 전후의 남자가 처음으로 입을 열었다.

"사부로 씨, 저, 저는……."

"어쨌든 말이지, 안에서 찌듯이 태우는 거야. 불이 밖으로 나오면 안 돼. 그렇게 되면 장작과 관만이 타고 시신은 남게 되니까."

사부로라고 불린 남자는 쇼스케 일행이 이야기하지 않았던 주의사항을 자세히, 그러나 빠른 말투로 시게에게 전했다.

"불길이 밖으로 나오지 않도록 관 주위를 나뭇가지와 지푸라기로 둘러싸고, 그 위에 젖은 멍석을 얹어서 봉해두긴 했지만 세심한 주의가 필요해."

"……네."

"확실히 내장은 다 타지 않을 우려가 있지만, 시신의 배 부근에는 지푸라기나 자잘한 나뭇가지를 채워놓았을 테니까 그런 걱정은 안 해도 괜찮아."

"네, 알았어요."

쇼스케 일행을 상대로 할 때보다, 시게의 얼굴도 진지했다.

"가장 성가신 건, 지푸라기에서 나온 잿물이 시신에게 묻는 거야. 시신 표면에 잿물이 묻어버리면 그 부분은 어지간해서는 타지 않아. 어쩔 수 없이 숯불을 모아놓고 그 위에 남은 부분을 다시 태우게 되지."

"……."

구체적인 상상을 하고 기가 죽었는지, 시게가 말없이 고개를 숙이고 있지만 나도 같은 심정이었다.

"알겠어? 바람이 부는 방향에 신경을 써서……."

다시 사부로가 불길을 다루는 법을 알려주기 시작하는데,

"사부로! 뭐 하고 있어! 얼른 안 튀어오고 뭐해!"

그곳에 산길을 돌아온 쇼스케의 목소리가 들려왔다.

"아아, 이젠 가야겠어."

그렇게 중얼거리고는, 요점만을 빠른 말투로 전했다.

"거들어주고 싶은 마음은 굴뚝같지만, 나도 혼자서 했었거든. 이것도 청년단의 일원이 되기 위한 의식이라고 생각하고 잘 끝내줘."

사부로는 그런 말로 시게를 격려한 뒤에 먼저 돌아간 세 사람을 쫓듯이 서둘러 화장장을 뛰어나가서, 금방 모습이 보이지 않게 되어버렸다.

남은 것은 구멍 옆에 멍하니 서 있는 시게와 수풀 안에서 쪼그리고 숨어 있는 나, 그리고 관 안에 들어 있는 망자뿐이었다. 아니, 일부러 시체까지 셀 필요는 없다. 시게와 나, 둘뿐이다.

그때 깨달았는데, 어둑어둑하지만 아직 밝았던 여름 해가 막 저물려 하고 있었다. 이제부터 시작되는 화장에 맞춘 것처럼, 땅거미가 지려하고 있다.

'정말 어떻게 이럴 수가…….'

뜻하지 않은 모습으로 화장에 입회하게 된 나는 당황했다. 평소 같았어도 사양했을 텐데, 이제부터 시작되는 것은, 말하자면 좋지

않은 사연이 있는 사야오토시 가의 화장이다. 대체 무슨 일이 일어날지 알 수 없다. 아무리 결계가 쳐져 있다고는 해도, 도저히 안심할 수 없다.

'도망치자.'

그렇게 결정하고서 퍼뜩 난처한 상황을 깨달았다. 이곳에서 도망치기 위해서는, 여기까지 왔던 산길을 그대로 돌아갈 수밖에 없다. 그러기 위해서는 잔뜩 겁먹은 듯한 시게에게 내 모습을 보일 필요가 있다. 주뼛주뼛하면서 주위를 둘러보고, 움찔움찔하며 구멍 주위를 돌고 있는 그의 앞으로, 어슬렁어슬렁 덤불에서 나가야만 하는 것이다.

처음에 내가 소리를 내거나 말을 걸어도, 혹은 모습을 보이더라도 어쨌든 시게는 놀랄 것이다. 전율한다고 표현하는 편이 좋을까. 그 결과, 여기서 걸음아 날 살려라 하고 도망치게 될지도 모른다. 그렇게 되면 남는 것은 나와 망자뿐이다. 물론 그 경우에는 나도 쏜살같이 도망칠 생각이다. 하지만 시체는 화장되지 않고 방치되고, 분명히 시게는 쇼스케에게 몹시 혼나게 될 것이다. 되도록 그런 사태는 피하고 싶다. 시게에 대한 동정심도 있지만, 사야오토시 가의 죽은 자를 단시간이라고 해도 방치해두는 위험을, 어쩌면 나는 본능적으로 깨닫고 있었는지도 모른다.

'어떡하지……'

진퇴양난에 빠진 채로 그저 주위 덤불에 눈길을 줄 뿐이었다. 어딘가에 돌파구는 없을까 하고 몇 번이나 주위를 둘러보았다. 소용없는 일이라고 생각하면서도 그럴 수밖에 없었다. 그러나 거기서 나는 어떤 믿기지 않는 사실을 깨닫고 자기도 모르게 간담이 서늘해졌다.

화장장에 있는 것은 결코 나와 시게 두 사람만이 아니었다.

내가 숨어 있는 장소에서 관을 사이에 둔 맞은편에는 산길이 보인다. 그 왼편의 덤불 속에서 불쑥 나온 얼굴이 엿보고 있었다. 어린아이처럼 보인다. 어쩌면 장송 행렬에서 조금 떨어져 걷고 있던, 어쩐지 섬뜩했던 그 기묘한 아이인지도 모른다. 저녁의 어스름뿐이라 주위가 어두워서 또렷하게 보이지는 않는다. 확실한 것은 그것이 어린아이 같다는 점뿐이다.

'저 아이는 대체⋯⋯.'

그렇게 아이의 정체에 대해 생각하기 시작하자 부르르 하고 등줄기가 떨렸다. 그렇지만 곧 그 이상의 전율이 나를 덮쳤다.

아무리 시간이 지나도 시게가 그 아이를 깨닫지 못하고 있다.

물론 그의 시선은 주로 멍석에 덮인 관을 향하고 있다. 그러나 그 주위를 빙글빙글 도는 그의 시야에 그 아이가 들어오지 않을 리가 없다. 화장을 앞두고, 나처럼 그도 겁먹고 있는 듯 보였다. 그런 상태에서 한 번이라도 저 아이를 봤다면 비명을 지르는 것이 당연할 것이다. 그런데도 시게에게는 그런 기색이 전혀 보이지 않는 것이다.

'설마, 아는 사이인가?'

그렇게 생각했지만, 그렇다면 말을 걸 것이다. 상대가 어린아이라고 해도 지금의 시게에게는 든든한 존재가 아닐까. 화장을 같이 지켜봐달라고 오히려 손짓하며 부를 것이 틀림없다. 반대로 그에게 청년단의 일원으로서의 자각이 있다면, 이미 화를 내며 아이를 쫓아냈을 것이다. 하지만 시계는 아무것도 하지 않기는 고사하고 아무런 반응조차 하지 않는다.

즉 시계에게는 저 아이가 보이지 않는다…….

믿을 수 없는 결론에 내가 경악하고 있는데, 시계가 온몸의 용기를 짜냈는지 드디어 관의 멍석에 불을 붙였다.

처음에는 어둑어둑한 어스름 속에 불길이 살랑살랑 흔들릴 뿐이었다. 석양을 가로막고 있는 작은 산 뒤편에서 비쳐드는 적갈색 피 같은 저녁놀 쪽이 훨씬 밝게 느껴질 정도였다. 그러던 것이 잠시 있다가 갑자기 화악 하고 단숨에 불길이 솟아올라서, 깜짝 놀란 나는 어리석게도 소리를 내고 말았다.

그 순간, 이쪽에 등을 돌리고 있던 시계가 번쩍 하고 무시무시한 기세로 돌아보았다.

"……"

덤불에 몸을 숨기고 필사적으로 숨을 죽이는 나와, 그 덤불을 응시하면서 거친 숨을 토하는 시계가 서로의 눈을 맞추지 않은 상태로 노려보는 모습이 되었다.

내 기척은 알아차렸으면서 어째서 저 아이의 기척은 느끼지 못하는 걸까. 역시 시계에게는 보이지 않는 걸까. 하지만 어째서…….

"누, 누구 있어요?"

시계의 겁먹은 목소리는 내가 숨어 있는 장소에서 조금 떨어진 방향을 향하고 있었다. 어디에서 소리가 났는지, 시계도 정확히는 모르는 듯하다.

"쇼스케 씨……."

망설이는 어조로 시게가 덤불에 말을 걸었다.

"그, 그렇죠? 쇼스케 씨죠?"

그 표정에는 어떤 종류의 기대가 느껴졌다. 지금이라도 쇼스케 일행이 와악! 하고 덤불 안에서 뛰어나와 자신의 겁먹은 모습을 비웃는다. 분명 그런 전개를 머릿속에 그리고 있을 것이 틀림없다.

하지만 덤불은 고사하고 작은 산 전체가 쥐죽은 듯 고요했다. 들리는 것은 이따금씩 빠직, 하고 장작이 터지는 소리와 활활 타오르는 화염의 기척뿐이다.

산길을 돌아간 쇼스케 일행이 그 반대편 덤불에 나타나는 것이 불가능하다는 것은 아마 시게도 머릿속으로는 이해하고 있을 것이다. 하지만 청년단의 선배들이 자신을 골려주려고 하고 있다는 생각이라도 하지 않고서는 무서워서 견딜 수 없는지도 모른다. 다만 그 선배들이 덤불 같은 데에 숨어 있지 않다고 재확인한 순간, 더욱 무서워질 뿐이지만…….

아무래도 시게도 나와 같은 생각을 한 것 같다. 닭처럼 안절부절 못하며 고개를 이리저리 움직이며 덤불 전체를 바라보고 있다. 그대로 그가 뒤로 돌아서 지금이라도 도망치지 않을까 하고 생각하고 있는데, 갑자기 예상 밖의 행동에 나섰다. 남아 있던 장작을 집어 들어서는 덤불을 향해서 마구잡이로 던진 것이다.

"우와악!"

장작을 던질 때마다 소리를 지르고 있다. 공포에 질려서 어쩔 수 없다는 건 이해하지만, 장작에 맞았다간 곱게 끝나지 않는다.

나도 큰 소리를 지르면서 덤불에서 뛰어나갈 수밖에 없나, 하고 각오했을 때였다. 관에서 기분 나쁜 누런 연기가 뭉게뭉게 피어오르기 시작했다. 나에게는 그 연기가 마치 등 뒤에서 시계를 덮치려고 하는 마물처럼 보였다.

위험해!

저도 모르게 소리칠 뻔했다. 하지만 나는 곧바로 한 손으로 코와 입을 덮어버렸다. 갑자기 엄청난 악취가 후각을 덮쳤기 때문이다.

시계도 당황하며 장작을 내던지고는 수건으로 코와 입을 막으면서 정말 혐오스럽다는 듯이 연기를 피워 올리는 관을 응시하고 있다.

코가 썩어 들어갈 것처럼 지독한 그 악취는 시체가 타는 냄새였다. 인육 자체와 머리카락, 거기에 불길에 가열된 시체에서 떨어진 기름 같은 것이 뒤섞여 타면서 뿜어내는 소름 끼칠 정도의 악취가 화장장에 떠돌기 시작했다.

다행히 바람은 북쪽에서 남쪽으로 불고 있는지, 나도 시계도 직접적인 피해는 입지 않았다. 하지만 작은 산에 불어 닥친 가공할 만한 냄새는 산자락에 부딪쳐서 돌아오는지, 화장터가 있는 공터에 괴어가는 듯한 불쾌한 기분이 들었다. 시계는 관 주위를 돌면서 조금이라도 악취가 덜한 장소를 찾으려고 하고 있다. 하지만 나는 이 자리에서 움직일 수가 없다. 한 손으로 코를 막으면서 입으로 작게 숨을 쉴 뿐이다.

그런 상태가 대체 얼마나 이어졌을까.

이미 해는 졌지만, 날이 흐렸던 만큼 아주 어둡지는 않았다. 어둑어둑한 하늘 아래서 활활 타오르는 화염의 붉은 빛이 선명히 빛나고 있다. 기분 나쁜 누런 연기와 인육이 타는 역겨운 악취만 없었더라면 이것은 상당히 환상적인 풍경이었을지도 모른다. 실제로 바람의 방향이 바뀌어 문득 냄새가 끊어졌을 때, 한동안 나는 망자를 저 세상으로 보내는 화염의 춤에 멍하니 빠져버릴 정도였다. 문득 정신을 차린 것은, 절대 적응할 수 없는 끔찍한 냄새 때문이다.

더 이상은 참을 수 없다. 참는 것도, 숨을 죽이고 가만히 있는 것도, 부자연스러운 호흡을 강요받는 것도…….

나는 점차 인내력이 바닥나고 있었다. 생각해보면 이른 아침에 도쿄를 출발한데다 간신히 도착한 소나이 촌에서는 마쓰 할머니의 국수가게 돌절구집에서 잠깐 쉬었을 뿐이다. 그 뒤로는 토모라이 촌을 향해서 계속 걸어와서 간신히 도착했나 싶었는데, 이번에는 장송 행렬에 쫓기는 모습으로 이 산 뒤편까지 도망쳐 와서는 덤불에 몸을 숨기고 반강제로 화장에 입회하고 있는 것이다. 게다가 어쩐지 섬뜩한 수수께끼의 어린아이까지 출현한 형국이다. 아마도 나는 자신이 느끼고 있는 것 이상으로 지쳐 있었던 것이 틀림없다.

시계를 놀라게 만드는 것은 미안하지만, 일단 덤불을 따라 화장장을 빙 돌아서 들키지 않도록 산길로 나가서 이 산을 내려가자. 그렇게 결심하고, 막상 행동으로 옮기려던 때였다.

평! 하는 소리가 갑자기 관 쪽에서 울려 퍼졌다. 반사적으로 눈길을 주니, 불길 속에서 관이 움직이고 있다. 그뿐만이 아니다. 평!

하는 굉장한 소리가 다시 나더니, 위에 얹혀 있는 멍석을 밀어내며 관 안에서 불타 문드러진 시체가 벌떡 일어났다.

"우왁!"

"히이이익!"

내 외침과 시게의 비명이 거의 동시에 겹쳐졌다. 그러나 그가 이쪽의 비명을 깨닫기 전에 펑! 하는 소리가 또다시 울려 퍼지며, 이번에는 시체의 다리가 관을 깨부쉈다. 두 개의 부서진 구멍에서는 굴뚝처럼 기분 나쁜 누런 연기가 뭉게뭉게 피어오르고, 시뻘건 화염이 활활 솟아나고 있다.

시체가 관에서 나오려 하고 있었다…….

7

쏜살같이 달아나는 시게의 뒷모습을 보자마자, 나도 숨어 있던 덤불에서 재빨리 튀어나왔다.

관에는 최대한 거리를 두면서 오른편에 우거진 수풀 옆으로 아슬아슬하게 돌아들어가 산길을 향해 내달렸다. 불타오르면서도 움직이고 있는 시체와 산길 왼편 구석의 덤불에서 엿보는 어린아이의 얼굴을 시야에 포착하면서도, 그것들로부터 눈을 돌리고 필사적으로 정신없이 뛰었다.

그런 나를, 덤불 안의 얼굴이 빤히 응시하고 있다. 뛰어서 도망치는 나를 **그것**은 계속 눈으로 쫓고 있었다.

내가 산길로 뛰어든 것과 저 앞에서 도망치던 시게가 돌아본 것은 거의 동시였다.

"으아아악!"

곧바로 그의 무시무시한 비명이 울려 퍼지고, 눈 깜짝하는 사이에 사라져버렸다. 분명히 화장장의 불꽃을 등에 지고 떠오른 나의 실루엣이 마치 마물에 홀려 관을 부수고 밖으로 나온 시체로 비쳤던 것이리라. 아마도 그는 그 시체가 자신을 뒤쫓아 오는 것처럼 보였을 것이 틀림없다.

그러나 물론 그런 일은 있을 수 없다. 나도 한때는 정신없이 도망쳤지만, 그것은 자연현상에 지나지 않는다. 관은 좌관이었다. 즉 시신은 두 팔로 무릎을 안은 상태로 상당히 불편한 자세로 관 안에 들어가 있었을 것이다. 이른바 굴장(屈葬 ; 시체의 팔다리를 굽혀서 매장하는 것_역주)의 형태다. 이런 시신이 고온의 화염에 노출되면 굽어져 있던 팔이나 다리의 수축된 근육에 이상이 생겨서, 이따금씩 갑자기 펴지는 현상이 생긴다. 그 때문에 관이 움직이거나, 때로는 불타서 약해진 관을 부수고 시신이 밖으로 튀어나오는 일도 있다고 한다.

오싹한 분위기의 화장터에서 벗어난 덕분에 나도 조금은 냉정한 사고를 할 수 있게 되었다. 애초에 낯선 밤의 산길을 공포에 질려서 힘차게 뛰어내려 오다니, 거의 자살행위나 다를 바 없다. 작은 산이라고 해도 발을 한 번 잘못 디뎠다간 산기슭까지 굴러떨어질지도 모른다. 도중에 있는 덤불에 걸려 멈춘다고 해도 어딘가 다치는 건 피할 수 없다.

그래서 나는 어디까지나 빠른 걸음으로, 하지만 발치에 최대한 주의를 기울이면서 신중하게 산길을 내려갔다. 시계와의 거리는 벌어져갈 뿐이었지만 그것이 딱 좋았다. 더 이상 시계를 겁주고 싶지 않다. 청년단의 쇼스케 일행이 달려오기 전에 이 산에서 나갈 수만 있으면 충분했다. 그렇게 생각했는데…….

뒤에서 **그것**이 따라오고 있었다.

사박, 사박, 사박……하는 발소리가 귀를 기울이면 확실히 들린다.

아무래도 화장터의 덤불 안에 있던 **그** 어린아이가 쫓아오고 있다는 기분이 든다. 그 정체가 무엇인지 전혀 짐작도 가지 않지만, 뒤에서 **그것**이 쫓아오고 있다는 것만은 틀림없었다.

장송 행렬의 뒤를 쫓고 있던 **그** 아이는, 행렬이 산의 화장장에 도착했을 때에 그 자리에 남아 있었던 걸까. 관에서 시체가 일어난 것은 어쩌면 자연현상이 아니라 역시 괴이한 현상이었던 것이 아닐까.

그렇게 생각을 고친 순간, 나는 불길 속에서 벌떡 일어난 시체의 모습이 심하게 뒤틀려 있었다는 무서운 사실을 뒤늦게 깨달았다. 관을 덮은 멍석에서 튀어나온 상반신과 그 밑을 깨부수고 뻗어 나온 다리가, 도무지 인체의 비율상 맞지 않는 것이다. 명백히 너무 떨어져 있었다. 아무리 화장을 했다고 해도 그렇게 간단히 시신이 두 동강 날 리가 없다.

'그것은 마치…….'

처음부터 시신의 몸통이 배 부근에서 크게 뒤틀린 상태에서 그대로 몸을 뻗은 것 같았다. 어쩌면 배 부분에서 둘로 잘려 있는 느낌일까. 그렇다면 토막 살인이라는 이야기가 된다. 사야오토시 가의 시체는 살해당한 걸까? 그러나 대체 누가, 어째서, 누구에 의해…….

그렇게 생각하기 시작할 때에, 나는 뭔가 걸리는 것을 느꼈다.

배 부근이 뒤틀린 상태에서 몸을 뻗고 있다.

어째서인지 그 표현에 마음이 어지러워졌다. 섬뜩한 뭔가가 숨어 있을 것 같은 생각이 머릿속에서 떨어지지 않았다.

그렇다는 이야기는, 저 기괴한 시체 자체가 괴이한 존재였던 걸까. 저곳에 있던 정체를 알 수 없는 어린아이에 의해 일어난, 믿을 수 없는 현상이었던 걸까.

그렇게 다시 생각하던 중에 내 뇌리에 하나의 단어가 떠올랐다.

'노조키메…….'

남자아이인지 여자아이인지 판단이 되지 않았지만, **저것**은 소녀였던 것은 아닐까.

장송 행렬 뒤를 따라 걷던 아이를 보고 '이상하다, 묘하다'라고 느낀 것은 그 아이가 너무나도 무방비했던 탓이라고, 간신히 나는 이해했다. 본인이 금기를 이해할 수 없더라도 부모나 주위의 어른들이 내버려둘 리가 없다. 보통의 장례에서도 그럴진대, 이번에는 사야오토시 가의 장례다. 평소 이상으로 주술과 부적을 설치하는 것이 당연하지 않은가. 하물며 어린아이에 대해서는 더더욱 주의를 기울일 것이다.

'하지만 그 아이는 달랐어…….'

거기까지 생각했을 때, 오싹오싹하고 온몸에 소름이 돋았다. 등 뒤의 산길이 견딜 수 없이 무서웠다. 한시라도 빨리 이곳에서 도망치고 싶다.

사박, 사박, 사박……

그러나 뒤에서 들리는 발소리는 조금 전보다 또렷하게 들린다. 확실히 다가오고 있다. 어린아이라고 얕보고 있다간 이내 따라잡힌다.

'아니, 평범한 어린아이가 아니야……'

자기도 모르게 고개를 저으며 부정한 나는, 거기서 체면 불고하고 달리기 시작했다. 산길에서 발을 헛디뎌 넘어질 위험보다도 뒤에서 따라오는 정체를 알 수 없는 존재에 붙잡히는 두려움 쪽이 수십 배나 강렬했다.

결과적으로 이 달리기는 올바른 선택이었다. 어떻게든 무사히 산길을 내려와서 마라이 집락에 돌아왔을 무렵에 누군가가 이쪽을 향해 다가왔기 때문이다. 곧바로 민가의 그늘에 숨자, 바로 옆을 쇼스케 일행 몇 사람이 뛰어갔다. 맨 뒤에 시계의 모습이 있었던 것을 보면 그는 상당한 속도로 산길을 뛰어 내려갔다는 이야기가 된다. 만약 아직 내가 꾸물거렸다가는 산길 중간에서 청년단과 딱 맞닥뜨리게 되었을 것이 틀림없다.

'살았다……'

그렇게 생각한 것과 동시에, 쇼스케 일행이 그 아이와 조우하는 것은 아닐까 하고 걱정한 나는 잠시 동안 작은 산을 바라보고 있었다. 하지만 산 쪽에서는 특별히 비명 같은 것은 들리지 않았다. 그들이 켜고 있는 램프의 불빛이 깜빡깜빡 반짝이고 있을 뿐이다.

괜찮은 것 같다는 걸 알았을 즈음에, 문득 나는 여행 가방을 놓고 온 것을 깨달았다. 산길을 돌아가는 것은 싫었지만 가방을 버리고 갈 수도 없다. 종종걸음으로 눈에 익은 덤불까지 돌아간 뒤에 가방을 두 손으로 안고 산길을 뛰어 내려왔다.

거기서부터는 마라이 집락을 남쪽으로, 난라이를 향해서 걷기 시작했다. 다만 사람 한 명 나다니지 않고 쥐죽은 듯 고요한 것은 저녁때와 마찬가지다. 달라진 것은 집집마다 창문에 불이 들어와 있어서 마을 사람들이 집 안에 있다는 것을 알 수 있다는 점이다. 어쩌면 사야오토시 가의 장례식에서 납골이 끝날 때까지는 이 상태가 이어질지도 모른다.

마라이 외곽까지 오자 민가가 뜸해졌고, 이내 한 채도 보이지 않게 되었다. 평지가 차츰 줄어들고 산이 다가오는 가운데, 구불구불한 어두운 길이 이어지고 있다. 호쿠라이와 마라이를 잇는 길은 짧았지만, 아무래도 마라이와 난라이를 잇는 길은 상당히 긴 듯했다. 저 멀리 보이는 작은 산과 산 사이에 난라이 집락의 불빛 같은 것이 드문드문 보였다. 이것은 토모라이 촌의 입식이 무소 고개 쪽부터 호쿠라이와 마라이 순으로 진행된 것에 비해, 난라이만은 로쿠부 고개 쪽에서 시작된 영향일까.

나는 전혀 불빛이 없는 밤길을 걸으며 호쿠라이와 마라이의 지리적인 가까움과, 그 두 집락과 난라이 간의 거리를 몸으로 체감하고 있었다. 여전히 하늘은 우중충했지만 다행히 어둑어둑한 정도다. 그래서 산길을 걷는 것도 크게 힘들지는 않았다. 그렇다고 해도 그런 체험을 한 뒤인 만큼 몸이 움츠리드는 것은 어쩔 수 없었다.

'뒤에서 **그것**이 따라오지는 않을까……'

그것이 신경 쓰여서 견딜 수 없다. 몇 번이나 돌아보며 확인했지만, 전혀 안심이 되지 않았다. 등 뒤를 보자마자 스윽 하고 바로 뒤에 나타날 것 같은 기분이 든다. 그래도 돌아보지 않을 수가 없다. 이 행동의 반복이었다.

그렇게 몇 번이나 등 뒤를 확인하며 밤길을 걷고 있을 때였다.

"거기 있는 사람은 누구요!"

갑자기 누구냐고 묻는 말에, 마침 뒤를 보고 있던 나는 깜짝 놀라 앞을 보았다.

"마을 사람은 아니구먼."

그랬더니 길 앞쪽에서 제등을 든 인물이 다가왔다. 가만히 보니, 아무래도 장송 행렬에 있던 승려 같았다.

"도쿄에서 온 학생입니다."

상대의 정체를 알고 우선 안도한 나는, 정직하게 대답했다.

"어째서 도쿄의 학생이……."

의아하게 여긴 승려가 "설마, 당신은……." 하고 입을 여는 것과, 내가 입을 연 것은 거의 동시였다.

"실례합니다만, 심원사의 조린 주지스님이신가요?"

"그런 대단한 직책은 아니고 저는 그냥 중일뿐입니다. 뭐, 아무래도 좋습니다. 그런 당신은 혹시 사야오토시 가의 소이치의 학우분이 아닙니까?"

"네. 소이치 군에게 스님에 대해서는 자주 들었습니다."

물론 거짓말이었지만, 나는 자신의 두 가지 추측에 자신이 있었다. 그 하나는 눈앞에 있는 인물이 국수가게 돌절구집의 마쓰 할머니가 말했던 조린 주지스님이 아닐까 하는 점. 그리고 다른 하나는 소이치가 말했던 '어떤 사람'이 바로 이 심원사의 주지가 아닐까 하는 추측이었다.

"역시 그런가."

"아이자와 소이치라고 합니다."

나는 자기소개를 하고 사야오토시 소이치와의 사이를 간단히 설명했다.

"좀 더 빨리 소이치의 묘를 찾아오려고 했는데, 좀처럼 시간이 나지 않아서 꾸물거리다가 이렇게 늦어지고 말았습니다. 그래서 이번 오본(お盆 ; 양력 8월 15일에 지내는 일본의 큰 명절 중 하나_역주) 연휴에 귀성하는 것에 맞춰서 이쪽에 들르려고 생각했습니다."

"그것 참 잘 찾아오셨습니다."

주지는 나를 격려하면서도, 다음 말에 곤란하다는 눈치였다. 그래서 나는 망설이듯 천천히 덧붙였다.

"……저도 사야오토시 가의 사정에 대해서 조금은 알고 있습니다."

그 말에 큰 한숨을 내쉰 주지는 중얼거리듯 말했다.

"나에 대해서 소이치에게 들었다면 그 집의 문제에 대해서도 알려줬을 거라고 생각하는 게 당연한가."

그리고 깨닫지 못했던 자신을 반성하듯이, 조린 주지는 자신의 삭발한 머리를 한 번 두드렸다.

"하지만 왜 이런 늦은 시간에 오신 겝니까?"

"저기, 실은……"

소나이 촌에서 사야오토시 가의 장례식이 있다는 소식을 듣고서 지금이라면 소이치의 묘지 참배도 쉽지 않을까 하고 생각했던 것을 숨기지 않고 이야기했다. 다만 토모라이 촌을 방문한 뒤의 체험에 대해서는 입을 다물었다.

"그렇구먼. 그것 참 잘하셨군요."

칭찬하고 있는 건지 빈정거리는 건지 알 수 없었지만, 주지는 나를 재촉하며 난라이 쪽으로 걷기 시작했다.

"어딘가로 가시던 도중 아니었나요?"

"그렇지만 뭐, 어떻게든 되겠지요."

조린 주지로서는 오던 길을 다시 돌아가게 된다. 그것을 걱정하며 물었지만, 그 대답에 움찔했다.

어쩌면 주지는 화장장의 상황을 보러 갈 생각이 아니었을까. 만약 그렇다면 방해하지 않는 편이 좋다. 그러나 그곳에서의 체험을 이야기하는 것은 망설여졌다. 소이치의 이야기에서 나왔던 '그 사람'의 인상으로 보아 결코 나쁜 인물은 아니라고 느꼈지만, 그렇게 판단하는 것은 너무 이른지도 모른다.

나는 상당히 신중해진 상태였다.

"그렇다고 해도 소이치는 참으로 딱하게 되었습니다."

물론 그런 나의 생각 따윈 모른 채, 조린 주지는 제등으로 밤길을 비추면서 안타깝다는 어조로 갑자기 입을 열었다.

"간신히 민속학 조사와 연구에 본격적으로 힘을 쏟기 시작한 참이었으니까요."

"그 동기가 무엇이었는지, 소이치에게 사야오토시 가의 이야기를 들었다면 대부분은 알겠군요?"

"……네."

"이 마을에서 대학까지 진학한 것은 토다테 가 쪽 사람과 소이치뿐이었습니다."

"시골 마을 특유의 미신을 학문의 힘으로 불식시키고 싶었기 때문일까요."

이 토모라이 촌의 사야오토시 가에 관한 일들은 미신으로 끝날 문제가 아닐 것이다. 나는 그것을 이미 몸으로 체감하고 있었지만, 주지에게는 상식적으로 이야기했다.

"아뇨, 단순히 여기서 나가고 싶었던 거겠지요."

그러나 조린 주지도 일부러 빗나간 듯한 대답을 해왔다. 거기서 나도 사양하지 않고, 이렇게 물었다.

"그러던 소이치 군이 민속학에 흥미를 갖고, 게다가 이방인 살해나 빙의 신앙 같은 괴이한 문제에만 주목한 건 어째서일까요. 애초에 주지스님께선 소이치 군이 대학에서 전공한 일본사가 아니라 그쪽 방면에 열심이었던 것을 알고 계셨나요?"

후반부의 물음에, 우선 조린 주지는 고개를 저었다.

"민속학의 괴이한 존재에 대한 부분을 공부하려고 했던 것은, 아무리 고향을 버리려고 했다 한들 역시 생가의 영향에서 벗어날 수 없었기 때문이 아닐까요……."

"……역시 그런가요."

"나머지는 소이치 자신도 흥미가 있었기 때문이겠지요."

"그 말씀은……?"

"청년단에 들어갈 나이가 될 무렵부터 소이치는 우리 절에 와서 토모라이 촌의 역사나 인습에 대해 나에게 이것저것 묻게 되었거든요."

무라하치부를 당한 사야오토시 가의 사람이니까, 당연히 그 마을의 조직인 청년단에는 들어갈 수 없다. 사춘기의 소이치는 무슨 생각으로 심원사의 주지를 찾아간 것일까. 당시의 그의 마음을 헤아려보며, 나는 참으로 가슴이 아팠다.

"주지스님은 향토사학가로서의 지식을 소이치에게 알려주신 거군요."

"그렇게 대단한 건 아닙니다."

부정하면서도 조린 주지는 싫지만도 않다는 듯한 눈치였다.

"전문 분야는 스쿠자 산지 일대인가요?"

"그렇게 될까요. 물론 이 토모라이 촌이 중심입니다만."

주지와 이야기를 하는 동안에 난라이 집락에 들어와 있었다. 어두워서 전체적인 규모 파악은 어려웠지만, 호쿠라이보다는 작은 듯 보였다.

"보세요, 저기에 불이 피워져 있지요?"

조린 주지가 가리킨 오른쪽 비스듬히 앞쪽에는 어둑어둑한 가운데서도 높은 산인가 벼랑 같은 형체가 흐릿하게 떠올라 있다. 그 중턱 부근에 몇 개인가의 불꽃이 마치, 여우불처럼 흔들리며 불타고 있었다.

"저기가 사야오토시 가입니다."

드디어 와버리고 말았다. 나는 새삼스럽게 긴장했다. 그것이 전해졌는지 주지는 느긋한 어조로 말했다.

"사야오토시 가에는 재학 중에 소이치가 보낸 편지 덕분에 제가 당신을 잘 알고 있다고 소개하려 생각하고 있습니다."

"……아, 감사합니다."

나는 인사하고 나서, 그러고 보니 아직 중요한 것을 묻지 않았다고 뒤늦게 깨닫고 당황했다.

"그런데, 돌아가신 분은 어느 분이신가요?"

"아, 그렇지. 모르시겠군요."

주지는 자신의 대머리를 찰싹 하고 치더니 대답했다.

"코노에 여사입니다. 소이치의 할머니이시죠."

"병환이었나요."

"그렇습니다만……."

토막 살인의 피해자라는 믿을 수 없는 가능성도 고려하고 있던 나는, 망설이는 듯한 조린 주지의 대답에 혹시나 하고 긴장했다. 하지만 역시 지나친 생각이었던 것 같다.

"소이치가 죽었다는 소식을 들은 그날에 자리에 드러눕고 말았죠."

"……상심한 나머지 그렇게 되신 건가요."

"아주 사이가 좋은 할머니와 손자였으니까요."

자신의 바보 같은 추측이 정말로 부끄러워졌다. 그렇게 느끼자마자, 소이치에 대한 마음이 가슴속에서 끓어올랐다.

"무리도 아니죠. 저도 한동안은 아무런 의욕도 생기지 않았을 정도라……. 묘지 참배가 늦어진 것은 그 이유도 있다고 생각합니다."

실제로는 더욱 복잡한 정신 상태였지만, 그것을 주지에게 설명해봤자 의미가 없다. 무엇보다 어떻게 설명해야 좋을지 모르겠다.

"아무래도 소이치는 대학 생활 중에 친구 복이 많았던 것 같군요."

그래서 주지에게 그런 말을 듣고 나는 크게 당황했다.

"그, 글쎄요. 사이가 좋았던 건 사실이지만……."

"요컨대 친구였다는 거군요."

"네. 저도 소이치 군도 낯가림을 하는 편이어서 서로에게 많지 않은 친구 중 한 명……. 아니, 유일한 친우였다고 생각합니다."

"그렇다면 생각해주시기 바랍니다. 이곳에서 나고 자란 소이치에게 그런 친구를 얻은 것이 얼마나 기뻤을지를."

"……그렇군요."

"게다가 죽은 뒤까지 그 인연을 이어가려 하고 있습니다."

그것이 소이치와의 우정을 위한 것뿐만 아니라 사야오토시 가에 대한 흥미와도 연관이 있음을 조린 주지는 간파하고 있는 것은 아닐까. 문득 그런 기분이 들었다.

"물론 소이치 군의 명복을 빌고 싶은 마음에 거짓은 없습니다."

그래서 나는 선수를 쳤다.

"다만 소이치 군에게 들은 사야오토시 가의 괴이한 전설에 이끌려 이 마을에 와보고 싶다고 생각한 것도 사실이에요."

"호오, 솔직한 분이로군요."

주지는 몹시 감탄했지만, 이미 이쪽의 생각 따윈 훤히 꿰뚫어보고 있었는지도 모른다. 하지만 그렇다고 해도 나쁜 상황은 아니다.

나로서도 이야기하기 쉬워진다. 그렇게 생각하고 있는데, 뜻밖에도 저쪽에서 먼저 속내를 털어놓기 시작했다.

"아니, 당신에게 그럴 마음이 있다면 이야기가 빠르겠군요. 실은 말입니다, 소이치가 죽었을 때의 상황을 알고 있다면 자세히 좀 알려주셨으면 합니다."

"네?"

"대학 측에서 사야오토시 가에 설명을 하긴 했지만, 민속조사지에서의 사고라고 할 뿐이라 그밖에는 별달리 알 수 있는 게 없었습니다. 소이치가 떨어진 절벽의 상황이나 그 친구가 무엇을 조사하고 있었는가 하는 정보는 확실히 있었지요. 그렇지만 저는 좀 더 깊은 이야기를 듣고 싶습니다."

"그때 소이치에게 뭔가 이변은 일어나지는 않았는가……."

"바로 그런 얘기지요."

조린 주지가 멈춰선 것은 사야오토시 가로 이어지는 언덕길 아래에서였다. 언덕 위를 올려다보니 작은 산의 중턱에 축벽이 세워져 있는데, 그 위에 커다란 대문을 중심으로 하얀 벽이 좌우로 뻗어나가 있고, 벽 너머로 커다란 저택이 모습을 엿보이고 있다. 전체적인 구조는 다르다고 해도 토다테 가의 구조와 비슷한 기분이 든 것은, 역시 마을에서 손꼽히는 오래된 가문이기 때문일까.

"다 왔습니다."

감동한 듯 사야오토시 가를 바라보고 있는 내 옆에서, 주지의 아쉽다는 듯한 목소리가 들렸다.

"이런 곳에 서서 이야기할 수도 없지요. 소이치 씨라고 하셨지요? 당신, 내일 오후에라도 절을 찾아와주시지 않겠습니까."

"네. 기꺼이 찾아뵙겠습니다."

"그러면, 그런 것으로 하고……"

재빨리 조린 주지가 앞서 걷기 시작해서 나도 당황하며 뒤를 따랐다. 다만 그 등을 응시하면서 나는 좀처럼 이해되지 않는 감각에 사로잡혀 있었다.

조린 주지에게서는 나를 소이치의 학우로서 크게 환영하고 싶다는 마음이 강하게 느껴졌다. 그것은 틀림없었다. 그렇지만 그 한편으로 전혀 반대의 감정―사실은 당장이라도 쫓아버리고 싶다는 감정―이 흘끗 엿보인 기분이 들었던 것이다. 구체적인 언동이 있던 것은 아니다. 어디까지나 내가 그렇게 느낀 것에 지나지 않는다. 그러니까 내 착각일 수도 있다. 하지만 아무래도 그 부분이 마음에 걸렸다.

사야오토시 가의 언덕길은 'ㅅ'자처럼 중간에서 크게 굽어졌다가 다시 한 번 반대 방향으로 크게 굽어지는 구불구불한 길이었다. 두 번째 커브를 지나서 그대로 쭉 올라가자 양옆으로 화톳불을 피우고 있는 대문 앞에 도착했다. 삼각대로 받쳐진 화톳불 바로 아래에는, 양쪽 다 낫이 매달려 있고, 문의 양옆으로는 토다테가와 마찬가지로 큼직한 연어 토막이 역시 붉은 깃발처럼 자리 잡고 있다.

대문을 지나서 바닥에 깔린 돌을 따라 현관까지 나아가자, 검은 상복을 입은 서른 전후의 아름다운 여성이 조용히 안쪽에서 모습을 드러냈다.

"어머나, 주지스님. 먼 길을 다녀와주셔서 감사합니다."

그렇게 말하며 정중하게 고개를 숙인 그녀에게,

"그게 말이죠, 중간에 귀한 손님과 만나서 아직 상태를 보러 가지 못했습니다."

조린 스님이 대머리를 찰싹찰싹 두드리면서 대답해서 나는 역시 주지가 화장장에 가는 길이라 생각했다.

하지만 그 여성은 그런 것보다 '손님'이라는 말에 반응했다.

"손님이라고요?"

고개를 들고 고개를 갸웃거리며 이쪽을 똑바로 바라보는 그 모습이 검은 상복임에도 불구하고, 혹은 그것 때문인지 참으로 요염하게 비쳐서 나는 가슴이 두근거렸다.

"이쪽은 아이자와 소이치 씨라고 하는데, 우리 소이치 군의 학우였던 사람입니다."

"네……?"

그 여성은 크게 놀란 듯했다. 하지만 그 놀라움의 표정 속에 기쁨이나 슬픔 같은 다양한 감정이 뒤섞이기 시작한 듯 비쳤다.

"소이치에게서 온 편지로 저도 아이자와 소이치라는 친구가 있다는 것은 알고 있었지만, 만나는 건 처음이어서 말이죠. 오본 연휴에 맞춰 귀성하던 도중에 소이치의 묘에 참배하려고 들러주신 것 같습니다."

"일부러 찾아와주셔서 감사합니다."

여성이 깊이 고개를 숙이자 주지가 소개해주었다.

"이쪽은 소이치의 형……이라고 해도 배다른 형이지만, 그 형인 칸이치(勘一) 씨의 부인인 토키코(季子) 씨입니다."

배다른 형이라는 말에 사야오토시 가의 복잡한 인간관계를 엿볼 수 있다—그리고 조린 주지의 성격과 마을에서의 지위를 알 수 있다—는 기분이 들었지만, 물론 그것은 입 밖에 내지 않았다.

"바빠서 경황이 없으신 와중에 이렇게 불쑥 찾아와서 죄송합니다."

우선 나는 소이치의 형수인 토키코에게 어색하게 인사를 했다.

"도쿄에서 편지를 보냈다고 해도, 역시 사전에 상황을 여쭤봤어야 했습니다."

"아니오, 당치도 않은 말씀이에요."

그렇게 대답한 토키코의 눈치가 나는 조금 마음에 걸렸다. 말과는 반대로 그녀는 편지에 대해 모르는 것 같다는 느낌이 들었기 때문이다. 소이치의 부모 앞으로 보냈으니 딱히 이상한 일은 아니다. 다만 이 편지에 대한 이야기에 토키코가 동요한 듯 보인 것은 어째서일까.

"어서 안으로 들어오세요."

그런 말을 듣고, 문득 정신을 차렸다. 나는 그녀를 바라보는 채로 잠시 생각에 잠겨 있던 듯했다.

"아, 네. 실례하겠습니다."

나는 당황하며 대답을 하고서 신발을 벗었다. 토키코가 짐을 받아들려고 해서 사양하려 했지만, 금세 내 손에서 빼앗아갔다. 그녀의 안내를 받으며 복도 안으로 나아가는데, 반걸음 앞을 걷던 조린 주지가 한 손으로 입을 가리고 돌아보며 속삭였다.

"이런 시골 마을에 있기는 아까울 정도로 아름다운 사람 아닙니까?"

아무래도 현관에서의 내 태도를 오해한 듯했다.

"마을분은 아닌 것 같네요."

핑계는 대지 않고 그렇게 조용히 대답하자, 주지는 말없이 고개를 끄덕일 뿐이었다.

"이곳에서 잠시 기다려주시겠어요?"

토키코가 손님방으로 보이는 방에 나를 들여보내자, 옆에 있던 조린 주지가 천천히 말했다.

"우선은 코노에 여사의 장례에 참석하고, 그 뒤에 불단의 소이치를 만나는 것이 좋겠지요. 묘를 방문하는 것은 내일로 하는 게 어떨까요?"

"네. 그게 좋겠네요."

나는 잠시 그 방에 혼자 있었지만, 금방 토키코가 데리러 왔다.

"오래 기다리셨죠? 이쪽으로 오세요."

앞서 걷는 그녀의 뒤를 따라가자 응접실인 듯한 커다란 방에 도착했다. 원래는 두세 개의 방이 있던 공간이지만, 칸막이를 떼어내서 큰 방 하나로 만든 듯했다.

그 큰 방 안쪽에는 제단이 안치되어 있고, 코노에 씨로 여겨지는 노부인의 사진이 정면에 보였다. 제단 좌우로는 검은 상복을 입은 사람들이 복도 근처까지 죽 줄지어 앉아 있고, 그 사이를 장례를 거드는 여자들이 술병이나 요리를 담은 그릇을 반상에 얹고 바삐 오가고 있었다. 규모의 차이는 있겠지만, 시골에서는 드물지 않은 장례 풍경이다.

그런 광경이 한눈에 들어왔지만, 다음 순간 나는 그 자리에 있는 십여 명 모두에게서 일제히 시선을 받고 있었다. 어떤 자는 술잔을 입으로 옮기고, 어떤 자는 젓가락으로 요리를 집고, 어떤 자는 옆 사람에게 술병을 기울이는 상태로 딱 굳어서, 가만히 이쪽을 응시하고 있다.

이상한 일은 그뿐만이 아니었다. 내가 모습을 보인 직후에 모두의 움직임이 멎은 것은 사실이지만, 그 전부터 이야기 소리가 전혀 들리지 않았다. 아무리 장례가 조용히 이루어지는 것이라고 해도 이 정도의 인원이 한 방에 있으면 소곤거리는 소리 정도는 흘러나온다. 그런 기척은 복도에 있어도 반드시 전해지기 마련이다. 그런데 내 귀에는 전혀 들리지 않았다. 즉 여기 있는 모두가 한 마디도하지 않고, 그저 먹고 마시기만 하고 있었다는 것이다.

아무도 말이 없는 부자연스러운 회식 자리에, 이번에는 조금도 움직이지 않는다는 요소가 더해진 탓에 큰 방에는 뭐라 말하기 힘든 기묘한 분위기가 떠돌기 시작했다. 그 일그러진 공기를 한 몸에 뒤집어 쓴 나는 마치 바늘방석에 앉은 듯한 기분이었다. 무서울 정도의 정적에, 내 이마와 등줄기에서는 자기도 모르게 식은땀이 흐르고 있었다.

"어이, 이쪽입니다."

무시무시한 정적을 아무렇지도 않게 깬 것은 조린 주지의 목소리였다. 소리가 들린 쪽을 보니 제단 바로 왼편에 주지의 모습이 있었다. 그 옆에 아무도 없는 반상이 있었는데, 아무래도 그 자리에 앉으라는 것인지 계속 손짓하고 있다.

"아니, 그런 윗자리는……."

저에게 어울리지 않습니다, 라고 말하려고 했다. 무엇보다 그곳은 너무 눈에 띈다. 이 심상치 않은 분위기 속에서 저런 곳에 앉을 용기는 전혀 없었다.

"그렇지 않아요. 소이치 도련님의 소중한 친구분이니까요. 자, 사양하지 말고 앉으세요."

하지만 나의 망설임을 재빨리 알아차린 듯한 토키코가 재촉하는 말에는 역시나 거절할 수 없었다.

어쩔 수 없이 나는 왼쪽 열의 뒤를 돌아서 안쪽으로 들어갔다. 그러는 사이에도 계속 모두의 시선을 뒤집어쓴 덕분에, 대단한 거리는 아닌데도 엄청나게 길다는 기분이 들었다. 유일한 위안은, 목표로 하는 자리 끝에 주지의 모습이 있었다는 점일까.

"실례하겠습니다."

인사하고 조린 주지의 옆에 앉자마자, 안도의 한숨이 나왔을 정도다.

"이쪽이 제가 조금 전에 이야기했던 학생으로, 소이치의 학우였던 아이자와 소이치 씹니다."

그런데 곧바로 주지의 소개가 시작되어서 다시 나는 긴장했다.

"정면에 앉아 있는 사람이 소이치의 부모님으로, 기이치(義一) 씨와 노리코(訓子) 씨입니다."

아버지인 기이치는 키가 작지만 풍채가 좋게 떡 벌어진 체구여서, 홀쭉했던 소이치와는 조금도 닮지 않았다. 좋게 말하면 임업으로 재산을 모은 유서 깊은 가문의 당주로서의 관록이, 나쁘게 말하면 선조의 가업을 물려받은 것뿐인 세상물정 모르는 자의 오만함이 온몸에서 풍기고 있었다. 나에 대해서 조금 흥미를 가진 듯하지만, 결코 환영하는 분위기는 아니었다.

어머니인 노리코는 젊었을 때에는 미인이었을 것으로 여겨지는 용모를 하고 있었다. 다만 그 아름다움은 토키코와는 다르게 아주 차갑게 비쳤다. 단정한 이목구비에도 불구하고 어딘지 모르게 험상궂은 느낌이 들었다. 나를 응시하는 눈빛은 마치 가격을 매기고 있는 듯했다. 죽은 아들에게 향을 피워주러 찾아온 학우에게 보낼 만한 시선은 절대 아니다.

"다만 노리코 씨는 소이치의 의붓어머니가 되지만 말입니다."

그런 내 기분을 알아차린 듯이 조린 주지가 거리낌 없는 투로 그렇게 알려주었다. 귓속말이 아닌 평범한 목소리였던 점이 정말 이 주지답다.

"사, 상심이 크신 와중에도 불구하고……."

우선 나는 상식적인 인사와 애도의 말을 전하려 했다. 아무리 몰랐다고는 해도—사실은 알고 있었지만—죽은 아들의 친구라는 이유만으로, 경황이 없는 장례 중에 불쑥 찾아온 것이다. 이쪽의 무례를 사과하는 것이 도리일 것이다.

다만 횡설수설하면서도 어떻게든 끝마친 나의 인사에, 기이치는 가볍게 고개를 끄덕일 뿐이고 노리코는 전혀 반응이 없었다.

'이곳에 오는 도중에서 조린 주지와 만났던 것이 천만다행이었어.'

두 사람의 태도를 보고서 나는 새삼 그렇게 느꼈다. 만약 내가 혼자서 사야오토시 가에 찾아왔더라면 문전박대당하고 쫓겨나지 않았을까. 그런 사태를 방지하기 위해서 장례가 끝나기 전에 찾아오려고 했던 것인데, 기이치와 노리코의 태도를 보기로는 내 계획 따윈 씨알도 먹히지 않았을 것이 틀림없다. 조린 주지의 중개가 있었기에 사야오토시 가에 들어올 수 있었던 것이다.

"노리코 씨 옆 자리에 있는 사람이 소이치의 형인 칸이치 씨이지요."

체격은 아버지인 기이치로부터, 성격은 어머니인 노리코에게서 물려받은 것이 틀림없을 거라고 왠지 모르게 한눈에 알 수 있었다. 나를 향한 눈빛은, 완벽히 초대받지 않은 외부인을 노려보는 그것이었다.

"칸이치 씨의 옆에 있는 아이가……."

부모님과 형의 차가운 시선에 나는 우울한 기분이 들었지만, 칸이치 옆에 앉아 있는 아이를 본 순간, 자기도 모르게 입가가 풀어졌다. 왜냐하면 화장장에서 장례 행렬의 뒤에서 얼굴을 엿보인, 처음에는 여자아이라고 착각할 것 같았던 그 귀여운 남자아이였기 때문이다.

"칸이치 씨와 토키코 씨의 아들인 쇼이치 군입니다. 소이치의 조카가 되지요."

쇼이치는 호기심이 가득한 눈으로 빤히 나를 바라보고 있다. 분명히 마을 밖의 사람은 기껏해야 소나이 촌 사람밖에 본 적이 없는지도 모른다.

"우리 마을의 소이치 군하고는 상당히 친하게 지내신 모양이군요."

오른쪽 옆에서 갑자기 누군가 말을 걸어왔다. 고개를 돌려보니 칸이치처럼 체격이 좋은 쉰 살 정도의 남성이 앉아 있었다. 험상궂은 표정이었지만, 시선에서는 따스함이 느껴졌다.

"저쪽에 있는 분은 토다테 가의 당주인 카쿠조(崔蔵) 씨입니다."

곧바로 조린 주지의 소개가 이어져서, 나는 인사와 함께 소이치하고는 전공이 같아서 사이가 좋았다는 이야기를 했다.

"즉 소이치 군은 당신이란 친구도 생겨서 의미 있는 대학생활을 보냈던 거군요."

"제 존재가 그렇게 얼마나 도움이 되었는지는 모르겠습니다만……."

"아니, 당신 같은 친구를 얻을 수 있어서 분명히 그 친구도 기뻐했을 겁니다."

"……감사합니다. 소이치 군은 학업도 열심히 했고 학교생활도 즐기고 있었습니다. 어쨌든 그것만은 확실합니다."

"그렇습니까."

미소를 짓지는 않았지만, 기뻐하는 듯한 카쿠조의 얼굴을 보고서 나는 저 인물이야말로 소이치의 아버지 같다는 느낌이 들었다.

그 뒤로도 이야기하는 것은 대부분 조린 주지 한 명뿐이었고 그 밖에는 카쿠조가 드문드문 소이치의 대학생활에 대해서 질문을 던지는 정도였다. '장례식처럼 어두운', 혹은 '장례식처럼 조용한'이라는 표현이 있는데, 사야오토시 가의 장례 분위기는 딱 문자 그대로였다.

　이유는 명백하다. 상부상조 정신에서 장송 행렬에 참여하고 이렇게 장례식 뒤의 만찬에도 자리하고 있긴 하지만, 평소에는 따돌리고 있던 상황이므로 도무지 이야기가 활기가 없다. 그렇다고 해서 사야오토시 가 사람들을 완전히 무시하고 자기들끼리만 대화하기도 부담스럽다. 아마도 칠일재(七日齋 ; 사람이 죽은 지 7일이 되는 날에 드리는 불공_역주)를 마친 뒤에 모이는 회식 자리도 이런 상태가 될 것이다. 아니면 집락 사람들이 관여하는 것은 츠야와 장례뿐일까.

　어쩌면 집락의 여성들이 거들고 있는 부엌 쪽이 활기가 넘치며 북적일는지도 모른다.

　'어디 한 번 상태를 보고 올까.'

　불편한 분위기를 느끼면서 내가 그렇게 생각하고 있는데, 영차, 하는 소리를 내며 조린 주지가 옆에서 갑자기 일어섰다.

　"아, 따라 나오지 않아도 됩니다."

　곧바로 자리에서 일어서려는 토키코를, 주지는 한 손으로 손사래 치며 제지했다.

　"아이자와 군이 나와줄 테니까 괜찮습니다."

　그렇게 말하며 내 어깨에 손을 댔다. 상당히 거하게 마셨는지 걸음이 어쩐지 불안해 보였다. 이 상태로 그 산을 오를 수 있을까 하고 염려되었지만, 계속 재촉해서 나도 복도로 나갔다.

　"오늘 밤은 이만 돌아가려 합니다."

　그렇지만 의외로 발음은 또렷했다.

"여러분께서도 피로가 몰려오기 전에 적당한 때에 자리를 파하는 게 좋을 겁니다."

그렇게 큰 방의 모두를 향해 말을 건 주지는 나를 재촉하며 현관으로 향했다.

"든든히 드셨습니까?"

"……네. 입을 열 만한 분위기가 아니었으니까요."

"그래서 다들 그냥 계속 먹고 마시고 있는 것이지요."

"사야오토시 가의 장례이기 때문인가요?"

"뭐, 그런 겁니다."

서로 속삭이는 목소리로 대화하면서 현관에 다다르자, 이번에는 문 밖까지 바래다달라고 했다.

'설마…….'

화장장까지 동행시킬 생각은 아니겠지, 라고 나는 경계했다. 그러나 이 사람의 말을 거스를 수도 없다.

전전긍긍하는 얼굴로 커다란 대문 밖으로 나오자, 조린 주지가 더욱 목소리를 낮추며 이렇게 속삭였다.

"알겠습니까? 이 집에서 뭘 보고, 뭘 듣고, 뭘 느끼더라도 무조건 모르는 체를 해야 합니다. 아시겠습니까?"

8

　주지를 보내고 내가 사람들이 모여 있는 큰 방으로 돌아간 지 얼마 지나지 않아, 점차 웅성거림이 일기 시작했다. 갑자기 모두가 떠들기 시작한 것이 아니다. 여전히 입을 여는 사람은 없었지만, 모두가 차분함을 잃은 듯이 술렁이고 있다. 그것이 점차 한데 모여, 마치 소리 없는 속삭임이라고 불러야 할 기척으로 변했다는 느낌이 들었다.

　"어르신."

　그러자 토다테 가의 카쿠조가 사야오토시 가의 기이치에게 말을 걸었다.

　"주지스님이 말씀하신대로 모두 피곤할 테니 오늘 밤은 이쯤에서 끝내는 게 어떻겠습니까."

　"네, 그러는 게 좋겠군요."

기이치가 감정이 담기지 않은 어조로 대답하자마자, 큰 방은 단숨에 소리 없는 안도의 한숨에 가득 찼다.

모두가 한시라도 빨리 돌아가고 싶어 한다.

그 자리의 기묘한 공기의 의미를 깨달은 나는, 자기도 모르게 사야오토시 가 사람들을 동정했다. 하지만 기이치나 노리코, 칸이치는 아무런 느낌도 없는지 극히 태연한 표정이었다. 토키코만이 재빨리 자리를 뜬 것은 참여자들을 배웅하기 위해서일까.

카쿠조가 돌아갈 채비를 시작하는 것을 기다리고 있었다는 듯이, 마을 사람들도 하나둘씩 자리에서 일어서기 시작했다. 커다란 방이 거의 비게 되는 것은 눈 깜짝할 사이였다. 거의라고 말한 것은 나와 소이치의 조카 쇼이치, 두 사람만이 남았기 때문이다.

하지만 어린아이를 상대로 무슨 말을 해야 좋을지 몰라서 곤란해진 나는 우선 무난한 말을 꺼냈다.

"할머니 일은 참 안됐구나."

"소이치 형아 쪽이 슬펐어요."

그런데 생각지도 못한 반응이 돌아와서 놀랐다. 쇼이치에게는 삼촌이지만, 그런 식으로 부르고 있었다는 것은 사이가 아주 좋았는지도 모른다.

"자주 놀아줬니?"

"응. 재밌는 얘기도 많이 해줬고, 무서운 책도 많이 빌려줬어요."

일본사를 전공했으면서도 소이치는 통속소설에 흥미가 많았다. 그런 취향도 나하고 비슷했다. 그렇게 추억을 떠올리다가, 소이치가 이 소년 또래의 아이를 봤을 때 보였던 그 뭐라 말할 수 없는 시선이 문득 뇌리에 되살아났다. 어쩌면 소이치는 외출했을 때에 지나치던 소년소녀들 모습에서 아끼던 조카의 얼굴을 찾고 있었는지도 모른다.

"그렇구나. 그렇다면 소이치 형이 죽어서 쇼이치도 쓸쓸하겠구나."

소년은 일단 고개를 끄덕였다가, 어째서인지 점차 힘없이 고개를 젓기 시작했다.

"어, 아니야?"

"아뇨, 아주 슬프고 쓸쓸했어요."

"그렇겠지."

"하지만 지금은……."

골똘히 생각에 잠긴 채 고개를 푹 숙인 쇼이치를 보고 내가 잠시 당황하고 있는데,

"……무서워요."

문득 전혀 생각도 못했던 말이 소년의 입에서 흘러나왔다.

"소이치 형이? 죽은 소이치 형이 무섭다는 거야?"

다시 쇼이치가 고개를 끄덕였다.

"어째서?"

밥상 앞으로 몸을 내민 나에게, 쇼이치는 소곤거리는 목소리로 대답했다.

"증조할머니를 데려갔으니까……."

"……."

너무나 의외의 대답에 나는 말문이 막혔다. 애도의 대상이어야

할 소이치가 단숨에 괴이한 존재로 변화해버렸다. 마치 가부키에서 나오는 순간적인 배역 전환을 본 듯한 기분이다. 참고로 쇼이치에게 코노에는 증조할머니이고 노리코가 할머니에 해당한다.

"누가 그런 소릴 했니?"

간신히 그렇게 묻자, 조금 난처한 표정으로 쇼이치가,

"모두 다 그렇게 얘기해요. 이 집안에서도 난라이에서도, 토모라이 촌의 모두가……."

"하지만 소이치 형이 증조할머니를 데리고 갈 이유는 아무것도 없잖아?"

"어째서 그런가요?"

갑자기 쇼이치의 어조가 정중하게 변해서, 나는 저도 미소를 짓게 되었다.

"증조할머니가 보시기에 소이치 형은 귀여운 손자였을 거야. 그러니까 소이치 형이 죽어서 증조할머니는 너무 슬픈 나머지 몸저 눕게 되고 말았어. 그 정도로 소이치 형을 아꼈던 거지."

"네, 저도 그렇다고 생각해요."

"즉 그런 증조할머니가 먼저 돌아가시고, 그다음에 소이치 형을 끌고 가는 거라면 이해할 수 있지. 하지만 그 반대는 어떨까? 오히려 손자를 먼저 떠나보낸 탓에 살아갈 기력을 잃은 증조할머니께서는 일찍 돌아가시고 말았어. 그렇게 생각하는 편이 자연스럽지 않을까?"

"……뭐랄까, 알 것 같은 기분이 들어요."

소이치의 조카인 만큼, 총명한 소년인 듯했다.

"하지만 소이치 형아는 어릴 적부터 계속 증조할머니한테 붙어 살던 아이였다고 들었어요. 그래서 죽은 소이치 형아가 쓸쓸하다 며 증조할머니를 불러간 거 아닌가요?"

내가 아무런 대답도 못하고 있자, 연배가 있어 보이는 여성이 쇼이치를 데리러 왔다. 소년에 대한 대응으로 봐서는, 사야오토시 가의 하녀라기보다 쇼이치의 유모인지도 모른다.

그녀는 이쪽을 흘끗 한 번 보았을 뿐, 얼른 쇼이치를 방에서 데리고 나가려고 했다. 하지만 방을 다 나갔을 즈음, 그 여성은 갑자기 돌아보더니 말했다.

"아, 작은 마님께서 잠시만 더 기다려달라고 말씀하셨습니다."

작은 마님이란 아마도 지금 손님들을 배웅하고 있을 토키코일 것이다. 몇 시간 전에 만났을 뿐인데도, 평소부터 사야오토시 가 와 마을 사람들 사이에서 고생하고 있는 것은 아닐까 하고 이미 나는 동정과도 비슷한 마음을 그녀에게 품고 있었다.

"알겠습······."

니다, 라고 말을 마치기 전에 미닫이문이 턱 소리를 내며 닫혔다. 이쪽을 돌아보는 쇼이치의 옆얼굴이 흘끗 보였을 뿐이었다.

혼자가 된 순간, 커다란 방의 고요함이 신경 쓰이기 시작했다. 마을 사람들이 있었을 때도 말소리는 거의 없었으므로 정적이라 는 의미에서는 마찬가지일 텐지만, 실제로는 전혀 달랐다. 아무리 말이 없더라도 역시 사람의 존재는 크다. 가령 그것이 어린아이 한 명이었다고 해도.

갑자기 혼자 남겨진 듯한—사실이 그랬지만—불안한 기분으로 앉아 있는데, 희미한 소리가 들렸다.

삐걱…….

집울림이다. 조용한 집 안에서 흔히 들을 수 있는 만큼 드문 일
은 아니지만 상황이 상황인 만큼 깜짝 놀랐다.

삐걱…….

또 들렸다. 이 정도로 규모가 크고 오래된 집이니까 어쩔 수 없
다고 생각하지만, 그리 좋은 기분은 아니다.

삐걱…….

하물며 그 집울림이 마치 이동하는 것처럼 들린다면 말할 것도
없다. 아니, 실제로 복도를 걷고 있는 것은 아닐까. 그것도 이 방에
가까워지고 있는 기분이 든다.

삐걱…….

나는 반사적으로 소리가 난 쪽으로 고개를 돌렸다. 그곳은 이
응접실의 아랫자리 귀퉁이였다. 복도와 방을 가르는 기둥과 곁방
으로 이어지는 미닫이문이 보일 뿐, 아무것도 없다. 복도는 어두컴
컴했지만, 누군가가 다가오는 기척은 느껴지지 않는다.

'역시 집울림인가…….'

그렇게 생각하고 있는데 기둥의 그늘에서 작은 얼굴이 흔들거
리듯 나타났다. 어린아이였다. 얼굴의 반만 내밀고 한쪽 눈으로 이
쪽을 바라보더니, 그대로 쏙 들어갔다.

'뭐야, 쇼이치인가…….'

그렇게 생각한 것도 잠시, 금방 아니란 걸 깨달았다. 그 아이의
머리가 단발이었기 때문이다.

'쇼이치의 누나인가…….'

그렇게 생각하다가 내 얼굴이 굳어졌다.

'사야오토시 가에는 여자아이가 태어나지 않게 되어버렸어…….'

소이치와의 대화 중에 들었던 말이 곧바로 머릿속에 울려 퍼졌다. 무녀 체질의 여자아이들을 계속 집안에 들이는 가운데, 사야오토시 가는 여자아이를 얻지 못하게 되었다고 말했다.

그러면 저 어두컴컴한 기둥 뒤에서 이쪽을 엿보고 있던 여자아이는 대체 어느 집 아이일까. 난라이 집락의 아이일까? 하지만 부모는 이미 돌아갔다. 애초에 자기 아이를 장례식장에 데리고 올 리가 없다. 어쩌면 저건 단발머리를 한 쇼이치의 형제일까?

흐느적거리는 움직임으로 또다시 그 아이가 얼굴을 보였다. 역시 얼굴의 절반만 내밀고 한쪽 눈으로 나를 보더니, 금방 기둥 그늘로 숨었다.

'장난치며 놀고 있는 건가?'

그렇게 생각한 내가 일어서서 그 아이가 있는 곳으로 가려고 할 때였다. 쿵쾅쿵쾅하고 복도에서 발소리가 들리더니 대여섯 명의 여자들이 큰 방에 들어와서 반상을 치우기 시작했다. 사야오토시 가의 하녀들이거나, 마을에서 거들러 온 부인들일 것이다. 어쨌든 아무도 나 같은 건 안중에도 없는 듯, 묵묵히 반상을 겹쳐 쌓으며 방을 정리하고 있다.

"저, 저기요……."

나는 잠깐 동안 그녀들의 기세에 눌려 있었지만, 근처의 반상을 정리하러 온 한 사람에게 용기를 내서 말을 걸었다.

"지금 복도에 있던 건 쇼이치 군인가요?"

여성은 손을 쉬지 않고 흘끗 나를 보더니 말했다.

"도련님은 후사 씨랑 같이 있어요."

아마도 후사 씨는 조금 전의 유모 같은 여자일 것이다. 역시 그 아이는 쇼이치가 아니었던 것이다. 그렇게 내가 생각하고 있는데, 그 여성이 터무니없는 말을 덧붙였다.

"그러니까 복도에는 아무도 없었지요."

"네……?"

그 여성은 이미 이쪽은 보지도 않았다.

"하, 하지만 아이가……."

"이 집의 아이는 도련님뿐입니다."

그리고 나에게 뒷모습을 보이는 채로, 몇 개나 쌓은 반상을 능숙하게 안아 올린 여자는 재빨리 방을 나가버렸다. 그 뒤에 남은 여자들도 금세 방을 떠나고, 또다시 나만이 남겨졌다.

'저 여자에게는 보이지 않았다…….'

문제의 기둥을 멍하니 응시하면서 나는 아찔해졌다.

아니, 분명히 방금 전의 모든 여자들은 어린아이 따윈 보지 못한 것이다.

왜냐하면 시게도, 화장터에 있던 그 아이를 못 보지 않았던가.

즉 그 섬뜩하고 기분 나쁜 아이가 나를 따라 여기까지 와버린 것일까?

하지만 어째서 시게나 저 여자들에게는 보이지 않는 것일까. 사야오토시 가 사람이 아니기 때문일까. 난라이 집락에서 거들러

온 사람이나, 청년단의 일원에 지나지 않기 때문일까. 하지만 그렇다면 나도 관계가 없을 터이다. 사야오토시 가의 하녀나 집락의 부인들, 청년단의 시게와 마찬가지로 이 집안과는 아무런 관계도 없는 사람이다. **저런 것**을 보게 될 이유는 하나도 없다.

그때 나는 문득 조린 주지의 충고를 떠올렸다.

'이 집에서 뭘 보고, 뭘 듣고, 뭘 느끼더라도 무조건 모르는 체를 해야 합니다.'

어째서 주지는 내가 **저것**을 볼지도 모른다고 생각했던 걸까. 어째서 **저것**과 관계하게 될지도 모른다고 생각했던 걸까.

이 커다란 방에 혼자 있는 것이 점차 무서워지기 시작했다. 그렇다고 해도 멋대로 집 안을 돌아다닐 수도 없다. 어떡해야 할까 하고 엉거주춤하게 일어서 있는데, 또다시 발소리가 들려왔다.

삐걱, 삐걱, 삐걱……

이미 시선은 그 기둥으로 향하고 있었다. 보고 싶지 않은데도 못박혀 있다.

삐걱, 삐걱……

기둥 뒤편에서 토키코가 나타났다.

"죄송합니다. 소이치 도련님의 소중한 친구분을 이렇게 오랫동안 혼자 계시게 해서."

나는 들키지 않도록 안도의 한숨을 크게 내쉬었다. 무의식중에 쓸데없는 힘이 몸에 들어가 있었던 듯했다.

"먼 곳에 오시느라 많이 피곤하시죠? 얼른 따뜻한 물에 몸을 담그시는 게 좋겠어요. 짐은 별채에 놓아두었으니, 우선 방에 들렀다가 목욕탕까지 안내하겠습니다."

"가, 감사합니다."

참으로 딱딱한 인사를 하고, 나는 그녀의 뒤를 따랐다.

사야오토시 가는 쥐죽은 듯 고요했다. 도쿄와 달리 시골 마을의 밤이 조용한 것은 당연하지만, 이 집의 정적은 어쩐지 음산했다. 장례 중인 밤이기 때문일까 하고 생각했지만, 늘 이런지도 모른다. 이런 환경이 소이치의 내성적인 성격을 키운 것일까. 적어도 그 한 가지 원인임은 틀림없을 것이다.

별채는 안채의 동쪽 가장자리에 있었다. 토키코에게 물어보니 로쿠부 고개로 이어지는 산길은 의외로 가까운 듯했다. 다만, 이대로 사야오토시 가의 부지를 통해서 가는 것은 몹시 어려우므로 일단 대문 밖으로 나가서 난라이 집락을 지나갈 필요가 있다고 한다.

"다만 이 마을에서 고개 너머로 가는 사람은 그리 많지 않아요. 고개로 갈 일이 없는 것도 있지만, 그곳에 가까이 가는 것은 마을 사람 모두가 싫어하니까요."

"어째서죠?"

"……길이 아주 험한 탓일까요."

내 물음에 토키코는 일부러 얼버무리듯 대답을 했다.

"그러니까 아이자와 씨도 부디 혼자서는 가지 않도록 하세요."

그럼에도 곧바로 주의를 촉구한 것은 역시 뭔가가 있기 때문일까. 바로 따져 묻고 싶었지만 우선 순순히 "알겠습니다."라고 대답하자, 그녀는 안심한 듯 말을 이었다.

"무가이나 나시라즈 폭포 방면에서 마을로 들어오는 사람은 대부분 여행자들뿐이에요."

"지금도 무소 고개를 넘어서 오는 사람은 역시 종교인들이 많은가요?"

"그렇지요. 행상하는 사람은 대부분 로쿠부 고개 쪽을 통해서 오시니까요."

"종교인 중에서 혹시 순례자 모녀는……."

"……계시지요. 다만 무소 고개를 넘는 사람 자체가 옛날에 비해 많이 줄어서, 그리 많지는 않답니다."

그 머뭇거리는 어조로 보아 토키코도 사야오토시 가의 어두운 역사에 대해서 알고 있는 듯했다. 이렇게 시집온 이상에야 아무런 지식도 없을 수 없겠지만, 그것을 알고 나는 솔직히 안도했다.

"최근에는 어떤가요? 순례자 모녀는 오지 않았나요?"

"……글쎄요. 수년 전에 한 번 있었던가요."

그녀는 이 이야기를 명백히 꺼리고 있었다. 미안하다고 생각하면서도, 나는 눈치 채지 못한 척하며 계속 물었다.

"어떤 모녀였나요?"

"……시코쿠 방면에서 오셨다는 모녀인데, 어머니는 몸이 좋지 않아 보였고 예닐곱 살 정도의 딸을 데리고 있었지요. 무슨 사정이 있었는지는 모르지만, 아주 힘들어 보였어요."

소이치가 이야기했던, 그야말로 모든 것의 시작이었던 순례자 모녀를 쏙 빼닮은 조합이었다.

"이 곳에서 신세를 졌나요?"

빙의체인 '시즈메(鎭女)'로 삼았는지를 묻고 싶었지만, 역시나 그렇게 깊이 파고들 수는 없다.

"네. 저희가 할 수 있는 일은 전부 했지요……."

그런 토키코의 눈치로 보아, 아마도 어머니 쪽은 죽고 딸은 미쳐버린 것이리라.

그것을 무난한 말로 에둘러 물어보려고 했지만, 역시나 무리였다. 어떤 식으로 묻더라도 그녀는 상처 입을 것이 틀림없다. 소이치가 마음에 두고 있었는지도 모르는―어느샌가 나는 왠지 모르게 그렇게 느끼고 있었다―형수를 너무 괴롭게 만들고 싶지는 않았다.

"그건 그렇고, 소이치 군하고는 사이가 좋으셨다고 들었어요."

물론 허세다. 소이치에게 형수에 대한 이야기는 한 번도 들은 적이 없다. 그렇지만 사실 그는 이야기하고 싶어 하지 않았을까. 하지만 부끄러워서 이야기하지 못했다. 나와의 교제가 그대로 이어졌더라면, 언젠가 토키코에 대해서도 알려주었을 것 같다는 기분이 든다. 그래서 나는 그녀에게 그렇게 말해보았다.

"어머나."

곧바로 그녀의 얼굴에 웃음기가 감돌았다. 그러고는 조금 부끄러워하면서 나에게 물었다.

"소이치 도련님이 저에 대해 이야기하시던가요?"

"자세한 이야기는 하지 않았어요. 소이치는 부끄러움을 잘 타잖아요?"

"네, 수줍음이 많았죠……."

"다만 당신에 대해서 이야기할 때에 그런 느낌을 받은 적이 있었어요."

"……그런가요."

감동한 듯한 토키코의 표정을 보며 나는 양심의 가책을 느꼈다. 두 사람의 소중한 기억 속에 거침없이 발을 들이는 기분이었다.

"아, 죄송합니다."

그때 갑자기 토키코가 고개를 숙였다.

"정작 중요한 소이치 도련님의 참배를 잊고 있었네요."

"아차……."

솔직히 나도 까맣게 잊고 있었다. 서로 부끄러워하듯이 얼굴을 마주볼 뿐, 둘 다 말을 잃었다.

"이쪽입니다."

일단 그녀의 재촉을 받으며 안채로 돌아온 뒤에, 그대로 불단이 있는 방으로 안내받았다.

그 방은 안채의 남쪽에 있었는데, 방에 들어간 정면의 안쪽에 불단이 안치되어 있고, 중인방 위에는 작고한 선조들의 유영(遺影)이 쭉 늘어서 있다. 초상화가 대부분이었지만 상당히 오래된 사진도 보이는 것은 당시 사야오토시 가의 당주들이 새로운 문물을 좋아했다는 증거일까. 소이치의 사진은 맨 가장자리에 있었다. 코노에 씨의 사진이 보이지 않은 것은 납골을 마친 뒤에 걸기 위해서인지도 모른다.

불단은 시골의 오래된 집안에 어울리는, 참으로 크고 화려한 것이었다. 부처님을 모시는 궁전이 놓인 수미단, 불단 상부에 있는

란마(欄間 ; 상인방과 천장 사이에 통풍과 채광을 위해 만들어놓은 문_역주)의 조각, 하부의 마키에(蒔絵 ; 금가루로 그린 그림_역주), 나무에 발린 옻칠이나 금속 장식 등, 어디를 보더라도 아주 공들여 만들어져 있다.

토키코는 촛대에 초를 세우고 불을 붙인 뒤에, 불단 앞에 방석을 놓고 나서 나에게 인사하고 뒤로 물러섰다.

"자, 만나보세요."

"네, 실례하겠습니다."

불을 붙였다가 끈 향을 향로에 꽂은 나는, 방석을 사양하고 불단 앞에 앉고서 합장을 한 채로 고개를 숙였다.

'소이치…….'

마음속으로 그에게 말을 걸려고 했지만, 조금도 말이 떠오르지 않았다.

'소이치는 **이곳**에 없으니까…….'

문득 그런 생각이 들어서 스스로도 놀랐다. 이제까지 비슷한 체험을 한 적은 전혀 없었다. 그런데도 어째서 소이치가 이곳에 없다고 느낀 것일까. 만약 사실이라면 그는 대체 어디에 있는 것일까. 무덤 속일까. 그게 아니면……하고 생각하다가 어째서인지 무서워졌다.

내가 형식적인 분향을 마치자, 토키코가 다시 인사를 했다.

"감사합니다."

"아뇨, 저야말로……."

자신이 느낀 바를 들킬 리도 없건만, 나는 허둥지둥했다.

"제가 이 집에 시집왔을 때, 소이치 도련님은 열 살이었답니다."

소이치의 사진을 올려다보며 토키코가 감상에 잠기듯 입을 열었다.

"이 집에 들어온 뒤로 참으로 많은 일이 있었지요. 하지만 그때마다 소이치 도련님에게 큰 도움을 받았다고 생각해요."

완전히 낯선 지방, 그것도 사야오토시 가라는 꺼림칙한 사연이 있는 유서 깊은 집안에 시집을 온 것이다. 분명 상상도 못할 고난을 겪었을 것이 틀림없다. 그럴 때마다 위안을 준 것이 도련님에 해당하는 소이치의 존재였던 것이리라.

소이치와의 추억을 더듬더듬 이야기하는 토키코를 바라보면서, 나는 그렇게 생각했다.

한편 소이치가 보기에는 무겁고 답답한 분위기의 집안에 아름답고 자상한 형수가 왔으니, 뛸 듯이 기뻤을 것이 틀림없다. 다만 낯가림이 심한 소이치는 토키코와 마음을 열고 이야기하는 사이까지 가는 데 나름대로 시간이 걸렸을지도 모른다. 하지만 두 사람은 서로의 가슴속에 숨어 있는 고독이라는 공통점을 발견했다. 그래서 뒤에서 남몰래 서로를 의지해왔던 것이 아닐까.

그녀의 추억 이야기가 일단락되기를 기다렸다가, 나는 미소 지으며 물어보았다.

"열 살의 소이치는 아주 귀여웠겠네요."

"그야 말도 못하죠."

곧바로 토키코는 함박웃음을 지었다.

"이런 식으로 말하면 본인이 화를 낼지도 모르지만, 여자아이 같은 귀여움과 상냥함이 있는 아이였답니다."

"저는 그 시절엔 그냥 말썽만 부리는 악동이었죠."

"그건 그것대로 남자아이다워서 좋다고 생각해요."

"아뇨, 말썽만 부리는 개구쟁이였다면 절대 그 당시의 소이치 군처럼 토키코 씨의 도움이 되지는 못했을 거예요."

"소이치 도련님에게는 정말로 감사하고 있어요."

"소이치도 같은 마음이었을 거예요."

그렇게 말하던 내 말에 겹쳐지듯, 그녀의 중얼거림이 들렸다.

"그래서, 아무리 봐도 겹쳐 보여서……."

"……."

곧바로 되묻지 못하고 토키코를 보니, 얼굴이 어두워져 있었다.

열 살의 귀여웠던 소이치와 겹쳐 보일 대상이라면, 아무리 생각해도 쇼이치밖에 없다. 그러나 대체 쇼이치의 무엇이 문제였던 걸까. 그 소녀 같은 용모는 명백히 토키코에게 물려받은 것이다. 성격도 좋아 보이는 아이였다. 적어도 조부모인 기이치와 노리코로부터 뭔가를 물려받은 듯 보이지는 않는다. 그 이야기를 하자면 아버지인 칸이치로부터도 마찬가지라는 이야기가 될까.

"쇼이치 군이……."

왜요? 라고 물어보려고 하는데,

"소이치 도련님이 도쿄의 대학에 입학해서 이 집을 완전히 나갔을 때, 마음속으로 안도했습니다."

갑자기 토키코가 당시의 심경을 토로하기 시작했다.

"그 뒤로는 무사히 대학을 졸업하고 그 지방에서 취직하는 것.

그리고 좋은 신부를 만나 가정을 꾸리고, 이 집안에 대해서는 조금도 떠올리지 않고 행복한 인생을 보내는 것. 그것만을 바라고 있었습니다."

"분명히 소이치 군에게 형수님의 마음은 통하고 있을 거라고 생각합니다."

그렇게 내가 말하자, 앗 하고 토키코는 퍼뜩 정신이 들었다는 듯한 몸짓을 했다.

"어머나, 소이치 도련님의 친구분에게 대체 저는 무슨 얘길……."

그런 뒤에 급히 방에서 나오더니, 그 뒤에는 목욕탕까지 나를 안내하고서 재빨리 취침 인사를 마치고 돌아가 버렸다.

소이치의 친구라서 자기도 모르게 마음을 허락하고 쓸데없는 이야기까지 해버렸다고, 어쩌면 후회하고 있을지도 모른다. 그렇다면 미안한 짓을 하고 말았다며 나는 반성했다. 그녀의 호의를 이용한 것은 사실이기 때문이다.

노송으로 만들어진 훌륭한 목욕탕은 내 하숙방보다도 넓었다. 저택의 크기를 생각하면 전혀 이상할 것도 없지만, 그래도 한숨이 절로 나왔다. 다만 분한 마음 때문은 아니었다. 내 하숙방은 많이 낡았어도 온기가 느껴지는 데 반해, 이 집은 어디를 가나 싸늘한 기운만이 감돌고 있다. 그것이 목욕탕도 마찬가지라는 사실이 나에게는 좀처럼 믿기지 않았다.

그건 그렇지만 욕조에 잠겨 있으니 점차 몸이 풀어지기 시작한다. 고생스러웠던 하루도 믿을 수 없는 체험도 먼 과거의 일처럼 생각된다. 역시 목욕의 효과는 대단하다. 그렇게 마음에 여유가 생긴 탓인지, 저도 모르게 쓸데없는 생각이 들어버렸다.

'역시 **그것**은 노조키메였을까……'

장송 행렬 뒤를 따라 걷고 있던 것도, 화장터의 덤불 안에 숨어 있던 것도, 기둥 뒤편에서 이쪽을 엿보고 있던 것도 전부 엿보는 눈이자 엿보는 여자, 노조키메였던 걸까.

수년 전에 로쿠부 고개를 넘어왔다던 순례자의 딸이 과거와 마찬가지로 지금도 사야오토시 가에서 시즈메를 맡고 있다면 그것들은 물론 노조키메일 리가 없다. 빙의체 역할을 맡은 시즈메가 있으니 노조키메가 나타날 리 없는 것이다. 소이치의 이야기를 떠올려 보면 그건 확실하다.

그러면 그것들은 누구였을까. 순례하는 어머니와 함께 로쿠부 고개를 넘어왔다던 딸이자, 그 이래로 계속 사야오토시 가에서 시즈메를 맡고 있는 소녀였던 걸까.

'……아니, 아니다.'

거기서 나는 다른 중요한 사실을 떠올렸다. 그 여자아이가 지금도 시즈메였다면 당연히 이번 장례를 주관하고 있어야 하지 않은가. 순례자의 딸이 살아 있는 신이 되었을 때도 무녀 체질의 마을 여자아이가 빙의되었을 때도, 어느 쪽이나 관혼상제에 없어서는 안 될 존재가 되었다고 한다. 왜냐하면 경사스런 의례나 꺼림칙한 의례나, 마물을 끌어들이기 쉽다는 점에서는 마찬가지이기 때문이다. 노조키메의 앙화를 없앤다는 당초의 역할이 점차 확대되어 간 결과라고 추측할 수 있다. 민속학적으로 보더라도 이것은 충분히 있을 수 있는 변화라고 할 수 있었다.

하지만 코노에 씨의 장례식에 시즈메의 모습은 없었다. 설마 장송 행렬 맨 뒤나 제단이 있는 큰 방 구석에서 관혼상제를 주관하고 있었다고 생각하기도 어렵다. 그 눈치는 아무리 봐도 몰래 장송 행렬 뒤를 따라가고 있었던 것이고, 숨어서 큰 방 안을 엿보던 것이었다.

'그렇지. 토키코 씨가 시집왔을 때는……'

어땠을까? 라고 나는 생각했다. 그녀가 사야오토시 가에 시집왔을 당시, 만약 시즈메가 존재하고 있었다면 혼례에 관여했을 것이 틀림없다. 넌지시 그녀에게 물어보면, 그때부터 오늘에 이르기까지의 시즈메에 관한 이야기를 들을 수 있지 않을까.

'하지만……'

나는 욕조 안에서 고개를 저었다. 일부러 토키코에게 꺼림칙한 옛일을 떠올리게 할 것 없이 조린 주지에게 물어보면 될 일이다. 현재 시즈메가 있는지 여부도 그 주지라면 알고 있을 것이다. 내일 오후에라도 절에 찾아와보라는 말을 들었다. 그때 질문하면 된다.

그러나 사실 나는 이미 답을 알고 있었는지도 모른다.

세 번이나 목격한 수수께끼의 아이, 시즈메에 대해 목욕탕 안에서 한 고찰, 시게도 장례를 거들던 여자들도 그 아이를 보지 못했다는 사실, 조린 주지가 했던 속뜻이 있는 듯한 충고……. 그런 많은 일들을 돌아보면 저절로 답이 나오지 않는가.

'노조키메……'

아니, 하지만 정말로 **그런 것**이 있는 걸까? 기묘한 표현이 되지만, 나는 어느 정도의 이론으로 **그것**의 존재를 긍정한 것이 된다.

실존 자체가 극히 부조리한 존재를, 하필이면 이론적으로 '**있다**' 라는 결론을 내버렸다. 게다가 그 기괴한 논리를 지탱하는 것이, 앙화나 재액이나 불제라는 전근대적인 습속이다.

'나는 대체 어떤 세계에 발을 들인 것일까……'

지리적인 문제는 물론 아니다. 스쿠자 산지도 토모라이 촌도 난라이 집락도 다른 세상인 것은 아니니까. 그럼 사야오토시 가만이 일그러져 있느냐 하면, 거기까지 단언할 수는 없다. 비정상적이라는 점은 사실이지만, 이 집만의 문제라는 생각은 들지 않는다. 확실히 이 집안의 역사를 돌이켜보면, 카에몬이 당주이던 시절에 벌어진 순례자 모녀를 둘러싼 사건이 이 모든 일의 원흉이라고 알 수 있다. 하지만 그 뒤의 마을 사람들의 대응에 아무런 문제도 없었다고 말할 수 있을까. 사야오토시 가가 이런 모습이 된 데에는 토모라이 촌 사람들의 책임도 있는 것이 아닐까.

'……그렇지 않다. 그런 일이 아니다.'

나는 다시, 그러나 이번에는 세차게 탕 안에서 고개를 저었다.

정신이 들고 보니, 어쩐지 나는 괴이한 존재에 사로잡혀 있는 것 같다는 말도 안 되는 상태에 빠져 있다. 게다가 그것이 진짜인지 어떤지를 판단하기 위해서 괴이한 현상 자체를 추리의 소재로 삼을 수밖에 없다는 너무나도 상식을 벗어난 방편을 모색하고 있다. 그래서 내 머리는 혼란에 빠져서, 아니, 혼돈 상태가 되어서 영문을 알 수 없게 되고 만 것이다.

'내가 길을 잃고 들어온 곳은 대체 어떤 세계일까……'

그렇게 자문할 수밖에 없지만 아무리 물어도 결코 답은 나오지 않는, 그렇기에 더욱 더 자문하고 만다……라는 반복되는 악몽이 이곳에 있었다.

'**이곳**이란 어디인가……'

또다시 답이 나오지 않는 자문을 했을 때였다. 밖에서 소리가 들린 기분이 들었다.

'이런 밤중에……'

잘못 들었나 하고 생각했지만 가만히 귀를 기울이고 있자,

바스락……바스락……바스락…….

그런 발소리 같은 것이 들려오기 시작했다. 그것도 명백히 내가 있는 목욕탕 쪽으로 조금씩 다가오고 있다. 한순간 오싹했지만, 이내 자신의 겁먹는 모습이 우스워졌다.

'목욕탕 관리인일지도 모르잖아.'

분명 욕조에서 보이는 뒤쪽의 격자창 아래에 불을 때는 아궁이가 있는 것이리라. 목욕물을 끓인 뒤에 시간이 지났으므로, 아마도 토키코가 물이 식지 않게 하라며 보낸 것이 틀림없다. 그 증거로 발소리가 격자 창 옆까지 와서 멈추지 않았는가.

"학생, 물 온도는 좀 어떻습니까?"

금방이라도 밖에서 그런 목소리가 들려올 것이라 생각하고 나는 기다리고 있었다. 그러나 여전히 쥐죽은 듯 고요할 뿐, 아무 소리도 들리지 않는다. 아니, 흐릿하게 소리가 나고 있다.

드득……드득…….

마치 목욕탕 바깥의 나무 벽에 손톱을 대고 긁고 있는 듯한 기분 나쁜 소리가, 희미하게 들리고 있다.

'설마⋯⋯.'

벽을 기어 올라오는 **뭔가**를 상상하면서 나는 조심조심 격자창을 올려다보았다. 사실은 눈을 돌리고 싶었지만, 어쩔 수 없다. 욕조에서 뛰쳐나가고 싶었지만 애초에 몸이 움직이지 않았다. 무엇보다, 이미 때가 늦었다.

격자창 너머로 불쑥, 하고 시커먼 뭔가가 엿보인 것은, 그 직후였다.

9

나는 욕조를 뛰쳐나와 탈의실에서 몸도 닦지 않고 속옷만 입은 채로 토키코가 마련해준 유카타를 안고서 별채까지 잔달음질로 도망쳤다. 도중에 누구와도 만나지 않았던 것이 천만다행이라고 생각한다. 거의 반라인 상태로 뭔가에 씌인 듯이 복도를 뛰어오는 외지 사람을 보면, 대개의 사람은 비명을 질렀을 것이다.

목욕탕의 격자창 너머로 엿보고 있던 것……

**그것**은 무엇이었을까. 바깥은 칠흑처럼 새까맸다. 목욕탕의 불빛도 약해서, 특히 욕조 부근은 어두컴컴했다. 그 때문에 격자창 너머로 보인 것도 그냥 어떤 검은 형체로밖에 비치지 않았다.

검고 둥그스름한 것……

어린아이의 머리 같은 것……

역시 **그것**은 노조키메였나. 토모라이 촌을 방문한 지 반나절도 지나지 않았는데, 벌써 네 번이나 목격해버린 건가.

그렇게 생각하자 나는 오싹해졌다.

장송 행렬과 화장장의 경우에는 행렬의 뒤와 작은 산의 덤불 속에 있던 **그것**을 우연히 내가 깨달은 것에 지나지 않는다. 즉 **그것**의 흥미는 어디까지나 코노에 씨의 장례에 있었다는 이야기가 된다. 그러나 응접실 구석의 기둥과 목욕탕의 격자창 너머에 나타난 것은 일부러 **그것**이 나에게 다가왔다고 간주해야 하지 않을까.

처음의 두 번은 내가 **그것**을 목격했다.

다음 두 번은 **그것**이 나를 엿보러 왔다.

밝은 별채에 있음에도 불구하고, 나는 등줄기에 한기를 느꼈다. 등 뒤가 신경 쓰여서, 자기도 모르게 몇 번이나 돌아보았다. 그러던 중에 이내 활짝 열려 있는 미닫이문 너머로 보이는 복도, 그 미닫이문의 뒤편 그늘, 장지문의 격자, 통풍창의 틈새가 두려워지기 시작했다. 지금이라도 **그것**의 발소리가 들려오지는 않을까, 그 얼굴이 엿보는 것이 아닐까, 그 모습이 비치는 것은 아닐까……. 그렇게 몹시 두려워졌다.

나는 가방에서 진보초의 골동품점에서 구입한 영국제 포켓플라스크를 꺼내서 그 안에 담긴 위스키를 마셨다. 목이 타는 듯한 감각 뒤에, 뱃속에 뜨끈한 기운이 퍼지기 시작한다. 다시 한 모금, 또 한 모금 마시는 동안에 간신히 마음이 가라앉기 시작했다. 그러자 갑자기 어떤 의문이 고개를 쳐들었다.

'어째서 나에게 **그것**이 보이는 걸까.'

'왜 **그것**은 나에게 붙어 다니는 걸까.'

사야오토시 가와 나는 아무런 관계도 없다. 소이치의 친구일 뿐이다. 확실히 소이치로부터 사야오토시 가에 관련된 괴이 현상에 대해 듣기는 했지만, 그것만으로 **그것**을 눈으로 보게 되는 걸까. **그것**에 홀려버리는 걸까.

'노조키메는 전염된다……'

그런 얼토당토않은 생각이 문득 떠올랐다. 그렇다면 마을 사람들도? 문득 그런 생각이 들었지만 사야오토시 가가 무라하치부를 당한 상태에서는 어려울지도 모른다. 그렇기에 **그것**은 몇십 년, 몇백 년에 걸쳐서 이 집안 안에서만 존재하고 있었다.

그런데 소이치가 나에게 말해버렸다. 그래서 **그것**은 소이치 앞에 나타났다. 그 결과, 그는 절벽에서 떨어져서 죽었다.

전부 상상에 지나지 않는다. 망상이라고 할 수 있을지도 모른다. 하지만 지금의 내가 할 수 있는 것은 이렇게 생각에 잠기는 것뿐이다. 그런 생각을 금방 다른 내가 부정했다. 머릿속으로 생각하지만 말고 행동해야 한다고 주장하고 있다. 나는 위스키에 취해 있는 걸까?

'게다가 너는 이따금씩 두려움을 잃어버리는 경우가 있어.'

갑자기 소이치가 했던 말이 머릿속에서 웅웅 울려 퍼졌다. 사야오토시 가에 관련된 기괴한 이야기를 들려줬을 때에, 그가 했던 한마디다.

나는 다시 한 번 몸을 닦고, 유카타를 입고서 가방에서 회중전등을 꺼내들고 별채 툇마루의 섬돌에 놓여 있던 짚신을 신고 안채 뒤편으로 향했다.

목욕탕의 격자창 아래를 조사하기 위해서다. **그것**이 진짜 나무 벽을 기어올랐다면 어떠한 흔적이 남아 있을 것이 틀림없다. 그밖에도 뭔가 발견할 수 있을지도 모른다. 그것을 확인할 생각이었다.

물론 두렵지 않았던 것은 아니다. 그러나 일방적으로 저쪽에게 쫓기며 두려워하기만 해서는 아무것도 해결되지 않는다. 내 쪽도 행동에 나서야만 하는 게 아닐까. 위스키의 술기운을 빌어 대담해진 것뿐만 아니라, 소이치의 말에 등을 떠밀린 느낌이었다.

아니, 정말로 술과 소이치 때문일까? 일부러 이 마을의 이 집에 이렇게 찾아와 있다는 사실이, 모든 것을 이야기하고 있지 않은가. 그곳에 소이치를 향한 마음이 있었던 것은 확실한 사실이다. 다만 그것과 같은 비율로 내 안에는 괴이에 대한 감출 수 없는 호기심이 틀림없이 숨어 있었다. 민속학을 공부하고 싶다고 생각한 것도 그런 것에 대한 흥미 때문일 것이다. 호기심은 때로는 공포심을 능가한다.

목욕탕은 안채의 남쪽 중앙 부근에 설치되어 있어서, 격자창은 작은 산을 깎아낸 산 표면 부근에 접하고 있었다. 목욕탕과 벼랑 사이에 오두막이 있어서 그쪽을 보니 잔뜩 쌓인 장작이 눈에 들어왔다. 코노에 씨를 화장했던 장작도 분명 이 오두막에서 가지고 나온 것이리라.

목욕탕까지 돌아와서 외벽 근처에 쪼그려 앉아서, 나는 회중전등의 조명을 구석구석까지 비춰보았다. 그러나 뭔가 그럴싸해 보이는 긁힌 자국이 조금도 보이지 않았다. 널빤지로 만들어진 벽 전체가 검게 더러워져서 결코 깨끗하지는 않았다. 긁힌 자국 한두 개쯤은 간단히 묻혀버릴지도 모른다. 하지만 그렇다고 해도 벽이 검으니 새로운 상처가 있으면 눈에 띌 것이다. 나는 확실히 드득드득, 하는 소리를 들었다. 그럼에도 불구하고 아무런 흔적도 없다. 이것은 대체 어떻게 된 일일까.

만일을 위해 직접 손톱으로 흠집을 내보고서 나는 낙담했다. 손톱자국은 남지만 여전히 검은 상태라서 그것이 새로운 것인지 오래된 것인지 전혀 분간이 가지 않았다.

나는 일어서서 그 주위에 회중전등의 빛을 비추며 이리저리 훑어보았다. 그러나 수상한 것은 아무것도 없다. 이러는 동안에 누군가가 목욕탕에 들어오는 기색이 느껴졌다. 이것이 마지막 목욕이라면 사야오토시 가의 며느리인 토키코일지도 모른다. 이런 곳을 어슬렁거리는 모습을 들켰다간 목욕탕을 엿보려 했다는 불명예스러운 낙인이 찍히게 될지도 모른다.

나는 황급히 별채를 벗어나려고 하다가, 갑자기 반대 방향이 신경 쓰였다. 별채는 안채의 동쪽에 세워져 있고, 목욕탕은 남쪽 거의 중앙에 설치되어 있다. 별채에서 목욕탕까지 안채의 뒤편을 통해서 왔는데, 그동안 특별히 눈에 띄는 것은 없었다. 즉 소이치에게 들은 다른 건물은 목욕탕의 서쪽 방향에 있다는 이야기가 된다.

'순령당……'

그 이름이 떠올랐을 때, 대체 노조키메는 어디에서 나타나는 것일까 하는 의문이 곧바로 싹텄다. 애초에 사야오토시 가에 붙어 있는 것이지, 특별히 숨어 있는 장소는 없는지도 모른다. 도호쿠 지방의 자시키와라시처럼, 특정한 방에 나온다고만도 할 수 없다.

다만 만약 그런 장소가 있다고 한다면 역시 순령당이 아닐까.

망설인 것은 한순간이었다. 회중전등의 불빛을 의지해서 나는 소리 죽인 발걸음으로 종말 저택의 서쪽으로 걷기 시작했다.

아까 조린 주지와 사야오토시 가의 대문을 지날 때, 나는 지붕 너머로 저택 오른편 뒤쪽에 묘지 같은 것을 흘끗 보았다. 저것이 소이치의 이야기에 나왔던 사야오토시 가의 묘소일 것이다. 벼랑을 깎아서 고른 땅에 만든 것이 틀림없다. 저택 뒤편의 벼랑이라면 순례자 모녀를 가뒀던 헛간이 있던 곳이다. 순령당이 그곳에 있을 가능성이 상당히 높다.

설레는 마음을 억누르며 신중하게 걸어간다. 왼편의 벼랑 위에서는 이따금씩 글자로는 표기할 수 없는 비명소리 같은 것이 들려온다. 굳이 쓰다면 '기엑'이나 '그엑' 정도 될까. 산짐승이 내는 소리일 거라고 생각하지만, 아무래도 기분이 나쁘다. 술렁거리는 바람에 흔들리는 초목의 소리조차 은근히 섬뜩한 느낌을 준다.

별채를 뛰쳐나왔을 때의 고양감은 한참 전에 가라앉아 있었다. 목욕탕의 외벽을 조사하자고 결의한 기백도, 이미 없는 것이나 마찬가지다.

'게다가 너는 이따금씩 두려움을 잃어버리는 경우가 있어.'

소이치의 지적은 옳았지만, 실은 반밖에 맞지 않았다. 문제는 두려움을 잃어버린 **뒤**다. 즉 언제까지나 그것이 계속되는 것은 아니다. 시간이 지남에 따라 혹은 작은 계기로 원래대로 돌아와버린다. 아니, 원래대로 돌아온다면 다행이다. 오히려 반대로 겁쟁이가 되어버리는 것이다.

이때의 나는 참으로 미묘한 상태였다. 두려움을 잃어버린 상태에서 깨어난 것은 틀림없지만, 아직 겁쟁이가 되지는 않았다. 그냥 보통 상태에 가까웠다고 생각한다. 그렇기에 순령당을 찾아서 저택 서쪽으로 한창 향하던 중에 짐승의 울음소리와 나뭇잎이 쓸리는 소리에 섞여 뭔가가 들려왔을 때, 자기도 모르게 멈춰서버렸다. 호기심과 공포심을 동시에 느낀 것이다.

회중전등을 끄고서 나는 전방의 암흑을 응시했다. 그러자 작은 건물 같은 것의 윤곽을 어둠 속에서 희미하게 파악할 수 있었다.

'저것이 순령당……'

다시 발을 내딛자 또다시 뭔가가 들렸다. 그러나 이번에는 그것이 사람의 목소리라는 것을 알고, 자기도 모르게 움찔했다.

그 자리에 멈춰선 채로 가만히 귀를 기울인다. 순령당 방향으로 귀를 기울이고서 그저 가만히 기다렸다. 모든 잡음을 제거하고 앞쪽의 암흑에만 집중하고 있으려니, 또다시 연약한 목소리가 희미하게 들려왔다.

어머니…….

그 목소리가 귀에 닿은 순간, 목덜미의 털이 곤두섰다. 게다가 그것이 여자아이의 목소리 같다고 생각한 순간, 오한이 등줄기를 타고 내려갔다.

생매장당한 어머니를 노조키메로 변한 딸이 부르고 있다…….

순례자였던 어머니를, 살아 있는 신을 연기하며 반죽음당한 딸이 부르고 있다.

시즈메 역할을 맡은 탓에 미쳐버린 딸이 고향의 어머니를 그리

위하며 부르고 있다…….

그것이 몇십 명이나 되는 소녀들의 목소리임을 깨달은 나는, 곧바로 그 자리에서 뒤돌아 쏜살같이 도망치고 있었다. 다만 소리는 내지 않도록 주의했다. 물론 내 존재를 들키고 싶지 않았기 때문이다. 이젠 괜찮다고 생각되는 지점까지 돌아오자, 그 뒤로는 온힘을 다해 달렸다. 목욕탕 뒤편을 통과할 때도 상관하지 않았다. 한시라도 빨리 별채로 도망치고 싶었다. 이때 머리에 가득 찬 것은, 그저 그 생각뿐이었다.

별채의 방에 뛰어 들어간 다음, 나는 모든 미닫이문과 장지문을 닫았다. 온몸이 땀으로 흠뻑 젖어 있어서 사실은 활짝 열고 싶었지만, 무서워서 도저히 그럴 수 없다.

유카타를 벗고 수건으로 땀을 닦으면서 위스키를 마신다. 목이 타는 듯한 감각에 간신히 살 것 같은 기분이 들었다. 금세 뱃속이 뜨끈해지고, 점차 동요가 잦아든다. 별 일 아니다, 이래서는 목욕탕에서 도망쳤을 때와 똑같지 않느냐고 생각할 무렵에는 상당히 차분해져 있었다.

그렇다고 해도 공포가 완전히 사라진 것은 아니었다. 푹푹 찌는 밤인데도 불구하고 나는 칸막이문과 장지문을 닫은 채로 이불을 머리까지 뒤집어쓰고 누워 있었으니까……. 그것 때문에 별로 잠을 자지 못했다. 거의라고 말해도 좋을 것이다.

다음날 아침은 별채에 비쳐드는 아침 햇살과 들새들의 소리에 잠을 깼지만, 머리는 아주 무거웠고 두 눈은 거의 감겨 있는 상황이었다. 몇 번이나 세수를 하고 어떻게든 모양을 갖췄다.

아침 식사는 사야오토시 가 사람들과 함께했는데, 아무도 입을 열지 않았다. 마치 장례식 중인 것처럼 적적했다. 토키코가 몇 마디 말을 걸어주었지만, 시부모인 기이치와 노리코의 눈치를 보느라 아주 주뼛주뼛해서 오히려 내 쪽이 미안하다는 생각이 들 정도였다. 쇼이치는 그 점에서 자유로웠지만, 나와 이야기를 하면 아버지인 칸이치에게 야단을 맞았다.

"남자는 밥 먹을 때에 쫑알쫑알 떠드는 게 아니야."

그 말에는 나를 빈정거리는 뜻도 있다고 생각하는 것은 역시 너무 깊은 생각일까. 하지만 기이치와 노리코, 칸이치 세 사람에게 전혀 환영받지 못하는 것은 거의 확실하다. 다만 그 이야기를 하자면 나는 토키코와 쇼이치 두 사람을 제외한 모든 사야오토시 가 사람들에게 경원시되고 있었는지도 모른다. 고용인들도 마찬가지다. 말을 걸면 대답은 하지만, 그밖에는 무시하는 것이나 마찬가지였다. 당주 부부와 후계자가 보이는 나에 대한 대응이 그대로 반영되고 있었기 때문일 것이다.

아침식사가 끝나자 기이치 일행은 모두들 외출했다. 코노에 씨의 습골(拾骨)을 하기 위해 그 작은 산으로 향한 것이다. 그것이 끝나면 돌아와서 납골을 한다. 사야오토시 가의 산소는 심원사가 아니라 저택의 서남쪽에 있는 벼랑 경사면을 계단식으로 골라놓은 곳에 있다는 것을, 만일을 위해 오늘 아침 중에 토키코를 통해 확인받아두었다.

모두를 배웅하고 별채로 돌아온 나는, 문득 생각이 나서 이 대학노트를 적기 시작했다. 원래부터 이런 기록을 할 생각이었다. 다만 어디까지나 민속조사로서의 보고서에 가까운 기술을 할 생각이었다. 그러던 것이 이런 괴이담을 적는 꼴이 될 줄이야……. 게다가 자기도 모르게 소설풍으로 적고 있지 않은가. 이것은 애독하던 통속적 공포소설에 영향을 받았는지도 모른다.

자기도 깨닫지 못하는 사이에 책상머리에 오랫동안 붙어 있었는지, 손을 멈추고 확인해보니 상당한 매수를 쓰고 있다. 덕분에 팔과 어깨가 조금 뻐근하다. 무엇보다 기분전환을 하고 싶었다. 산책을 나갈까 하다가 거기서 중요한 것을 떠올렸다.

'아직 소이치의 묘에 가보지 않았지.'

나는 사야오토시 가 사람들이 습골을 마치고 돌아오기 전에 묘에 가보기로 했다. 사실은 토키코와 같이 가고 싶었지만, 오늘은 무리라고 생각하고 포기했다.

일단 안채의 불단이 있는 방에 가서 향과 성냥을 빌린 뒤, 나는 현관을 통해 밖으로 나왔다. 호기심에 이끌려 대문을 통해 난라이 집락을 바라보았지만, 어제와 마찬가지로 나다니는 사람의 모습은 어디에도 없었다. 납골이 무사히 끝날 때까지 모두가 외출을 삼가고 있는 것일까. 마치 끔찍한 전염병의 맹위가 지나가기를 그저 숨죽이고 가만히 기다리고 있는 것 같다.

종말 저택의 오른편에 펼쳐진 정원을 빙 돌아 들어가자 벼랑의 경사면에 늘어선 묘비의 무리가 눈에 들어오기 시작했다. 아무래도 계단의 위로 올라갈수록 현대에 가까워지는지, 위쪽으로 갈수록 묘가 새것처럼 보였다. 보통은 '어느 가문 대대의 묘'라는 묘비 하나로 충분하겠지만, 사야오토시 가 정도로 오래된 집안은 역시 다른 듯하다. 각각의 시대에 맞는 형태를 한 선조의 묘비가 쭉 늘어서 있다. 아마도 소이치는 저 최상단에 잠들어 있을 것이다.

사야오토시 가의 산소를 올려다보면서 종말 저택의 서쪽 가장자리를 다 돌았을 때였다. 눈앞에 작은 단층집 정도 크기의 기묘한 건물이 나타났다.

'뭐지, 이건…….'

그렇게 고개를 갸웃거린 직후, 그 정체를 알아차린 나는 자기도 모르게 비명을 지를 뻔했다.

'……순령당이다.'

어젯밤에는 반대방향에서 왔었던데, 멀찍이에서 어둠 속에 떠오른 윤곽을 본 것뿐이라 바로 알아차리지 못했던 것이다.

하지만 눈앞의 건물을 순령당이라고 인식한 순간.

어머니…….

곧바로 어젯밤에 들었던 여자아이의 목소리가 뇌리에 되살아나서 팔뚝에 소름이 돋았다.

'그건 이 안에서 들려왔던 걸까…….'

찬찬히 그 불당을 바라보는 중에, 나는 갑자기 체한 듯한 뭐라 말할 수 없는 불쾌한 기분을 맛보았다. 이제까지 무소 고개나 시작 저택인 토다테 가, 호쿠라이와 마라이와 난라이 집락, 그리고 종말 저택의 사야오토시 가의 순서대로 소이치의 이야기에 나왔던 것들과 실제로 대치해왔다. 그러나 이 정도로 묵직하고 답답한 느낌을 받은 것은 이 순령당이 처음이었다.

'이렇게 작은데…….'

다만 그 존재감은 시작 저택과 종말 저택을 아득히 상회하고 있었다. 특히 사야오토시 가는 저택의 크기에 반비례하듯이 집 안의 공허함이 몹시 눈에 띄었다. 물론 그곳에 사는 사람들의 숫자 문제도 있을 것이다. 그러나 결코 그것만이 이유는 아닌 뭔가가, 이 집에서는 느껴졌다. 가령 모든 덧문을 닫았다고 해도 집 안에는 끊임없이 차갑고 기분 나쁜 공기가 감돌 것이다. 그런 생각이 머릿속에서 떨어지지 않는다.

그것에 비해 순령당은 **가득 채워져 있다.** 어디까지나 인상이므로 **그것들**이 무엇인지는 알 수 없다. 다만 좁은 공간 안에 눈에 보이지 않는 것들이 우글거리고 있다. 무수한 뭔가가 꿈틀거리고 있다. 자꾸만 그런 느낌이 드는 것을 어찌할 수 없었다.

이 알 수 없는 섬뜩함이 느껴지는 순령당 이상으로 신기한 것이, 실은 바로 그 옆에 존재하고 있었다. 어젯밤에는 전혀 눈치 채지 못했는데, 순령당 옆에 작은 사당이 세워져 있었다. 암흑 속에서 순령당과 동화되어 그때는 보이지 않았던 것이리라.

순령당이 작은 단층집이라면, 그 사당은 암자를 축소해놓은 듯한 오두막이었다. 전자는 순례자 모녀의 공양을 위해 지어진 것일 텐데, 그렇다면 후자는 무엇을 위해서일까. 애초에 불당이 있는데, 어째서 작은 사당까지 필요한 것일까.

'다른 것을 공양하기 위해⋯⋯.'

문득 그런 꺼림칙한 생각이 떠올랐다. 역대의 순례자 모녀와 무녀 체질의 마을 소녀들이 아닌, 다른 종교인을 모시고 있는지도 모른다.

순령당은 전체적으로 상당히 오래되었지만 제대로 손질되어 있는 덕분인지 극히 상태가 양호했다. 그렇지만 이 작은 사당은 불당에 비해서 상당히 새 건물로 보이는데도 이미 집이 많이 상한 분위기가 떠돌고 있다. 마치 처음부터 아주 간소하게 만들어진 것 같다. 누군가의 공양을 위해서 모셔졌다고는 도저히 생각되지 않는 모습이다. 이 차이는 대체 무엇일까.

순령당과 작은 사당을 번갈아 바라보는 동안, 점차 무서워지기 시작했다.

나는 당황하며 그 자리를 떠나, 순령당 뒤편으로 돌아 들어갔다. 그 순간 눈앞에 사야오토시 가의 묘소가 확 펼쳐졌다. 정확히는 쭉 뻗어 올라갔다고 표현해야 할까. 산 표면을 깎아내고 거기에 계단식 밭처럼 만든 땅에, 수많은 묘비가 늘어서 있다. 그곳 거의 중앙을 가파른 돌계단이 가로지르고 있어서 그 계단을 통해 어느 단에도 갈 수 있는 구조였다.

묘소의 문에 들어섰을 때, 나는 오른편 가장자리에 있는 기묘한 공간을 깨달았다. 그곳은 묘비가 늘어선 단의 맨 아랫단보다도 아래, 요컨대 지면 위였다. 그 주위 일대가 돌기둥에 둘러싸여 있고, 안에는 크고 작은 몇 개의 비석이 보였다. 그렇다고 해서 묘소의 일부는 아닌 듯했다. 오히려 구별되어 있는 것처럼 느껴진다. 서양의 교회 묘지에서는 자살한 사람을 부지 바깥에 묻는 풍습이 있다는 이야기를 떠올렸다.

'저 안의 비석 중 하나가, 분명히 옛 순례자 모녀의 것이겠구나.'

그것은 아마도 틀림없을 것이다. 소이치의 이야기와도 합치된다. 그러나 그렇다면 다른 비석들은 대체 무엇일까. 그렇게 계속 생각하다가 나는 깨달았다.

'어쩌면 다른 비석은 미쳐버린 여자들을 모신 것인지도 몰라……'

사야오토시 가를 위해서 살아 있는 신이나 빙의체 역할을 떠맡고, 그것 때문에 머리가 이상해져서 죽어간 여자들이 있었다. 그럼에도 불구하고 사야오토시 가 사람은 아니기 때문에 산소에 같이 매장할 수는 없다. 그래서 외곽의 구석 자리를 둘러싸고, 저렇게 다른 묘지를 준비했다. 분명 그럴 것이다.

사야오토시 가의 묘소와 저 둘러싸인 장소의 관계는 토모라이 촌과 사야오토시 가의 관계 그 자체가 아닐까. 나는 문득 그런 생각이 들었다. 마을 사람 모두에게 무라하치부라는 차별을 받아오고 있는 사야오토시 가가, 죽은 타지 여자들을 집안의 산소에는 결코 들이지 않고 구별해서 매장하고 있다.

"정말 얄궂은 일이네."

저도 모르게 나는 소리 내어 중얼거리고 있었다.

토모라이 촌에서 사야오토시 가가 받고 있는 처사는 언어도단이지만, 그 사야오토시 가는 본래 큰 은혜를 느껴야 할 여자들에게 자신들이 당한 것과 비슷한 짓을 했다. 양자의 차이는 그것을 산 자의 이승에서 행하고 있는가, 죽은 자의 저승에서 행하고 있는가 하는 것뿐이 아닐까.

그 둘러싸인 장소를 보고 있는 것이 괴로워서 내가 시선을 돌리려고 했을 때였다.

가장 큰 비석 뒤에서 불쑥 나온 어린아이의 얼굴이 엿보였다.

10

싸악 하고 얼굴에서 핏기가 가시고 지금이라도 당장 비명을 지르면서 쏜살같이 도망치려던 참이었다. 그것을 간신히 멈출 수 있었던 것은 정말로 우연이었다.

"……쇼이치."

그래서 바로 쑥 들어간 그 얼굴에게 말을 걸긴 했지만, 전혀 자신이 없었다. 실제로는 그냥 그 아이였으면 좋겠다고 바라는 마음이 강했는지도 모른다.

잠시 동안의 공백 뒤에 비석 뒤편에서 부끄러운 듯이 모습을 보인 것은 다행히도 쇼이치였다.

"역시 너였구나."

그렇게 말해보긴 했지만, 나는 진심으로 안도하고 있었다.

"증조할머니의 습골을 하는 곳에 같이 간 거 아니었니?"

끝나고 돌아왔다면 현관 쪽에서 기척이 났을 것이다. 그러나 여전히 종말 저택은 무서울 정도로 고요했다.

"습골은 끝났어요."

둘러싸고 있는 돌기둥을 넘더니, 쇼이치는 이쪽으로 다가왔다.

"할아버지와 할머니, 아빠하고 엄마는 어디 계셔?"

"아직 저쪽에 있어요. 할머니의 말씀을 세이 씨에게 전하기 위해서 나만 먼저 돌아왔어요."

'세이'라는 인물은 사야오토시 가의 하녀이고, 할머니인 노리코의 전언이란 납골 뒤의 식사에 관한 것이었다. 아마도 어젯밤과 마찬가지로 토모라이 촌의 유력자들이 참석하게 될 것이다. 아무래도 노리코는 그것에 대한 뭔가 중요한 지시를 잊고 있었던 모양이다.

"소이치 형아의 묘에 가는 거예요?"

"응, 같이 갈래?"

그렇게 청하자 쇼이치는 기쁜 듯 미소 지었다.

"소이치 형의 묘는 어디에 있니?"

묘소를 올려다보며 묻자, 예상대로 최상단의 돌계단 오른편을 가리키면서, "잠깐 기다려요."라고 말하며 어딘가로 사라졌다.

이내 정원에서 따온 듯한 꽃과 물을 담은 작은 들통을 들고 돌아왔다.

"어이쿠, 아주 꼼꼼하게 챙겼구나. 분명히 소이치도 기뻐할 거야."

그렇게 말하며 내가 들통을 들자,

"발밑을 조심해야 돼요."

쇼이치는 부끄러움을 감추려는 듯 무뚝뚝하게 말하고는 얼른 묘소의 문을 지나 가파른 돌계단을 내 앞에 서서 올라가기 시작했다.

어린아이에게 주의받다니 정말 어이가 없었지만, 확실히 그 계단은 위험했다. 경사가 가파를 뿐만 아니라 폭도 좁아서, 자칫 발을 잘못 디뎠다간 큰 사고가 날 것 같았다. 무게 중심이 낮은 어린아이보다 어른 쪽이 더 주의해야 한다는 것을 이해했다. 덤으로 나는, 작긴 해도 들통을 들고 있다. 자연히 발걸음이 신중해지고, 최상단에 도착했을 때에는 그야말로 몸 전체가 땀에 흠뻑 젖어 있었다.

그러나 묘지의 꼭대기에서 바라본 경치는 장관이었다. 언덕 위의 대문 앞보다도 시야가 넓어진 덕분에 난라이 집락 거의 전역을 내려다볼 수 있었다. 숨겨진 마을 같은 분위기의 그 모습은 어딘지 모르게 환상적이어서 나를 매료시켰다. 그것과 동시에 시골마을 특유의 폐쇄성을 느낀 것도 사실이었다.

집락의 전체를 둘러보았지만, 여전히 아무도 밖을 다니고 있지 않았다. 사야오토시 가 사람들의 모습도 보이지 않으니, 아직 화장장에 있든가 이쪽으로 돌아오는 도중일 것이다.

"이쪽이에요, 이쪽."

말을 거는 쇼이치 쪽을 보니 벌써 소이치의 묘비 앞에 가 있었고, 세워둔 꽃을 이번에 가지고 온 새 꽃으로 바꾸고 있었다.

"항상 네가 꽃을 바치고 있는 거니?"

"나하고 엄마하고요."

그 대답이 조금 마음에 걸린 나는 자연스럽게 물었다.

"다른 사람은?"

"아무도 안 와요."

태연한 말투에 나는 저도 모르게 쓴웃음을 지었다.

사야오토시 가에서 소이치는 그 정도의 존재였다는 것일까. 후계자로는 칸이치가 있다. 토키코라는 며느리를 얻고 쇼이치라는 손자도 키우고 있다. 도쿄의 대학에 간 내성적인 차남 따윈 가업을 계승한 장남만 건재하다면 있든 없든 마찬가지인가.

'소이치를 생각하고 있던 것은 형수와 조카 두 사람뿐인가…….'

그래도 나는 외로움이나 슬픔보다 따스함을 먼저 느꼈다. 두 사람의 소이치에 대한 마음이 진짜라는 것을 알았기 때문일 것이다.

묘는 하단석과 중단석과 상단석에 간석을 겹친 훌륭한 것으로, 묘 뒤에는 소토바(卒塔婆 ; 공양을 위해 탑 모양으로 꾸민 가늘고 긴 판자에 경문 등을 적어서 무덤 뒤에 세운 것_역주)가 세워져 있고 앞부분에는 디딤돌과 배석(拜石)도 있는 등, 선반 형태라 단의 폭이 좁음에도 불구하고 훌륭하게 꾸며져 있다. 사야오토시 가에는 필요 없는 자라고 여겨지면서도 죽으면 엄숙한 묘만큼은 세워준다. 이것도 시골 특유의 허세일까.

소이치의 묘비 옆에도 새로운 묘가 있었다. 틀림없이 코노에 씨의 묘일 것이다. 즉 사야오토시 가에서는 한 사람에 하나씩 묘를 쓰는 풍습이 있는 것이다. 그것은 사야오토시 가가 토모라이 촌의 오래된 가문이기 때문일까. 아니면 다른 이유가 있는 것일까. 한 사람씩 매장해야만 할 정도로 사연에 가득 찬 꺼림칙한 뭔가 때문일까.

"왜 그래요?"

쇼이치가 말을 걸어서 퍼뜩 정신을 차렸다. 멍하니 묘비를 바라보고 있던 나를, 아무래도 미심쩍게 생각한 듯하다.

"아니, 아무것도 아니야."

나는 들통의 물을 국자로 수발(水鉢)에 붓고, 불을 붙였다가 끈 향을 향로에 꽂고 나서 다시 묘비를 바라보았다. 그리고 눈을 감으며 합장을 하고 조용히 고개를 숙였다.

'소이치, 오래간만이구나.'

마음속으로 그를 부른다. 정말로 말을 하는 기분으로 그에게 말을 건다. 그렇지만 금방 나는 당황스러움을 느꼈다. 어젯밤에 불단에 찾아갔을 때와 마찬가지로, 이곳에는 그가 없는 듯한 기분이 들었기 때문이다.

'말도 안 돼……'

물론 나는 자신의 이 감각이 절대적으로 옳다고 주장할 생각은 없다. 그렇다고 해도 불단과 묘비 앞에서 느낀 이 공허한 기분은 예삿일이 아니라고 생각했다.

'소이치, 너는 여기에도 없는 거야?'

'그렇다면 대체 너는 어디에 있는 거야.'

마음속으로 외치면서 눈을 뜨자, 쇼이치가 흥미롭다는 듯이 이쪽을 바라보고 있어서 움찔했다. 그것을 들키지 않도록 나는 일부러 노려보는 시늉을 했다.

"참배는 제대로 했니?"

"응. 매일 하고 있으니까요."

"그렇구나, 기특하네. 앞으로도 잘 부탁해."

곧바로 내가 고개를 숙이자 쇼이치도 꾸벅 인사를 했다.

"소이치 형아한테 뭐라고 하며 참배했어요?"

"우선은 오래간만이라고 인사했지. 그런 뒤에 네 조카인 쇼이치는 참 착한 아이라고 보고했어."

"이상해. 전혀 참배 같지 않아."

그렇게 말하면서도 쇼이치는 명백히 수줍어하고 있었다. 그 눈치에서도 삼촌을 정말 좋아했다는 것을 알 수 있어서, 훈훈한 기분이 들었다. 가령 소이치가 이 묘지에 매장되어 있지 않았다고 해도, 이 소년의 마음은 죽은 친구에게 닿을 거라 생각되었다.

"이만 갈까? 슬슬 모두 돌아올 시간이잖아."

소년을 재촉해서 돌계단까지 돌아갔을 때, 눈 아래의 순령당과 작은 사당이 눈에 들어왔다. 그러자 묘에 참배하기 전에 그곳에서 느낀 기분 나쁜 감각이 단숨에 되살아났다.

'쇼이치는 뭔가 알고 있는 걸까?'

앗 하는 사이에 돌계단 절반을 내려가버린 소년의 뒷모습을 바라보면서, 이 아이에게 물어볼지 말지를 나는 계속 망설였다.

"뭐야, 아직 안 내려왔어요?"

내가 망설이고 있는 사이에 이미 묘지의 문까지 나간 쇼이치가 돌아보며 어이없어하고 있다.

"얼른 내려오지 않으면 다들 돌아올 거예요. 하지만 위험하니까 천천히 내려오는 게 좋아요. 소이치 형아도 자주 넘어질 뻔했으니까."

　마지막 대사에서 소이치의 죽음의 상황을 떠올린 나는, 한순간 그 자리에서 현기증을 느꼈다. 소이치가 절벽에서 굴러 떨어지는 순간의 공포를 생생히 의사 체험한 기분이었다. 아니, 곧바로 쭈그려 앉지 않고 계속 그 자리에 멈춰서 있었더라면 정말로 나는 돌계단 위에서 떨어졌을지도 모른다.

　"괜찮아요?"

　정신이 들고 보니 어느 사이엔가 쇼이치가 옆에 있었다.

　"응, 잠깐 현기증이 난 것뿐이야. 어젯밤에 잠을 제대로 못 잤거든."

　그를 안심시키기 위한 것이긴 했지만, 목욕탕에서 겪은 체험 때문에 거의 잠을 자지 못했던 것은 사실이었다.

　"같이 내려가요."

　쇼이치는 들통을 들더니, 내 손을 잡고서 돌계단을 천천히 내려가기 시작했다. 마치 손자의 손에 이끌린 노인 같았지만, 그의 부축이 정말 고마웠던 것은 틀림없다.

　"덕분에 살았어."

　무사히 문으로 나올 즈음, 나는 돌계단을 돌아보면서 감사의 말을 했다.

　"어머니도 가끔씩 나를 의지하니까, 별것 아니에요."

　무뚝뚝한 어조였지만 역시 부끄러워하고 있는 듯하다. 그런 자상한 소년에 대해서 너무하다고는 생각하면서도, 나는 마음을 독하게 먹고 물었다.

"이거, 순령당이라고 하지? 무엇을 위한 불당이야?"

곧바로 쇼이치의 얼굴이 굳어졌다. 불당을 응시하는 시선도 어째서인지 불안해 보인다. 그렇긴 해도 내 물음에는 제대로 답해주었다.

"우리를 지켜주시는 특별한 신을 이곳에 모시고 있다고 증조할머니가 말씀하셨어요."

과거에 종말 저택 뒤편 벼랑 아래에 생매장해 죽인 순례자 모녀—사야오토시 가에 앙화를 내린 악령 같은 존재—를 재앙신으로 모시고 있었으니, 코노에 씨의 설명은 확실히 틀리지는 않았다. 정말이지, 말은 하기 나름이다.

"하지만 아주 무서운 신이니까 어린아이는 이곳에 혼자 다가가면 안 된다고 항상 짜증날 정도로 잔소리를 들었어요. 그래서 소이치 형아의 묘에 올 때에는 이 건물을 보지 않으려고 하고 있어요."

아무리 남자아이라도 순령당에 사야오토시 가의 아이가 관계하는 것은 역시 금기일 것이다. 코노에 씨가 손자를 걱정했던 것도 당연하다.

"그 신에게 아침저녁으로 밥을 바치는 것이 매일 증조할머니가 하는 일이었어요."

신에게 바치는 밥이란 신찬(神饌)을 말하는 것이리라. 신찬 혹은 제물이라고도 하며, 식재료를 날것으로 바치는 생찬과 조리해서 바치는 숙찬이 있다.

"증조할머니가 돌아가신 뒤에는?"

"어머니가 하게 되었어요."

"할머니가 아니라?"

"응."

노리코를 건너뛰고 토키코에게 인계되다니, 대체 어떻게 된 일일까.

"하지만……."

그렇게 말을 이으면서도 쇼이치가 머뭇거려서, 뭔가 사정이 있을지도 모른다고 나는 신중하게 말을 고르며 물었다.

"뭔가 문제라도 일어난 거야? 괜찮다면 알려줄래?"

사야오토시 가에서 이 역할을 조상 대대로 여자 가장이 담당해왔던 것이라면, 노리코가 아닌 토키코가 신찬을 바쳤기 때문에 뭔가 앙화가 내렸을지도 모른다.

"너한테 들었다는 건 절대로 남에게 이야기하지 않을게."

"……그런 건 상관없지만."

여전히 쇼이치는 우물거렸지만, 다시 흘끗 순령당을 보더니 입을 열었다.

"무섭대요……."

"어머니가?"

"……응. 아주 괴롭대요."

"신에게 밥을 주는 것이 무섭고 괴롭다는 거야?"

"……응. 가만히 중얼거리고, 한숨을 쉬었어요."

'무슨 의미일까…….'

순령당에 얽힌 사연은 아마 토키코도 알고 있을 것이다. 그러니까 무섭다고 느끼는 것은 이해할 수 있다. 어쩌면 그녀에게도 그 여자아이의 목소리가 들렸는지도 모른다. 그러나 괴롭다는 감정은 무엇일까. 게다가 코노에의 뒤를 이은 지 불과 이틀이 지났을 뿐이다. 괴롭다는 말이 자연스럽게 입에서 나올 수 있을까.

애초에 어째서 이 역할을 노리코가 인계하지 않았던 것일까. 본인이 거부했던 것일까. 그런 일이 용납될까. 아니면 누구라도 괜찮은 것일까. 그렇다면 그냥 그 정도의 일뿐이란 이야기가 되지 않는가. 그럼에도 불구하고 토키코는 무서워하고 괴롭다고 느끼고 있다. 어째서일까.

'설마 신찬을 바치는 것뿐이 아니라면……'

나는 갑자기 기분 나쁜 상상을 하게 되었다. 다만 어떤 일을 머릿속에 그렸는지는 나 자신도 알 수 없었다. 토키코와 쇼이치 모자에게 결코 좋지 않은 상상 같은 기분이 드는 만큼, 정말 견디기 힘든 심정이었다.

그래도 쇼이치를 향한 질문을 멈출 수 없었던 것은 어째서일까. 이 모자의 힘이 되고 싶다고 생각했기 때문일까. 단순한 민속학상의 호기심일까. 소이치에 대한 마음 때문일까.

한 번에 여러 가지를 생각한 탓에 나는 조금 머리가 아팠다. 하지만 순령당뿐만이 아니라 작은 사당에 대한 것도 물어봐두고 싶었다.

"순령당 옆에 작은 사당이 있는데, 저건 뭘 위한 거야? 너는 알고 있니?"

"저 사당은……."

다시 소년은 얼굴을 긴장시키면서 말했다.

"이 불당의 신을 위해서 세웠대요. 그러니까 사당에도 절대 다가가지 말라고 증조할머니께서 말씀하셨어요. 신이 화를 낸다고."

'순령당의 신을 진정시키기 위한 사당……'

그렇게 마음속에서 중얼거려보지만, 이것도 무슨 의미인지 좀처럼 알 수 없었다. 처음에는 와카미야(若宮)를 말하는 것인가 하고 생각했다. 비명횡사한 자가 초래하는 무서운 앙화를 커다란 신격(神格) 아래에 둠으로써 진정시키고, 그것을 신으로서 모시는 신사가 와카미야다. 하지만 그래서는 쇼이치의 설명과 모순된다. 완전히 반대다. 상대가 어린아이니까 코노에 씨가 적당히 이야기를 지어내서 겁을 주었을 가능성은 있다. 그러나 가령 사당이 와카미야였을 경우, 그곳에 모시는 재앙신이란 누구인가. 순령당의 신보다 신격이 낮은 그 신의 정체란 무엇인가.

"어쨌든 여기에는 다가가지 않는 편이 좋아요."

내가 생각에 잠겨버린 것을 깨달은 듯, 쇼이치가 그렇게 말했다.

"그리고 말이죠."

다시 이어서 뭔가 말하려고 하는데, 그때 저택 앞쪽에서 웅성거리는 소리가 건물 뒤편까지 전해졌다.

"앗, 다들 돌아온 것 같아요."

쇼이치는 고개를 꾸벅 숙이고는 황급히 저택 앞쪽으로 달려가버렸다.

망설인 것은 한순간이었다. 꾸물거리다가는 납골을 하려는 사야오토시 가 사람들이 와버린다. 나는 순령당 앞에 서서, 양쪽으로 열리는 그 문에 손을 대려고 했다. 토키코를 무섭게 하고, 또한 괴롭게 만든 것이 이 안에 있다고 생각했기 때문이다.

그런데 문에는 빗장이 걸려 있었다. 열쇠는 토키코가 가지고 있는 것이 틀림없다. 만일을 위해서 불당을 한 바퀴 돌아보았지만 햇빛을 받아들이는 용도의 격자창이 위쪽에 있을 뿐, 내부를 엿볼 수 있을 만한 평범한 창문은 하나도 없었다. 미련이 남아서 정면으로 돌아와 빗장을 건드려본 나는, 그것이 완전히 잠겨 있지 않은 것을 깨닫고 곧바로 흥분했다.

'제대로 빗장을 걸었다고 토키코가 착각한 것일까.'

바랄 나위 없는 행운이었다. 나는 주위를 둘러보고 아무도 없음을 확인한 뒤에 살짝 빗장을 풀고 문을 열었다.

불당 안은 어두컴컴했다. 그래도 내부의 상태는 잘 알 수 있었다. 정면에 관음상과 지장상이 안치되어 있는 것 외에는 텅 비어서 아무것도 없다. 나무판으로 된 벽 쪽에 오래된 버들고리 네 개가 쌓여 있는 정도고, 그 밖에는 평범한 마루방이었다. 예전에 순례자 모녀를 살아 있는 신으로서 모시던 곳이 이 장소일 것이다. 관음상이 생매장당한 순례자 어머니를, 지장상이 딸을 모사해서 만들어졌다고 소이치가 말했던 것을 떠올린다. 빙의체인 시즈메들도 이 불당 안에서 살았을지도 모른다. 그렇게 생각하면 좁게도, 또한 넓게도 생각할 수 있는 신기한 공간이었다. 확실한 것은, 당연하지만 지금은 아무도 살고 있지 않다는 점이다.

신발을 벗고 건물 안에 들어가는 것은 역시나 주저되었다. 어쩔 수 없이 나는 문가에서 제단을 찬찬히 관찰했다. 하지만 아무리 봐도 특별히 눈에 띄는 것은 없었다. 토키코가 따온 것인지 관음상 앞에, 하얀색이 아닌 보기 드문 복숭앗빛의 협죽도 꽃이 보일 뿐이었다. 저곳에 신찬을 바치는 것이 무섭고 괴롭다는 그녀의 마음을 이해할 수 없었다.

'역시 그것뿐만이 아닌걸까.'

신찬은 어디까지나 겉으로 보이는 의례이며, 진짜 목적은 다른 곳에 있는 것이 아닐까. 그 내용이 너무나도 꺼림칙해서 노리코는 인계를 거부했다. 그래서 토키코에게 넘어갔다. 노리코에게는 역부족이지만 토키코에게는 문제가 없는, 노리코는 할 수 없었지만 토키코라면 할 수 있는 어떤 일이었다.

'노조키메에 관여하는 것……'

그렇게 생각하는 것이 타당할 것이다. 지금의 사야오토시 가에는 살아 있는 신도 빙의체도 없다. 시즈메가 존재하지 않는다. 즉 언제 노조키메의 앙화가 내려도 이상하지 않은 것이다. 아니, 현재 내가 눈으로 보고 있지 않은가.

'그러나 어째서 **그것**이 외부인인 나에게도 보이는 걸까.'

다시 이 의문이 떠올랐을 때, 오싹한 한기가 느껴졌다. 자신이 무방비하게 고개를 들이밀고 엿본 장소야말로 노조키메를 진정시키기 위해 모시고 있는 순령당이라는 것을 뒤늦게 깨달았기 때문이다.

황급히 문을 닫고 빗장을 채웠다. 분명히 토키코는 제대로 채웠다고 생각하고 있을 것이므로, 이것은 문제없을 것이다.

순령당 앞에서 뒷걸음질 치면서도, 내 시선은 작은 사당을 향하고 있었다. 불당과 마찬가지로 양쪽으로 여는 문이었지만, 빗장은 보이지 않는다. 저것은 그냥 열릴 것이다.

순령당에서 멈추지 않고, 비틀거리며 사당 앞까지 간 나는 오른손을 뻗어서 문손잡이를 쥐었다.

이 안에 모셔진 **뭔가**를 보면 모든 것을 이해할 수 있을 것이란 기분이 든다.

순령당을 엿본 뒤에 작은 사당을 본 순간, 그렇게 강하게 느꼈던 것이다. 그것은 불당에서 느낀 공포심을 초월할 정도의 강렬한 호기심이었다. 탐구심이라고 말할 수도 있을 것이다. 하지만 금방 그 탐구심을 아득히 능가할 정도의 공포심이 나를 덮쳤다.

모든 것을 이해한 찰나, 나는 미쳐버릴지도 모른다…….

그곳에 이론은 없었다. 있는 것은 감각뿐. 말하자면 본능이 속삭이는 경고다. 그렇기에 나는 압도적인 전율에 휩싸였다.

사당에 모셔진 **것**을 봐서는 안 된다.

왜냐하면 **그것**은 인간의 지식을 넘어서고 있으니까…….

그때, 이쪽으로 다가오는 사람들의 웅성거리는 소리가 들려왔다. 습골을 마치고 돌아온 사야오토시가 사람들이 이제부터 납골을 하는 것이다.

나는 떨리는 오른손을 사당 문에서 떼고, 다른 이들과 만나지 않도록 저택 반대 방향으로 서둘러 도망쳤다.

11

별채로 돌아와도 아직 내 오른손은 떨리고 있었다. 이런 경험은 처음이어서 몹시 불안해졌다.

'이대로 떨림이 멈추지 않는다면……'

손바닥을 몇 번씩 쥐었다 폈다 하거나 왼손으로 수도 없이 주무르거나 오른팔을 이리저리 휘둘러보는 등, 아주 필사적이었다. 어떤 것이 효과가 있었는지 모르겠지만, 정신이 들고 보니 어느새 나아 있어서 정말로 안도했다. 다만 마음은 아직 평정을 되찾았다고 할 만한 상태는 아니었다고 생각한다.

그래서 오늘 아침부터 생각나는 대로 적고 있는 대학노트의 기술을 계속하기로 했다. 언젠가 읽기 쉽도록 정리해야겠지만, 지금은 거기까지 신경 쓸 겨를이 없다. 지금은 어쨌든 소이치와의 대화, 토모라이 촌으로 오는 길, 사야오토시 가에서 벌어진 일 등, 시간순에 관계없이 중요하다고 느낀 것 전부를 최대한 적어서 남겨 둘 수밖에 없다.

그 뒤로 나는 다시 오랫동안 책상 앞에 앉아 있었던 듯하다. 토키코가 부르러 올 때까지 일심불란하게 대학노트를 글씨로 채우고 있었기 때문이다.

그녀와 함께 큰 방으로 가보니, 어젯밤과 거의 같은 면면들이 앉아 있는 방 안에서 시중드는 여성들이 바삐 반상을 운반하고 있었다.

"아이자와 씨, 당신은 여깁니다."

조린 주지의 손짓으로 나도 어젯밤과 같은 자리에 앉았다.

"그럼, 이걸로 다 갖춰졌군요."

주지가 말한 것이 사람인지 반상인지는 알 수 없었다. 다만 그 말을 기다리고 있던 것처럼 기이치가 무겁게 입을 열었다.

"무사히 납골이 끝났습니다. 차린 건 없습니다만, 많이들 드십시오."

전혀 감정이 담기지 않은 목소리로 그 말만으로 이야기를 끝마친 것에 나는 아연실색했다. 도저히 상주의 인사라고는 생각되지 않는 말이었다.

그런데 아무도 신경 쓰는 눈치가 없다. 오히려 모두가 재빨리 반상의 음식에 손을 대고 있었다. 마치 한시라도 빨리 다 먹고 이곳을 뜨고 싶다는 듯이.

'어젯밤과 마찬가지다.'

그렇게 생각하고 있으려니, 조린 주지가 의미심장한 말을 했다.

"이 자리로 칠일재 뒤의 회식을 대신할 겁니다. 모두 그렇게 알아두세요."

역시 코노에 씨의 칠일재에 마을 사람들은 모이지 않는 것이다. 참가하는 것은 쓰야부터 장례식까지인 듯하다. 어쩌면 장례식만일지도 모른다.

'소이치 때도⋯⋯.'

이런 쓸쓸한 장례식이었구나, 하고 생각하니 가만히 있을 수 없었다. 마을 사람 한 명 한 명의 얼굴을 보면서 어떤 마음으로 그를 떠나보냈는지 따져 묻고 싶은 분노에 휩싸였다.

'하지만 소이치 자신이 그것을 바랐을까?'

오히려 토모라이 촌에 사는 그 누구의 참배도 기뻐하지 않았을 것이다. 가족만─특히 토키코와 쇼이치 두 사람만─명복을 빌어준다면 그것만으로 만족했을 것이 틀림없다. 그렇게 생각한 순간, 끓어오르던 분노가 급격히 식었다.

가장 늦게 내가 반상에 손을 대자, 옆에서 주지가 말했다.

"저녁쯤에라도 절 쪽에 들러주세요."

"네, 찾아뵙도록 하겠습니다."

고개를 숙이는 나에게, 조린 주지는 대범한 태도로 말했다.

"저녁식사라도 같이 하는 게 어떨까 해서 말이지요. 이쪽에는 양해를 얻었으니 염려할 것 없습니다."

이쪽이란 사야오토시 가를 말하는 것이리라. 오늘 아침의 식사 자리를 떠올린 나는, 물론 그 제안을 고맙게 받아들였다.

어젯밤과 마찬가지로 이야기하는 것은 주지 혼자고, 다른 사람은 모두 입을 다문 채 반상을 향하고 있는 음침한 회식이었다. 토다테 가의 카쿠조가 이따금씩 나에게 말을 거는 것도 어제와 마찬가지였다.

'어쩌면 이 사람은 소이치를 총애하고 있던 것은 아닐까.'

카쿠조와 이야기하는 동안에 왠지 모르게 그런 기분이 들었다. 자꾸만 소이치의 대학생활에 대해 알고 싶어 하는 점 등이 이 추측을 뒷받침하는 기분이 들었다. 다만 소이치는 사야오토시 가의 사람이기 때문에 드러내놓고 인정할 수는 없었을 것이다. 그래도 이 카쿠조라는 인물은 소이치의 우수함을 높이 평가한 듯 생각되었다.

'소이치가 대학에 진학할 수 있도록 기이치에게 조언했는지도 모른다.'

토다테 가의 당주와 이야기를 나누는 동안, 나는 그런 상상까지 하게 되어 있었다. 마지막에는 만약 소이치가 토다테 가의 아이였다면 얼마나 좋았을까, 하는 의미 없는 공상까지 하고 있을 정도였다.

이날의 회식은 어젯밤보다 더욱 빨리 끝났다. 앞 다투어 재빨리 자리를 뜨는 모습도 완전히 같았다.

"시간이 나시면 한 번, 저희 집에도 들러주십시오."

카쿠조가 돌아갈 때에, 그때까지와는 다른 어조로 그렇게 말했다. 마을에서 환영받고 있는지와는 별개로, 내가 사야오토시 가의 손님이기에 배려한 것이 틀림없다.

"감사합니다."

거기서 나도 인사하는 선에서 멈춰두었다. 적어도 기이치의 눈 앞에서 방문을 약속할 배짱은 없었다. 완전히 무시당하고 있으니, 딱히 신경 쓸 필요는 없다고 생각한다. 그러나 사야오토시 가에 머무르고 있는 이상, 어느 정도의 예의는 지켜야 할 것이다.

마을 사람들 모두가 돌아간 사야오토시 가는 다시 무서울 정도의 정적에 감싸였다. 그들이 있을 때에도 북적이기는커녕 오히려 더욱 조용해져서 섬뜩했을 정도였지만, 그래도 역시 여러 명의 인간이 끼치는 영향은 컸다. 그곳에는 부엌일을 거들러왔던 여성들까지 있었으므로 더욱 그랬다.

생각해보면 나는 평소의 사야오토시 가를 모르는 채로, 갑자기 장례 참여자로 가득한 이 집을 찾아온 것이다. 그렇기에 마을 사람들이 단숨에 떠나간 뒤에 종말 저택을 덮은 이 정적을 어젯밤과 똑같다고 느낀 듯하다.

일단은 별채로 돌아갔지만 다시 노트를 쓰기 시작할 기분이 나지 않아서 밖으로 나가기로 했다. 만일을 위해서 토키코에게 조린 주지의 청을 전하자, 자신도 들어서 알고 있다고 했다.

"저희는 전혀 상관없고, 주지 스님도 꾸밈없는 분이니 사양하지 말고 절에 가보세요."

내가 저녁식사에 초대받은 것을 아주 기쁘게 여기는 듯했다.

"산책을 마치고 곧바로 심원사에 갈지도 몰라요."

그 정도로 시간이 걸릴지는 알 수 없었지만, 배웅해주는 토키코에게 그런 말을 남기고 나는 사야오토시 가의 커다란 대문을 나섰다.

실제로 문에서 이어지는 언덕을 내려가기 시작하면서 나는 벌써부터 어디로 갈지 망설이게 되었다. 당초에는 난라이 집락 안을 어슬렁거릴 생각이었지만, 아무도 나다니지 않는 집락의 모습이 눈에 들어오니, 도무지 내키지 않았다.

그렇다고 해서 마을 사람들과의 교류를 바란 것은 아니다. 그저 처음 만나는 그 지방 사람들과 잡담을 잠시 나누고 싶었을 뿐이다. 어제부터 이어지는 이상한 체험에 몹시 지쳐 있던 나는—낯을 가리는 성격을 생각하면 어쩐지 이상하지만—모처럼 이쯤에서 평범한 여행에서와 같은 만남을 원했던 것 같다.

다만 난라이의 어디를 봐도 여전히 사람 한 명 다니지 않는다. 분명히 마라이나 호쿠라이에서도 같은 상황일 것이다. 아마도 토모라이 전체가 이럴 것이다. 이렇게 쓸쓸하고 조용한 마을 안을, 불안정한 정신 상태로 혼자 어슬렁거리는 것은 어떻게 봐도 좋은 생각이 아니다. 산책을 그만둬야겠다고 생각했지만, 그렇다고 해서 사야오토시 가로 돌아가는 것도 영 내키지 않았다.

'토다테 가의 카쿠조 씨를 찾아갈까?'

조금 전의 제안이 머릿속에 떠올랐다. 하지만 아무리 그래도 지금 당장 가는 건 너무 빠르다. 찾아간다고 해도 내일은 되어야 할 것이다.

망연자실하면서도 나는 난라이의 구불구불한 길을 정처 없이 어슬렁어슬렁 걸었다. 어제는 토모라이 촌의 집집마다 설치된 부적과 주술의 서슬 퍼런 기세에 압도되어 두려움에 가득했다. 그랬는데 하룻밤 뒤에 이렇게 집락 안을 방황하고 있자니 슬픈 기분이 차오른다. 그런 의미에서는 이상한 표현이지만, 간신히 장례식 같은 기분이 들었다고 말할 수 있을지도 모른다.

그런데 난라이 집락에서의 방황이 길어지는 동안, 나는 묘한 불편함을 느끼기 시작했다.

마을 사람 모두가 집에 틀어박혀서 마치 사람이 살지 않는 마을 같은 쓸쓸한 적막에 감싸여 있는 동네 안을, 나는 혼자 걷고 있다. 그렇기에 사야오토시 가에 떠돌고 있던 적막함과 같은 것이 이 집락에도 가득 차 있음을 느끼고 있었다. 그것 때문에 나도 슬픈 기분에 사로잡히고 말았다. 여기까지는 틀림없다. 하지만 그것만이 아니었다. 아무리 생각해도 이상했다.

'뭘까, 이 감각은……'

집락에 아무도 없는 것은 아니다. 대부분의 사람들이 집에 있다. 다만 사야오토시 가의 앙화를 두려워해서 집 안에 틀어박혀 있다. 가만히 숨을 죽이고 있다. 그렇기에 이렇게 조용하고 쓸쓸하다……고 해야겠지만 그 분위기가 영 이상한 것이다. 차츰, 점점, 부쩍부쩍 변화하기 시작하고 있다.

'어째서……'

길 한복판에 멈춰 서서 주위를 둘러보았지만 전혀 알 수 없다. 특별히 변한 것은 아무것도 보이지 않는다. 걷기 시작할 때와 동일한 집락의 모습이 주위에 펼쳐져 있을 뿐이다. 쉴 새 없이 흐르는 땀을 닦는 것 말고는 어찌할 수도 없다.

'이상하네……'

계속해서 걷는 동안에 왠지 섬뜩한 기분이 들기 시작했다. 이미 어슬렁어슬렁 산책을 하고 있을 상황이 아니었다. 그렇다고 해도 원인이 짐작도 되지 않는 상태에서는 어찌할 방도가 없다. 몹시 곤란해진 내가 다시 주위를 둘러봤을 때였다.

어느 집의 창문이 눈에 들어온 순간 앗! 하고 소리를 지르는 동시에, 나는 묘한 불편함의 정체를 순식간에 깨닫고 오싹해졌다.

'난라이의 온 마을 사람들이 몰래 나를 엿보고 있다……'

자신의 생각이 기분 탓이 아님을, 다시 한 번 주위를 쭉 둘러보고 확인했다. 그러자 조금 전에 지나온 집과 마찬가지로 조금 열린 창틈, 혹은 현관문 틈에서 살며시 움직이는 사람의 형체가 이집 저 집에서 보였다. 일단 그것을 깨닫고 나니 그다음부터는 재미있을 정도로 눈에 잘 띄었다. 내가 걸어가는 방향에 있는 집들에서, 마치 기다리고 있었다는 듯이 숨어서 나를 엿보고 있는 사람의 모습을 알 수 있게 되었다.

어젯밤의 장송 행렬에서 부정한 것을 쫓는 주술의 소리가 집에서 집으로 옮겨간 것처럼, 마을 사람들의 시선이 나를 쫓고 있던 것이다.

무슨 일이 일어나고 있는지 깨달은 순간, 나는 걸음이 빨라졌다. 그것이 이윽고 종종걸음이 되고, 끝내는 달리기 시작했다. 도망칠 이유는 아무것도 없었지만, 악의에 가득 차 있는 마을 사람들의 집요한 시선에는 도저히 견딜 수 없었다.

무작정 달리던 나는, 정신이 들고 보니 어느 새 마을 외곽까지와 있었다. 눈앞에는 산길이 쭉 이어지고 있다. 이곳은 난라이의 어디쯤일까 하고 둘러보니, 뜻밖에도 종말 저택의 기와지붕이 보여서 놀랐다. 아무래도 나는 시계방향으로 난라이 집락을 일주한 듯했다.

오른편으로 호를 그리며 올라가는 산길을 응시하는 가운데, 나는 이것을 따라가면 사야오토시 가의 남동쪽 구석이 나오지 않을까 하는 생각이 들었다. 그러고 보니 토키코가 별채에서 로쿠부 고개는 의외로 가깝다고 알려주지 않았던가. 다만 사야오토시 가의 부지를 통해서 가는 것은 어려우니, 대문 밖으로 나가서 난라이 집락을 지나야 할 필요가 있다고 설명했었다.

뜻하지 않게 나는 그 길을 따라온 것인지도 모른다. 로쿠부 고개도 한 번쯤 봐두고 싶은 장소다. 딱히 갈 곳도 없고, 그렇다고 해서 난라이의 집락으로 돌아가고 싶지는 않은 지금이야말로 딱 좋은 기회일 것이다.

길 양쪽으로 울창하게 수풀이 우거진 산길을 오르며, 내 시선은 아직 보지 못한 로쿠부 고개를 향하고 있었다. 하지만 실제 의식은 그런 전방보다 완전히 등을 드러내고 있는 후방에 집중되어 있었다. 왜냐하면 따가울 정도의 시선을 계속 느끼고 있었기 때문이다.

'사야오토시 가에 머무르고 있는 외지 사람이 로쿠부 고개로 갈 생각인가 봐.'

아마도 지금, 이 산길이 보이는 집에 사는 난라이 집락 사람 대부분이 내 뒷모습을 응시하고 있을 것이 틀림없다. 이미 그것은 시선의 폭력이었다. 그렇게 느낄 정도의 기묘한 압력을, 나는 등으로 강하게 느끼고 있었다.

이 시선들에는 노조키메와는 또 다른 무서움이 있었다. 그중

한 가지는 숫자의 위력일 것이다. 한 사람의 시선은 그리 대단하지 않을지도 모른다. 그러나 숫자가 모이면 그것은 커다란 힘이 된다. 또 한 가지는 훔쳐본다는 행위일 것이다. 직접 나를 응시할 경우에는 나도 마주볼 수 있다. 하지만 숨어서 보게 된다면 성가시다. 시선은 느끼는데 장소도 인물도 특정할 수 없다. 그냥 누군가가 자신을 엿보고 있다는 사실만을 알 수 있다. 이 상태는 상당히 괴롭다.

상대가 눈앞에 있는 1대 1의 눈싸움이라면 나에게도 승산이 있겠지만, 집 안에 숨어 있는 몇십 명이나 되는 마을 사람들이 엿본다는 상태로는 절대 승산이 없다.

그렇다고 해도 뒤를 돌아보며 비명을 지르고 싶은 충동에, 문득 나는 휩싸였다.

너희들은 그렇게 소이치도 계속 지켜본 거냐!

시선의 폭력으로 감수성 예민한 소년의 마음에 지울 수 없는 상처를 입힌 거냐!

자기들만 안전한 집 안에 숨어서 훔쳐보다니, 부끄럽지도 않냐!

너희들 같은 마을의식의 덩어리가…….

그렇게 계속해서 토모라이 촌 사람들을 비난하는 말이 머릿속을 휘도는 가운데, 정신이 들고 보니 등 뒤에서 느껴지던 시선은 사라져 있었다.

돌아보니 산길은 이미 산속에 들어와 있었다. 난라이 집락도 덤불 너머로 일부가 보일 뿐이고, 그것도 평범한 시골마을의 풍경으로밖에 비치지 않는다. 어느 지방에나 있는 산골 벽촌의 경치가 그곳에 보일 뿐이었다.

혼자서 머리끝까지 화가 났던 나는 갑자기 맥이 빠져서 그 자리에 멈춰서버렸다. 갑자기 주르르 땀이 흐른다. 그것을 닦고 있는 동안 조금씩 차분함을 되찾을 수 있었다.

소이치에 대해서 생각하는 것은 좋지만, 어디까지나 나는 외지 사람이다. 그러니까 어떤 경우에도 냉정함을 잃지 않도록 노력할 필요가 있다. 마을 사람들과의 분쟁은 피해야 한다. 게다가 그들에게 나는 어쩌면 사야오토시 가 측의 사람이란 인식이 있을지도 모른다. 그렇다면 더더욱 소동은 금물이다. 그런 사태가 벌어지면 분명히 조용히 끝나지 않을 것이다.

다시 한 번 이 마을에서의 내 입장을 마음에 새기고 있으려니, 산길에서 덤불 안으로 갈라지는, 마치 짐승들이 다니는 길 같은 좁은 길이 눈에 띄었다. 멈춰 서지 않았다면 아마도 보지 못하고 지나쳤을 것이 틀림없다.

'이것이 사야오토시 가로 통하는 길이 아닐까.'

그렇게 생각하고 기뻐했지만, 초목이 빽빽이 우거져서 그 길을 막고 있다. 이곳에 들어가야 하는 건가, 하고 생각하니 조금 두려움이 느껴졌다. 하지만 이대로 무시하기는 아깝다. 나는 결심하고 덤불 안으로 들어갔다. 두 손으로 앞길의 초목을 헤치면서 나아가다 보니, 눈앞의 덤불이 갑자기 확 트이며 종말 주택의 뒤편 절벽 위로 나오게 되었다. 눈 아래로 별채가 보여서, 그곳이 짐작했던 대로 사야오토시 가의 동남쪽 가장자리라는 것을 알았다. 벼랑에서 몸을 내밀자 서쪽에 있는 묘소와 저택 뒤편의 순령당도 볼 수 있었다. 난라이뿐만 아니라 마라이 집락 일부도 보였다.

그때 아래쪽에서 한줄기 바람이 불어 올라왔다. 아주 시원하고 상쾌했다. 집락 안과 산길에서 흘린 땀이 스르르 말라가서 기분이 좋았다.

다시 아래를 내려다본 나는, 가장 중요한 점이 마음에 걸렸다.

'과연 여기를 통해서 내려갈 수 있을까?'

벼랑을 따라 이동하면서 아래를 내려다보는 동안에, 아주 가파른 길 같은 것을 발견했다. 벼랑 가장자리에서 별채 뒤편까지 이어져 있었다. 다만 기어 올라가는 것은 어떨지 몰라도, 그 길을 내려가는 것은 아주 힘들어보였다. 다칠 위험을 감수하면서까지 시도하고 싶지는 않았다.

포기한 나는 원래의 산길까지 돌아와서 로쿠부 고개로 이어진다고 여겨지는 방향으로 걷기 시작했다.

조금 나아가자 금방 급한 내리막이 나왔다. 게다가 나무뿌리가 지면 위로 올라와 있는, 참으로 발을 딛기 불편한 언덕이었다. 고생하며 내려가서 왼편으로 굽어지는 길을 걸어가 보니, 이번에는 가파른 오르막이 나왔다. 이 내리막과 오르막의 반복이 그 뒤로도 계속 이어졌다. 길바닥에서 걸음을 방해하는 것들도 나무뿌리에서 바위, 바위에서 덤불로 계속 바뀌었다. 순수하게 산행을 즐기기에는 절호의 지형이지만, 등산 장비는 고사하고 마음의 준비도 제대로 되지 않았던 나에게 이 길을 걷는 것은 정말 힘들었다.

중간중간 쉬면서도 기복이 심한 산길을 계속 걸어서, 대체 몇 번째의 오르막이었을까. 마치 사다리를 오르는 듯한 급경사의 언덕을 오르고 난 뒤, 나는 견디지 못하고 눈에 띈 넓적한 바위 위에 털썩 앉았다.

더 이상 한 걸음도 앞으로 나아갈 수 없다. 무엇보다 목이 말라서 견딜 수가 없다. 돌아가는 길을 생각하면 이건 꽤 위험한 상황인지도 모른다. 별 생각 없이 로쿠부 고개로 가려고 한 어리석음을 나는 진심으로 후회했다.

그때, 졸졸졸 하는 물소리가 희미하게 들린 기분이 들었다. 황급히 귀를 기울여보니, 확실히 어딘가에서 가느다란 물줄기 소리가 들렸다.

'로쿠부 고개 근처에는 이것 또한 의미심장해 보이는, 갑옷을 벗는다는 뜻의 '코다츠 샘'이라는 샘이 있는데······.'

소이치의 말을 떠올린 나는, 어디에 그런 기운이 남아 있었는가 하고 스스로 놀랄 정도로 재빨리 일어나서 그 부근 일대를 살피기 시작했다.

다행히 코다츠 샘은 금방 찾았다. 산길을 조금 나아가자, 오른편으로 내려온 산 표면 중간에 작은 돌을 쌓아 만든 탑이 눈에 띄었다. 그리고 그 옆에 있는 두 개의 바위 사이에서 물이 퐁퐁 솟아나고 있는 것을 산길 위에서도 볼 수 있었다.

미끄러지지 않도록 주의하면서, 나는 돌을 쌓아 만든 탑까지 내려갔다. 두 손을 내밀어 씻고 나서 샘물을 입 안에 머금는다. 충분히 목을 축이고 나서 얼굴과 목덜미에 물을 끼얹었다. 이루 말할 수 없는 달콤함과 시원함에 얼마나 큰 힘을 얻었는지 모른다.

기운을 되찾고 산길로 돌아온 나는, 거기서 한 번 더 가파른 오르막을 올랐을 때에 이미 로쿠부 고개에 도달해 있었다. 무소 고개에 있던 봉긋한 흙산과 달리, 그곳에는 마치 전망대 같은 크고 네모난 바위가 자리 잡고 있었다.

'이쪽의 산길이 발달하지 않았던 것도 무리는 아니구나.'

고개에 도착해서 가장 먼저 느낀 것은, 우선 무소 고개와의 확연한 차이였다. 물론 무소 고개가 개척된 소나이 촌으로 통하는 것에 비해, 이쪽은 영험한 장소라 불리는 무가이와 나시라즈 폭포로 이어질 뿐이다. 다양한 교역을 생각해도 소나이 촌에서 무소 고개, 거기에서 호쿠라이로 이어지는 길이 번성하는 것은 필연이다. 그렇다고 해도 적지 않은 숫자의 종교인들이 이 길을 따라 난라이로 들어왔던 역사를 돌이켜보면, 역시 굴곡이 심한데다 전체적으로 길이 걷기 나쁘다는 점이 로쿠부 고개의 발전을 저해했다는 기분이 든다.

참고로 언덕의 어디에도 무소 고개에서 볼 수 있었던 석비 같은 것은 없었다. 그 대신에 '로쿠부 고개'라고 먹으로 쓴 게시판 같은 판이 커다란 바위 옆에 세워져 있었다.

그 두부처럼 네모난 바위에는 적당히 손발을 걸 수 있는 작은 구멍이 뚫려 있어서 쉽게 오를 수 있었다. 위에 올라서서 남쪽을 바라보니, 나무 사이로 하얀 줄기가 보였다. 저것이 나시라즈 폭포일까. 북쪽을 향하니, 저 멀리 집락 일부가 보였다. 난라이라고 생각했지만, 거리를 생각하면 마라이일지도 모른다. 사야오토시 가 뒤편 벼랑 위에서 봤던 풍경과 왠지 비슷하니, 아마도 마라이가 틀림없을 것이다.

다시 남쪽의 폭포를 바라보면서, 나는 자연스레 저곳에서 난라이와 로쿠부 고개를 넘어 찾아왔을 수많은 순례자 모녀들에 대해 생각하고 있었다.

어떤 마음으로 모녀는 이 산길을 걸었을까. 난라이의 사야오토시 가에서 신세를 지면서 그녀들은 어떠한 미래를 상상했을까. 살아 있는 신이나 빙의체인 시즈메가 된 소녀들은, 실제로 얼마나 가혹한 처사를 당했을까.

'정신 이상을 일으켜 미쳐버렸기 때문에 몰래 처리되어버린 거야.'

소이치라면 그렇게 대답할 것이 틀림없다. 하지만 단 한 명이라도 이 고개까지 돌아와서 도망칠 수 있었던 소녀는 없었을까. 혹은 어머니와 함께 다시 순례 여행을 떠날 수 있었던 소녀는 한 명도 존재하지 않았던 걸까.

'없었어요······.'

그때, 몇십 명이나 되는 소녀들의 목소리가 들렸다.

사야오토시 가와 로쿠부 고개 사이의 산길을 방황하는 그녀들의 혼이 보였다.

여기까지는 올 수 있었는데도 도저히 고개는 넘을 수 없다. 그런 소녀들의 원통한 마음이 로쿠부 고개에 깃들어 있다. 그녀들의 원한이 쌓여 있다. 원통함이 괴어 있다. 광기가 가득 차 있다.

문득 한 소녀의 모습이 보였다. 무녀 같은 차림을 하고 산길을 지나 큰 바위까지 필사적으로 달려온다. 이 고개를 넘으려고 하고 있는 듯하다. 하지만 그 뒤에는 추격자가 쫓아온다. 오른편에는 낫, 왼손에는 새끼줄을 든 굳센 사내가 큰 바위 앞에서 소녀를 따라잡는다. 뿌리치며 달아나려고 하는 소녀와, 낫으로 위협하며 새끼줄로 묶으려고 하는 사내가 뒤엉켜 싸운다. 다음 순간, 새하얀 소녀의 옷이 선혈로 물들고, 로쿠부 고개에 그녀의 절규가 울려 퍼지고······.

나는 서둘러 큰 바위를 내려가서 왔던 길을 정신없이 돌아가기 시작했다. 달리지는 않았지만, 자연히 걸음이 빨라졌다. 로쿠부 고개까지 도망친 여자들의 혼이 그곳에서 돌아오는 것 같은 기분이 들었기 때문이다. 그런 것에게 쫓겼다간 정신이 버텨내지 못할 것이다.

자신이 망상에 사로잡혀 있다는 생각은 조금도 하지 않았다. 소나이 촌에서 무소 고개를 목표로 했을 때도 확실히 비슷한 공포를 맛보았다. 하지만 그것에는 구체성이 없었다. 낯선 산속에서 느끼는 흔한 두려움이 원인이었다. 그 증거로 주위의 환경이 조금 변하니 금세 괜찮아졌다. 그러나 **이쪽**은 다르다. 소녀들의 목소리가 들린 것이다. 도망치려고 하다가 살해당한 여자아이의 모습을 본 것이다. 아니, 설령 그것이 환각이나 환청이었다고 해도 로쿠부 고개에 응어리진 음산한 공기는 진짜였다. 게다가 그 고개에서 아무리 멀어져도 그 느낌이 가시지 않았다. 그곳에서 느낀 기묘한 분위기가 찰싹 들러붙어 따라오는 듯해서 너무 무서웠다.

'노조키메만으로도 무서운데······.'

거기에 살아 있는 신이나 빙의체가 된 시즈메들과 관계하다니, 절대 사절이다. 나는 안이하게 로쿠부 고개로 향했던 것을 진심으로 후회하고 있었다.

"그곳에 가까이 가는 것은 마을 사람 모두가 싫어하니까요."

토키코의 경고 같은 말을 떠올렸지만 이미 늦었다. 역시 그것은 암묵적인 경고였던 것이다. 실제로 이 말 뒤에 혼자서는 가지 말라는 이야기를 듣지 않았던가.

시간은 충분하다고 생각했는데, 어느새 산속에는 땅거미가 지려하고 있었다. 집락에 있으면 아직 밝을지도 모르겠지만, 울창하게 우거진 나무들로 머리 위가 덮여 있는 산속에서는 아무리 여름이라고 해도 금세 해가 져버린다. 그리고 태양빛이 약해지면 약해지는 만큼 마물들은 오히려 날뛰기 시작한다. 그런 것과 만나기 전에 어떻게든 해서 난라이까지 돌아가고 싶다. 그 일념으로 나는 산길을 쉬지 않고 나아갔다.

심장의 두근거림과 다리의 후들거림이 이젠 한계라며 단념하려고 할 때, 주위를 비추는 저녁놀이 갑자기 밝아진 기분이 들었다. 앞쪽을 가만히 바라보니 왠지 모르게 낯이 익었다. 더 나아가서 확인해보니, 덤불 너머로 집락이 보였다.

'살았다…….'

그곳은 사야오토시 가 뒤편의 절벽으로 통하는, 짐승들이 다니는 듯한 그 좁은 길 근처였다. 그 길을 지나면 얼마 안 가서 난라이 집락이 내려다보이는 언덕 위로 나갈 수 있다. 마을 사람들의 시선을 한 몸에 받았던, 그 언덕을 내려가게 되는 것이다.

비틀거리면서도 나는 남아 있는 산길을 달렸다. 지금이라도 쓰러질 것 같았지만 어쨌든 이곳에서 한시라도 빨리 도망치고 싶다.

그것밖에 머리에 없었다. 하지만 그것이 올바른 선택이었다. 다행
스런 일이었다.

　왜냐하면 짐승의 길 옆을 지날 때, 덤불 속에 멈춰 서서 새빨간
저녁놀을 받으며 이쪽을 빤히 엿보고 있는 **그것**의 그림자가 시야
에 흘끗 들어왔기 때문이다.

12

마라이에 있는 심원사까지는 정말로 멀었다. 그냥 걸어가면 그리 먼 거리는 아니다. 가깝다고 할 수는 없어도 찾아가는 것이 꺼려질 정도로 떨어져 있지는 않다. 하지만 나는 난라이 집락을 돌아다닌데다 로쿠부 고개까지 왕복하고 난 뒤에 심원사까지 가야 했기에 정말로 진이 빠졌다.

게다가 나는 짐승의 길이 있는 지점부터 온 힘을 다해 달리고 있다. 난라이가 보이는 언덕에 도착해도 멈추지 않고, 그대로 집락까지 뛰어내려왔다. 물론 **그것**으로부터 도망치기 위해서다. 사람은 위기에 빠지면 괴력을 발휘한다는 이야기가 있는데, 순식간에 발휘하는 인간의 굉장한 순발력에 이때만큼 감탄한 적은 없다.

분명히 난라이와 마라이 집락에서는 비틀거리며 왕복했던 외지인에게 이제까지 이상으로 기이한 시선을 보냈을 것이 틀림없다. 하지만 그런 시선을 알아차릴 여유가 전혀 없었다. 눈앞에 뻗어 있는 길을 따라서 절에 가는 것. 머릿속에 그것밖에 없었다. 외부의 자극에 일절 반응하지 않게 되어 있었는지도 모른다.

간신히 인간다운 감정을 보일 수 있었던 것은 절의 돌계단 아래에 도착했을 때였을까. 마지막에 이런 난관이 있었나 하고 탄식했던 것이, 아마도 산길을 내려온 이후에 처음으로 보인 인간적인 반응이었을 것이라 생각한다.

고생해서 돌계단을 올라 커다란 문을 지나 심원사의 현관에 도달한 나는, 문패에 적힌 주지의 성씨를 보고 저도 모르게 쓴웃음을 지었다. 그 한자를 읽는 법은 몇 가지가 있었는데, 그 발음 중 하나가 절의 스님에게 너무 잘 어울린다는 느낌을 주었던 탓이다.

조금이나마 기운을 되찾은 내가 현관 앞에서 방문을 고하자, 조린 주지 본인이 나와서 조금 놀랐다. 하지만 나 이상으로 놀란 것은 저쪽이었다.

"아주 숨이 가빠 보이는데, 대체 무슨 일이 있었습니까?"

"여기에 오기 전에 시간이 남아서 로쿠부 고개 쪽으로 갔는데요……."

주지는 눈을 휘둥그레 뜨더니, 아무 말도 하지 않고 나를 목욕탕까지 안내했다.

"유카타를 준비해둘 테니 우선 느긋하게 아무 생각하지 말고, 마음을 비우고 탕 안에 몸을 담그도록 하세요."

"……감사합니다."

그 후의를 고맙게 받아들이고 주지에게 들은 대로 욕조 안에 몸을 담갔다. 덕분에 로쿠부 고개를 왕복하느라 흘린 땀도, 맛보았던 공포도 대부분 씻어낼 수 있었다.

짐승의 길에 숨어서 나를 기다리고 있던 노조키메도⋯⋯.

역시 **그것**은 내가 오기를 기다리고 있었던 것일까. 로쿠부 고개까지 쫓아오지 않아서 다행이었지만, 그 덤불을 뛰어서 지나가지 않았더라면 대체 어떻게 되었을지 알 수 없다.

그렇게 생각하고 무서워진 나는, 당황하며 주지의 말대로 그저 마음을 비우고 뜨끈한 물을 뒤집어쓰고 탕 안에 잠겼다. 입욕이라는 행위 자체가 일종의 불제 의식이라고, 이때 나는 몸으로 체험한 듯한 기분이 들었다.

탈의실에서 바구니에 들어 있던 유카타를 입고 복도로 나왔다. 그러자 마치 잰 것처럼 스님이 나타나서 안쪽의 방까지 안내해주었다.

"어이쿠, 아무래도 생기가 돌아온 것 같군요."

이쪽의 얼굴을 보자마자 조린 주지가 웃었다.

"현관에서 당신을 봤을 때는 조금 놀랐습니다."

"엄청 지쳐 있었거든요⋯⋯."

방석에 내가 앉자, 주지는 참으로 신경 쓰이는 말을 시작했다.

"몸의 피로도 있었을지 모르겠지만, 그건 마치 뭔가에 씐 것처럼도 보여서 말이지요."

다만 갑자기 내가 불안한 표정을 지은 탓인지 곧바로 다시 웃으며 덧붙였다.

"아니, 이젠 괜찮습니다. 우리 절의 성스러운 목욕물 덕분에 그런 것은 전부 깨끗하게 씻겨버렸을 겁니다."

"이곳의 목욕물에는 그런 영험한 효능이 있나요?"

"그런 게 있을 리 없잖습니까."

간단히 주지가 고개를 저어서 나는 저도 모르게 온몸의 힘이 빠져나가는 기분이었다.

"그런 굉장한 효능이 있었다면 한참 전부터 영험한 목욕탕이라 선전하고 겸사겸사 숙소도 지어서 수많은 손님을 불러들여 한몫 벌었겠지요."

꼭 농담 같지만도 않은 것이 이 조린 주지의 무서운 부분이다.

"뭐, 초라한 절간입니다만 편히 쉬시기 바랍니다."

이 인사가 신호인 것처럼, 하녀가 반상을 들고 왔다. 차린 것이 없다고 한 것치고 꽤나 호화로운 요리들이 놓여 있었다.

"젊은 학생이 사찰음식만 먹으면 불쌍하니까요."

"감사합니다."

나는 고마운 마음에는 고개를 숙이면서도 문득 의심스러워졌다. 어쩌면 평소부터 이 절에서는 사찰음식 같은 건 나오지 않는 지도 모른다. 속세에 찌든 느낌의 이 주지라면 충분히 있을 수 있는 일이다.

"그러면, 사양하지 않고 잘 먹겠습니다."

다만 나하고는 아무런 관계도 없는 일이므로 여기서는 감사히 먹기로 했다.

"한 잔 받으시죠."

술도 권해 와서 그 뒤로는 서로 술잔을 주거니 받거니 하며 아주 즐겁게 식사가 진행되었다. 화제는 스쿠자 산지에서의 괴이한 민간전승부터 조린 주지가 연구하고 있는 중국 당나라와 수나라의 주술에 대해서까지, 꽤나 전문적이었다. 하지만 나도 주지도 거기에서 끝날 리가 없었다. 두 사람 다 남몰래 기회를 엿보고 있었던 것이 틀림없다.

"그런데 말입니다……."

처음에 이야기를 꺼낸 것은 나였다.

"소이치 군의 죽음이 전해진 날에 코노에 씨께서 몸져누웠다고 하셨는데, 그 뒤로 한 번도 회복되지 않고 돌아가셨던 건가요?"

"네, 그랬죠."

코노에 씨의 문병을 갔을 때의 상태라도 떠올랐는지, 주지가 절절한 어조로 말했다.

"그 집에서 소이치를 가장 귀여워했던 사람이 코노에 여사였으니까요. 토키코 씨도 그랬지만, 그 집 며느리라는 입장에서는 어려운 부분도 있지요. 그렇지만 코노에 여사라면 기이치 씨나 노리코 씨, 칸이치 군에게도 의견을 낼 수 있습니다."

"소이치 군이 대학에 진학한 것도 코노에 씨 덕분인가요?"

"그 코노에 여사를 후원해준 사람이 토다테 가의 카쿠조 씨입니다."

역시, 하고 내가 고개를 끄덕이는데 주지가 의외의 말을 했다.

"코노에 여사는 전대 당주인 키이치(揆 ˙) 씨를—소이치의 할아버지죠—만나서 사야오토시 가에 들어올 때까지는 예능인 극단에 있었습니다."

"그랬나요?"

"그 극단이 소나이 촌에서 공연을 하러 왔을 때, 연극을 보러 간 키이치 씨가 무대 위의 코노에 여사를 보고 한눈에 반해버렸죠. 아무리 복잡한 사연이 있는 사야오토시 가라고 해도, 예능인을 정실로 받아들이는 건 말도 안 된다며 상당히 옥신각신했던 모양입니다만……. 결국 키이치 씨가 자기 뜻을 끝까지 밀어붙였습니다. 다만 코노에 여사 입장에서 보면 예능에 대해서는 일절의 관심도 지식도 없는 시골의 오래된 집안에 시집을 온 것이니 정말 고생이 이만저만이 아니었겠지요."

"확실히 많이 힘드셨겠네요."

"남편인 키이치도 결코 연극에 이해가 있던 것은 아니었죠. 어쩌다가 보러간 무대에서 코노에 여사를 본 것뿐이었습니다. 아들인 기이치도 손자인 칸이치도, 그 점에서는 남편과 똑같았지요."

거기서 조린 주지는 갑자기 몸을 앞으로 내밀더니 말했다.

"그런데 다른 한 명의 손자인 소이치만은 달랐습니다. 어릴 적부터 코노에 여사의 예능 이야기에 흥미를 보였지요."

"소이치 군에게 그런 면이 있었다니, 전혀 몰랐네요."

깜짝 놀라는 나에게, 그렇지 않다며 주지는 한 손을 내저었다.

"딱히 그 친구가 샤미센을 연주하거나, 노래나 춤을 췄던 건 아닙니다. 그저 그런 것을 재미있어했고, 무엇보다 코노에 여사가 이야기하는 연극의 줄거리에 관심을 보였죠. 두 사람이 자주 다양한 연극 각본을 낭독했다고 합니다. 아니, 단순히 읽은 것뿐만 아니라 연기도 했었죠."

"연극을……."

"아무리 나이를 드셨어도 코노에 여사는 젊은 마을 처녀부터 늙고 교활한 해적 두목까지 다양한 목소리를 낼 수 있어서, 소이치뿐만 아니라 저도 즐거웠습니다."

"주지 스님도 참가하셨나요?"

내가 깜짝 놀라며 묻자,

"참가라고 해도 제 경우에는 단역이지만 말입니다."

주지는 부끄러워하면서도 그리 싫지만은 않다는 얼굴을 하는 것이 우스웠다.

"다만 소이치는 자라면서 연극보다 소설에 관심을 가지게 되었습니다. 거기서 역사서로 흥미 분야가 넓어져 갔지요. 애초에 사야오토시 가에서 책을 읽는 사람이 그때까지 아무도 없었던 것을 생각하면, 정말로 소이치는 특별했습니다."

"소이치 군이 자질을 타고난 점도 있었겠지만, 코노에 씨에게 사랑받은 덕분이라고도 할 수 있겠네요."

내 말에 조린 주지는 천천히 끄덕인 뒤에 말했다.

"그래서 소이치가 죽었다는 소식은 코노에 여사에게 충격이었습니다. 자리에 누운 지 얼마 되지도 않아서 금세 수척해졌을 정도였죠. 뼈밖에 남지 않을 정도로 여윈 그 모습은 정말 애처로워서 보기 힘들었습니다. 마을의 인정머리 없는 녀석들은 손자가 제 할미를 데리고 갔다고 말하고 있지만, 저는 오히려 코노에 여사 쪽에서 소이치 뒤를 따라간 게 아닐까 하는 의심이 들 정도입니다."

나는 가령 어느 쪽이라고 해도 크게 다를 것은 없지 않을까, 하는 생각이 들었다. 가장 큰 차이는, 마을 사람들이 사야오토시 가에 대한 두려움에서 그런 소문을 퍼뜨린 것에 비해, 주지는 코노에 씨와 소이치에 대한 애석한 마음에서 그런 상상을 했다는 점일까.

"그 코노에 씨의 장송 말인데요……."

드디어 내가 궁금해하던 것을 물어볼 때가 왔다.

"그분은 화장되었나요?"

"호오, 왜 그렇게 생각하시죠?"

"어……."

설마 장송 행렬의 뒤를 쫓았다고는 말하지 못하고 나는 초조해 졌다.

"……그건, 한 걸음 빨리 돌아왔던 쇼이치 군이 습골에 대해서 알려줬기 때문이에요."

"아, 그렇군요."

다행히 주지는 납득한 듯했다. 다만 이쪽을 보는 시선이 묘하게 날카로웠다.

"그래서, 화장이 어떻기에 그러십니까?"

"아뇨, 이 부근은 토장하는 풍습이 강하다고 전에 소이치 군에게 들었거든요."

"확실히 스쿠자 산지 일대는 그렇지요."

"그럼에도 불구하고 어째서 코노에 씨는 화장이었나요? 혹시 소이치 군도 마찬가지였나요?"

조린 주지는 한숨을 토하며 끄덕였다.

"말씀대로 소이치도 화장이었습니다. 이 부근에서 토장이 아니라 화장을 할 경우는 보통 그 이유가 두 가지 있지요. 하나는 시신이 전염병에 걸렸을 경우. 다른 하나는……."

주지는 일단 말을 끊었다가 나를 바라보면서 입을 열었다.

"시신이 뭔가에 빙의된 채로 죽었을 때입니다."

"빙의 상태로 죽었을 때……."

"그대로 매장하면 만에 하나라도 되살아날 우려가 있습니다. 그러니까 시체는 태워서 재로 만들어 쓸데없는 화근을 남기지 않으려는 거죠."

"하, 하지만 소이치 군은……."

"뭔가에 홀렸던 것이 아니죠."

주지는 내가 하고 싶은 말을 먼저 하더니, 천천히 말을 이었다.

"다만 이 토모라이 촌에서는 세 번째 이유가 있습니다."

"……사야오토시 가에서 사람이 죽었을 때인가요?"

"그렇습니다."

예상하기는 했지만, 정말 뭐라 말할 수 없는 기분이 들었다.

"사야오토시 가 사람만은 옛날부터 토장을 허락받지 못했습니다. 절에 조상 대대의 묘를 쓰는 것도 금지되었습니다."

"하지만 종말 저택의 부지 안에 묘소가 있으니까, 그곳에 매장한다면 딱히 토장이어도 문제는 없지 않나요?"

나는 곧바로 반론하고 있었다. 죽으면 토장이든 화장이든 마찬가지라고 생각하고 있다. 그러나 토장의 풍습이 남아 있는 지방에서 우연히 그 집에 태어났다는 이유 하나만으로 소이치가 화장당했다고 생각하니 잠자코 있을 수 없었다.

"말씀대롭니다. 사야오토시 가가 자기 땅에 시신을 모신다면, 그것이 토장이든 화장이든 풍장이든 아무런 상관이 없을 테니까요."

"그렇다면……."

"하지만 마을 사람들은 토장한 시체에게 사야오토시 가의 마물이 붙어서, **그것**이 집락으로 내려오는 것을 두려워했습니다."

"노조키메……인가요."

조린 주지가 고개를 끄덕였다.

"**그것**은 시체에 빙의되나요?"

깜짝 놀란 내가 묻자, 주지는 이번에는 고개를 저었다.

"저는 그런 사례를 들은 적이 없습니다. 다만 노조키메의 바탕이 된 순례자의 딸 이야기가 있지 않습니까?"

"전염병에 걸린 것으로 의심받던 어머니와 함께 생매장당했다는 전승이죠."

"그 이야기에서는 딸이 묻힌 장소에서 일어났다고 되어 있습니다. 말하자면 되살아난 시체죠. 마을 사람들이 느끼는 불안의 바탕은 거기까지 거슬러 올라가는 겁니다."

"그렇지만 **그것**이 집락까지 내려온다니……."

"옛날에 순경의 칼에 베여 죽은 소녀가 있었다는 이야기는 소이치에게 들으셨던가요?"

"아, 네."

"그건 정신 이상을 일으킨 시즈메가 사야오토시 가에서 집락까지 내려가서 차례차례 마을 사람들을 습격한 사건입니다. 역시 그 영향이 아주 컸다는 이야기겠죠."

즉 뿌리가 깊은 것이다. 그런 수많은 이유들이 모여서 지금의 사야오토시 가에 대한 차별을 낳았음을, 나는 새삼 인식했다.

"그런데 말이죠."

입을 다물어버린 나에게 술을 따르며 조린 주지가 천천히 입을 열었다.

"소이치가 죽었을 때의 상황을 가능하면 상세히 알려주셨으면 합니다만……."

"무, 물론이죠."

애초에 절에 불려온 것도 그것 때문이다. 곧바로 나는 야마기시 교수에게 들었던 그 이야기를, 이학부인데도 민속학에 고개를 들이밀고 있는 괴짜 학생 후쿠무라가 죽기 전의 소이치에 대해 말한 오싹한 이야기를 열심히 귀 기울이는 조린 주지에게 전했다.

"……그런 건가."

내 이야기가 끝날 때까지 계속 말이 없던 주지가 가만히 중얼거렸다.

"소이치가 조사하러 간 지역이, 그 소류고였다니……."

"……그 지방에 대해서 잘 아시는 것 같네요."

조린 주지의 어조에 나는 왠지 모를 불길함을 느끼고 조심스럽게 물어보았다.

"아니오, 단지 문헌으로 읽은 것뿐이지 한 번도 가본 적은 없습니다."

"듣기로는 빙의물 신앙이 번성했다고 하던데……. 아니, 그 후쿠무라라는 학생의 말에 지나지 않습니다만⋯⋯."

"아아, 그렇지요. 심지어 그 근처에는 빙의하는 마을이란 뜻의 츠키모노 촌이라는 마을도 있습디다. 아주 강렬하게 빙의하는 존재가 있다더군요."

"하지만 대학의 민속조사는 특별히 빙의물 신앙에 초점을 맞춘 것은 아니었어요. 더욱 일반적인 생활상 조사였던 걸로 알고 있어요."

"그러니까 소이치는 대학의 조사를 하는 사이사이에, 어디까지나 개인적인 조사를 했을 거라고 생각합니다."

"뭘 말이죠?"

"아마도 노조키메 같은 존재를 완전히 없애는 방법이었겠지요."

의외의 답에 나는 깜짝 놀랐다. 그것과 동시에 소이치가 내게는 아무것도 알려주지 않았던 것에 적지 않은 충격을 받았다.

"아마 그 방법을 찾은 뒤에 당신과 의논할 생각이었겠지요."

이쪽의 마음을 눈치 챘는지, 주지는 그렇게 말을 이었다.

"다음 민속조사지가 소류고라는 것을 알았을 때부터 소이치는 몰래 계획을 세웠을 겁니다. 맡은 일을 다 하면서도 자신의 조사도 진행한다는 계획을."

"실은 소이치에게 올 여름에 이곳에 오지 않겠냐는 이야기를 들었어요."

"호오, 그게 언제죠?"

"그 민속조사지로 떠나기 직전이었습니다."

"으음. 분명 그 친구에게는 자기 목적을 달성할 수 있다는 자신이 있었던 거군요. 그래서 사전에 그렇게 말을 해둔 거죠."

"협력을 구할 생각으로."

"아마도 그랬을 거라고 생각합니다."

그것이 실현되지 못해서 나는 정말로 아쉬운 마음을 금할 수 없었다.

"소이치 군에게 힘이 될 수 있었다면 얼마나 좋았을까 하는 생각이 드네요……."

자연스럽게 내가 고개를 떨어뜨리자 주지가 술을 따라주었다. 그런 뒤에 두 사람은 한동안 말없이 술을 서로 따라주며 잔을 기울였다.

그런데 이윽고 내 마음에 어떤 무서운 의혹이 고개를 쳐들었다.

"……잠깐만요."

내가 고개를 들자, 마치 각오한 듯한 표정으로 주지가 이쪽을 보고 있어서 한순간 움찔했다. 그렇지만 나는 그 의혹을 입 밖에 내지 않을 수 없었다.

"소이치 군이 빙의물 신앙이 번성한 조사지에서 정말로 그런 조사를 하고 있었다고 한다면, 소이치 군이 보인 기묘한 행동은 어떤 의미를 갖는 걸까요? 계속 주위에 신경을 쓰고, 어떠한 기척을 느끼고 돌아보는, 그런 움직임을 하고 있었다는데……."

"아마도 신변의 위험을 느낀 것이겠죠."

"그 위험이란……."

"노조키메."

조린 조지는 그 한마디만 말했다.

"즉 소이치 군의 조사를 노조키메가 방해했다. 완전히 없애는 방법이 알려지기 전에 소이치 군을 처치했다……. 그런 이야기일까요?"

"소류고에서 소이치가 보인 행동으로 보면 그렇게 생각할 수밖에 없겠지요."

주지는 험상궂은 얼굴로 말을 이었다.

"물론 이것은 어디까지나 추측입니다. 애초에 당신도 후쿠무라라는 학생의 증언을 직접 들은 것은 아니니까요."

본인을 만나서 제대로 된 이야기를 들었어야 했다고 나는 후회했다.

"그렇다고 해도 사야오토시 가의 괴이한 현상에 대해서 아무것도 모르는 학생이 죽기 직전의 소이치의 모습을 그런 식으로 보았다는 점은, 오히려 신빙성이 있지 않을까 하고 저는 생각합니다."

"저도 주지스님의 말씀대로라고 생각해요."

"그렇게 되면, 이 많지 않은 단서에서 도출되는 것은, 소이치는 노조키메에 의해 쫓기다가 절벽에서 굴러 떨어지고 말았다……라는 해석이군요."

"네."

"다만 금방 받아들이기 어려운 해석이지요. **그것**이 다른 지방에도 나타나다니, 상상도 하지 못했으니까요."

"전혀 사례가 없었던 거군요."

"그렇습니다. 하지만 반대로 보면, 사야오토시 가 사람이 아무도 토모라이 촌 밖으로 나가지 않았기 때문으로 볼 수도 있습니다. 가령 나간 사람이 있었다고 해도 노조키메가 나타날 이유가 없었다는 이야기가 되지요. 가만히 생각해보니 당연할지도 모릅니다."

"주지스님, 꼭 여쭙고 싶은 게 있는데요."

나는 새삼스러운 어조로, 뒤늦게나마 중요한 질문을 했다.

"지금 사야오토시 가에는 살아 있는 신으로 모셔진 순례자의 딸도 빙의체가 된 마을 소녀도, 둘 다 없는 거죠?"

"그렇지요. 시즈메가 없는 상태가 벌써 4년째 이어지고 있습니다."

"그 4년 전에 로쿠부 고개를 넘어 시코쿠 쪽에서 왔다는 순례자 모녀가 있었다면서요. 그때의 여자애가 지금으로서는 마지막 시즈메인가요?"

"그런 것까지 알고 계셨습니까?"

주지는 상당히 놀란 듯했으나, 누구에게 들었는지까지는 묻지 않아서 나는 안도했다. 가능하면 토키코의 이름은 꺼내고 싶지 않았다.

"하지만 말이지요, 그 여자아이는 시즈메로 쓸 수 없었습니다. 이래 봬도 저도 종교인 나부랭이, 옛날부터 그런 일에 관해 사야오토시 가의 상담을 여러 번 받았습니다. 하지만 저의 눈에도 그 여자아이가 시즈메의 역할을 하기는 불가능해 보였지요. 그래서 마지막 시즈메는 그 모녀가 오기 전에 있던 순례자 모녀의 딸이 됩니다만……."

조린 주지는 거기서 어중간하게 일단 말을 끊었다.

"그런 것을 신경 쓰시는 건, 사야오토시 가에 머무를 때에 **뭔가**를 보게 되어버렸기 때문이 아닙니까?"

"……네."

그렇게 대답하긴 했지만, 아직 나는 망설이고 있었다. 노조키메 체험을 이야기하더라도 어디까지 이야기해야 할지가 문제다. 물론 조린 주지는 이 토모라이 촌에서 내 편이 되어줄 것 같은 몇 안 되는 인물이었지만, 완전히 신용해도 괜찮을까. 애초에 소이치는 어째서 그때, 자신에게 사야오토시 가의 괴이한 존재에 대해 알려준 '어떤 사람'이 심원사의 조린 주지라고 말하지 않았던 것일까. 사소한 것일지도 모르지만, 묘하게 마음에 걸렸다. 그래도 모든 것을 이야기하자고 결심한 것은, 그렇게 하지 않으면 앞으로 나아갈 수 없다고 생각했기 때문이다.

"실은……."

어제의 장송 행렬부터 오늘 저녁 산속의 덤불에 숨어 기다리던 것까지, 나는 노조키메와 조우한 체험을 정직하게 전부 이야기했다. 이야기하는 동안 주지는 일절 끼어들지 않았다.

"으음……."

다만 이야기를 마치자마자, 주지는 그런 신음소리를 내며 팔짱을 끼었다.

"뭐, 뭔가 안 좋은 일이라도……."

주지의 반응이 나를 불안하게 만들었다. 마치 환자인 나의 증상을 들은 뒤에, 두 손 들었다는 듯이 곤혹스러워하는 의사를 눈앞에 둔 것 같은 기분이었다.

"아니, 이거 참……. 이미 장송 행렬을 보셨을 줄이야……."

찰싹찰싹하고 대머리를 두들기면서 조린 주지가 난처하다는 듯한 얼굴을 했다.

"……죄송합니다. 지금까지 입을 다물고 있어서."

"이미 지난 일이니 괜찮습니다만, 부디 마을 사람에게는 이야기하지 말도록 하세요. 외지 사람이 엿봤다는 것을 알게 되면 여러 가지로 일이 복잡해지니까요."

"복잡해지다니, 예를 들면 어떻게 되는 건가요?"

조심스럽게 묻는 나에게, 주지는 쓴웃음을 지었다.

"호기심이 왕성한 것은 좋습니다만, 적당히 조절해야만 하는 경우도 있습니다."

"……네, 알겠습니다."

고분고분히 고개를 숙이는 나에게, 주지는 진지한 표정으로 이렇게 말했다.

"예를 들면 이 수일 사이에 뭔가 이상한 일이 일어났을 경우, 당신이 장송 행렬을 숨어서 엿봤다는 것을 알게 된다면 마을 사람들은 틀림없이 당신에게 그 죄를 물을 겁니다."

"외지 사람이 장례식을 방해한 결과라면서……."

"그렇습니다. 사실은 그냥 본 것뿐이라고 해도, 그런 책임 추궁을 당하게 됩니다. 그러니까 이 일은 마을 사람들에게 절대 이야기하지 말도록 하세요."

"알겠습니다. 절대 누구에게도 말하지 않겠습니다."

그렇게 진지하게 맹세한 뒤, 나는 신경 쓰이던 그 기묘한 소리에 대해서 조린 주지에게 물어보았다.

"그 장송 행렬 때에 말인데요, 행렬이 나아가는 것에 맞춰서 묘한 소리가 들렸어요. 그건 뭐였나요?"

"아아, 그건 절구를 두드리는 소립니다."

"……정월에 떡을 찧는 그 절구 말씀인가요?"

자기도 모르게 되물은 나는 깜짝 놀랐지만 주지는 당연하다는 듯이 대답했다.

"어느 집에나 절구는 있으니까요. 장송 행렬이 자기 집 앞에 접어들기 전부터 완전히 지나갈 때까지, 각 집에서는 준비해두었던 아무것도 들어 있지 않은 절구를, 모두가 절굿공이로 찧는 겁니다. 이 소리에는 부정한 것을 쫓는 효과가 있어서……."

그 이후의 설명은 내가 추측한 대로였다. 다만 그 음원이 절구였으리라고는 생각도 하지 못했다.

"흥미로운 이야기네요."

순순히 감탄하면서도 그 소리의 정체보다 더욱 알고 싶었던 의문을, 나는 큰맘 먹고 물어보았다.

"장송 행렬에는 많은 분이 나오셨는데요, 그만큼 많던 장송 참여자 중에 누구 한 사람도 노조키메를 깨달은 분은 안 계셨나요?"

"깨닫고 뭐고, 대부분의 사람에게는 보이지 않습니다."

꾸중을 들을 줄로만 알았는데, 주지는 간단히 답해주었다.

"사야오토시 가 사람에게도 말인가요?"

"가령 보였다고 해도 모르는 체를 했겠지요. 즉 아이자와 씨 같은 반응이 사실 제일 위험합니다."

움찔하는 것과 동시에 오싹해졌다. 그러나 그런 말을 들어도 곤란하다. 노조키메의 대처법 따위, 소이치도 알려주지 않았으니까.

"하, 하지만 어째서 **그것**은 제가 있는 곳에 나타난 건가요? 어째서 저에게 보이는 건가요?"

"그건……."

자기도 모르게 말이 막힌 조린 주지의 표정을 보고, 나는 아주 안 좋은 예감이 들었다. 역시 듣고 싶지 않다고 고개를 저으며 그대로 귀를 막고 싶어졌다. 하지만 그 전에 주지가 입을 열었다.

"당신에게 흥미가 있기 때문이겠지요."

"네?"

"이 마을 사람들에게 아이자와 소이치라는 학생은 외지인입니다. 그러니까 좋은 의미에서든 나쁜 의미에서든 흥미의 대상이 되는 법이지요."

오늘 오후에 난라이 집락을 걸으며 받았던 무시무시한 시선의 세례가, 그것을 증명하고 있던 것이 틀림없다.

"같은 원리가 노조키메에게도 적용되는 겁니다."

"즉, 제가 보기 드문 존재라서……."

"네, 맞습니다. 그러니까 가장 좋은 방법은 상대하지 않는 겁니다. 저쪽이 싫증 날 때까지, 모르는 체하고 상관하지 않는 겁니다."

"그걸로 괜찮아질까요?"

"어차피 어린앱니다. 그러다가 이내 흥미가 사라지겠죠."

그렇다고 해도 도저히 평범한 어린애라고는 생각할 수 없다. 아니, 애초에 인간이 아니니까 불안은 조금도 사라지지 않는다. 그러나 그 외에 마땅한 대처법도 없어 보인다. 여기서는 주지의 말대로 하는 수밖에 없어보였다.

"애초에 며칠씩 사야오토시 가에 머무르지는 않을 것 아닙니까?"

"아, 그렇죠."

원래대로라면 오늘쯤엔 돌아갔을 것이다. 그것이 생각지도 못한 괴이한 존재를 만나고, 또한 주지에게 불려오는 바람에 여태 토모라이 촌에 머무르게 된 것이다.

"내일이라도 떠날 생각입니다."

"네, 그게 좋을 겁니다. 안 그래도 사야오토시 가의 손님이 되는 것은 힘든 일인데, 지금은 한창 상중이니 더욱 큰일이지요."

"다만 조금 신경 쓰이는 일이 있는데……."

그것은 토키코와 쇼이치 두 사람에 대한 것이었다. 우선 코노에 씨의 뒤를 이어서 순령당에 신찬을 바치는 토키코의 상황과, 아무래도 이변이 있는 듯하다는 쇼이치의 이야기. 이어서 그 이변에 쇼이치가 관련되어 있지 않을까 하는 나의 추측. 이 두 가지를 물어보기로 했다.

조린 주지라면 뭔가 알고 있을지도 모른다. 가령 짚이는 것이 없더라도 분명히 상담에 응해줄 것이다. 그렇게 생각했는데…….

"설마 순령당과 사당을 엿보지는 않았겠지요?"

내가 말을 마치자마자 금방 무서운 얼굴로 노려보았다.

"어, 그건, 저기……."

"어느 쪽입니까? 얼버무리지 말고 똑바로 대답하세요."

"……그게, 저기, 순령당은 저도 모르게 문을 열어버려서……죄송합니다."

"그래서, 뭘 봤습니까?"

그 말투가 참으로 섬뜩해서 팔뚝에 소름이 돋았다.

"아, 아뇨, 아무것도……. 소이치 군이 말했던 대로 관음상과 지장상 둘이 모셔져 있을 뿐이었습니다."

"사당은?"

"아, 안 봤습니다. 정말이에요."

"……그렇습니까. 뭐, 아무것도 보지 못해서 다행이군요."

순령당과 작은 사당 안에서 **무엇**을 볼 가능성이 있었는지 몹시 묻고 싶었지만, 도저히 물어볼 수 없었다.

"무슨 일이 있더라도 더 이상 순령당과 사당에는 다가가지 않는 게 좋습니다. 토키코와 쇼이치라면 염려할 필요 없습니다. 아시겠습니까? 그 사야오토시 가에는……."

그때, 절의 어딘가에서 웅성거리는 묘한 기척이 느껴졌다. 주지도 그것을 알아차렸는지 입을 다물고 귀를 기울였다.

"주지스님, 실례합니다."

그러자 미닫이문 밖에서 조린 주지를 부르는 소리가 들렸다.

"무슨 일인지는 모르겠지만, 잠깐 기다리세요."

주지는 그렇게 나에게 양해를 구하고 복도로 나갔지만, 좀처럼 돌아오지 않았다. 그러는 와중에 절 안의 웅성거림이 더욱 커지기 시작했다.

'뭔가 안 좋은 일이라도 생긴 것일까?'

불안을 느끼면서 안절부절못하고 있는데, 간신히 주지가 자리로 돌아왔다. 다만 몹시 안색이 나빴다.

"무, 무슨 일인가요?"

놀라서 물은 나에게, 조린 주지는 짜내는 듯한 목소리로 말했다.

"기이치 씨가 돌아가신 모양입니다. 그것도 이상한 모습으로 죽었다는군요."

13

조린 주지와 함께 심원사를 나간 나는, 난라이의 사야오토시 가로 향했다. 내가 달려가봤자 아무런 도움도 안 되지만, 그렇다고 해서 절에서 기다리는 것도 싫었다. 어떤 상황에서 사야오토시 가의 당주가 죽었는지, 당연히 그것도 신경 쓰였다. 아니, 정확히 말하면 나는 기이치의 사인을 알고 싶어서 주지를 따라나선 것이라고 생각한다.

우리들보다 조금 앞에는 절까지 주지를 부르러 온 청년단 일행이 걷고 있었다. 그 안에 화장터에 있던 시게나 쇼스케가 있을지도 모르지만 어두워서 잘 보이지 않는다. 주지뿐만이 아니라 나도 동행한다는 것을 알자마자 그들은 우리로부터 명백히 거리를 두었는데, 이쪽으로서는 딱 좋은 상황이었다. 물론 주지와 몰래 이야기를 나눌 수 있기 때문이다.

"그래서 기이치 씨는 어떤 상황에서 돌아가신 거죠?"

앞서가는 청년단에게는 들리지 않을 거라고 생각하면서도 나는 목소리를 낮춰서 물었다.

"상중이니까 일은 쉬고 있을 테지만, 아무래도 기이치 씨는 오후에 현장의 상황을 보러 간 것 같더군요."

"현장이라면 나무를 벌채하는 곳이군요."

"네, 스쿠자 산지 이곳저곳에 있습니다. 기이치 씨가 간 곳은 작업을 시작한 지 얼마 안 되는 '다이다라보 계곡'이라는 현장인데……."

주지의 설명을 들으면서 나는 지도를 머릿속에 떠올렸다. 그 덕분에 대강의 위치를 파악할 수 있었다.

"저녁식사 시간이 되어도 기이치 씨의 모습이 보이지 않아서, 분명 어딘가의 현장에 간 것이 틀림없다며 인부들에게 찾게 했더니, 다이다라보 계곡에서 발견되었다고 합니다."

"이미 돌아가셨던 건가요."

"현장에는 베어놓은 나무를 쌓아놓아서, 운반 작업만 남은 상태라고 합니다. 그 나무 더미가 무너졌는지 기이치 씨는 그 바닥에 깔려 있었습니다."

"……사고인가요."

"아직 모릅니다."

그렇게 대답하면서도 조린 주지는 뭐라 말할 수 없는 표정으로 흘끗 나를 보았다.

"나무를 베는 것도 운반하는 것도 아주 거칠고 위험한 일이라

이제까지도 사고는 일어났고 죽은 사람도 나왔습니다. 다만 그런 사고는 나무를 베는 상황이나 운반해나가는 상황에서 벌어지는 법입니다. 제대로 쌓아놓은 나무가 갑자기 무너지다니, 좀처럼 생각할 수 없는 일입니다."

"인위적인 일이 아닐까 하고……."

"합숙소에 있는 사람들은 그렇게 의심하는 것 같습니다. 다만 문외한이 하기는 어렵습니다. 현장을 아는 사람이 아니면 불가능하죠. 하지만 관계자들 중에 그런 짓을 할 만한 사람은 한 사람도 없습니다. 즉 사고라고밖에 생각할 수 없습니다. 그렇지만……."

"사고라고 하기에는 너무 부자연스럽다……."

내가 뒤를 잇자, 주지가 천천히 끄덕였다.

"실례임을 알고 여쭙습니다만, 동기를 가진 용의자가 없다는 것은 주지스님이 보시기에도 확실하다고 생각하시나요?"

이 말에는 역시나 번뜩하고 노려보았지만, 주지는 다시 고개를 끄덕여주었다. 거기서 나는 기이치가 죽었다고 생각되는 사망 추정시각을 물어보았다. 그런 뒤에 다시 한 번 다이다라보 계곡의 위치를 확인했을 때, 어떤 기분 나쁜 생각이 문득 떠올랐다.

그것이 표정으로 나온 것인지, 곧바로 주지가 날카롭게 찌르고 들었다.

"뭔가 깨달으신 거라도 있으십니까?"

"……앗, 아뇨."

"타지에서 오신 분이라서 이곳에 사는 사람들은 알 수 없는 어떤 것을 간단히 알아차릴 수도 있으니까요."

어떤 의미에서 이 주지의 지적은 정확했지만, 그렇다고 해서 결코 기뻐할 만한 일은 아니었다.

"다른 사람에게 이야기하지 않는 편이 좋은 일이라면 이야기하지 않을 테니, 알려주실 수 있겠습니까?"

하지만 이렇게까지 부탁받으면 거절할 수 없다. 무엇보다 이 생각이 맞는지 어떤지, 그것을 확인할 수 있는 것은 조린 주지밖엔 없을 것이다. 밝힌다면 역시 이 사람뿐이다.

"저녁에 사야오토시 가의 뒷산에서 마주친 **그것** 말입니다만……."

나는 그 장소와 시간으로 보아, 자신과 지나친 뒤에 **그것**은 다이다라보 계곡으로 가서 기이치와 조우한 것은 아닐까 한다는 생각을 이야기했다.

"그리고 기이치 씨를 죽였다……라는 말씀입니까?"

"**그것**이 어떤 힘을 가지고 있는지, 저는 알지 못합니다. 하지만 계속 사야오토시 가에 앙화를 초래하고 있었으니, 현장의 지식은 있었을 겁니다."

"그렇군요. 재미있는 생각입니다."

주지는 일단 긍정하면서도 내 얼굴을 들여다보듯이 하며 재차 물었다.

"왜 기이치 씨에게 손을 댔을까요? 그런 이론을 생각하셨다면, 다음에는 동기 문제가 나오지 않습니까?"

"노조키메의 시선을 받으면, 반드시 병이나 사고로 죽는 사람이 나왔다고 소이치 군에게 들었습니다. 제가 이곳에 와서 벌써 몇 번이나 **그것**이 저를 보았습니다. 그 탓에 기이치 씨에게 앙화가 내린 것일지도 몰라요."

"하지만 말입니다, 노조키메의 시선을 받는 것은 사야오토시가 사람이고 그것으로 병에 걸리거나 사고를 당하는 것도 사야오토시 가 사람입니다. 그렇지만 그 집에서 노조키메의 시선을 받았다는 이야기를, 저는 최근 몇 년 사이에 전혀 들은 적이 없습니다."

"하지만 소이치 군이……."

"그 이야기는 정말로 오래간만입니다. 게다가 그 이야기에 따르면 시선을 받은 본인이 죽습니다. 앙화가 그 당사자에게 내리니까, 그것으로 끝날 일이 아닙니까."

듣고 보니 그 말대로다. 하지만 나는 도무지 납득이 가지 않는 뭔가가 응어리처럼 남은 듯한 불쾌함을 느끼고 있었다.

**그런 존재**를 이론으로 생각하는 건, 우스운 얘기죠. 그렇지만 무슨 일에나 조리가 있는 법입니다. 어디까지 인간의 지식으로 파악할 수 있을지 알 수 없지만, 사실은 괴이한 현상도 그 조리를 따라 발생하는 경우가 많지 않을까 하고 저는 생각합니다."

나도 같은 생각을 하고 있었던 터라 상당히 놀랐다. 그 사실을 솔직하게 전하자, 주지는 기뻐하면서도 곤란하다는 표정으로 말했다.

"그런 해석은 결코 무익하지 않습니다. 다만 보답받는 경우는 적지요. 허나 그것도 괴이한 현상에 맞서기 위한 훌륭한 방법 중 하나입니다."

"다만 기이치 씨의 죽음에 대해 밝히기에는 적합하지 않다는 말씀이군요."

"그렇습니다만……."

의외로 주지는 거기서 말을 우물거렸다.

"아닌가요?"

여기까지의 이야기 전개로 사야오토시 가에 얽힌 앙화도 부정되는 거라고 생각하고 있던 나는 상당히 당황했다.

"실은 말입니다……."

주지는 앞쪽의 청년단에게 들리는 것을 주의하는 듯한 작은 목소리로 입을 열었다.

"목재에 깔린 기이치 씨의 시신은, 배 부근이 뒤틀리듯이 굽어져서 거의 몸이 끊어지려 하는 상태였다고 합니다."

"그, 그 모습은……. 그 순례자 어머니의 최후와 똑같은 모습이……."

그렇게 지적하다가 아마 코노에 씨의 시신 역시 같은 모습이었으리라고 추측한 나는 곧바로 전율했다.

"그것뿐만이 아닙니다."

그러나 주지는 그런 나에게 아랑곳하지 않고 더욱 엄청난 이야기를 꺼냈다.

"기이치 씨를 찾으러 간 현장 인부 중 한 사람이 다이다라보 계곡에 접어들었을 때, 묘한 소리를 들었다더군요."

"뭔가요?"

"방울소리입니다."

등줄기가 부르르 떨렸다. 엄청나게 차가운 손으로 목덜미부터 허리까지 쏠어내린 듯한, 아주 기분 나쁜 떨림이 등줄기에 퍼졌다.

"그, 그 방울소리란 건……."

조린 주지에게 확인하려고 했을 때, 마침 딱 사야오토시 가에 도착했다. 어젯밤과 마찬가지로 커다란 대문 앞에는 화톳불이 피워져 있고, 그 앞에서 청년단 일행이 마을 사람들과 합류해 있어서 이 이상의 이야기는 할 수 없을 듯했다.

현관에 들어가자 곧바로 토키코가 나왔다.

"이거 큰일이 났군요."

주지가 말을 걸자, 토키코가 기이치의 시신은 영전을 모신 방에 안치되어 있다는 것, 마라이의 마을 의사와 순경이 이미 와 있다는 것을 짧게 고하고서 앞장섰다.

"당신은 동석하지 않는 편이 좋겠습니다."

이제까지와 마찬가지로 따라가려고 하는 나를, 주지가 부드럽게 제지했다. 확실히 외지인이 얼굴을 내미는 것은 좋지 않을지도 모른다.

"그러면 별채에 가 있겠습니다."

"나중에 모시러 갈 테니, 잠시만 참아주세요."

곧바로 뒤를 돌아 그렇게 말하며 이쪽으로 고개를 숙인 토키코에게, "전 괜찮으니 신경 쓰지 않으셔도 돼요."라고 대답하고 나는 별채의 방으로 돌아왔다.

오는 도중에 누구와도 만나지 않았고 집 안도 고요해서, 이 종말 저택 자체가 웅성거리는 듯이 느껴졌다. 마치 거듭되는 사야오토시 가의 초상에 저택에 사는 사람들이 두려워 떨며 숨을 죽이는 것에 대해, 저택에 깃든 마물들이 기쁜 나머지 꿈틀거리기 시작하고 있다. 이런 식의 망상에 사로잡혀버릴 듯한, 참으로 기분 나쁜 기미가 떠돌고 있었다.

별채의 방에 들어가자마자 나는 안도의 숨을 토해냈다. 이곳도 사야오토시 가임에는 틀림없지만, 적어도 안채 같은 분위기는 아니다.

그건 그렇고, 기이치의 죽음은 정말로 사고일까. 주지가 말한 것처럼 나무를 벌채하던 중이나 운반 중도 아닌데 그런 사고가 일어나는 것은 부자연스럽지 않은가. 상중에 일을 쉬고 있던 그가, 우연히 잠깐 현장의 상태를 보러갔을 때에 그런 사고를 당할 수 있는 걸까.

그렇다고 해서 살인을 의심하기에는 나는 기이치에 대해서 정말 아무것도 몰랐다. 사야오토시 가의 당주이자 소이치의 아버지라는 것 이외에는 변변한 지식이 없다. 일족 중에서 반목하는 자가 있었는가. 현장에서는 어떤가. 그와 대립하는 사람은 있는가. 또한 동기를 가진 마을 사람은 있는가. 그런 정보를 전혀 갖고 있지 않다.

"하지만 말이지……."

나는 책상에 등을 기대고, 자기도 모르게 중얼거리며 생각에 잠겼다.

가령 기이치가 누군가에게 살해당했다고 하면, 범인도 다이다라보 계곡까지 갔다는 이야기가 된다. 즉 그 왕복과 기이치 살해에 걸린 시간만큼의 현장 부재 증명이, 범인에게는 전혀 없는 것이다. 그렇게 되면 범인이 누구이든 아주 간단하게 알 수 있지 않을까. 모든 마을 사람이 아는 사이인 폐쇄적인 집락이다. 덤으로 피해자가 사야오토시 가라는 특수한 집의 당주이니까, 더욱 알기 쉬울 것이다. 그 정도로 단순한 사실을 당사자인 범인이 조금도 생각하지 않았으리라고는 여겨지지 않는다. 기이치를 살해한다고 해도 좀 더 적합한 시간과 장소를 고를 것이다.

'그렇게 되면……'

역시 노조키메의 앙화일까. 그러나 그래서는 주지가 지적한 대로 모순이 생긴다. 대체 이것은 어떻게 된 일일까. 사고도 살인도 부정되고, 그런데다 앙화조차 아니라면 기이치의 죽음은 대체 뭐라는 것인가. 자살인가? 그런 말도 안 되는 일이 있을 수 있을까.

'그렇지. 방울소리……'

그것도 현장에서는 방울소리가 들렸다고 한다. 헛간 안에서 굶어 죽을 지경에 처한 순례자 모녀가, 아마도 필사적으로 흔들었으리라고 생각되던 방울소리. 이것들과도 역시 관계가 있는 걸까.

그러나 그렇다면 노조키메의 짓이 되어버린다.

이런저런 생각을 하는 동안에 나는 서서히 무서워지기 시작했다. 별채에 혼자 있고 싶지 않아서, 몰래 안채의 눈치를 엿보러 가기로 했다.

누구에게도 들키지 않고 복도를 나아가고 있자니, 어느 방에서 여러 명의 사람들이 이야기를 나누는 소리가 들려왔다. 그곳에 귀를 기울이고 들어보니, 말도 안 되는 의논을 하고 있었다. 오늘 밤을 츠야로 나고, 내일 바로 발인하자는 것이 아닌가. 보통은 오늘

이 가 츠야, 내일이 본 츠야, 모레가 발인 후 장송일 것이다. 하물며 시신은 사야오토시 가의 당주였던 인물이다. 마땅한 장례 절차를 밟는 것이 당연하지 않은가.

너무나 매정한 대응에 아연실색했지만, 코노에 씨의 장송 행렬을 떠올려보고 이내 납득했다. 사야오토시 가의 사람이 죽었을 경우, 마을 사람들은 하루라도 빠른 매장을 요구하는 것이리라. 물론 그 방법은 화장이다. 저 작은 산 뒤편의 조잡한 석조 화장장에서 기이치도 코노에 씨나 소이치와 마찬가지로 불살라지는 것이다.

문득 나는 불단이 있는 방에 안치되어 있다는 기이치의 시신에 합장을 하고 싶었다. 동정하는 감정을 품은 탓일까. 아니면 소이치에게 할 수 없었던 일을 그 아버지의 시신에 대신 해주고 싶다고 느낀 것일까.

그 자리를 발소리를 죽이며 조심조심 벗어나서, 나는 불단이 있는 방으로 향했다. 얼른 가지 않으면 시신은 관에 들어가고, 츠야를 위해 제단 앞에 안치되게 된다. 어젯밤에 토키코에게 안내받아서 가는 길은 알고 있다. 되도록 누구와도 만나지 않도록 주의하면서 종종걸음으로 복도를 달려서 아무도 없는 방들을 지났다. 불단이 있는 방 정면이 아니라, 미닫이문으로 나눈 그 옆방으로 향한다. 그곳이라면 가령 누가 그 방에 있더라도 들키지 않고 돌아올 수 있다.

무사히 옆방에 도착해서 살며시 미닫이문을 열고 불단이 있는 방을 들여다본 나는, 하마터면 비명을 지를 뻔했다.

기이치의 시신이 이쪽을 향해서 앉아 있었다.

하얀 수의를 입고 두 손으로 두 다리를 안은 채로, 내 쪽으로 몸을 향하고 앉아 있다.

심장이 멎는 줄 알았다. 노조키메에 의해 되살아난 시체가, 지금이라도 일어설 것처럼 보였기 때문이다. 하지만 금방 자신의 착각을 깨달았다. 좌관에 들어가기 쉽도록 하기 위해 일부러 시신을 앉은 자세를 취하도록 새끼줄로 고정해놓았던 것이다. 눕힌 상태인 채로 안치해두면 사후경직 때문에 좌관에 들어가지 않게 된다. 그 때문에 사전에 밧줄 등으로 시신을 좌관에 넣기 좋은 모습으로 고정해두는 풍습이 각지에 있다. 토모라이 촌도 마찬가지인 것이다.

게다가 기이치의 시신은 복부에 커다란 손상이 있다. 그 부근이 부자연스럽게 부풀어 있는 것은 아마도 천이 감겨 있기 때문일 것이다. 그것을 감추기 위해서도 재빨리 시신을 밧줄로 묶었던 것이 틀림없다.

그것을 모르는 내가 방의 정면으로 들어가지 않았던 탓에, 옆을 향해 안치된 시신과 얼굴을 정면으로 마주하게 되었던 것뿐이다.

"후아……."

크게 안도의 숨을 내쉬고, 나는 그 방에 들어가서 시신의 측면— 불단의 정면에—정좌했다. 두손을 모으고 마음속으로 염불을 왼다. 소이치에 대해서도 언급할까 했지만, 아버지와 그의 사이가 결코 좋지 않았던 사실을 떠올리고 그만두었다.

"가엾게도……."

그때 갑자기 등 뒤에서 목소리가 들렸다. 화들짝 놀라서 돌아보니, 어느새 열려 있던 장지문 너머의 어둠 속에 누군가가 서 있었다.

"히익……."

목에서 나오려던 비명을 삼킨 것은 그것이 노리코라는 걸 깨달았기 때문이었다.

"가엾게도……."

같은 대사를 반복하는 그녀를 보고, 나는 퍼뜩 정신이 들었다.

"이, 이번 일은……저, 저, 정말 안타깝게 되었습니다. 무, 무어라고 말씀을 드려야 할지……."

애도의 말은 횡설수설이었지만, 애초에 노리코가 제대로 듣고 있는지도 알 수 없었다. 나에게는 눈길도 주지 않고 그저 기이치만을 바라보고 있다.

"가엾게도……."

세 번째의 목소리를 듣고 나는 오싹해졌다. 노리코가 미친 것이 아닌가 하는 생각이 들었기 때문이다.

"가엾게도……. 저런 식으로 묶여서……."

그러나 네 번째 목소리에 간신히 납득했다. 남편의 시신의 취급에 대해, 노리코는 가슴 아파하고 있던 것이다. 아무리 풍습이라고 해도, 자신의 가족이 이런 일을 당하면 괴롭다. 도저히 견딜 수 없는 기분이 된다. 그래서 그녀의 모습은 이해할 수 있지만, 저 텅 빈 시선은 어쩐지 무섭게만 느껴졌다.

"괘, 괜찮으신가요? 다른 분을 불러드릴까요?"

노리코가 혼잣말을 하게 내버려두는 것은 좋지 않다고 생각한 것은 사실이지만, 이대로 시신 옆에서 그녀와 둘이 있는 것 역시 싫었다.

"토키코 씨를⋯⋯."

찾아오겠습니다, 라고 말하려고 하는데 그 자리에 노리코가 쿵, 하고 주저앉았다. 마치 단숨에 하반신의 힘이 풀린 듯한, 그런 모습이었다.

"앗!"

예상 밖의 움직임에 나는 저도 모르게 소리쳤다. 그것과 동시에, 앉은 노리코의 등 뒤 어둠이 눈에 들어오자 더 큰 비명을 지를 수밖에 없었다.

"히이이익!"

노조키메가 서 있었다.

노리코의 몸에 가려져 있었을 뿐, 계속 그녀의 뒤에 있었는지도 모른다. 그녀가 앉은 탓에, 그 모습을 본 것이다.

가장 좋은 것은 상대하지 않는 것.

저쪽이 싫증 날 때까지 모르는 체를 하며 상대하지 않는 것.

조린 주지의 충고를 떠올리고서 곧바로 나는 눈을 피했다. 그렇다고 해서 노리코 앞에서 고개를 돌릴 수도 없어서 그녀의 무릎 근처로 시선을 내렸다. 그러나 시야에는 충분히 **그것**이 비치고 있었다. 노리코 뒤의 어둠 속에 멈춰선 **그것**의 그림자가⋯⋯.

정신이 들고 보니 노리코가 뭔가 이야기를 하고 있었다. 귀를 기울여보니 기이치에 대해서, 시집온 것에 대해서, 사야오토시 가에 대한 것 등을 끊임없이 줄줄 늘어놓고 있는 듯했다.

밧줄로 묶인 시체를 앞에 두고, 내가 듣고 있는 것을 아는지 모르는지 마냥 중얼거리는 노리코와 그런 그녀의 뒤에 선 노조키메. 그런 기묘한 상태가 얼마나 오래 이어지고 있었을까.

갑자기 노리코가 입을 다무나 싶더니, 천천히 일어섰다. 그리고 주위를 두리번거리더니, 그때야 비로소 나를 발견한 것처럼 조금 놀라는 기색을 보였다. 이어서 말없이 나를 향해 고개를 숙이더니, 잠시 기이치의 시신을 바라본 뒤에 장지문을 조용히 닫고 떠나가버렸다.

그 일련의 행동을 잡아먹을 듯이 눈으로 쫓고 있던 나는, 문이 완전히 닫힌 순간 하마터면 비명을 지를 뻔했다.

'역시 안 보이는구나.'

장지문이 닫히기 직전까지 노조키메의 그림자는 확실히 시야에 들어와 있었다. 노리코가 서서 주위를 둘러보았을 때나 문을 닫고 떠나갈 때, 분명히 등 뒤에도 시선을 향했을 것이다. 그럼에도 불구하고 그녀는 아무런 반응도 보이지 않았다.

'노조키메가 보이지 않았으니까……'

곧바로 나는 생각했다. 기이치도 마찬가지가 아니었을까? 다이다라보 계곡의 현장 상황을 보러갔을 때, 그의 등 뒤에는 노조키메가 서 있었을지도 모른다. 하지만 그는 그것을 전혀 깨닫지 못했다. 그래서…….

나는 황급히 별채로 돌아왔다. 그날 밤은 형식적으로만 츠야에 참가하고, 그 뒤에는 별채에 틀어박혀서 그저 이 대학노트를 적고 있었다.

별로 자지 못했음에도 불구하고, 다음 날 아침에는 금방 눈을 떴다. 안채에 가보니 어쩐지 토키코의 눈치가 이상했다. 무슨 일이냐고 물어보니 노리코의 모습이 보이지 않는다고 했다. 이부자리에는 잠을 잔 흔적이 있으니, 오늘 아침 일찍 밖에 나갔으리라고밖에 생각되지 않는다.

"하지만 오늘은 아버님의 발인이에요. 그런 날에 이른 아침부터 외출하시다니 이상하지 않나요?"

"심원사의 주지스님을 찾아간 게 아닐까요?"

내가 가장 가능성 높은 장소를 말하자, 그녀는 고개를 저었다.

"조린 주지스님과는 어젯밤 중에 오늘 있을 이야기를 전부 끝마쳤습니다. 가령 기억난 일이 있다고 해도 심부름꾼을 보내겠지요. 게다가 어머님은 상주이시니, 이 집을 벗어나리라고는 생각할 수 없어요."

"어쩌면 신선한 공기를 마시러 산책을 나가셨을지도 모르겠네요."

그렇게 말하면서도, 나는 그럴 일은 없을 거라고 생각하고 있었다. 이럴 때에 동네 안을 걷고 있다가는 그야말로 난라이의 모든 집에서 쏟아지는 호기심과 공포에 찬 시선의 칼날을 뒤집어쓰게될 것이 틀림없다. 그 상황을 노리코가 예상하지 못할 리가 없다.

"잠깐 바깥을 둘러보고 오겠습니다."

그래도 내가 집 밖으로 나간 것은 난처해하는 토키코를 조금이라도 돕고 싶었기 때문이다.

하지만 대문을 지나서 난라이 집락을 내려다본 순간, 역시 노리코는 산책 따윈 나가지 않았다고 확신했다. 게다가 멀리서 바라본 것뿐이지만, 그녀의 모습도 보이지 않았다.

'그러면 어디에……?'

그렇게 망연자실하고 있는데, 종말 저택의 정원이나 묘소가 아닐까 하는 생각이 들었다. 집 안에 없다면 집 밖이겠지만, 그렇다고 저택의 부지 밖이라고 단정할 필요는 없다.

나는 도로 대문을 통해 저택 안으로 돌아와서 저택 서쪽의 정원을 살피면서 뒤편의 묘소로 걸음을 옮겼다. 주지의 충고대로 되도록 순령당과 사당에는 접근하지 않고, 눈길도 주지 않으려고 노력했다. 그 덕택에 묘소의 문 근처에 갈 때까지 **그것**을 전혀 깨닫지 못했다.

처음에는 길을 가다 쓰러진 사람이라고 생각했다. 로쿠부 고개를 넘어온 순례자 여인이 그 짐승들이 다니는 길을 따라 사야오토시 가 부지에 들어왔다가 그 자리에서 힘이 다해 쓰러진 것일지도 모른다. 처음엔 그런 것처럼 보였다. 그러나 금방 그렇지 않음을 깨달았다. 자신이 말도 안 되는 것을 보고 있다는 것을 깨달았다.

그것은 묘지의 돌계단 아래에서 부자연스럽게 배 부분이 뒤틀린 모습을 한 채 머리에서 피를 흘리며 숨이 끊어진 노리코였다.

14

사야오토시 가의 안채로 황급히 돌아온 나는, 우선 칸이치를 찾았다. 기이치의 죽음 뒤에 그가 당주가 될 것이라고 생각했기 때문인데, 사실 그것보다는 토키코에게 이 흉사를 전하는 것이 싫었기 때문인지도 모른다.

"어떻게 됐나요?"

그런데 현관에서 얼마 들어가지도 않았는데 금세 토키코가 말을 걸어왔다.

"앗⋯⋯저기⋯⋯."

곧바로 얼버무리지 못하고 있자,

"어머님이 어디 계신지 찾으셨나요?"

명백히 이상한 내 태도를 그녀가 오해했다. 아니, 오해는 아니다. 노리코가 어디 있는지는 확실히 판명되었으니까.

"찾았어?"

그곳에 칸이치가 나타났다. 그 무뚝뚝한 말투는 도저히 자기 어머니를 걱정하는 것처럼 들리지 않았다.

"아이자와 씨께 바깥을 찾아봐달라고 부탁드렸는데……."

그런 토키코의 설명에도 완전히 나를 무시한 채, 칸이치는 말없이 그녀에게 그다음을 재촉했다.

"그게……."

난처해진 토키코가 도움을 청하는 시선을 보내와서, 나는 말하기로 결심했다. 언제까지나 감출 수도 없다. 그녀 혼자에게 전하는 게 아니라는 것이 최소한의 위안이었다.

"마음을 단단히 먹으세요. 실은……."

내게 시신을 발견했다는 이야기를 듣자마자 곧바로 칸이치가 묘소로 향하고, 그 자리에 토키코가 무너지듯 주저앉았다.

그 뒤로 사야오토시 가의 대응은 너무나도 비정상적이었다. 심부름꾼을 보내 마라이 집락의 의사와 순경을 불러와서 시신 검시 같은 것을 끝냈다 싶더니, 달려온 조린 주지와 칸이치가 의논을 하고서 츠야도 지내지 않고 기이치의 장송과 함께 노리코도 같이 화장하기로 결정해버렸던 것이다.

"이건 위험한 것 아닌가요?"

주지가 혼자 있게 되기를 기다렸다가 나는 작은 소리로 물었다.

"명백히 노리코 씨는 변사죠. 그걸 마을 의사와 순경의 판단만으로 이런 식으로 진행해도……."

"아뇨, 그렇게 판단한 것은 저입니다."

조린 주지가 조금도 위축되지 않아서 나는 놀랐다.

"게다가 변사라고 하자면 기이치 씨도 그렇게 되겠지요."

"그렇게 되겠지요, 라니……. 그런데도 장례를 치르는 건가요?"

자기도 모르게 따지듯 물으면서도 외지인이 왜 흥분하는 건가 하는 생각도 들었다.

"기이치 씨의 일만으로도 마을 사람들이 상당히 동요하고 있습니다."

주지가 더욱 목소리를 낮추며 대답했다.

"코노에 여사에 이은 죽음이니까요. 소이치부터 세자면 세 명째가 됩니다. 그런데도 이번에는 노리코 씨까지. 게다가 코노에, 기이치, 노리코 씨는 거의 연속이라고 말해도 좋습니다. 이것이 마을 사람들에게 얼마나 무섭게 다가올지, 당신도 충분히 아시겠죠."

"네, 그렇죠. 하지만……."

떨떠름하게 긍정하면서도 곧바로 나는 반론하려고 했다. 하지만 그것을 가로막듯이 주지가 입을 열었다.

"눈치는 채셨습니까?"

"뭐, 뭘 말이죠?"

"코노에 여사의 장송과 기이치의 츠야에 비해서, 지금 이 집에 얼굴을 보이는 마을 사람의 숫자가 줄어든 것을."

듣고 보니 확실히 그랬다. 명백히 숫자가 줄었다.

"그뿐만이 아닙니다. 이 집의 고용인들의 숫자도 상당히 줄었지요."

"설마…… 도망친 건가요?"

당연하다는 듯이 주지는 끄덕이면서 말을 이었다.

"이미 소동은 벌어지기 시작했다는 얘깁니다. 지금은 아직 조용하지만, 이대로 내버려두었다간 큰일이 될 우려가 충분히 있습니다. 그것을 조금이라도 진정시키기 위해서는 어쨌든 빨리 죽은 이의 장례를 끝마치는 방법밖에 없습니다."

"장례 지내는 마을……."

자기도 모르게 중얼거린 나에게, 주지는 기분이 상한 눈치도 없이 그저 가만히 두 눈을 감을 뿐이었다.

그날 오전 중에 기이치와 노리코의 장송 준비가 전부 끝났다. 가능하면 오늘 저녁까지 두 사람의 납골을 마치고 싶다는 것이 칸이치의 희망이었다. 하지만 두 명의 시신을 화장해야만 한다. 역시나 그것은 어려울 것이라고 주지가 충고해서, 습골과 납골은 내일로 미뤄졌다. 그렇지만 이것만으로도 파격적인 강행이다.

주지가 지적한 대로, 기이치와 노리코의 장송 행렬은 코노에 씨 때와 비하면 참여자가 확 줄어 있었다. 아무리 무라하치부 당한 집이라도 관혼상제만큼은 다르다는 상부상조 정신이 어느 마을에나 존재한다고 앞서 말했는데, 그곳에 괴이에 대한 전승이 얽히면 역시 보통 때처럼 되지는 않는 듯하다. 실제로 줄초상이 나고 있으니 마을 사람들이 두려워하는 것도 무리가 아니다. 안이한 태도로 그들을 비난할 수도 없는 노릇이다.

그렇게 생각했지만, 대문으로 나가는 쓸쓸한 장송 행렬을 전송하는 동안 왠지 모르게 오싹해졌다. 어쩌면 사야오토시 가로서는 진짜—라고 말할 수 있을지 모르겠지만—괴이보다도 그것에 대한 마을 사람들의 반응 쪽이 큰 위협이 아닐까. 이 집안을 몰락하게 만든 것은 노조키메가 아니라 같은 집락 사람들일지도 모른다.

장송 행렬을 떠나보낸 뒤에 나는 별채에 틀어박혀서 대학노트에 기술을 계속했다. 저녁 무렵에는 토다테 가를 방문하게 되어 있으므로 그때까지 이 일에 전념할 생각이었다.

"큰일이 이어지고 있습니다만, 괜찮으시다면 오늘 저녁에라도 저희 집에 한번 들러주십시오."

장송이 시작되기 전에 카쿠조는 내게 그렇게 말했다.

코노에의 장례 때와는 달리, 이번에는 참여자에게 음식은 돌리지 않는 듯하다. 일을 거들 여성들이 모이지 않았는지, 참여자들이 사양했는지, 사야오토시 가가 정했는지, 조린 주지의 생각인지, 그 이유는 알 수 없었지만 그렇게 되었다고 카쿠조가 알려주었다.

"그러면 사양하지 않고 찾아뵙겠습니다."

슬슬 토다테 가를 방문하고 싶다고 생각하던 나는 곧바로 초대에 응했다. 기이치와 노리코의 잇따른 죽음에 대한 카쿠조의 의견을 듣고 싶었던 것도 있었고, 토키코에게는 미안하지만 사야오토시 가에는 머물러 있고 싶지 않았다는 이유도 있었다.

예정보다도 상당히 늦게 두 사람의 장송이 끝났다. 아마도 참여자가 아주 적었던 것이 영향을 끼쳤던 것이리라. 아니면 시체가 두 구가 되었기에 평소보다 부적 설치나 부정한 것을 쫓는 주술에 시간이 걸렸던 걸까.

완전히 초췌해진 토키코에게 토다테 가에 방문하겠다는 뜻을 전하자, 그녀는 주위를 꺼리는 몸짓을 보이면서 나에게 속삭였다.

"주제넘는 이야기입니다만, 카쿠조 씨와 아이자와 씨만 괜찮으시다면 그대로 그쪽에서 묵으시는 건 어떨까요?"

"하지만……."

"물론 이 집에서 묵게 할 수 없다고 말씀드리는 게 아니에요. 다만 이렇게 불행한 일이 이어지고 있으면, 대접도 제대로 할 수 없는데다 아이자와 씨도 불쾌하지 않으실까 해서."

"아, 아뇨. 그렇지 않습니다."

당황하며 나는 부정했다. 그런 뒤에 조심스럽게 토키코에게 물었다.

"실례인줄 알면서 여쭙습니다만, 제가 머무르는 것을 바라지 않는 분이 계시나요? 그렇다면 신경 쓰지 말고 말씀해주세요. 소이치 군의 학우라는 점만으로 이렇게 오랫동안 머무르는 것은 아무리 봐도 문제가 있어요. 게다가 지금은 경황이 없으신 상황이니까요."

"그런 건……."

그렇게 말하다 입을 다물고 토키코가 부끄러운 듯 고개를 숙인 것은 아마도 "저 학생을 얼른 내쫓아라."라는 요지의 말을 칸이치에게 들었기 때문일 것이다.

"내일 납골이 끝나고 참배를 마치게 되면, 그때 떠날까 합니다."

토키코가 덜컥 고개를 들었다.

"그때까지는 죄송스럽습니다만, 신세를 져도 괜찮을까요?"

"……네. 감사합니다."

그녀가 감사의 말을 한 것은, 이런 상태가 되어도 내가 사야오 토시 가를 버리지 않고 계속 머무르겠다는 뜻을 알았기 때문인지도 모른다. 그렇게 생각하니 오히려 미안해졌다. 결국은 나도 도망치는 것이나 마찬가지 아닌가.

고마움이 어린 토키코의 시선에서 도망치듯이 밖으로 나온 나는, 거기서 다른 시선을 느끼고 몸이 굳었다. 저택 서쪽에 펼쳐진 정원 쪽에서 누군가가 이쪽을 바라보고 있다.

'설마⋯⋯.'

조심조심 정원 쪽을 보자, 쇼이치의 쓸쓸해 보이는 시선과 눈이 맞았다. 안도와 동시에 소년이 걱정되었다. 이 정도로 계속해서 사람이 죽어나가고 있다. 어린아이에게 아무런 영향이 없을 리 없다.

"벌써 돌아가는 거예요?"

내가 가까이 가자 불안한 듯한 어조로 쇼이치가 질문해왔다.

"아니, 저녁에 토다테 가에 들리기로 카쿠조 씨와 약속했거든."

"흐응⋯⋯."

너무나도 성의 없어 보이는 그 대응에 부러움이 감춰져 있음을 알고, 나는 가슴이 아파왔다. 분명히 쇼이치는 마을 그 누구의 집에도 불려 가본 적이 없을 것이다.

"내일은 납골이 끝난 뒤에 너희 할아버지와 할머니의 묘에 참배하려 해. 그게 끝나면 같이 놀까?"

"안 그래도 돼요."

역시 성의 없는 대답이었지만, 쇼이치가 기뻐하는 것은 틀림없었다. 그 증거로 뭘 하고 놀지, 어디에서 놀지를 계속 물었다.

"그러면 내일까지, 서로 생각해두는 건 어떨까?"

"응."

쇼이치의 표정이 갑자기 활기를 띠기 시작했다.

"재미있어 보이는 놀이를 제안하는 쪽이 이기는 거야. 장소를 정하는 건 네가 유리하지만, 이쪽도 안 질 거라고."

"좋아요, 꼭 이길 거야!"

어린아이 같은 얼굴을 한 쇼이치의 배웅을 받으며 나는 사야오토시 가의 대문을 뒤로 했다. 쇼이치와 놀게 되면 내일의 귀가가 늦어지게 되겠지만, 전혀 상관없다고 생각했다. 경우에 따라서는 저녁까지 소년의 상대를 하고, 밤은 심원사에서 묵어도 좋다. 조린 주지에게 부탁하면 분명히 허락해줄 것이다.

언덕을 내려가서 난라이 집락을 걷던 나는, 얼마 가지 않아 위화감을 느꼈다. 처음에는 마을 사람들의 시선 때문이라고 생각했는데, 아무래도 아닌 듯한 기분이 든다. 주위를 계속 두리번거리고 싶지는 않았지만, 도무지 마음이 가라앉지 않는다. 그래서 천천히 걸으며 주위 집들을 관찰해보았다. 그러나 딱히 이상한 구석은 없다. 뭔가 기묘한 것은 보이지 않는다. 여전히 한적할 뿐이다.

그렇게 인식하고 잠시 시간이 지난 뒤에, 나는 앗 하고 깨달았다.

이상한 곳이 없다…….

기묘한 것이 보이지 않는다…….

그 상태 자체가 이상했던 것이다. 어제까지는 외지인이자 사야오토시 가의 손님이기도 한 나를 향해서 이 동네 사람들은 찌를 듯한 시선을 보내고 있었다. 그것이 명백히 줄어들어 있다.

'나에게 익숙해져서…….'

한순간 그것이 답이라고 판단할 뻔했지만, 곧 그렇지 않다고 깨달았다.

시선이 줄어든 것은 애초에 마을 사람의 숫자가 적어졌기 때문이다.

사야오토시 가에서 고용인들이 도망친 것처럼, 아마도 집락에서도 사람들이 피난하기 시작한 것이 틀림없다. 특히 난라이가 가장 많을지도 모른다.

'어떻게 이럴 수가…….'

토키코의 야윈 얼굴과 쇼이치의 쓸쓸한 표정이 내 안에 겹쳐졌다. 그 두 사람이야말로 이런 마을에서 나가야 한다고 강하게 생각했다. 그러나 금방 다른 문제를 깨달았다.

토키코 정도의 기량과 인품을 가진 여성이 어째서 이런 시골의, 그것도 사야오토시 가처럼 사연 있는 집안에 시집을 온 것일까. 그 점을 생각하면 분명히 뭔가 외부에 이야기하기 꺼리는 이유가 있었다고 생각할 수 있다. 이를테면 가장 가능성 높은 것은 그녀의 본가가 빙의하기 쉬운 체질의 집안이라든가. 그런 집안끼리의 혼인은 거의 친족 내에서 이루어지는 경우가 많다. 다른 집안에서 며느리를 들이려고 해도 오는 사람이 없고, 그 집에 시집을 보내려고 해도 받아주는 곳이 없다. 어쩔 수 없이 친족 간에서 오가게 되는데, 당연히 그것에도 한계가 있다.

그것 때문에 동일한 고민을 가진 다른 지방의 같은 계열 집안을 찾아서, 그곳과 사돈을 맺는 일이 이따금씩 있다고 한다. 혹시 토키코도 그런 사연이 있는 것은 아닐까. 그렇다면 사야오토시 가에서 도망친다고 해도 아무런 해결도 되지 않는다. 쇼이치와 함께 본가로 돌아가도, 곧바로 칸이치에게 도로 끌려오게 되는 결말이 있을 뿐이다. 가령 그렇게 되지 않더라도 주눅 들어 살게 되는 것은 마찬가지일 것이다. 아니, 사야오토시 가에서 지내는 것을 생각하면 비슷한 집안이었다고 해도 그녀의 본가 쪽이 훨씬 나은 게 아닐까.

토키코와 쇼이치의 미래를 걱정하는 동안, 어느샌가 마라이 집락에 들어와 있었다. 난라이에 비하면 이쪽은 마을 사람 대다수가 남아 있는 듯했다. 이쪽저쪽에서 그 기분 나쁜 시선을 느꼈기 때문이다. 이상하게도 지금은 그런 시선에도 안도감을 느낀다. 인기척이 없는 기분 나쁜 집락 안을 홀로 걷는 것보다 적의나 혐오가 담긴 시선을 뒤집어쓰며 나아가는 쪽이 안심이 되니 참으로 이상한 일이다. 내 정신상태 역시 상당히 위험한 상황까지 와 있는지도 모른다.

마라이에서 호쿠라이 집락에 들어가도 시선의 숫자는 그리 변하지 않았다고 생각한다. 다만 토다테 가에 다가감에 따라 급격히 증가한 듯 느껴졌다.

종말 저택의 외지 사람이 시작 저택에 무슨 볼일이 있는가.

그렇게 수상히 여기는 마음이 이쪽을 향하는 것 같아서, 이미 그때까지의 편안한 기분 따윈 싹 사라졌다. 오히려 따갑게 느껴질 정도였다. 토다테 가로 이어지는 마지막 언덕을 빠른 걸음으로 올라간 것은 그런 시선에서 빨리 도망치고 싶었기 때문이다.

아직—이라고 하기보다 새롭게, 일까—연어로 만든 부적이 내걸린 대문을 지나 토다테 가 현관에서 안내를 청하자, 하녀인 듯한 연배의 여성이 모습을 드러냈다. 그 여자가 나를 인식한 순간의 표정은, 정말 뭐라 말할 수 없이 묘했다. 가령 그녀의 마음의 소리를 들었다고 한다면 이렇지 않을까.

'앗, 사야오토시 가의 외지인이다. 지금 당장 쫓아내고 싶지만 주인어른께서 손님으로 맞이하라고 하셨지. 이런 자를 토다테 가에 들이고 싶지 않지만 주인어른의 명령이니 하는 수 없어. 그렇다고 해도 주인어른은 취향이 특이하셔서 난처하다니깐. 생각해보면 사야오토시 가의 소이치도 그랬지. 그런 집의 어린애인데도 아끼고 말이야……'

이런 식의 불평이 마냥 이어지고 있을 것이 틀림없다. 어디까지나 공상이지만, 그리 빗나가지는 않았을 것이다. 그렇게 생각하면 우스워서 조금 웃음이 나올 것 같았다. 필사적으로 진지한 얼굴을 유지하면서 나는 일부러 딱딱한 어조로 인사했다.

"아이자와라고 합니다. 이 집 어르신과 약속이 있습니다, 안내를 부탁드립니다."

그 여자는 오만하게 끄덕이더니, 이어서 턱을 까딱였다. 올라오라는 뜻인 듯했다.

"실례하겠습니다."

저쪽이 무례한 대응을 할수록 내 쪽은 정중해진다.

"훌륭한 저택이네요. 시작 저택이라고 불릴 정도로 유서 깊은 곳이라면서요?"

물론 내 말에 대한 반응은 전혀 없다. 여자는 그저 나를 데리고 갈 뿐이다.

"과연 토모라이 필두 지주인 토다테 가로군요. 저택에도 품격이 있네요."

나는 그녀의 태도에 아랑곳하지 않고 일부러 수다를 떨면서, 나도 참 성격이 고약하구나 하고 생각했다. 하지만 소이치도 나와 같은 취급을 받았을 거라고 생각하면 도저히 입을 다물고 있을 수 없었다.

결국 여자는 한마디도 입을 열지 않은 채로 나를 응접실로 안내하고 사라졌다. 분명히 카쿠조를 부르러 간 것이리라. 아니면 한동안 내버려둘 생각일까. 저 하녀라면 그럴지도 모른다.

"잘 와주셨습니다."

하지만 카쿠조는 금방 나타났다. 나를 방치하는 것은 좋다고 해도, 주인에게 손님의 방문을 고하지 않을 수는 없었던 것으로 보인다.

"말씀을 듣고서 실례를 무릅쓰고 찾아뵈었습니다."

"사양할 필요는 조금도 없습니다. 듣기론 당신은 소이치 군의 학우였다고 하니까요."

"소이치 군이 진학했던 것은 당주님의 후원이 있었다고 주지스님께 들었습니다."

그렇게 말하자 당치도 않다는 듯이 카쿠조는 고개를 저으면서 말했다.

"소이치 군이 도쿄의 대학에 갈 수 있었던 것은 그저 코노에 여사의 힘이었지요. 여사께서 그 친구의 재능과 장래를 생각해서 기이치 씨를 설득했던 겁니다. 저는 그 후원에 아주 조금의 힘을 보탠 정도이지, 거의 도움이 되지 않았습니다."

겸손이 틀림없었지만, 나도 그 이상은 깊이 들어가지 않고 소이치와의 학교생활에 대해서 이야기했다. 상대가 그런 화제를 원한다는 것을 사야오토시 가의 장례나 츠야 자리에서 알 수 있었기 때문이다.

"당신과 소이치 군의 대학생활 이야기는 정말로 흥미롭군요."

내 이야기가 일단락되자, 카쿠조가 몹시 감탄했다.

"소이치 군은 어떨지 몰라도, 저는 좀 더 공부를 열심히 했어야 했죠."

"그렇지 않습니다. 무엇보다 아직 졸업까지 시간도 있지 않습니까. 아니, 실은 저도 상급 학교에 진학하고 싶었지만 집안의 대를 이어야만 해서 말입니다."

"그러면 소이치 군을 응원하신 것도······."

"네, 옛날의 저와 겹쳐졌던 탓도 있을지 모릅니다. 물론 그 이상으로 그 친구가 우수했기 때문에 진학하지 않는 것은 아깝다고 생각했지요."

"그 덕분에 저도 대학에서 친우를 얻을 수 있었습니다."

고개를 숙이며 감사인사를 하자 카쿠조는 기쁜 듯이 웃었다. 하지만 금세 통절한 표정을 지으며 말했다.

"소이치 군도 정말로 좋은 친구를 얻어서 다행입니다. 그것이 최소한의 위안이군요."

그 순간 저녁식사 상이 나왔다.

"이런 산골이라 차린 건 없습니다만, 부디 입에 맞으셨으면 좋겠군요."

카쿠조는 다시 기운을 낸 어조로 인사했지만, 그 말과는 반대로 접시에 담긴 요리는 호화로운 것들뿐이었다. 다만 심원사의 호화로움과 다른 것은, 이쪽의 상에는 고급스러움이 느껴졌다는 점일까. 이 부분에 조린 주지와 카쿠조의 차이가 있을지도 모른다고, 나는 아주 재미있게 생각했다.

식사 도중에도 대학 시절 이야기는 이어졌지만 그 이야기가 점차 내가 흥미를 가진 민속학 이야기로 변해갔다. 그렇게 되자 어쩔 수 없이 사야오토시 가의 괴이 현상에 대해 언급하지 않을 수 없게 되었다. 애초에 소이치가 민속학에 이끌린 것도 자신의 생가를 둘러싼 기괴한 전승에 그 자신이 빠져들었기 때문이다. 나는 그 점을 카쿠조는 어떻게 생각하는지 묻고 싶었다.

그러나 이야기의 방향이 사야오토시 가의 전승으로 이어지자, 카쿠조의 입이 무거워졌다. 아무것도 모른다기보다는 화제로 삼고 싶지 않다는 느낌이었다. 나도 굳이 그 부분에 얽매이지 않고, 아무것도 깨닫지 못한 척을 하며 무난한 민속조사에 대해서 설명하거나 하며 화제를 진행했다.

그러던 중에 술기운이 돌기 시작했다. 조린도 그랬지만 카쿠조도 아주 술이 강했다. 술을 쭉쭉 들이키는데도 전혀 취하지 않는 듯했다.

"오늘밤은 저희 집에서 묵으시는 겁니까?"

상당히 밤이 깊어진데다 내 혀가 잘 돌지 않기 시작한 탓인지 그런 질문을 해왔다.

"……아, 아뇨. 내일은 사, 사야오토시 가를 떠날 생각입니다. 그래서 여, 역시 돌아가야 해서……."

사야오토시 가를 떠나기 전에 쇼이치와 놀자고 약속했다고 말하자, 카쿠조는 무척 기뻐하면서 말했다.

"만약 너무 오래 놀아서 그날 귀가하기 어려워지신다면 사양하지 마시고 저희 집에 들러주세요. 어차피 돌아가시는 길이니까요."

"……가, 감사합, 니다."

그런 뒤에 한동안 환담을 나눈 후 슬슬 자리에서 일어서려고 했다.

"그런데 말입니다……."

그러자 웬일로 카쿠조가 머뭇거리는가 싶더니 갑자기 험상궂은 얼굴을 하면서 말했다.

"사야오토시 가가 뭐라고 불리고 있는지 아십니까?"

"종말 저택……이죠."

"그건 옛날부터 불리던 이름입니다만 최근 수년 사이에 마을 일부 사람들은 '지사이(兒災) 저택'이라고 부르고 있습니다."

무슨 한자를 쓰는지 설명을 들은 나는 납득했다. '재액을 부르는 아이의 집'이라는 의미라면 '사이지(災兒) 저택'이라고 해야겠지만, 발음하기 편하게 '지사이'로 한 것이리라.

곧바로 내가 내린 해석을 이야기하자, 카쿠조는 같은 발음에 한자만 바꿔서 먹이 이(餌)자에 재앙 재(災)자를 쓴 지사이(餌災)라고 쓰는 마을 사람도 있다고 이야기한 뒤에 내 얼굴을 진지한 시선으로 바라보면서 충고 같은 말을 했다.

"이렇게 불리는 데는 나름대로 이유가 있습니다. 당신도 그 집에서는 충분히 주의를 하셔서, 이상하다고 생각되는 뭔가를 보거나 듣거나 느끼더라도 결코 확인하지 말도록 하세요……. 가장 좋은 방법은 별채에 틀어박혀 있는 것입니다."

조린 주지와 완전히 같은 요지의 말이었다. 어째서 지금 와서 이런 말을 하는 걸까 하고 놀랐지만, 이제까지 이야기할 기회가 없었던 것은 물론 술기운도 작용했을 것이다. 사야오토시 가에 대한 배려 때문에 맨정신으로는 도저히 꺼내기 어려웠을 것이다.

"알겠습니다."

내가 순순히 끄덕이자, 카쿠조는 조금 표정을 누그러뜨리면서 말했다.

"뭐, 내일은 돌아가실 테니 걱정 없으리라 생각합니다만……. 부디 조심하십시오."

그러고 나서 해장을 위해 차를 마신 후, 나는 토다테 가를 나섰다. 괜찮다고 몇 번이나 말했지만 카쿠조는 대문에서 이어지는 언덕 아래까지 나를 바래다주었다. 그 무렵에는 돌아가는 길에 반드시 들르겠다는 약속을 하고 있어서, 내일 밤은 토다테 가에서 묵게 될 것 같았다.

하늘은 흐렸지만 아주 깜깜하지는 않았기에 주위도 발밑도 충분히 보였다. 혹시 모른다며 건네받게 된 제등도 필요 없을 정도였다. 그 점은 고마웠지만, 걸어감에 따라 주위의 고요함이 신경 쓰이기 시작했다. 무서울 정도의 정적이 호쿠라이 집락에 내리고 있다. 거의 모두가 자고 있기 때문이겠지만, 그걸 생각해도 어쩐지 섬뜩했다. 마치 죽은 사람들의 마을을 지나고 있는 것 같아서 정말 불안해진다.

간신히 마라이 집락에 접어들고 심원사의 돌계단이 보이는 중심까지 오자, 그대로 절 안으로 도망치고 싶은 충동에 휩싸였다. 이럴 거라면 토다테 가에서 묵을 것을 그랬다고 후회했지만 이미 늦었다. 절의 반대쪽으로 눈길을 주자, 그 화장장이 있는 작은 산이 흐린 하늘을 배경으로 버티고 있다.

두 사람의 시신은 잘 태워졌을까. 아니면 시게라는 그 소년이 또 공포에 떨면서 필사적으로 불 당번을 하고 있을까. 만약 또 누군가 죽는 일이 벌어졌다간 시게의 정신이 붕괴되는 것이 아닐까.

그런 생각을 하며 걷고 있으려니, 작은 산 너머에서 화악 하고 흐린 불꽃이 요사스럽게 반짝이고, 흔들흔들하고 기분 나쁜 누런 연기가 피어오르는 것이 흐릿하게 보이기 시작했다. 그 순간, 저 작은 산의 뒤편으로 가고 싶다는 강한 충동이 엄습했다. 정신이 들고 보니 나는 어느새 산길을 향해 걷기 시작하고 있었다.

자신이 뭘 하고 있는지 깨닫자마자, 술기운이 확 깨는 것과 동시에 얼굴에서 핏기가 싹 가시는 것을 알 수 있었다.

'나를 부르고 있는 건가…….'

이 경우에는 노조키메가 아니라, 죽은 사야오토시 가 사람들이 부르고 있는 것은 아닐까. 시체가 한 구일 때도 부정한 것을 쫓기 위한 마을 사람들의 노력은 굉장했다. 그만큼 재액을 두려워한 것일 텐데, 이번에는 두 구이다. 이런 밤중에 어슬렁거리며 집락 안을 걷고 있는 외지 사람을 부를 정도로, 작은 산 너머의 화장터에 있는 존재들에게 이런 주술은 아무것도 아닐지도 모른다.

당황하며 발걸음을 돌린 나는 제등의 불이 꺼지는 것도 아랑곳하지 않고 달리기 시작했다. 숨이 막혀서 괴로워질 때까지 계속 달렸다. 아니, 마라이 집락을 빠져나올 때까지는 어쨌든 멈추려고 하지 않았다. 숨을 내쉰 것은, 뒤를 돌아봐도 그 작은 산이 보이지 않는 지점까지 도망쳤다고 확신을 가진 뒤였다.

거기서부터는 이제까지와 반대로 어슬렁어슬렁 걸어서 어떻게든 남은 길을 걸었다. 사야오토시 가의 커다란 대문으로 이어지는 마지막 언덕을 오를 무렵에는 이미 지칠 대로 지쳐 있었다. 그대로 드러눕고 싶었지만, 온몸이 땀에 흠뻑 젖어서 불쾌했기 때문에 조용히 목욕을 했다.

산뜻해진 덕분에 별채의 이부자리 안에 들어갔을 때에는, 금방이라도 잠들 수 있을 것 같았다. 실제로도 꾸벅꾸벅 졸았다. 그러나 내일 아침에는 돌아간다고 생각하니, 이 사흘간의 체험이 차차 뇌리에 되살아나서 점차 잠이 깨기 시작했다. 그렇게 되자 좀처럼 수마가 찾아오지 않는다. 뜬눈으로 몇 번이나 뒤척이는 사이에 결국 희미하게 날이 밝기 시작했다.

얄궂게도 나는 그 무렵이 되어서야 간신히 잠들었던 모양이다. 누군가가 ─토키코일까─ 깨우러 온 것 같은 기분도 들지만, 확실하지는 않다. 아주 깊고 깊은 잠에, 나는 그저 자기 몸을 맡길 뿐이었다.

눈을 떠보니 이미 아침식사 시간은 지나 있었다. 역시 토키코가 깨우러 온 것 같다는 기분이 들었다. 아직 잠이 부족했지만, 일어나서 안채에 얼굴을 보이는 편이 좋을 것이다.

이부자리에서 나와 옷을 갈아입으려고 하다가 나는 머리맡에 놓인 기묘한 물체를 발견했다. 고비나물처럼 생긴 덩굴 형태의 식물이 놓여 있었다.

'뭐지, 이건……?'

바람에 날려 왔나 하고 방 안을 둘러보았지만, 그밖에는 아무것도 떨어져 있지 않았다. 게다가 머리맡의 그 물체는 누군가가 일부러 그곳에 놓아둔 듯한 느낌이 든다.

'하지만 대체 누가……'

'게다가 무슨 의미가……'

어쩐지 오싹해진 나는 황급히 옷을 갈아입은 뒤에 우선 안채로 걸음을 서둘렀다. 이미 아침식사는 끝났겠지만, 어제 아침에 식사를 했던 방에 얼굴을 비췄다. 그곳에 내 식사가 놓인 반상이 있을지도 모른다고 생각했기 때문이다.

그런데 그 방에는 칸이치도 토키코도 쇼이치도 있고, 세 사람의 상도 그대로였다. 다만 세 사람은 다다미 위에 엎드려 있고, 세 개의 반상은 넘어져서 그 위에 올려져 있던 그릇과 요리들이 주위에 흩어져 있다.

몸이 부자연스럽게 뒤틀린 세 사람은 어떻게 봐도 완전히 숨이 끊어져 있었다.

15

"토키코 씨……. 쇼이치 군……."

말을 걸며 조심조심 다가가 보았지만, 역시 두 사람이 죽어 있는 것은 명백했다. 칸이치도 마찬가지였다.

나는 다리가 풀리려는 것을 필사적으로 견디면서 그 방을 나가서 부엌으로 향했다.

"누구 없나요! 칸이치 씨 가족이 큰일 났어요!"

나는 큰 소리를 지를 생각이었지만, 쉰 소리가 목 안에서 울릴 뿐, 도저히 제대로 된 소리가 나오지 않았다. 그랬는데 부엌에 들어서자마자,

"히이이익……!"

제대로 된 비명이 입에서 뿜어져 나왔다.

그곳도 칸이치 가족 세 사람이 죽었던 방과 거의 같은 상태였

다. 유모인 후사 씨를 비롯해서 하녀나 고용인들이 쓰러져 있는 사이사이에 그릇과 요리들이 흩어져 있다. 모두가 몸을 부자연스럽게 비튼 채로 숨이 끊어져 있다는 사실까지 완전히 똑같았다.

"대, 대, 대체 어떻게 된 거지……."

아연실색하며 그 자리를 둘러보고 있던 내 눈에 어떤 물체가 들어와서 앗 하고 숨을 삼켰다. 서둘러서 조금 전의 방으로 돌아가 보니, 역시 같은 것이 있었다. 그것은 내 머리맡에 있던 고비나물 같은 식물과 아주 비슷하게 생긴 나물이었다.

"설마……."

곧바로 어떤 생각이 머리에 떠올랐다. 아무런 증거도 없었지만, 그것이 나에게는 정답처럼 생각되었다. 그렇게 직감했다고 말해도 좋다.

머리맡에 있던 고비나물 같은 식물은 아마도 독초일 것이다. 사야오토시 가 사람들은 그 독을 먹고 중독되어 죽은 것이 틀림없다. 그렇다면 어째서 그 독초가 내 머리맡에 놓여 있었는가. 그것은 내가 외지 사람이기 때문일 것이다. 이 집과는 아무런 관련도 없다. 그래서 이것과 같은 덩굴 형태 식물의 요리를 먹어서는 안 된다는 충고의 의미로, 그것을 머리맡에 놓아둔 것이다. 그러면 대체 그런 충고를 누가 했는가.

'노조키메…….'

그렇게밖에 생각할 수 없다. 조린 주지는 말했다. 그것은 나에게 흥미를 갖고 있다고. 왜냐하면 나는 이곳에서는 보기 드문 외지 사람이기 때문이라고. 즉 꼭 나에게 적의를 품고 있다고만은 할 수 없는 것이다. 거기서 나만 구하려고 한 것은 아닐까. 그 증거가 머리맡에 놓인 식물이 아닐까.

거기까지 생각했을 때, 저택 정면 쪽에서 시끄러운 소리가 들리는 것을 깨달았다. 누군가 찾아온 거라면 마침 잘됐다. 이 참상을 순경과 의사와 주지 스님에게 봐달라고 하자. 그렇게 생각한 나는, 현관까지 달려가서 신발을 대충 신고 대문까지 달려갔다.

쾅쾅쾅, 쾅쾅쾅! 하고 누군가가 커다란 문을 두들기고 있다. 커다란 문 너머와 그 옆에 있는 작은 쪽문 반대편에서 상당한 인원수의 기척이 느껴졌다.

지금 열게요, 라고 말하며 쪽문의 빗장에 손을 뻗던 나는 문득 동작을 멈췄다. 거기서 망설였다.

문 밖의 분위기가 명백히 이상했던 것이다. 아주 심상치 않다. 마치 불을 지르러 온 것 같은 살벌함이 느껴진다. 문을 열어 안에 들이기 전에 대체 무슨 일이 있었는지, 어째서 사야오토시 가에 밀려왔는지, 그 이유를 먼저 물어보는 것이 좋지 않을까. 섣불리 문을 열면 엄청난 사태가 벌어질 것만 같다.

단숨에 그런 불안을 느낀 나는, 우선 귀를 기울이며 문 너머에 있는 사람들의 눈치를 살폈다. 조린 주지가 있다면 그에게 무슨 일인지 물어보려고 했다. 공교롭게도 주지의 목소리는 들리지 않았지만, 순경인 듯한 남자의 목소리가 들려왔다.

"순경 아저씨! 거기 순경 아저씨 계십니까!"

내가 소리치자 문 너머의 웅성거림이 딱 멎었다. 그러나 다음 순간 쾅쾅쾅! 하고 문을 두드리는 소리와, "얼른 열어!"라는 외침이 단숨에 돌아왔다.

"조용히 해! 조용히 좀 하라고!"

그곳을 경찰이 말리려는 듯했지만 전혀 멈추지 않았다. 의사도 같이 설득한 결과, 간신히 마을 사람들의 소란스러움이 잦아들기 시작했다.

"당신은 도쿄에서 온 학생인가?"

문 너머로 순경이 물어왔다.

"맞습니다. 소이치 군의 참배를 위해 이곳에 머무르고 있습니다."

"응, 그건 주지 스님에게 들어서 알고 있어."

거기서 순경이 누군가와 이야기를 나누는 눈치가 있었다.

"일단 여기를 좀 열어주게."

"무슨 일이 있나요?"

"아니, 자네하곤 상관없는 일이야. 어쨌든 이 문을 열어줘."

역시 뭔가 이상했다. 나는 당황하며 문을 열지 않길 잘했다며 자신의 판단에 자신을 가졌다.

"그렇다고 해도 저 혼자서는⋯⋯."

"그렇다면 이 집 사람을 누구든 불러줘."

이쪽이 얼버무리자 순경이 아픈 곳을 찌르고 들었다. 물론 그 의미를 알고 말한 것은 아니겠지만, 그런 말을 듣게 되어서 난처해졌다.

실은⋯⋯하고 사실을 밝힐 뻔하다가 나는 당황하며 한 손으로 입을 막았다. 무슨 일이 벌어졌는지 판명될 때까지 역시 문은 열지 않는 편이 좋다.

"주지 스님은 계신가요?"

거기서 나는 조린 주지와 이야기하기로 했다. 만약 없다면 불러 달라고 할 생각이었다.

"아니, 없어."

무뚝뚝한 순경의 대답에, 나는 다시 말했다.

"그러면 불러주시지 않으시겠습니까? 주지 스님과 이야기해서 사정을 알면 이 문을 열 수도 있습……."

내가 말을 마치기도 전에 마을 사람 누군가가 외쳤다.

"그 조린 스님이 죽었다고!"

문 밖과 안이 한순간 조용해졌다.

"주, 주지 스님이 돌아가셨다니, 무슨 얘기죠?"

하지만 내 물음이 신호가 된 것처럼 다시 문 너머가 소란스러워졌다.

"멍청한 양반, 쓸데없는 소리 하지 말라고!"

"마냥 옥신각신하고 있다가는 끝이 안 나잖수."

"순경한테 맡기라고 했잖아."

"그렇지만 이번에는 주지 스님까지 죽었잖아."

나는 쪽문을 두들기고 다시 외쳤다.

"순경 아저씨, 무슨 일이 있는지 알려주세요. 그러면 여기를 열겠습니다."

물론 거짓말이었지만 그렇게라도 말하지 않으면 알려줄 것 같지 않았다.

"진짜겠지?"

"네. 주지 스님은 저를 친절히 대해주셨습니다. 그러니까 어떤 식으로 돌아가셨는지 그걸 알고 싶을 뿐입니다."

"오늘 이른 아침 간에, 절의 돌계단에서 굴러 떨어져서 죽은 것이 발견되었어."

몸이 부자연스럽게 뒤틀린 조린 주지의 모습이 생생히 내 뇌리에 떠올랐다.

"……사고인가요?"

"사고라고 하자면 기이치 씨도 노리코 씨도 전부 사고 아니겠나."

그 의미심장한 말에 오싹하고 등줄기가 떨렸다.

"어, 어째서 조린 스님이 돌아가셨는데 여러분이 사야오토시 가에 밀고 들어오시는 건가요? 이상하잖아요."

아무래도 핵심을 찌르는 질문이었던 것 같다. 다시 문 밖에 조용해졌다. 그러나 그것도 한순간이었다.

"약속했겠지? 여길 열어."

"토다테 가의 카쿠조 씨는 계시나요?"

"지금 부르려고 심부름꾼을 보냈어. 그런 것보다 얼른 여기를……."

"카쿠조 씨와 이야기할 수 있을 때까지 문을 열 수 없습니다."

"이봐!"

순경이 거친 목소리를 내는 옆에서 의사로 보이는 목소리가 들렸다.

"아무래도 이상해. 여기에도 무슨 일이 있었는지 몰라."

"무슨 일이라뇨, 선생님……."

거기서 두 사람의 대화가 들리지 않게 되었나 싶더니, 금방 문 두드리는 소리가 계속됐다.

"도쿄에서 온 학생, 자세한 얘기는 나중에 하자고. 카쿠조 씨하고도 나중에 만나게 해줄 테니까, 어쨌든 이 문을 열어주시게!"

의사와 이야기하더니 갑자기 차분해진 순경의 등 뒤에서, 반대로 집락 사람들의 웅성거림이 되살아나기 시작했다.

"역시 종말 저택이 수상해."

"여기에서 뭔가 있었던 게 틀림없어."

"혹시 외지 사람도 관여하고 있는 거 아니야?"

"이봐, 얼른 열어주지 않으면 일이 커질 거라고."

그것을 순경과 의사가 달래려고 하고 있지만 전혀 말을 듣지 않는지 소란은 점점 커져간다.

"이봐, 커다란 도끼를 가져와!"

"손도끼도 있는 편이 좋겠어."

"아니, 통나무야. 문을 부수는 데는 굵직한 통나무가 최고지."

순경과 의사 두 사람으로는 더 이상 말릴 수 없는 상태가 되어가고 있는 것이 문 너머에 있는 내게도 손에 잡힐 듯이 전해졌다.

'도망치자……'

곧바로 나는 판단했다. 쪽문이 부서지는 것은 시간문제다. 당연하지만 나는 아무런 관계도 없다. 그렇다고 해도 사야오토시 가의 참상을 본 그들이 나에게 어떤 의심을 품을지 어찌 알겠는가. 토다테 가의 카쿠조 씨가 오면 괜찮을지도 모르지만, 반드시 그렇게 되리란 보증은 어디에도 없다. 오히려 마을에서 카쿠조가 처한 입장을 생각하면 얼마나 나를 옹호할 수 있을지 몹시 불안하다.

나는 별채까지 쏜살같이 달려가려고 했다. 방에서 짐을 챙겨서 별채 뒤편의 벼랑에 난 가파른 길을 기어올라, 그 짐승의 길을 따라 산길까지 나가면 그대로 로쿠부 고개를 넘어 도망칠 수 있다.

그러나 그때 문득 **저** 사당이 신경 쓰였다. 두 번 다시 이곳을 방문할 일은 없을 것이다. 그렇다면 마지막으로 저 사당 안을 엿보고 싶다. 그런 강한 충동에 휩쓸렸다.

그러는 한편에서는 빨리 도망쳐라, 주지의 충고를 잊었는가. 게다가 그 주지도 죽어버렸다. 카쿠조도 주의를 촉구하지 않았는가. 일부러 앙화를 부르는 짓을 할 필요가 어디 있나. 그런 마음의 소리도 들려왔다.

시간으로서는 정말 찰나의 망설임이었다.

나는 서쪽 정원을 돌아서 순령당과 작은 사당 앞으로 달려갔다. 순령당의 문에는 빗장이 걸려 있었지만 사당에는 자물쇠가 없다. 살며시 오른손을 뻗어서 손잡이를 쥔다. 크게 숨을 들이마시고, 내뱉는 것과 동시에 문을 활짝 열었다.

나의 절규가 대문 밖까지 닿았는지 어떤지는 알 수 없다. 확실한 것은 내가 로쿠부 고개를 넘어 무사히 도망칠 수 있었다는 사실이다.

단 한 가지 마음에 남는 점이 있다면, 내 손으로 소이치의 납골 항아리를 제대로 납골해주지 못했다는 점뿐이다.

종장

1

아이자와 소이치가 남긴 대학노트를 보고 내가 가장 전율했던 것은 물론 '노조키메'에 대해서다. 토쿠라 시게루 일행이 조우했던 괴이한 존재의 원흉을, 뜻밖에 알게 되었으니 당연한 일이다.

다만 그 충격과는 비교도 되지 않지만, 참으로 찜찜한 기분을 느낀 것이 그 밖에 몇 가지인가 있었다.

우선은 K리조트의 관리인인 미노베의 본가가 소나이 촌에서 여관을 하고 있었다는 사실이다. 이것은 아이자와가 토모라이 촌을 방문하는 도중에 들른 '돌절구집'이라는 국수가게의 노파, 마쓰 씨에게 소개받은 오니가와라 여관이 아닐까? 가령 그랬을 경우, 당시에 아이자와가 그 여관에 묵었더라면 열 살 정도의 소년 미노베와 만났을 가능성이 있다. 그것뿐이지만 어떠한 인연이 있는 것 같지 않은가.

이어서 토쿠라 시게루와 아이자토 사이코가 생각한, 아르바이트 동료를 덮친 괴이 현상의 차이에 대해서다. 이와노보리 카즈요에게 집중된 것은 그녀만이 순례자 모녀와 만났기 때문이며 시로토 유타로가 처음에 죽은 것은 그런 카즈요를 돌봤기 때문이 아닐까 하고 두 사람은 추측했다. 전자의 해석은 수긍할 수 있지만, 후자는 상당히 구차한 해석이다. 그렇게 생각하던 나는 좀 더 자연스러운—우연히도 감춰져 있던—어떤 이유를 깨달았다. 그것은 시로토 유타로와 조린 주지가 혈연관계가 아니었을까 하는 속사정이다.

심원사의 현관 문패에 적힌 주지의 성을 본 아이자와는, "그 한자를 읽는 법은 몇 가지가 있었는데, 그 발음 중 하나가 절의 스님에게 너무 잘 어울린다는 느낌을 주었다."라고 기록하고 있다. 이것은 시로토 유타로의 성씨인 시로토(城戸)를 시로토로 읽지 않고 '죠도'로 읽으면, 불교에서 말하는 극락정토(極樂淨土)에서 '정토' 부분의 일본어 발음 '죠도'와 똑같아진다는 의미였던 것은 아닐까. 사야오토시 가의 노조키메 대책에는 틀림없이 조린 주지도 관여하고 있었다. 즉 유타로는 선조의 업에 의해 목숨을 잃었는지도 모르는 것이다.

그에 더하여, 기도사가 불제를 해주었는데도 불구하고 아이자토 사이코에게 세 번째 앙화가 미친 것은, 본인은 부정했어도 그녀가 무녀 체질이었기 때문은 아닐까. 사이코와 헤어진 뒤에 그녀가 어떻게 되었는지 아무것도 모른다며 토쿠라 시게루는 고개를 휘휘 젓고 있었다. 조금 박정하다고 생각했지만, 그의 입장을 돌아보면 어쩔 수 없는 일이라고 할 수 있다.

이 기도사야말로 아이자와 부인이다, 라고 나는 추측했었는데 아무래도 이것은 지나친 생각이었던 것 같다. 아이자와 소이치는 ○○현에서 살고 있었지만, 문제의 기도사는 나라 현에 있었다. 역시 다른 사람이라고 봐야할 것이다.

아이자와 소이치와 토쿠라 시게루, 이 두 사람의 체험에는 장소와 나타난 괴이 현상이 똑같다는 것 이상으로 불가사의한 인연이 존재한다는 생각이 머릿속을 떠나지 않았다. 그렇기 때문에 안라초의 기도사와 점술사였던 아이자와 부인을 안이하게 동일시해버렸던 것이다.

나는 지금 '괴이 현상이 똑같다'라고 썼다. 흉측한 시선, 있을 수 없는 장소에서의 엿보는 시선, 높은 곳에서의 추락사, 앙화를 입은 자가 보이는 뒤틀린 몸, 기분 나쁜 방울소리 등 확실히 공통되는 현상은 많다. 하지만 그러는 한편으로 다른 점도 상당하다.

애초에 순례자 모녀는 생매장당한 것이지, 결코 높은 곳에서 밀려 떨어진 것은 아니다. 이것은 노조키메에 관련되어 죽은 자의 사인 중 추락사가 많은 것의 설명이 되지 않는다. 굳이 이유를 붙이자면 사야오토시 소이치가 추락사로 죽은 영향이라고 생각할 수밖에 없을 것이다. 혹은 현기증이라는, 눈에 관련된 현상에 의해 죽음에 이르렀다고 봐야할까. 그러나 그렇게 되면 이번에는 독초라는 원인이 부상하게 된다.

또한 아이자와 소이치의 대학노트에는 기록되어 있지 않은 괴이한 존재가 토쿠라 시게루의 이야기 속에는 몇 가지나 나온다. 이와노보리 카즈요의 앞에 나타난 순례자 모녀, 종말 저택과 난라이 집락 안에서 날아들던 다수의 시선, 카즈요와 시로토 유타로에게서 보였던 빙의 현상, 토쿠라 가의 부엌에 출현한 카즈요의 모습, 불제가 끝난 뒤에도 아이자토 사이코에게 남은 앙화……등등.

아이자와도 토쿠라도, 노조키메에 관련되고 말았다는 사실은 거의 틀림없을 것이다. 다만 양자 사이에는 앞서 적은 것처럼 같은 점과 다른 점이 보인다. 그것이 나에게는 노조키메의 진화처럼 비쳤다. 물론 아무런 근거도 없다. 다만 신경 쓰인 것은 로쿠부 고개의 큰 바위에 금이 가 있던 점이다. 아이자와가 봤을 때, 그것에 균열은 조금도 없었다. 그로부터 고작 오십여 년 만에 자연상태의 커다란 바위에 그런 큰 금이 갈 수 있을까?

이 로쿠부 고개의 큰 바위에 대해 아이자토 사이코는 토모라이 촌—정확히는 난라이 집락일까—과 외계와의 경계였을지도 모른다고 이야기하고 있다. 그녀의 견해가 옳다면 그 경계에 위치한 이와쿠라 같은 큰 바위에 금이 갔다는 현상은, 굉장히 암시적으로 보인다.

어느샌가 나는 아이자와와 토쿠라 두 사람의 체험에서 보이는 괴이 현상의 차이에 대해 합리적인 해석을 내리려 하고 있었다. 노조키메 자체가 부조리한 존재인데도, 그것이 초래하는 기괴한 현상을 논리적으로 다루려는 우를 범하려 하고 있었던 것이다.

그러나 그것이 완전히 어리석은 짓만은 아니었다고, 이 종장을 쓰면서 생각하고 있다. 그 덕분에 나는 노조키메의 앙화를 최소한으로 억제할 수 있었으니까. 그리고 보면 심원사의 조린 주지도 사야오토시 소이치에게 이렇게 말했던 것이 아닐까.

'상대가 부조리한 괴이 현상이어도, 이론이 전혀 통하지 않는 것은 아니다.'

실제로 이 말과 조금 의미는 다르지만, 아이자와 소이치의 대학 노트를 읽는 내내 나는 계속 생각하고 있었다. 그의 문장에는 기록되지 않은 뭔가를, 필사적으로 읽어내려 하고 있었다. 어떤 사실을 깨달았던 탓이다.

사야오토시 소이치도, 사야오토시 가의 토키코와 쇼이치 모자도, 조린 주지도, 토다테 카쿠조도, 모두가 아이자와 소이치에게 뭔가를 전하려고 했다. 마치 중대한 비밀을 몰래 밝히려는 듯이, 다섯 사람은 뭔가를 이야기하고 싶어 했다. 잘 읽어보면 그런 구석이 확실히 있다. 다만 대화의 흐름이 바뀌거나, 어떤 방해가 들어오거나 혹은 본인이 망설인 탓에 아무도 입 밖에 내지는 않았다. 그러면 이 정도로 많은 사람들이 밝히려고 했던 비밀이란 대체 무엇이었을까.

대학노트의 기술에 흥분하면서 푹 빠지는 반면, 상당히 냉정하게 단서를 찾는다는 모순된 행위를 나는 계속했다. 그것을 자연스럽게 할 수 있었던 것은 평소부터 호러와 미스터리의 융합을 시도하는 집필에 몰두하고 있었던 덕분인지도 모른다.

명백히 초현실적인 괴이 현상이라고밖에 생각되지 않는 일들은 제거하고, 이해할 수 없는, 혹은 마음에 걸린 점을 나는 머릿속에서 정리해보았다.

1) 아이자와하고 대화하던 중에 어째서 사야오토시는 '어떤 사람'이 심원사의 조린 주지라고 이야기하는 것을 주저했는가?

2) 조린 주지에게 환대받으면서도 어째서 아이자와는 상대가 자신을 쫓아내고 싶어 한다고 느꼈는가?

3) 사야오토시 가에 시즈메가 없는 상태가 계속되면 노조키메가 나타나서 앙화가 내린다는 것을 알면서도 어째서 4년 동안이나 방치한 상태였는가?

4) 열 살 무렵의 사야오토시 소이치와 자기 아이인 쇼이치를 겹쳐보고 토키코가 어두운 얼굴을 한 것은 어째서인가?

5) 순령당에 신찬을 바치는 역할이 어째서 노리코가 아니라 갑자기 토키코에게 인계되었는가?

6) 토키코가 맡은 일을 할 때에 무섭고 괴롭다고 말한 것은 어째서인가?

7) 노조키메가 된 순례자 모녀를 공양할 목적으로 세워졌던 것이 순령당이다. 그러면 그 순령당을 진정시키기 위한 사당의 정체란 무엇인가. 대체 그곳에는 무엇이 모셔져 있던 것일까?

8) 사야오토시 가 = 종말 저택이 일부 사람들에게 지사이 저택이라고 불린 것은 어째서일까. 그것에는 다른 이유가 있는 것이 아닐까?

이 밖에도 의문점은 다수 있었지만 적어도 괴이 현상에 관련되었다고 볼 수 있는 것은 단호하게 제외했다. 하지만 그럼으로써 이제껏 보이지 않았던 **어떤** 사실이 점차 또렷하게 떠오르기 시작했던 것이다.

1번과 2번 항목으로, 심원사의 조린 주지는 별로 신용할 수 없는 사람이라고 짐작할 수 있다. 또한 앞서 이야기했듯이 주지가 노조키메와 관계없을 리가 없다. 사야오토시 소이치의 조사지를 안 것만으로 그의 목적을 추리할 수 있었을 정도다. 사야오토시 가가 시행하던 노조키메 대책에 지혜를 빌려주고 있었던 것은 틀림없다. 애초에 본인이 그 사실을 암암리에 인정하지 않았는가. 그럼에도 불구하고 세 번째 항목처럼 어째서 주지는 시즈메가 없는 상태로 사야오토시 가를 방치하고 있었던 걸까.

거기까지 생각을 진행한 나는 자기도 모르게 앗! 하고 소리치게 되었다. 사야오토시 가가 지닌 비밀 중 한 부분을 밝혀냈다고, 그 찰나에 확신했다. 아니, 확실한 증거가 있는 것은 아니므로 망상했다고 말하는 편이 좋을까. 하지만 노조키메라는 괴이 현상이 멈춘—내 괴이 체험이 최소한으로 끝난—것이야말로 이 추리의 정당성을 증명하고 있지 않은가. 아니, 자신도 모순되는 말을 하고 있다고 생각하지만…….

어쨌든 내가 도출한 해석은 이렇다. 사야오토시 가는 시즈메가 없는 상태 그대로 아무 조치도 없었던 것은 아니다. 조린 주지의 협력을 얻어서 시즈메와는 다른, 새로운 방위책을 취하고 있었다. 그 계책은 물론 주술적인 방법이었다.

그것은 4년 전에 시코쿠에서 난라이를 찾아온 순례자 모녀를 사야오토시 가에 맞아들여서 병약한 어머니는 순령당에 지내게 하여 인질로 삼고, 딸은 사야오토시 가의 '지사이(持衰)'로서 그 작은 사당에 모시며 사야오토시 가에 내리는 모든 앙화를 떠맡는 역할을 부여한다는 새로운 주술이었다.

즉 아이자와 소이치가 직접 봤던 노조키메는 바로 그 소녀였던 것이다.

2

지사이란 나라시대부터 헤이안시대에 걸쳐 중국의 당나라에
파견된 견당사의 배에 반드시 태웠던 인간을 말한다.

지사이는 배의 뱃머리에 서게 되는데, 옷차림에 신경 쓰는 것이
일절 허락되지 않았다. 그렇기에 머리는 제멋대로 자라고 몸에는
땟국이 흐르며 옷은 넝마 같은 상태가 된다. 게다가 육식과 여자
를 가까이하는 것이 금지된 채로 완전히 방치되어 있었다. 그런 의
미에서는 사람으로 간주되지 않았다. 항해가 성공하면 보수를 받
을 수 있지만, 바다가 거칠어져서 조난의 위험이 생기면 바다의 신
에게 바치는 제물로서 바다에 던져질 운명이었다. 즉 지사이의 존
재 자체가 견당사의 배를 바다의 재앙으로부터 지키는 주술이었
던 것이다.

당나라와 수나라의 주술에 대해서 연구하고 있었다던 조린 주

지는, 아마도 이 지사이를 응용한 방법을 생각해냈던 것이리라. 마침 그 무렵에 시코쿠에서 온 순례자 모녀가 있었다. 그러나 그 딸은 시즈메로 쓸 수 없다는 것을 알았다. 그때에 예전부터 연구했던 지사이란 주술을 써보기로 했다.

다만 상대는 예닐곱 살의 아이다. 실제 지사이와 같은 취급은 도저히 불가능했다. 최소한의 의식주는 챙겨줘야만 한다. 다만 거주지로는 순령당 옆에 작은 사당을 세워서 그곳에서 지내게 했다. 병약한 어머니의 간병을 해주는 대신에 딸에게 이 요구를 받아들이게 했던 것이 아닐까, 라고 나는 추측하고 있다. 순령당이 오래된 것에 비해 사당이 새 건물처럼 보인 것은 이 점 때문이다. 아이자와가 순령당 옆에서 들었던 "어머니……"라는 부름은 이 소녀의 실제 목소리였던 것이다.

지사이로서는 너무나도 너그러운 대우를 보강하기 위해 주지가 채택한 방법은, 의식주를 챙겨주는 것 외에는 당사자의 존재를 전혀 인정하지 않는, 즉 완전히 버려둔다는 처치였다. 처음부터 사당을 간소하게 만든 이유도 그 부분에 있다. 그렇게 함으로써 지사이란 주술의 힘을 보강하려고 했다.

그렇기에 사야오토시 가 사람들에게 이 여자아이는 보이지 않는 사람이 되었다. 아니, 사야오토시 가 사람들뿐만이 아니다. 지사이의 소문이 퍼지자, 모든 마을 사람들이 같은 반응을 보였다. 토모라이 촌의 모든 마을 사람들이 소녀의 존재를 무시했던 것이다. 일부 마을 사람들이 사야오토시 가를 지사이 저택이라고 부르는 것은 그런 소녀의 존재를 야유하는 의미였던 것이다.

아이자와가 사야오토시 소이치에게 나이 차가 있는 동생이 있을지도 모른다고 느낀 것은, 조카 쇼이치를 생각했던 것뿐만 아니라 이 지사이 역할의 소녀를 걱정했던 탓은 아닐까.

이 지사이의 주술이 시즈메처럼 효과가 있었는가. 공교롭게도 그것을 아이자와의 기록으로 확인할 수는 없다. 사야오토시 가에 노조키메가 나타나지 않았으니 성공이었다고 생각되기도 한다. 그러나 사야오토시 소이치의 죽음에 노조키메가 관여했다고 생각하면 실패였던 것이 된다. 실제로 어느 쪽이었을지, 이미 확인할 방법은 없다.

그렇다고 해도 이 지사이의 주술은 적어도 사야오토시 가 내에서는—아니면 토모라이 촌 내에서라고 해야 할까—제대로 기능하고 있었는지도 모른다. 그 여자아이가 사야오토시 가 안에서만이 아니라 마을 내에서까지 상당히 자유롭게 돌아다니던 경향이 있기 때문이다. 이것은 소녀가 자신의 상황을 순순히 받아들이고 있었다는 증거라고 말할 수 있지 않을까.

조린 주지는 노조키메—사실은 지사이 역할의 소녀—가 아이자와 앞에 나타난 것은 외지 사람이 보기 드문 존재이기 때문이라고 설명했는데 그것은 사실이었던 셈이다. 그녀가 코노에의 장송 행렬 뒤를 쫓아간 것도 어린아이다운 호기심 때문이었을 것이다. 그런 의미에서 소녀는 자신의 역할을 충분히 이해하고서 사야오토시 가와 토모라이 촌에 녹아들고 있었다고도 할 수 있다. 잔혹한 이야기임에는 틀림없지만, 이 당시 각각의 입장을 감안하면 이 주술은 상당히 잘 작동했다고 볼 수 있을지도 모른다.

하지만 이윽고 큰 문제가 발생한다. 내 상상에 지나지 않지만, 아마도 틀리지는 않을 것이다. 그 문제란 순례자 어머니가 병으로 죽은 것이다. 너무나 특수한 상황에 처해 있던 딸을 지탱하고 있었던 것은 어머니의 존재였음이 틀림없다. 병든 어머니를 돌봐주는 대신에 소녀는 지사이 역할을 맡겠다고 각오했다. 당연히 지사이의 의미 따윈 이해하지 못했다. 그러나 그런 것은 상관없다. 어머니만 안락하게 살 수 있다면 딸은 만족했다.

그 어머니가 죽어버렸다. 그것을 딸이 알면 어떻게 될까. 거기서 주지는 한 가지 계책을 생각해냈다. 아무리 나이를 먹었어도 젊은 마을 처녀부터 늙고 교활한 해적 두목까지 다양한 목소리를 낼 수 있는 코노에에게 순례자 어머니의 목소리를 내게 한 것이다. 물론 순령당 안에서다. 신찬을 바치고 있던—실제로는 어머니에게 음식을 가져다주던—것은 코노에였으므로 그녀가 순령당에 드나드는 것은 자연스러운 일이다. 소녀에게는 어머니의 병이 심해져서 만날 수 없다고 들려주었는지도 모른다. 어쨌든 코노에는 계속 순례자 어머니를 연기했다.

그런데 쇼이치의 죽음에 충격을 받아서 코노에가 몸져눕고 말았다. 게다가 그대로 죽어버렸다. 코노에의 역할을 생각하면 노리코에겐 절대 불가능한 일이다. 그랬기에 순례자 어머니와 가장 나이가 비슷한 토키코에게 그 역할이 돌아갔다. 그래서 그녀는 자신의 역할이 두렵고 괴롭다고 한탄했다. 열 살 무렵의 쇼이치를 떠올리고 토키코가 겹쳐 봤던 것은, 자기 아들인 쇼이치가 아니라 불쌍한 순례자의 딸에 대해서였다.

병사한 어머니의 시체는 우선 저택 뒤편의 묘소 아래에 묻었을 것이다. 하지만 그대로 놔두기는 마음에 걸렸다. 그래서 코노에의 시신과 함께 관 속에 넣었던 것은 아닐까. 코노에는 몸져누운 뒤에 순식간에 야위어서 애처로울 정도로 홀쭉해져버렸다고 했다. 그러므로 관에는 또 하나의 시신을 넣을 만한 여유가 있었다. 그렇다고 해도 하나의 관에 두 명의 시체가 들어 있었다. 관을 짊어진 사람들의 발걸음이 왠지 위태로워 보였던 것은 그 때문이 아닐까.

이렇게 생각하면 관에서 튀어나온 상반신과 다리가 토막 난 시체처럼 떨어져 보인 현상도 충분한 설명이 간다. 아이자와가 봤던 것은 코노에와 순례자 어머니, 두 시체의 일부였던 것이다.

이 일련의 속임수는 별다른 지장 없이 효과를 발휘한 듯 보였다. 그러나 토키코의 목소리로 얼버무리는 것을 딸은 분명히 깨달았을 것이다. 몰래 순령당을 엿보고 어머니가 보이지 않는다는 것을 안 소녀가, 그 뒤로 무엇을 조사하고 어떻게 생각했는지는 알 수 없다. 하지만 사야오토시 가의 사람들과 심원사의 조린 주지가 어머니를 자신에게서 빼앗아갔다고 생각한 것이 아닐까. 그래서 복수를 결의했다. 나는 그렇게 추리하고 있다.

소녀는 어디라도 자유롭게 드나들 수 있었다. 그렇기에 문외한과는 인연이 없는 산림 벌채 현장도 잘 알고 있었다. 그 지식을 이용해서 우선 기이치를 죽였다. 그다음에는 노리코를 묘지 돌계단에서 떠밀었다. 아마도 이쯤에서 소녀는 한 사람씩 죽여나가는 것의 위험 부담을 깨달았을 거라고 생각된다. 그래서 단숨에 끝을 내기 위해서 죽은 어머니에게 배웠던 독초를 사용했다. 다만 아이자와에게는 아무런 원한도 없었으므로 머리맡에 문제의 독초를 놓아두어서 경고했다. 또한 주지에게는 먹일 수 없었으므로 절까지 가서 처치했다. 어쩌면 조린 주지만큼은 자기 손으로 죽이고 싶었는지도 모른다.

순령당의 관음상 앞에 보기 드문 복숭앗빛 협죽도 꽃을 바친 것은 분명 소녀였던 것이다. 참고로 말하면 실은 그 꽃에도 독이 있지만……

복수를 마친 소녀는 어떻게 했을까. 도망친 것으로 생각했지만, 어디로 도망치는가 하는 의문이 생겨난다. 그녀에게는 갈 곳이 없다. 그렇게 되면 남는 것은 사당에 돌아갔을 가능성이다.

그런 소녀를, 사당 안을 엿본 아이자와가 발견했다면…… 그리고 같이 도망쳤다고 한다면…… 그리고 아이자와하고 가정을 이룬 그녀가 이윽고 능력 있다고 소문난 점술사가 되었다고 한다면……

3

'아이자와 부인이 그 소녀였던 것은 아닐까.'

이 해석에는 정말 아무런 근거도 없다. 다만 사당 안에서 소녀가 살고 있었고, 사당을 연 아이자와가 그녀를 발견했던 것은 거의 틀림없다고 나는 생각한다. 그의 대학노트에 적힌 내용이 그 부분만 생략되어 있는 점과, 그 뒤에 갑자기 사야오토시 소이치의 납골 항아리에 대해 언급하고 있기 때문이다.

사야오토시 가의 불단에도 묘소의 묘비에도 아이자와는 소이치가 없다고 느꼈다. 그러나 마지막 기술에서 그가 친우의 납골 항아리를 발견한 것을 알 수 있다. 그러나 대체 어디서? 그 전의 문장으로 미루어보아 사당 안이라고 보는 것이 자연스럽다. 그러면 어째서 소이치의 납골 항아리가 그런 장소에 있었는가.

앞서 사야오토시 소이치가 문제의 소녀를 걱정하고 있었다는 추리를 했는데, 이러한 마음은 상대에게 전해지는 법이다. 이 소녀 같은 경우에 놓이면 더욱 그럴 것이다. 그래서 그녀는 소이치의 사후에 그의 납골 항아리를 몰래 훔쳐내서 사당 안에 안치했고, 그것이 소녀와 함께 아이자와에게 발견되었던 것은 아닐까. 그 뒤의 결혼 운운하는 내용은 완전히 내 공상이다. 다만 증거는 없다고 썼지만, 사실 신경 쓰이는 일이 하나 있다.

나구모 케이키가 아이자와 가에 드나들고 있을 무렵에 가끔씩 아이자와 부인이 맥주와 함께 나물 무침이나 산채 요리 등을 내놓은 듯한데, 아이자와는 그것을 젊은 사람 입에는 맞지 않을 거라며 나구모에게 먹이지 않았다.

어쩌면 부인은 나구모의 사악한 목적을 눈치 채고 있었던 것이 아닐까. 그녀의 비밀을 폭로할지도 모를 그의 간사한 의도를 제대로 알고 있었던 것은 아닐까. 그래서 사야오토시 가 사람들을 저세상으로 보낸 그 독초를 나물이나 요리로 만들어 내놓았던 것은 아닐까. 그것을 깨달은 아이자와가 나구모에게 먹이지 않도록 했다. 이 생각은 너무 깊게 생각한 것일까.

아이자와 부인의 정체를 확인하기 위해서는 나름대로의 조사가 필요해진다. 하지만 거기까지 할 생각은 없다. 아이자와 소이치가 남긴 대학노트를 읽은 것만으로 나는 만족했다.

'대학노트…….'

그렇지만 어째서 아이자와는 이 노트를 나에게 맡긴 것일까. 어째서 소설의 소재로 삼아도 좋다고 허락한 것일까. 어떤 의도가 있어서 그런 짓을 한 것일까.

마지막으로 남은 수수께끼에 내가 내린 해석은 세 가지다.

하나는 재야 민속학자로서 어떠한 형태로든 '노조키메'의 존재를 후세에 전하고 싶었다는 생각이다. 아이자와의 저서에서 **그것**의 이름이 단 한 군데만 기록되어 있는 것도 같은 의도였는지 모른다.

두 번째 이유는 조금 감상적이다. 나이를 먹어서 자신들의 죽을 때를 깨달은 아이자와가, 아이도 가족도 없는 자신들의 경우를 생각해서 부인과의 특이한 만남을 어떠한 형태로든 이 세상에 남기고 싶다고 생각하고서 그 싹을 나에게 심었다는 생각이다. 다만 아이자와의 성격에 대해 전혀 모른 채로 쓰고 있으므로, 저 세상에서 본인이 듣는다면 크게 비웃을지도 모른다.

세 번째는……. 아니, 이것이야말로 아이자와 소이치를 모독하는 해석일 것이다. 아무리 그래도 그렇게까지 망상하는 것은 지나치지 않을까.

다만 아이자와가 노조키메란 괴이에 대해서 자각이 없었다고 생각할 수는 없다. 즉 일개 호러 미스터리 작가라고 해도, 그 자가 이 대학노트를 엉뚱하게 사용했을 경우에 노조키메의 앙화가 세상에 만연할 가능성을 아이자와가 생각하지 못할 리가 없는 것이다.

말하자면 사야오토시 가는 난라이 집락의, 난라이 집락은 토모라이 촌의, 토모라이 촌은 일반 사회의 축소판 같은 것이었다고 표현해도 틀리지 않을 것이다. 사야오토시 가가 받은 부조리한 차별이 버젓이 통하는 것은, 꼭 폐쇄적인 시골의 부락 공동체 안에서만이 아니다.

어쩌면 아이자와 소이치는 사후에라도 그런 사회에 대해 복수하려고 했던 것은 아닐까. 나처럼 괴이담을 좋아하는 작가의 손을 빌려서⋯⋯. 아니, 조종해서⋯⋯.

내가 우연히 노조키메의 화자가 된 것인지 어떤지는 **당신**이 어떠한 체험을 했는가에 달릴 것 같다. 가령 무서운 일을 겪었다고 해도 부디 나를 원망하지 말았으면 한다. 이야기의 처음에 경고했던 것은 바로 그것 때문이니까.

미쓰다 신조란 작가에 대해서 이야기하려면 역시 '호러와 미스터리의 융합'을 빼놓을 수 없습니다. 호러 소설의 오싹함과 미스터리 소설의 수수께끼 풀이. 이 요소들이 어느 한쪽으로 치우치지 않고 밸런스를 유지하는 작품을 쓰고 있다는 것은 소설 초반부에서도 내비쳐진 부분이지요. 미쓰다 신조의 대표작 중 하나인 〈도조 겐야 시리즈〉만 보더라도, 풍부한 일본 민속학 지식을 바탕으로 기괴하고 으스스한 분위기를 조성하고 있지만, 정작 수수께끼 풀이는 주어진 단서들을 통해 아주 논리적으로 이루어지고 있습니다. 물론《노조키메》도 예외는 아닙니다.

《노조키메》는 시간차가 있는 두 가지 사건과 그것을 보는 또 하나의 관찰자 시점이라는 액자식 구성을 하고 있습니다. 마치 실제 증언과 수기를 바탕으로 엮은 논픽션을 읽는 듯한 감각이라 오싹함을 더하죠. 그런 와중에 미스터리 요소도 빈틈이 없어서, 각 에피소드에 깔아두었던 복선을 마지막에 가서 차례차례 회수하는 수수께끼 풀이는 특히 일품입니다. '초현실적인 존재'와 '논리'라는, 언뜻 보기에는 전혀 어울리지 않는 요소들을 어색하지 않게 하나의 이야기 안에 엮어내는 작가의 능력에는 감탄이 절로 나옵니다.

혹시 작품 내에서 결국 '노조키메'란 존재에 대해 완벽히 설명하지 않는 점에 대해 불만을 느끼는 독자도 계실지 모르겠군요. 이 점에 대해 설명하기 위해, 본문의 한 구절을 옮겨봅니다.

'아, 무서웠다⋯⋯.' 그렇게 말할 수 있으면 그것으로 만족한다. 그 이야기에 대한 해석 따윈 조금도 원하지 않는다. 하물며 '사실은 이런 인과응보가 있어서'라는 식의 설명 따윈 전혀 필요 없다. 괴이한 일은 어디까지나 영문을 알 수 없는 것으로서 그 상태 그대로 존재하는 것이 바람직하다.

조금이나마 작가가 추구하는 '호러'가 어떤 것인지를 간접적으로 표현하고 있는 부분이라고 생각합니다. 공포영화의 괴물은 끝까지 정체가 밝혀지지 않고 미지의 존재로 남아야 영화가 끝난 뒤에도 두렵게 느껴지는 법 아니겠습니까? 아무리 대단한 마술이라도 트릭이 밝혀지면 어쩐지 시시하게 느껴지는 것처럼 말이죠. 영문을 알 수 없는 것을 그대로 내버려둬야 하는 호러, 영문을 알 수 없는 것을 단서를 찾아 논리적으로 풀어내야 하는 미스터리. 이렇게 이야기하고 보니 새삼 호러와 미스터리를 밸런스 좋게 융합시킨다는 게 쉽지 않은 일임을 느끼게 됩니다.

한창 이 책을 번역하던 지난 겨울밤에는 작업실 조명등이 '퍽!' 하는 소리와 함께 고장 난다거나 며칠 뒤에 다락에서 내려오다가 계단에서 구르거나 한 적이 있습니다. 둘 다 처음 겪는 일이었고, 그것도 한 달 정도 집에 혼자 있던 기간이었죠. 왜 하필 이 소설을 작업할 때 이런 일이 생기는 걸까 하고 기분이 뒤숭숭해졌던 기억이 납니다. 여러 가지 의미에서 《노조키메》는 저에게 쉽게 잊지 못할, 독자로서도 역자로서도 참으로 즐거운 작품이었습니다. 앞으로도 미쓰다 신조의 재미있는 작품들을 계속 소개할 수 있게 되기를 바랍니다.

현정수

# 노조키메

**초판 1쇄 발행** 2014년 10월 22일
**초판 10쇄 발행** 2022년 9월 1일

**지은이** 미쓰다 신조
**옮긴이** 현정수
**펴낸이** 신경렬

**편집** 최장욱
**마케팅** 박수진
**디자인** 박현경
**경영기획** 김정숙 김태희
**제작** 유수경

**펴낸곳** (주)더난콘텐츠그룹
**출판등록** 2011년 6월 2일 제2011-000158호
**주소** 04043 서울시 마포구 양화로12길 16, 7층(서교동, 더난빌딩)
**전화** (02)325-2525 | **팩스** (02)325-9007
**이메일** longest@thenanbiz.com | **홈페이지** www.thenanbiz.com

ISBN 979-11-85051-67-3 03830